本书系2010年教育部人文社会科学研究青年项目《"十七年"诗歌研究》（课题编号：10YJC751094）最终成果，得到福建省高等学校新世纪优秀人才支持计划资助，并获龙岩学院"奇迈书系"出版基金资助出版。

巫洪亮 著

文学重构与路向选择

中国当代诗歌现象研究（1949—1966）

中国社会科学出版社

**图书在版编目(CIP)数据**

文学重构与路向选择：中国当代诗歌现象研究：1949—1966/巫洪亮
著. —北京：中国社会科学出版社，2017.3
ISBN 978 - 7 - 5161 - 9818 - 6

Ⅰ.①文…　Ⅱ.①巫…　Ⅲ.①诗歌研究—中国—当代
Ⅳ.①I207.22

中国版本图书馆 CIP 数据核字(2017)第 021310 号

| | |
|---|---|
| 出　版　人 | 赵剑英 |
| 责任编辑 | 陈肖静 |
| 责任校对 | 刘　娟 |
| 责任印制 | 戴　宽 |

| | |
|---|---|
| 出　　　版 | 中国社会科学出版社 |
| 社　　　址 | 北京鼓楼西大街甲 158 号 |
| 邮　　　编 | 100720 |
| 网　　　址 | http://www.csspw.cn |
| 发 行 部 | 010 - 84083685 |
| 门 市 部 | 010 - 84029450 |
| 经　　　销 | 新华书店及其他书店 |

| | |
|---|---|
| 印　　　刷 | 北京君升印刷有限公司 |
| 装　　　订 | 廊坊市广阳区广增装订厂 |
| 版　　　次 | 2017 年 3 月第 1 版 |
| 印　　　次 | 2017 年 3 月第 1 次印刷 |

| | |
|---|---|
| 开　　　本 | 710×1000　1/16 |
| 印　　　张 | 20.5 |
| 插　　　页 | 2 |
| 字　　　数 | 309 千字 |
| 定　　　价 | 72.00 元 |

# 目 录

# 绪　论

　　一　当代诗歌①现象研究的现状、问题及意义

　　进入 21 世纪以来，学术界掀起了一股"左翼文学"研究的热潮，"十七年"文学作为"左翼文学"不可或缺的重要领地也备受一些学者关注。这既是对 20 世纪 80 年代以来的"自由主义文学""纯文学"所建构的文学神话的一种解构，又是对文学与现实、文学与政治复杂关系进行的一次学理反思。然而，在"十七年"文学的研究格局中出现了一种"冷热不均"的状况，具体表现为：文学思潮和小说研究"热"，而诗歌、散文和戏剧研究"冷"。"十七年"诗歌研究之所以遭受冷遇，一方面是因为受 20 世纪 90 年代诗歌边缘化潮流的影响，"衡量文学成就所依据的成果，有几乎由小说来承担的趋势，诗歌变得可有可无"②，研究者因之逐渐转移了研究视点；另一方面也与研究者难以在"十七年"诗歌中实现对"文学性"追求，难以充分实现研究主体与研究对象之间相互激发局面有关。当然，并不"热闹"的"十七年"诗歌研究背后，也出现一些值得重视的研究成果，这些成果集中体现在"十七年"诗歌的问题研究方面。近些年来，"十七年"诗歌的研究范式发生了重要的变化，它不是将诗歌置于某种预设的逻辑框架中，以特定的知识谱系对其特性、意义等进行客观评价和历史定位，而是让诗歌重返历史现场，在错综复杂的时代语境中，研究

---

①　本书特指 1949—1966 年中国大陆诗歌，又称"十七年"诗歌。
②　洪子诚：《当代诗歌的"边缘化"问题》，《文艺研究》2007 年第 5 期。

主体力求拓展历史的反思空间，努力解开诗歌与国家意识形态、文艺体制、诗歌传统、生产机制等相互关联乃至缠绕的种种问题。可以说，通过发掘诗歌发展中各种复杂因素，不断发现和提出新的问题，成为学界有效推进"十七年"诗歌研究的重要方式。迄今为止，国内一些学者在这方面进行了较为深入的探索，取得了不少扎实的研究成果，同时也留下了大量有待进一步开掘的问题。

"十七年"诗歌研究的成果主要体现在"问题新诗史"的写作之中。在众多的新诗史著作中，洪子诚、刘登翰合著的《中国当代新诗史》（修订版）、程光炜的《中国当代诗歌史》和王光明的《现代汉诗的百年演变》三部著作，都是"问题新诗史"的代表。这些诗歌史在叙述中为历史搭建对话和反思平台，以新的视角观察诗歌发展过程的复杂性，以"问题"穿透"历史"。

《中国当代新诗史》（修订版）中"十七年新诗"部分，异常关注"十七年"诗歌生成和发展在 20 世纪四五十年代出现的重大转折，以及由此带来的诗歌构成关系的重组，诗歌道路的重新选择，诗歌观念和诗体形态的转变，诗人的时代转型，等等。与"平面"描述诗歌事件、诗歌流派、诗歌文本的诗歌史叙述不同，该著力求切入"新的人民的诗歌"发展历史的具体形态，呈现历史复杂和多元景观，采取立体化历史结构方式，揭示"十七年"诗歌的复杂生成机制，展示诗歌文体流变，厘清"十七年"诗歌秩序重建过程中出现的一系列问题，诸如"十七年"诗歌与传统关系问题、诗歌经典问题、诗人身份和存在方式问题等。这种考察诗歌"被作为事实陈述的事实是如何成为事实"的知识考古方式，有效地避免了"十七年"诗歌中的重要现象、经典文本抽离具体且复杂的"政治——文化"语境而被"本质化"的危险，使得各种矛盾或对立因素相互纠结状况与转化的可能及限度得到充分展示，诗歌发展的各种问题或症结也在历史叙述中被审查与反思。显然，著者放弃以一种统一和普遍的标尺来评述文学现象和审定作家作品的做法，努力在纵横交错的政治文化脉络中将"十七年"诗歌"重新历史化"，重点聚焦文学现象、作家作品的形态和结构形成与变化的内在理路，及其产生这种现象的文化、文学、社会和政治因素，这种诗歌史观念无疑为"十七年"诗歌研究开辟了一个"非本质化"的空间——一个有意强化与诗歌相关联的各个要素之间的关系网络的敞开空间。在这个空间中，"十七年"诗歌历史"非连续性"的部分被重新打捞，"矛盾"被充分呈现，"差异"获得理解与尊重，"体制"得到拷问，诗歌超越审美的特性赢得了自身的位置与独特价值。当然，以问题为切入点，同样使新诗史的编撰体例发生了显著变化，和"依据意识形态的尺度划分时期，厘定等级，评价作品，分配荣誉，树立典范"① 的新诗史不同，《中国当代新诗史》（修订版）则有意打破新诗史编撰成规，把"诗歌现象""诗人身份""诗歌事件""诗歌经典"等作为"问题类型"，引入"十七年"诗歌史的叙述之中，并通过问题结构新诗史。由于论者从"思潮"而非"诗美"视角观照诗歌问题，"十七年"诗歌为此拥有了有别于其他时期的困境与难题，这种研究理路使诗歌研究走出以"诗美"为唯一价值标尺的狭窄的"视界"，获得新的可能性。当然，正如论者坦言，在诗歌史编写过程中，"'文学史的尺度'和'文学的尺度'经常发生龃龉、冲突"②，有时论者所持有的"文学的尺度"潜在地影响了其对问题思辨可能达到的深度。

如果说《中国当代新诗史》（修订版）主要在"考察某些诗歌潮流、诗歌秩序生成、构造的状况"③ 中探察"十七年"诗歌的问题，那么程光炜的《中国当代诗歌史》则从"十七年"诗歌生成发展中出现的复杂现象出发，论及时代转型引发的文人心态与政治身份、时代压力与精神操守、个体生存与社会承担、诗与现实、身份构成与文化选择等重要问题，这些问题常常使一些诗人陷入尴尬的境地，有时还必须做出痛苦或艰难的选择，这是不同阵营的现代诗人进入当代后实施自我蜕变时所遭遇的难题。

王光明的《现代汉诗的百年演变》提出"从问题出发"，"开放求索的过程，观察解构与建构的矛盾"，"力求理解 20 世纪现代汉语诗歌的丰富

---

① 王光明：《"锁定"历史，还是开放问题？——关于当代文学的历史叙述》，《文艺研究》2003 年第 1 期。

② 洪子诚、刘登翰：《中国当代新诗史》（修订版），北京大学出版社 2005 年版，第 1 页。

③ 同上。

与复杂"①。论者选择胡风《时间开始了》、何其芳《回答》、郭小川诗歌、"政治抒情诗"和"新民歌"作为"观察点",认为"十七年"诗歌演变过程中充满矛盾与分裂,"新与旧""传统与现代""都市记忆与乡村情结""个人与时代""自我与大众""主流意识形态与艺术个性"等诸多矛盾,不仅使"十七年"诗歌秩序建构变得复杂与艰难,也使诗人的自我蜕变与新生愈加痛苦与犹豫。

除"问题新诗史"之外,近年来不少学者开始研究"十七年"诗歌中出现的一些重要问题和独特现象:一是"十七年"诗歌与文学期刊关系问题。连敏的博士论文《〈诗刊〉(1957—1964)研究》以(1957—1964年)《诗刊》为研究对象,采用"文本的细读"方式和新历史主义、新批评、结构主义批评方法,运用"社会学、传播学、统计学"知识,力求呈现20世纪50—60年代《诗刊》发展的整体脉络,"揭示在特定年代的诗歌场域中新诗的功能、特征、形象等问题"②。这种通过研究诗歌期刊重返诗歌现场的方式,有利于探察"十七年"诗歌生成与发展中存在的问题。二是"十七年"诗歌与政治文化关系问题。张立群的《论"十七年"诗歌与政治文化》一文提出"十七年"诗歌研究必须走出狭隘的"政治决定论思维"③,而应从"政治文化"角度出发,重新审视"十七年"诗歌与政治文化之间的复杂关系。论文的"切入点"和研究思路对"十七年"诗歌研究有一定的启发意义。三是"十七年"诗歌的审美问题。赵金钟《论十七年诗对结构的放逐——中国当代诗歌检讨之一》认为"十七年诗在艺术上失败的重要原因是'诗'的结构的缺失,缺失的根本原因是惰性思维和非诗理念的制约以及不懂得艺术创作的陌生化原则"④。这是从纯审美角度观照"十七年"诗歌的具有代表性的文章,由于论者预设了某种理想审美范式,把"十七年"诗歌创作当作一种失败的存在,因而对问题的揭示也流

---

① 王光明:《现代汉诗的百年演变》,河北人民出版社2003年版,第20页。

② 连敏:《〈诗刊〉(1957—1964)研究》,博士学位论文,首都师范大学,2007年,第6页。

③ 张立群:《论"十七年诗歌与政治文化"》,《江汉大学学报》(人文科学版)2007年第1期。

④ 赵金钟:《论十七年诗对结构的放逐——中国当代诗歌检讨之一》,《贵州社会科学》2003年第3期。

于浅表化。四是当代诗歌观念转变问题。王光明的《论中国当代诗歌观念的转变》指出 20 世纪 50 年代，以往基于城市文明背景的诗歌观念已不能适应时代的要求，实现彻底转变成为一种时代必然，"诗歌观念"的转变不但使当代诗歌的抒情观点、形式技巧、诗人身份和诗的"抒情主人公"形象发生重要变化，而且也改变了新诗思想趣味和艺术背景。论者从现代性角度考察 20 世纪 50 年代诗歌观念转变内在理路和矛盾以及由此引发的连锁反应，为"十七年"诗歌研究打开了一个新的空间。五是"新民歌运动"研究。谢保杰《1958 年新民歌运动的历史描述》通过对"新民歌运动"的"发动、开展以及落潮整个过程的描述与呈现"，考察 20 世纪 50 年代中后期"文艺与政治、文艺与群众、文艺与知识分子之间的关系和纠葛"①，论者通过史料的深入挖掘和重新整合，来呈现这场运动的复杂性，是近年来研究"新民歌运动"的一篇力作。张桃洲《论"新民歌运动"的现代来源》则重新审视现代诗歌与"大众化"关系来解开"新民歌运动"的诗学症结："'大众化'努力最终以远离真正的'大众化'为结局。"②这种从诗歌自身发展的历程中，发现"十七年"诗歌发展的某些内部根源，也是一种较新的研究视角。

从前述的研究成果来看，目前"十七年"诗歌研究整体现状和态势体现为：一是诗歌研究中的问题意识明显增强；二是研究者试图回到诗歌的历史腹地，呈现诗歌生成与发展的复杂性，并努力寻找进入"十七年"诗歌研究的新的"切入点"；三是相较于"十七年"小说或思潮研究，"十七年"诗歌研究还很不成熟——许多问题仍被遮蔽，诸多"有意味"现象尚未得到认真研究，在 20 世纪中国大陆新诗的整体研究格局中，"十七年"诗歌还处在不被关注和重视的边缘化境地，因而把"十七年"诗歌当作一个研究整体进行学理性、系统性的研究成果仍然鲜见。

在"政治——文化"相互胶合的年代里，"十七年"诗歌肩负着建构"新的人民的文艺"的时代重托，不断对审美实施超越，不断剥离自身所

---

① 谢保杰：《1958 年新民歌运动的历史描述》，《中国现代文学研究丛刊》2005 年第 1 期。

② 张桃洲：《论"新民歌运动"的现代来源——关于新诗发展的一个症结性难题》，《社会科学研究》2001 年第 1 期。

包含的不纯粹因素，不断激发"追新求变"的创新冲动，是"十七年"诗歌在重构时代民族文化理性过程中所体现的时代特性，这些特性既拓宽了"十七年"诗歌的生长空间，同时又使其陷入一个未知且充满危机的险境。为此，考察"十七年"诗歌生成与发展过程中所产生的问题，不仅有助于理解这一时期的诗歌为何呈现这种状态并且只能是这种状态，还能有效揭示"十七年"诗歌为实现超越的梦想所遭遇的复杂难题以及必须付出的代价，同时又可以体察时代文化语境急剧"震荡"年代诗人的生存状态、书写方式和心态构成，窥探时代侧影中知识分子（诗人）的真实灵魂。

二  深化当代诗歌现象研究的方法及思路

基于前述原因，文章拟从当代诗歌诗学资源整合、诗歌文本生产、诗歌"争鸣"、诗歌经典生成和诗人的主体转型五种现象入手，深化当代诗歌现象研究。

一是当代诗歌诗学资源整合现象研究。在"政治—文化""一体化"年代，当代诗歌与其周边诗学资源之间的传承递变关系比其他时期更为复杂。"十七年"诗歌诗学资源是一种"有向度敞开"的资源，当时人们采取"向度化、区隔化和等级化"方式，形成一种较为有效的"资源选择"机制。在文学急剧政治化的年代，如何选择、吸收、转化和发展"有益"的资源，如何防范"不健康"资源的入侵，如何整合各种资源创造"新的人民的诗歌"，都是"十七年"诗歌成长过程中必须着力解决的一系列复杂的难题。

二是当代诗歌文本生产现象研究。就"十七年"诗歌生产机制而言，以下几个方面问题尤为重要。其一，"政治文化运动"与诗歌"生产"。"政治文化运动"既是诗歌生产的"原动力"，又是诗歌形态转换的"外驱力"，它极大地影响诗人想象空间建构的可能及限度。其二，诗歌传播与诗歌生产。"十七年"诗歌的传播文本实现了由"可写性"文本向"可听性"文本的转换，这种文本超越了"可写性"文本的特征，呈现出一种独特风貌。其三，"工农兵"的阅读与诗歌生产。"工农兵"作为"十七年"文学的"拟想读者"，其符号化和"本质化"的审美趣味及其所拥有的象征权力极大地影响了创作主体的诗歌生产。

三是当代诗歌"争鸣"现象研究。在"十七年"诗歌演进进程中，产生了许多具有争议的诗歌，由此引发了一系列争鸣事件。在20世纪50—60年代的革命文化语境中，诗歌争鸣空间常受国家主流意识形态文艺政策以及"人事纠葛"的影响，呈现出"不稳定"的特征。同时，倾斜的争鸣空间造成了"争鸣主体"的不平等性，在"不平等"的论争中，诗歌争鸣常常演化为"诗歌批判"。这种诗歌批判具有探索、监督、引导和惩戒功能，其意义在于实现传统"祛魅"，建构理想的诗歌范式。为了实现这些目标，"十七年"诗歌争鸣形成了一种有效的争鸣机制，发生在20世纪50年代末的《星星》诗歌争鸣事件正是这一争鸣机制的有效展开与实施。

四是当代诗歌经典生成现象研究。在"十七年"文学中，文学经典是事关文学秩序重建和话语权力重新分配的重要问题。经典指认和经典打造是"十七年"诗歌经典问题的两个基本维度。其一，现代诗歌经典的"解构"与"重构"问题。现代诗歌经典的再指认是重建"当代"诗歌秩序的一项系统工程。新中国成立后，茅盾主编的《新文学选集》，以及臧克家所编《中国新诗选》和"诗人自选集"中诗歌的"增与删"情况，都反映了现代诗歌经典的当代变动轨迹和经典理念的变迁。其二，"当代"诗歌经典的打造问题。打造"当代"诗歌经典是引导诗歌发展的重要途径，影响"当代"诗歌经典成长因素有很多，比如权力的影响、意识形态的褒扬、版本的修改、文学史的助推，都使得当代诗歌经典在动态变动中逐渐生成。"新经典"的建构处在庞大的文化网络中，必然与各种文化发生摩擦，同时也必须承受各种压力。

五是当代诗人主体转型现象研究。在20世纪40—50年代，一大批作家都面临主体转型的问题。文章选择穆旦、艾青和郭小川为研究个案，深入揭示20世纪50—60年代诗歌创作主体的转型与时代语境之间的多维关系。重点考察这一时期穆旦主体转型过程中时代"震荡"与知识分子抗争方式的艰难选择，以及艾青作为国家权力主体想象的"他者"，其主体意识和形象的复杂生成与建构，着力勘察新中国成立后郭小川的焦虑心态和主体转型之间的复杂关系。

# 第一章　当代诗歌诗学资源整合现象

　　20 世纪 40 年代末期，一种崭新的诗歌形态——"新的人民的诗歌"——在新中国文艺设计者们的构想与欢呼中走上了生命成长之旅。这一新的生命个体自其诞生之日起，就以矫健的姿态和慑人的气魄面向不断展开的未来，它的"未来性"特征促使其产生一股不可遏制的超越既往已存诗歌传统的冲动和力量，正是这种超越的特性，使其不得不清理缠绕在自身周围的那些包含了异常复杂成分的中外诗歌传统。在这场艰难的诗歌传统清理过程中，"共和国"诗人一方面必须建立一套诗歌资源"汲取"和"提纯"系统，确保"新的人民的诗歌"不被强大诗歌传统所"混同"与"吞没"，保持其"质的规定性"；另一方面又必须大胆反叛与超越传统种种障碍性的"成规"，在不断革新与实验中，最大限度地激活诗歌内在的活力元素，推进"新的人民的诗歌"这一宏伟工程的建设。"新的人民的诗歌"在这样纵横交错传统关系网络中实现资源的整合与创生，展开革新与超越的梦想，那么，"十七年"诗歌究竟吸收与排斥、改造与发展了诗歌传统的哪些方面？或者说，"十七年"诗歌资源生成机制是如何建构的？这种资源生成机制对当代诗歌产生了哪些复杂影响？等等，这些都是我们深入探察"十七年"诗歌诗学资源整合时必须着力解决的问题。

## 第一节 诗学资源的多维指涉

一 "转型"与"重塑": 当代诗学资源重构与"新的人民的诗歌"价值指向

1949 年以降,新的国家政权权力主体开始着手全面构建一种崭新的"中国文学"。是年 7 月,中华全国文学艺术工作者代表大会提出了当代中国文学发展的新方向,即建设中国的"新的人民的文艺",这种文学被认为是"最新、最革命、最富有生命力的文学","它是过去一切时代的文学都无法比拟的","它要把过去一切时代的文学的最高成就都抛到后面去"①。人们真诚地期待并确信一种富有生气、满载文化自信和彰显时代气魄文学即将降临,于是,"求新逐变"不仅是"新的人民的诗歌"凸显自我个性的别样姿态,同时也是其实现超越"过去一切时代的文学最高成就"的文化策略。然而,既往"成绩斐然"的中外诗歌存在,已成为一种文学遗产,既可能对其超越的冲动构成巨大文化压力,又为其重塑自身提供必要的诗学资源。可以说,当代诗歌资源选择与诗歌转型及重塑之间有着紧密关联。

首先,资源重构与诗歌转型。新中国成立之后,包括文学在内的一系列上层建筑都面临着复杂的转型,其中文学的转型显得尤为艰难,因为一种新的文学形态的出现并非在一片文化"沙漠"中"横空出世"的,它的生成与发展总是和传统文化(文学)保持着千丝万缕的联系。于是,面对着那些既"丰富"又"危险"的传统诗学资源,如何能"入乎其内"汲取当代诗歌生长所需的生命养料,同时又"出乎其外"充分驾驭诗学传统,走出一条新的路子,成功实现诗歌转型,这无疑是摆在"共和国"文艺工作者面前一件颇为棘手的问题。周扬认为,如果"片面地强调社会主

---

① 何其芳:《正确对待遗产,创造新时代的文学》,载《文学艺术的春天》,作家出版社 1964 年版,第 196 页。

义同过去文艺的继承关系"，就"不敢批判传统、突破传统，不敢承认社会主义文艺的质的革新"，就"容易拜倒在西方资产阶级艺术偶像面前，挺不起腰杆来"，并且"在思想上陷于迷惑①。这里其实指出了资源选择不当对文学创新可能造成阻碍，换言之，在他看来，只有对传统文艺资源进行大胆清理，才能充分认识到"新的人民的诗歌"在性质上的"质的革新"，清醒地辨清且坚定其发展的新路向，并对其拥有足够的文化"自信心"——这些都是当代诗歌成功实现转型的重要条件。反之，如果"不重视对于文学遗产的继承、借鉴、学习"②，采取一种文化虚无主义态度，文学的转型又可能失去立足的根基、可供参照的体系和发展的目标归宿，即便一时产生"轰动效应"也很难获得持续发展的动力。由此可见，由现代的"人的文学"向当代"人民文学"转型过程中，文学资源发挥着重要作用。正如"五四"时期，知识分子主要借助西方的话语资源对中外文学传统实施重构，使文学从古典形态向现代形态转换，同样地，"新的人民的诗歌"也必须对现代诗歌传统资源进行解构与重构，一方面使当代诗歌能突破旧传统的藩篱，不断"破除迷信，解放思想"③，在大胆寻求革新、创造与裂变中向前挺进，以"充分的信心超过前人"，实现诗歌的当代转型；另一方面利用资源重组的契机，当代诗歌可充分吸纳有效的理论资源和话语资源，"创造一种新的社会主义传统"④，从而为诗歌的转型储备丰富的文化资源。资源重构包括对已有的诗歌资源进行向度选择和等级划分，采取排斥、利用、转化等方式，形成一种新的资源开掘系统，提高创作主体对文学资源价值的判断能力，以及对文学资源意识形态属性的敏锐性，促使他们更新资源择取的时代取向，投入新的文学资源的发掘、加工和生产之中，从而加速当代文学的转型。

---

① 周扬：《我国社会主义文学艺术的道路》，载《全国文学艺术工作者第三次代表大会文件》（第九辑），福建人民出版社1960年版，第65页。

② 何其芳：《正确对待遗产，创造新时代的文学》，载《文学艺术的春天》，作家出版社1964年版，第197页。

③ 周扬：《我国社会主义文学艺术的道路》，载《全国文学艺术工作者第三次代表大会文件》（第九辑），福建人民出版社1960年版，第68页。

④ 周扬：《在中国音协第二次理事会（扩大）会议上的报告》，载《周扬文集》（第二卷），人民文学出版社1985年版，第443页。

其次，资源选择与文学重塑。理论资源、精神资源和文体资源是当代诗歌自我重塑的三种不可或缺的资源，它们从不同的支点出发形成一股合力，共同推动诗歌的"革新与创造"。理论资源是当代诗歌确立自身合法性的有力武器。可以说，一种新的诗歌形态的确立和发展离不开某种理论的支撑，理论的"真理性"和权威性不仅可以照亮仍处于新变状态且不成熟文学的前行道路，同时还能够发掘和提升新生且独具时代特色的当代诗歌的内在价值，使其在与传统文学的激烈角逐中赢得知识分子认同，进而确立其存在的合理性和合法性。在"十七年"文学中，《在延安文艺座谈会讲话》（以下简称《讲话》）是当代诗歌实现自我重塑的最为重要的理论资源，周扬在第一次文代会上指出，毛泽东的"《在延安文艺座谈会讲话》规定了新中国文艺的方向，解放区文艺工作者自觉地坚决地实践了这个方向，并以自己全部的经验证明了这个方向的完全正确，深信除此之外再没有第二个方向了，如果有，那就是错误的方向"[1]。

显然，《讲话》已被当代文艺界当作"文艺工作者的经典，是无产阶级的文艺理论"[2]，以及指导革命文艺发展的指南。在《讲话》发表十周年、十五周年和二十周年之际，《文艺报》刊发了一批纪念文章[3]，在这些纪念文章中创作主体结合当下文学发展的实际，重释《讲话》精神的时代意义并借此反思自身的思想与文艺实践，这其实是通过不断激活《讲话》理论资源，强化知识分子（诗人）彻底改造自我和文艺为"工农兵"服务的意识，使他们紧紧围绕文艺"为群众"和"如何为群众"两个方面的核

---

[1] 周扬：《新的人民的文艺》，载中华全国文学艺术工作者代表大会宣传处编《中华全国文学艺术工作者代表大会纪念文集》，新华书店1950年版，第70页。
[2] 欧阳予倩：《毛主席的文艺思想引导我们向前》，《文艺报》1952年第10期。
[3] 如欧阳予倩的《毛主席的文艺思想引导我们向前》，蔡楚生的《在毛主席光辉的旗帜下前进》，李伯钊的《为提高戏剧创作质量而努力》，马烽的《坚持为工农兵服务方向》，参见《文艺报》1952年第10期；草明的《在生活的新问题面前》，熊佛西的《一点体会》，周立波的《纪念、回顾和展望》，刘白羽的《文学的幻想与现实》，陈梦家的《一点感想》，朱光潜的《〈在延安文艺座谈会上的讲话〉的一些体会》，《文艺报》1957年第6期；老舍的《五十而知使命》，叶圣陶的《艺苑炳日星》，欧阳山的《生活无边》，李准的《更深刻地熟悉生活》，《生活得再深些，站得再高些》，纳·赛音朝克图的《主席著作使我的创作获得了新生》，参见《文艺报》1962年第5—6期。

心命题，进行紧张地探索与实践，这样一来，有了大批经过《讲话》精神洗礼的创作队伍，同时有了明确的文学重建蓝图，文学重塑工程才能朝着既定的方向全面展开。诚然，《讲话》只是当代文学自我重塑的最为重要的理论资源，诸如马克思、恩格斯、列宁、斯大林及苏联文艺理论家有关文艺问题的理论阐述，也同样成为当代文学理论资源的构成部分，共同作用于当代诗歌的生成与发展。不过，从《讲话》的个案不难发现理论资源之于文学重塑的重大意义。

最后，主体精神资源和文体资源。创作主体的精神直接影响文学文本的价值取向。对于进入当代的知识分子（诗人）而言，只有学会批判性地吸收古今中外文学遗产中所蕴藏的精神传统，才能丰富和提高自身的精神境界，使诗歌文本精神指向合乎国家主流意识形态的刚性需求，从而确保"新的人民的文学"精神的"纯正性"和"纯洁性"。问题是，怎样"批判吸收"却并非一件易事，倘若创作主体在精神资源选择上偏离了"正确"的轨道，就可能催生出"异类"之作，这些"异质"文本的影响一旦呈蔓延之势，必然危及新文学的整体建构。比如胡风就在传承鲁迅精神传统方面出现此种问题，他以"重个人、非物质"思想"来总括鲁迅的全部精神"，"这种思想又发展为胡风文艺思想的一种主导思想"，并由此提出被认为是"资产阶级思想代名词"的"主观战斗精神"[1]，在此精神的影响下，包括鲁藜、路翎、芦甸等在内的一批胡风文艺思想追随者，创作了许多与"新的人民的诗歌"相"悖逆"的文艺作品。于是，从 1955 年 6—8 月全国各地许多报纸杂志，发起了对这些潜藏着"异端"精神的作品的批判，这些批判其实是对知识分子精神资源选择的一种引导。由于精神资源的传承制约着当代知识分子的精神结构，这种精神结构自然影响着当代文学精神向度和所能达到的高度，为此，国家权力主体力图通过对中国古代和现代文人的精神传统，采取批判、过滤、提纯和重释等方式，建构一种新的具有"人民性""革命性"和"斗争性"的精神传统，从而使当代诗歌呈现出一种全新的精神风貌。另外，传统文学

---

① 唐弢：《不许胡风歪曲鲁迅》，载作家出版社编辑部编《胡风文艺思想批判论文汇集》，作家出版社 1955 年版，第 108—116 页。

的文体资源对当代诗歌生成与发展的影响亦不可小觑①。从延安时期开始，共产党人就努力在文艺领域内，创造一种与新的民族国家相契合的"民族形式"。新中国成立后，"民族形式"建构成为新文化构想的重要组成部分，它是"新的人民的文艺"得以呈现自我个性的一种方式。为了打造"新鲜活泼""老百姓所喜闻乐见"的"民族形式"，就必须"和自己民族的，特别是民间的艺术形式保持密切的血肉联系"②，应从传统的文艺形式中汲取有益的资源，同时要将"封建的文艺形式"和"资产阶级的文艺形式"，"在民族的、科学的、大众的基础上"，"改造成为人民服务的文艺"，也就是要对这些"旧的文艺形式"进行改造。显然，"借鉴"与"改造"的最终目的就是创造一种新的"民族形式"——这正是文学重塑的目标之一。比如，通过利用"民间的艺术形式"之于广大民众（"工农兵"）的"亲和力"，可以获得他们的认同与支持，使其成为新文学构想的自觉参与者和实践者，他们作为一股新生的文学建设力量，能壮大新文学建设的队伍，加快文学重塑的进程，同时旧的"民间艺术形式"还能帮助知识分子改变"脱离群众的审美观念"和"改造他们的文艺风格"③，以及"不合时宜"的审美习性，最终把经过彻底改造的新的审美理念转化为文学实践，积极加入新文学的建设之中。当然，改造"民间艺术形式"过于简单、质朴和原始的形式，为其加入新的时代元素，使它在不断"裂变"中保持一种健康、新鲜和活泼的生命形态，并通过这一艺术载体将国家主流意识形态，内在化为变化了的读者的审美诉求。由此不难发现，文学文体资源的选择、开发和利用，一方面可以激发创作主体的探索激情，为文艺"民族形式"寻找新出路；另一方面又可以在旧的艺术形态的利用与改造过程中，既满足文学读者的审美需求，又悄然地改变他们的精神世界和审美理念——这些都有力地推进了"新的人民的诗歌"全面重建的进程。

---

① 有研究者就曾考察中外诗歌传统，尤其是俄国诗歌和民间诗歌对 20 世纪 50—60 年代诗歌诗体生成的深层影响。参见王珂《新诗诗体生成史论》，九州出版社 2007 年版，第 170—294 页。

② 周扬：《新的人民的文艺》，载中华全国文学艺术工作者代表大会宣传处编《中华全国文学艺术工作者代表大会纪念文集》，新华书店 1950 年版，第 79 页。

③ 艾青：《谈大众化和旧形式》，《文艺报》1950 年第 2 期。

二　"质的规定性"：当代诗学资源择取与"新的人民的诗歌"本质诉求

当代诗歌资源择取向度确保了"新的人民的诗歌"的"质的规定性"。对于当代诗歌而言，传统资源的选择向度不仅是诗歌实现成功转型与重塑的"助推器"，同时也是防范不良"病毒"入侵的必要手段。由于"新的人民的诗歌"在传统文化网络中诞生，为了呈现其"新质"和保持恒久的"质的规定性"，不得不从传统中剥离出来并且防止被"传统"所侵蚀与同化。为了实现这一目的，人们对传统的文学资源按"精华与糟粕"进行划分，并根据一定的标准重新界定"精华与糟粕"的边界。总体而言，随着"十七年"文学思潮的日益激进化，人们对文学"纯粹性"的呼求日渐提高，因而对文学资源"精华与糟粕"的划分也更加严格。比如，在20世纪50年代，"人民性"是区分古典文学资源的一个重要的标准，于是，据此准则观照古典文学传统资源时，人们发现了这样一条"传统"的脉络："我国文学，以《诗经》开始有其灿烂的优秀传统，这就是人民性和现实主义的精神，它们形成一条长河，一直通到我们现在，在这条长河上面，人们可以看见屈原、司马迁、杜甫、施耐庵、曹雪芹，看见这些相承相接而前后相辉映的、聚得高高的浪头。"① 这里，凡具有"人民性"和"现实主义精神"的作家作品皆被看作古典文学资源的"精华"部分。应当说，在这一时期"人民性"概念相对比较宽泛，它通常是指文学文本传达了作家对劳动人民悲惨人生命运的关切和艰难的生存境遇的同情与怜悯，一些夹杂着人性色泽或"人民性"并不明显的作品也同样受到人们的关注和讨论②。可是，到了20世纪60年代，尤其是1962毛泽东提出"千万不要忘记阶级斗争"的口号之后，古典文学"人民性"更加强化了"阶级性"内容，甚至"阶级性"是判断"人民性"核心指标。1960年，何其芳就曾指出，我们对待古典文学资

---

① 《文艺报》社论：《屈原和我们》，《文艺报》1953年第11期。

② 如《文学遗产》1954年关于陶渊明诗歌的讨论，1955年关于《长恨歌》、李煜词的讨论，1957年关于李清照词的讨论，1959年关于王维、孟浩然山水田园诗的讨论等。

源出现了"不加批判或者批判不够的偏向","对过去的作品,只讲它们的成就和人民性,不讲它们的限制和阶级性,或者夸大它们的积极的一面,缩小它们的消极的一面,或者甚至把消极的东西也说成积极的东西"①。于是,李煜的词虽然具有"爱国主义"思想,但因缺少阶级性也被拒之于可资利用的古典文学资源的大门之外。同时人们开始讨论山水风景诗的阶级性问题,在此期间,《文艺报》1960年第10期也发表了一篇《关于风景诗、山水花鸟画的阶级性问题》,认为"不同的阶级的人是以不同的思想感情、美学观点来欣赏、描写大自然的"②。这一代表着官方权威的观点显然表明阶级性必须纳入"人民性"的范畴。从前述的古典文学"人民性"内涵及外延的变迁,不难发现,毛泽东时代人们对古典文学资源的择取弹性空间逐渐萎缩,资源的"精华"部分渐渐走向"纯粹",而"糟粕"部分则在不断扩张。

实际上,人们对古典资源选择由有限度的"开放"到"封闭"转变,和当代诗歌为展现其"质的革新"以及保持其"质的规定性"的本质诉求有关。可以说,"新的人民的诗歌"从它诞生伊始,就试图对既往的诗歌存在实施超越,"坚持与'传统'文学划清界限",是"它存在的理由,也是它活力的来源"③,同时也是它实现"质的规定性"的一种必要方式。当然,要与"'传统'文学划清界限",就必须对"传统"的资源"吸收的标准"不断提出更新、更高的要求。这些要求包括两个方面:一方面是资源选择应始终"向前看",即"强调革新,反对保守",反对"颂古非今","不能让过去的文艺束缚我们的手脚,妨碍我们的创造性"④。这就是说,凡是对新的文学艺术革新构成障碍和压力的传统资源都必须坚决剔除,这其实是为了解除新文学成长压力,冲决传统"罗网"展现其独立性

---

① 何其芳:《怎样对待遗产,创造新时代文学》,载《文学艺术的春天》,作家出版社1964年版,第193页。

② 陈育德:《关于风景诗、山水花鸟画的阶级性问题》,《文艺报》1960年第10期。

③ 洪子诚:《问题与方法——中国当代文学史研究讲稿》,生活·读书·新知三联书店2002年版,第287页。

④ 周扬:《我国社会主义文学艺术的道路》,载《全国文学艺术工作者第三次代表大会文件》,福建人民出版社1960年版,第69页。

而对资源选择提出的时代要求。另一方面是从文艺发展"实际需要"出发选择资源。由于革命文艺发展的"实际需要"不断变化，对资源选择的标准也随之发生改变，那么，这一要求有何现实意义呢？其实，通过强化"资源选择"的功利性，使诗歌发展不为"传统"资源所束缚——一切诗歌传统不是因其高度的艺术价值而存在，而是能否"为我所用"而存在，这一方面解构了中外诗歌传统之于"新的人民的诗歌"的优越性；另一方面也提升了人们对这种新的诗歌形态的自信心，同时还能使当代诗歌在与传统诗歌的角逐中赢得主动权和话语权。

三　"超越"与"再出发"：当代诗学资源转换与"新的人民的诗歌"新路向

当代诗歌诗学资源转换为"新的人民的诗歌"再出发提供了新路向和多种可能。与现代诗歌吸收西方诗学资源不断成长与壮大不同，"新的人民的诗歌"主要仰赖于"本土"诗学资源，成功实现对现代诗歌的超越。事实上，当代诗学资源的"本土化"转向与解放区特定乡村文化语境密不可分。相较于都市文化语境，解放区的整个文化语境发生了重大的变化，诸如朗诵诗、街头诗运动和新秧歌剧运动等一系列的文化运动都在一个地理环境相当偏僻和文化相对落后的乡村展开，柯仲平曾提道：

> 在今天（指延安时期——引者注），我们的大城市，主要的交通路线被敌人占领，很多地方的联系都是非常困难的。我们的动员工作，最主要的，不能不在各地的乡村。在乡村活动，艺术上的地方性，被提到首要的地位上来了。[①]

在这样的乡村文化语境中，诗歌服务的对象不再是具有小资产阶级趣味的知识分子，而是"在火线上、在农村中、在工厂中"的"工农兵"，

---

① 柯仲平：《介绍〈查路条〉并论创造新的民族歌剧》，载王琳、刘锦满编《柯仲平诗文集》（文论卷），文化艺术出版社1984年版，第100页。

诗歌所担负的不是"五四"所倡导的思想"启蒙"功能,而是发挥鼓动和教育民众的作用,诗歌不再是作为精神贵族知识分子独自享有的精致艺术,而是广大战斗在战争和生产一线"工农兵"可资利用文化产品。由于"文艺与人民,与政治的关系达到了如此紧密的地步,解放区的文艺工作者不能不充分考虑与重视观众读者的要求和反映,并把全心全意为他们服务,当作自己光荣的任务"①。可是,受西方诗学资源影响甚深的现代"自由诗",不论其诗歌功能、诗歌本质还是诗体形式都已不能适应和满足时代的需求,尤其是现代"新月派""象征诗派"和"现代诗派"那"远离大众的,不适当的'欧化'"句式②,以及"晦涩难懂"的诗风已经失去了生存的土壤和根基。特殊的乡村文化语境迫使人们反思"五四"以来的中国现代新诗出现的问题,并努力从现代诗歌资源中寻找问题的根源,有人就曾指出,"五四"运动以来,包括现代新诗在内的"新文艺形式","未能批判地接受外来的文艺遗产,未能接受中国文艺传统上的优点——最主要的是未能吸收中国大众中流传着的一部分较生动的民间文艺的优点,尤其是虽然主张白话文,而未能运用大众的生动的口语",这是现代诗歌"深入广大民众和兵士中""碰了很多钉子"的原因③。这里,论者显然试图从资源角度探寻现代诗歌在乡村文化语境中发展受阻的症结,并且意在表明现代新诗的"弱点"正是当下诗歌超越的起点。也就是说,此时人们已经意识到"五四"以来就引起一些诗人注意,但未受到高度重视的以民间资源为代表的"本土资源"的重要性,力求引入"本土资源"激活诗歌之于民族解放战争和解放区的各项政治和生产运动的内在潜力。于是,"包括民间诗歌和民间文艺在内的民间文化受到了空前的重视"④,有人说,1942 年《讲话》以降,"诗歌像其他姊妹文艺一样由

---

① 周扬:《新的人民的文艺》,载中华全国文学艺术工作者代表大会宣传处编《中华全国文学艺术工作者代表大会纪念文集》,新华书店 1950 年版,第 78 页。

② 柯仲平:《介绍〈查路条〉并论创造新的民族歌剧》,载王琳、刘锦满编《柯仲平诗文集》(文论卷),文化艺术出版社 1984 年版,第 107 页。

③ 同上书,第 104—105 页。

④ 於可训:《当代诗学·导论》,湖南人民出版社 2000 年版,第 7 页。

外国学习转过来向民间学习"①，的确如此，中国共产党人希冀通过借重"本土资源"，不仅让诗歌真正服务于现实革命斗争，同时还借此创造一种"老百姓所喜闻乐见"和有"中国气派"的民族文艺，或曰"新的大众诗歌"。为此，诗人们开始收集山歌、民谣，并"吸收民歌作风到新诗歌的创作中来"，不断丰富"诗歌的民族形式"②。简言之，解放区特殊的乡村文化语境，有力推动了现代诗歌诗学资源的转向，并为诗歌挖掘"本土资源"建构一种独具中国特色的"民族化""大众化"诗歌提供了一片实验基地。

1949 年之后，当革命政权由乡村转移到城市，人们以解放区的诗歌实践经验为依托开始建设"新的人民的诗歌"。解放区文艺对传统资源选择的"本土化"取向在诗歌领域也自然得到延续，虽然"在学习民歌、民间形式的唱词方面有了一些成绩"③，但是进入和平年代之后，人们已经拥有了相对平和的心态来反思"本土化"的诗歌资源在诗歌实验中存在的问题。1950 年《文艺报》就发表了一批文章探讨当时"新诗歌"发展中的一些问题，其中有不少涉及诗歌资源利用中出现的不容忽视的偏向，包括以下几个方面：一是"新瓶装旧酒"。也就是说，诗人虽然采用民歌民谣"新形式"，传达的却是"封建残余的内容"④，并且"内容空虚陈腐之外又加上语调的油滑"⑤。二是"生吞活剥"。这表现在一些初学者对"顺天游、快板"等形式机械地模仿，导致出现了许多"堆积概念，分行分韵"却没有形象和思想的"'豆腐干式'的诗"。三是"开端就是顶点"。一些诗人在成功地利用民间资源，有了"成名作"之后"常常不能再超过那样的水平，甚至不能再保持那样的水平"⑥。实际上，这些问题是关乎如何创造性地开掘民间资源的问题。这是新中国成立初期，诗人及诗评家对解放区诗歌诗学资源转向后的诗歌实

---

① 林庚：《新诗的"建行"问题》，《文艺报》1950 年第 12 期。

② 柯仲平：《论文艺上的中国民族形式》，载王琳、刘锦满编《柯仲平诗文集》（文论卷），文化艺术出版社 1984 年版，第 115 页。

③ 林庚：《新诗的"建行"问题》，《文艺报》1950 年第 12 期。

④ 陈涌：《略谈"新瓶装旧酒"》，《文艺报》1950 年第 11 期。

⑤ 冯至：《自由体与歌谣体》，《文艺报》1950 年第 12 期。

⑥ 何其芳：《话说新诗》，载《何其芳全集》（第 3 卷），河北人民出版社 2000 年版，第 78 页。

践进行理论的反思与总结。当然，除了关注"民间资源"之外，人们也对"五四"以来新诗资源某些合理成分进行初步清理，何其芳就认为不能"简单'抹杀'五四以来的新诗"，对于"老传统"（旧诗）和"新传统"（现代新诗）"都只能批判吸收，都不能全盘肯定或者全盘否定"①。冯雪峰也提出现代新诗"不可轻易抛弃，因为这是我们将要向更好地步前进的根据"②。显然，这是对过去在诗歌资源向民间文艺"一边倒"的一种纠偏，其目的是为建构当代新诗的"民族形式"寻求一个更加合理的"本土化"的资源体系。

如果说，1950年人们侧重于从"民间"文艺资源和"五四"新诗资源角度，讨论"新的人民的诗歌"民族形式问题，那么，1956年8月至1957年1月《光明日报》等报刊则主要探讨如何利用旧体诗词或"古典诗歌"资源的问题。这些问题是针对现代新诗因未能很好地利用"古典诗歌"资源而提出来的。一些论者认为，缺乏中国"旧体诗词"滋养的"新诗"出现以下几个方面的"弊端"：一是新诗缺少"'言有尽而意无穷'"的胜境，给人"一览无余之感"③；二是新诗的形式"在人民中间没有'根'"；三是"思想平庸，感情贫乏，语言拖沓"④。在他们看来，之所以会出现这些问题，和"五四"以来的新诗与中国诗歌民族传统中断密不可分，因此，当代诗歌为了建立一种新的民族形式，应从古典旧诗词中汲取"有益"资源，抛开成见并恢复曾经中断的资源补给链，使其重新焕发蓬勃的生命力。应当说，这是"百花齐放"口号提出后，诗歌界把寻找"当代"诗歌资源的目光由"民间"转向"古典"的一次努力，同时也是对"民间资源"之于诗歌"局限性"的一种理性反思。

如前所述，人们对"新的人民的诗歌"资源路径探寻经历了由"西方化"到"本土化"，由"民间化"到"古典化"，由"实践"到"理论"再到"实践"的嬗变过程——一个寻求当代诗歌"民族化"的艰难探索过

① 冯至：《自由体与歌谣体》，《文艺报》1950年第12期。
② 冯雪峰：《我对于新诗的意见》，《人民诗歌》1951年第1期。
③ 朱光潜：《新诗从旧诗能学得些什么》，《光明日报》1956年11月24日。
④ 游国恩：《新诗应该有韵，至少要有一些"规矩"》，《文艺报》1956年12月22日。

程。有了这些实践和理论的探索，1958 年 3 月，毛泽东在成都会议上提出了诗歌发展的新路向："我看中国诗的出路，第一条是民歌，第二条是古典。这两方面都要提倡学习，结果产生一个新诗。""将来我看是古典同民歌这两个东西结婚，产生第三个东西。"① 很显然，毛泽东把当代诗歌的资源问题具体化和明确化了，这种在吸收"古典"和"民歌"资源基础上生产诗歌的设计，不仅是对延安以来诗歌资源"本土化"转向后的诗歌创作实践和理论探讨的综合与提升，同时也是对当代诗歌理想民族形态的前瞻与想象。在毛泽东看来，"古典"和"民歌"诗学资源的整合与创新具有非同寻常的意义，"在古典加民歌的基础上产生的新诗，既是最好的民族形式，也是最好的民间形式，是使'新诗'这个欧化的产物，经过一个'古典加民歌'的中国化的处理而得的一种理想的诗歌形态"②，正是在这种带有权威性质的诗歌资源观念影响下，1958 年国家权力主体借助各种政治和行政手段，在全国范围内发动了一场实践毛泽东关于建构当代诗歌理想的民族形态的"新民歌"运动。这场运动把"西方"诗学资源作为与"民族传统"相背离且应当彻底"决裂"与"超越"的对象，并力求以"民歌"的歌谣形式为外在形态和古典诗歌"革命现实主义和浪漫主义"精神为内在肌理，这既有效地吸收与转化"民间诗歌"和"古典诗歌"资源，又保持了"新民歌""质的规定性"，从而建构一种既具有民族根基，又富有时代"新质"的民族诗歌，这不仅为"新的人民的诗歌"发展开辟了一条新的路径，打开了一个新的局面，同时也有力地推动了"新的人民的文艺"总体工程的建设。

可以说，毛泽东在 1958 年对当代诗歌理想民族形态的想象与实践，及其与此相关的诗学资源设计，几乎影响了 20 世纪 60 年代诗歌诗学理念的整体走向和诗歌风貌的形成。1962 年至"文革"期间，诗歌界发生的关于"新诗的民族化与群众化"的论争，所围绕的核心问题是如何"在民歌与古典诗歌基础上发展新诗"，这些有关当代诗歌资源的讨论其实是 1958 年

---

① 毛泽东：《在成都会议上的讲话提纲》，《建国以来毛泽东文稿》（第 7 册），中央文献出版社 1993 年版，第 124 页。

② 於可训：《当代诗学》，湖南人民出版社 2000 年版，第 67 页。

新诗发展问题论争的延续，不过经过"反右"斗争和知识分子（诗人）"下放运动"，此时的论争很难超越（也无法超越）毛泽东为实现独具民族特色的当代诗歌的资源设想①。可以说，尽管"新民歌运动"并未真正建立一种经得起时间考验的民族化诗歌典范，但是始终未能动摇把"古典＋民歌"作为建构当代诗歌合法资源的地位，因为"本土化"资源路向被认为是创建民族化诗歌的一条通道，而"民族化"又是"新的人民的诗歌"超越现代诗歌的一种独特的标识。

那么，毛泽东提出的当代诗歌资源路线怎样推进诗歌的"民族化"进程呢？总体而言，大致有以下几个方面：一是明确诗歌资源引入方式，加快知识分子改造。"共和国"时期，虽然"民间"和"古典"诗歌资源吸引了许多诗人的目光，但是人们对这两种资源究竟要吸收哪些要素仍然未达成共识，一些诗人（如穆旦、卞之琳等）在语境相对宽松时，对"西方诗学"资源还有所眷恋。毛泽东1958年关于新诗的讲话，不仅使诗歌发展道路明朗化，更重要的是强化了知识分子（诗人）思想观念改造。因为当"民间诗歌"资源被定位成合法的资源后，许多原来对"民间资源"持有歧见的知识分子（诗人）被要求必须"深入工农群众，和群众一同劳动，一同创作，向民歌学习"②，全面更新自身诗学理念，才能避免被时代边缘化③。当知识分子（诗人）认同经过改造后的"民间诗学"理念并付诸于文艺实践时，他们便由原来远距离审视"民间文化"的"知识精英"转变为"新的人民的诗歌"建设的"有机知识分子"，从而使他们自觉自愿地加入"民族化"新诗的创作潮流之中。二是在"民间资源"发掘过程中，培养一批以"工农"诗人为代表的文学新生力量。由于在当时"民间

---

① 当时也有人提出应对新诗发展的其他资源采取一定的包容态度，认为"'欧化'了的新诗并不就是民族传统的异端，并不就是罪过"。"在新诗发展中，本着学中而不排外，学古而又学今，不截流穷源"，不过这种观点很难获得主流诗界的重视与认同，也很快被日渐激进的诗歌主潮淹没。参见苏恒《新诗发展源流说质疑》，《四川文学》1962年12月号。

② 周扬：《新民歌开拓了诗歌的新道路》，《红旗》1958年第1期。

③ 郭沫若认为，要使诗歌进一步民族化群众化，"首先要从诗人本身化起"，"先做好劳动人民的学生，然后才做好劳动人民的先生"。可见，诗歌资源"本土化"转向是知识分子自我改造的契机，也是当时诗歌实现"民族化"的保证。参见郭沫若《就当前诗歌中的主要问题答〈诗刊〉社问》，《诗刊》1959年第1期。

诗歌"资源不断价值化，一些民间"歌手"受到政府的重视，他们在当地政府的培养下，经常参加各种诗歌创作竞赛，逐渐引起诗坛的关注。这些从"民间"走出来的艺术储备并不丰厚的"工农诗人"，作为国家权力主体着力培养的"新生力量"，是"新民歌"创作的最"忠诚"的拥护者和践行者，其创作有力地推动了诗歌"群众化"和"民族化"演进进程。与此同时，当"工农诗人"所创作的"新民歌"被认为"摆脱了既成诗人们的那一套腔调"[1]，"促进了诗歌民族形式问题的解决"，"开辟了诗歌艺术的新天地"[2]，成为"专业诗人"应当学习的艺术"新形式"时，它可能转化为"专业诗人"诗歌生产时的一种潜在的参照，在影响他们诗风转变的同时，也激发了他们探索"民族化"的当代诗歌的激情与智慧，这些都为"新的人民的诗歌"再出发，实现超越梦想提供了精神动力和诗歌典范。

## 第二节　诗学资源的系统构成与复杂生成

如前所述，当代诗歌诗学资源整体上呈现从"西方化"向"本土化"转向态势，事实上，"十七年"诗歌的生成与发展并非只接受"本土化"的诗学资源，"域外诗学"资源也是诗歌资源的一个重要组成部分。不过当代诗人为了建构一种崭新的民族形式，对两种诗学资源都建立了一套较为严格的遴选机制，并且这些资源并非以简单的"植入"方式进入当代诗歌资源体系中，而是必须经历"裂变""分离""提纯""融合"和"创生"等一系列复杂的生成过程。那么，具体而言，当代诗学资源的系统构成呈现何种特征？它又经过怎样复杂方式得以生成的？

---

① 茅盾：《工人诗歌百首读后感》，《诗刊》1958 年第 5 期。
② 张光年：《从工人诗歌看诗歌的民族形式问题》，《红旗》1959 年第 1 期。

一　当代诗歌诗学资源的系统构成

当代诗歌的"本土资源"包括古典文学、现代文学、民间文学和少数民族文学，"域外资源"则有俄苏文学和西方文学。这些中外文学传统以一定的方式被整合到当代诗歌诗学资源构成之中。也就是说，当代诗歌在走向"民族化"的过程中，逐渐建立和完善了一系列诗学资源的吸收机制，这种机制把不同的诗学资源纳入一个既相互联系又相互作用有序的结构中，共同形成一套新的资源生成系统。那么，不同的资源要素以怎样方式形成当代诗歌诗学资源的系统结构呢？

首先，诗歌传统的"区隔化"。所谓"区隔化"是指"域外"和"本土"诗歌传统之间及其内部按一定的方式被区隔为"精华"与"糟粕"两个部分。这些方式包括伦理区隔（爱国/反动）、阶级区隔（无产阶级/资产阶级）、精神区隔（个人/集体）、空间区隔等。国家权力主体设法通过这些区隔方式，将诗学资源"加以分化、重构，使之转化成自己的构成性要素"[1]。其一，政治伦理区隔。从政治伦理角度出发重新划定资源的价值，是当代诗歌对诸种资源实施重构的方式之一。"民主"不仅是政治伦理的一种表现，同时也是当代诗歌资源的价值分野，这方面在处理古典诗歌、现代诗歌资源上表现得尤为明显。冯至在谈到古典文学遗产问题时指出，"古典文学中民主的传统""值得我们学习和借鉴"，"我国古典文学从《诗经》《楚辞》开端直到《水浒传》《红楼梦》都不同程度上贯穿着民主精神"[2]，并认为"杜甫""白居易""陆游"等诗人的诗作具有较鲜明的反对封建统治阶级对人的压迫与奴役，以及提倡人的平等的民主意识[3]。同时"爱国"也是一种基本的政治伦理，因此，屈原诗歌因具有"热爱祖

---

① 朱国华：《古典时代的政治权力与文学：区隔的逻辑》，《天津社会科学》2006 年第 6 期。

② 冯至：《我们怎样看待和处理古典文学遗产》，载《诗与遗产》，作家出版社 1963 年版，第 3 页。

③ 其实，古典文学中"民主"精神在很大程度上就是一种反对封建剥削和压迫的反抗精神。这种精神传统在转化为当代诗歌的精神资源时比较复杂，人们一方面必须发扬"民主精神"对"旧中国"黑暗现实的"诅咒"与"反抗"，加速旧制度和旧的精神残余的消亡；另一方面又必须警惕这种"反抗"精神对现存制度产生质疑和批判的"破坏"力量，危及新的民族国家的"合法性"建构。为此，这种"民主精神"往往是指向过去，而非指向现在或未来。

国、热爱真理、热爱正义"元素而被认为是当代诗人宝贵的精神资源①。徐迟说，之所以选择屈原和杜甫作为当代诗歌的精神资源，就在于"屈原的诗集里面全部贯穿着这样一种崇高的精神：我是爱国家的，我想把国家弄好，遇到了小人的阻碍，小人陷害了我，但我无所畏惧"，"杜甫也是这样的爱国，对人民的灾难寄予无限同情，对朝廷和统治者则有深刻的愤恨"，"我们要学他们的精神力量"②，这里，徐迟道破了选择这些对古典诗歌资源深层动因，那就是这些诗人的诗作中包含了崇高的"爱国主义"精神。于是，人们发现了这一精神资源的传统脉线："自《诗经》《楚辞》，汉、魏、六朝乐府诗，以及历代大诗人阮籍、陶潜、陈子昂、李白、韦应物、张籍、王建、孟郊、白居易、元稹、柳宗元、刘禹锡、梅尧臣、王安石、苏轼、黄庭坚、辛弃疾、杨万里、陆游等，乃至宋、元、明诸家词曲，都一直在这一原则上向前发展"③，这是一条源远流长且不断"向前发展"的精神资源链，它使古典文学资源从庞大的传统中"分离"出来，为当代诗歌的发展提供了有效的精神资源。同样地，也正是在这种政治伦理的观照下，人们对现代新诗中闻一多的诗歌复杂成分进行"剥离"——他早期烙上"颓废色彩的""唯美主义印记"的诗作被当作应当"割除"的"不健康"部分，而那些饱含"爱国主义激情"的诗篇"对我们社会主义时代的诗歌的发展"，"将大有助益"④ 则成为"'五四'以来值得我们格外珍视的诗歌遗产"。以同样的"区隔"方法，戴望舒抗战爆发之前的诗歌被划入"小资产阶级"范畴，而后期的诗歌得到当代诗人的肯定⑤，刘半农的"抒发劳苦大众的悲愤以及抗议阶级剥削的诗篇"受到高度的"褒扬"⑥。可以说，当时人们一般都是采用伦理"区隔"的方法来处理现代新诗遗产，寻找当代诗歌的资源。实际上，也是基于崇尚"民主"和"和

①　郭沫若：《伟大的爱国诗人——屈原》，载《雄鸡集》，北京出版社 1959 年版，第 186 页。

②　徐迟：《南泉诗会发言》，《诗与生活》，北京出版社 1959 年版，第 11 页。

③　龙榆生：《我们应该怎样继承传统来创作民族形式的新体诗》，《文学月报》1956 年第 12 期。

④　刘绶松：《论闻一多的诗歌》，《诗刊》1958 年第 1 期。

⑤　蔡师圣：《略谈戴望舒前期的诗》，《诗刊》1958 年第 8 期。

⑥　李岳南：《谈刘半农的诗》，《诗刊》1959 年第 3 期。

平"的政治伦理，苏联的特瓦尔朵夫斯基的《华西里·焦尔金》被认为"歌颂了卫国战争中英雄的战士，表现苏联人民对祖国、对人类深厚的感情以及在他们中间蕴藏的强大无比的力量"①，而受到当代诗人的推崇；嘉里尔的《莫阿比特狱中诗抄》则被认为是"一部宝贵的人的文献，是一组壮丽的人的颂歌，它充满了英雄主义、爱国主义"②，而备受主流诗界的青睐。另外，诸如莱蒙托夫、涅克拉索夫、苏尔科夫的诗歌也因合乎主流意识形态的政治伦理而得到高度评价。可以说，乌克兰的谢甫琴柯③、美国的惠特曼④、德国的海涅⑤、阿尔巴尼亚的瓦索·巴夏和恩得烈·米爱达⑥、保加利亚的赫里斯托·波特夫⑦等诗人的许多经典诗作，都因具有"民主精神"或"爱国主义精神"成为当代诗人作为可资学习和倡扬的精神资源被介绍到中国来。由此可见，伦理区隔将传统"精华"部分从原本庞大而复杂的诗歌传统中提取出来，形成一个脉络清晰、时空分明的诗歌新传统，继而转化为当代诗歌资源的构成要素。平心而论，"十七年"时期的书写抗美援朝运动和保卫和平运动的诗歌，以及歌颂新生"共和国"的"颂歌"，都有效吸收了前述诗歌的精神资源。掌握文化领导权的国家

① 罗叶：《质朴的诗 激情的诗——读特瓦尔朵夫斯基的长诗〈华西里·焦尔金〉》，《文艺报》1956 年第 21 期。

② 苏杭：《诗人、英雄、列宁奖金获得者穆萨·嘉里尔》，《文艺报》1957 年第 31 期。

③ 他的诗歌被认为有"民主倾向"和"人民性"特质，"富有革命思想和战斗精神"。参见张铁弦《伟大的歌手，坚强的战士——纪念乌克兰诗人谢甫琴柯逝世一百周年》，《文艺报》1961 年第 3 期。

④ 徐迟认为惠特曼"不仅歌唱民主"，而且是"为民主主义奋斗的勇猛的战士之一"。参见徐迟《论〈草叶集〉》，载《诗与生活》，北京出版社 1959 年版，第 116 页；杨宪益在《民主诗人惠特曼》一文中认为《草叶集》是一部"为民主、自由而歌唱的诗篇"，杨宪益《民主诗人惠特曼》，《人民文学》1955 年第 10 期。

⑤ 海涅的诗歌被认为具有"深刻的现实性和人民性"和"爱国主义热情"，"丰富了世界革命文学的宝库"。参见张佩芬《诗人海涅》，《人民文学》1956 年 4 月号，第 123 页。

⑥ 有人认为他们的诗歌写出了"阿尔巴尼亚人民在土耳其统治下所遭受的压迫和痛苦，具有强烈的爱国主义精神"，参见戈宝权《为民族解放而斗争的歌手——纪念阿尔巴尼亚著名爱国诗人瓦索·巴夏逝世七十周年和恩得烈·米爱达逝世二十五周年》，《文艺报》1962 年第 11 期。

⑦ 人们认为"他的诗歌所以能够世世代代活在人民心中，是因为它表现了人民最纯真、最深刻的企望，对于正义必将胜利，人类争取自由及幸福的斗争必将胜利的信心"，参见［保加利亚］路·斯托扬诺夫《赫里斯托·波特夫——为纪念诗人逝世八十周年〈文艺报〉特约稿》，《文艺报》1956 年第 20 期。

权力主体，正是通过"伦理区隔"对富有此种政治伦理的诗歌传统，以"周年纪念"① 方式实施资源激活，干预当代诗人资源的择取向度，并建立一套资源分类、开掘和防疫系统。

其二，"阶级趣味"区隔。在"十七年"文学中，无产阶级趣味是统治阶级的合法趣味，由于无产阶级主要由广大的"工农"组成，因而无产阶级趣味通常表现为已然"本质化"的"工农"趣味。在诗歌领域，无产阶级趣味体现为强调诗歌功能大于形式、政治的实用性大于审美超功利性，"关心的是作品写了什么，渴望的是在作品中的一种感情投入，一种道德感的满足"②。与此相对应的是"小资产阶级趣味"，它主张诗歌形式高于功能，强调诗歌"自由地表现自己"，注重诗歌的"思维术""意境的营构"和"表达策略"。很显然，在当代"无产阶级"趣味上升为时代的主导趣味，"小资产阶级"趣味则成为受批判和被改造的"美学趣味"。人们利用趣味区隔的方法将熔铸不同美学趣味的诗歌传统进行"精华"与"糟粕"的分离。以臧克家的《"五四"以来新诗发展的一个轮廓》一文为例，在新的美学趣味原则的审视下，"五四"以来在诗歌形式方面进行探索的诗作或诗歌流派，以及表现小资产阶级情感的诗篇被区隔为诗歌传统中的"糟粕"。比如"新月派"被认为"以'唯美主义'的形式诱导一般读者坠入形式主义的泥坑"，诗歌"对人只能起一种催眠作用，除此之外毫无其他意义可言"；"象征派"诗歌则是在一个不"明白的间架"里，装进"恍惚迷离、神秘过敏的颓废的感觉和情调"。"现代诗派"表现的是"个人的无力，前途的渺茫，不胜其忧郁哀伤"的情调③。显然，对诗歌精致形式的追求，表现个体复杂、隐秘的内心世界，传达社会转型期个体忧郁感伤，都是小资产阶级知识分子（诗人）所追求的审美趣味，它明显与无产阶级趣味相背离，因而被认为"不健康"趣味而丧失作为当代诗歌传统资源

---

① 有趣的是，在当时每逢重要的革命、民主诗人"周年纪念"日，一些权威期刊（如《文艺报》《人民文学》）会刊发纪念文章，这些文章其实是对文学资源"唤醒"和"激活"的一种独特方式。

② 朱国华：《古典时代的政治权力与文学：区隔的逻辑》，《天津社会科学》2006年第6期。

③ 臧克家：《"五四"以来新诗发展的一个轮廓》，载《在文艺学习的路上》，上海文艺出版社1962年版，第13—22页。

的资格。从现实情形来看，在当时诸如《诗刊》《文艺报》和《人民文学》权威期刊，几乎少有介绍这些诗派的文章，即便有，也是以批判的面目出现。与之相反，那些充分展现诗歌"战斗功能"，具有"鼓动力量"，诗的形式比较"大众化"的诗歌，因其合乎无产阶级的感知图式和审美趣味，被当作当代诗歌"更好地前进"的重要诗学资源。于是，殷夫、臧克家、蒲风、田间、艾青、柯仲平、袁水拍、李季、阮章竞等的诗歌，从现代诗歌的传统中提取出来，进而被描述成一条脉络清晰可见的"优良"的诗歌传统，尤其是李季的《王贵与李香香》更是被当作"新的人民的诗歌"发展可资借鉴的宝贵资源。同样，人们也以无产阶级美学趣味为标准来"区隔"古典诗歌资源，我们从1958年中华书局出版的《新编唐诗三百首》来反观这一现象。该选本采取"古为今用、政治第一"的原则，也就是强调诗歌政治教化功能，臧克家曾把"新选本"和清代"旧选本"做了一番比较，发现贺知章的《回乡偶书》、陈子昂的《登幽州台歌》、李白的《将进酒》和《夜思》以及白居易的《长恨歌》等诗歌被删去，王维被压低，"边塞诗人们脍炙人口的诗篇，显然很少了"，"描写农民生活痛苦的作品大大地增多了"，而且编者"把'民歌'放在首要地位"，他认为"不选杜甫的《新婚别》可能是怕影响，不选王维的《忆山东兄弟》可能是怕读了令人起思乡之念而不安心工作"①。可以说，"无产阶级"美学趣味在文学中强势渗透，使得人们不可能不对诗歌的审美之维实施超越，并大力发掘那些对读者具有教化功能的诗歌文本。"新版本"对"旧版本"唐诗的增删变动，是新的美学趣味对古典诗歌传统资源重构的一种表现，它在分离出传统的"精华"与"糟粕"的同时，也使经过区隔后的"优秀"的古典诗歌资源，生成一条有别于"旧选本"的前后相继的资源脉络，进而成为当代诗歌发展需要的有机组成部分。由前所述，不难发现，政治伦理和阶级趣味区隔，使诗歌传统出现价值分层，并在共时性维度和历时性维度建构起一种与"新的人民的诗歌""质的规定性"相契合的诗歌资源系统。

其次，诗歌资源的等级化。在"十七年"时期，人们普遍认为现代

---

① 臧克家：《从〈新编唐诗三百首〉说起》，《文艺报》1959 年第 5 期。

"新诗最根本的缺点就是还没有和劳动群众很好地结合"，产生这种弊病的重要原因在于"有些诗人醉心于模仿西洋诗的格调"①。当代诗歌为了避免重蹈现代诗歌的覆辙，努力在诗歌资源方面寻求突破，借此建构一种"民族化"的"当代"诗歌。为此，当代诗歌各种资源并非位于同一个层面，而是处在一种等级化的结构之中。一般而言，"民间诗歌资源"优于"古典诗歌资源"，"本土诗歌资源"优于"域外诗歌资源"，"苏俄诗歌资源"优于"西方诗歌资源"。这种诗歌资源等级的形成与毛泽东关于新文化的构想有紧密的关联。

毋庸置疑，包括现代诗歌在内的现代文学主要通过引入西方文学（理论）资源来突破中国文化传统，为中国现代文学开辟一条新的道路，但是由于过于强调与中国古典文学的断裂，"五四"新文学发展中的"民族化"问题很大程度上被"悬置"起来。不过，20世纪30年代关于"文艺大众化"问题的三次讨论和抗战爆发后"民族形式"问题的论争，人们逐渐从理论层面关注文学的"大众化"和"民族化"问题。受这些理论探索的影响，以及为了提高中国共产党在民族战争中的地位，毛泽东在1938年提出文艺要创造"新鲜活泼的、为中国老百姓所喜闻乐见的中国作风和中国气派"的"民族形式"②。1940年《新民主主义论》又提道："中国文化应有自己的形式，这就是民族形式"③；1942年《讲话》中，他再次指出："文学艺术中对于古人和外国人的毫无批判的硬搬和模仿，乃是最没有出息的最害人的文学教条主义和艺术教条主义。"④可以说，建构一种既能彰显民族文化个性，又具有文化凝聚力的民族文化（文学）是毛泽东新文化构想的核心理念。新中国成立后，毛泽东在《论十大关系》《在八大二次会议上讲话》《成都会议上的讲话》和《同音乐工作者的谈话》等报告中不断

---

① 周扬：《新民歌开拓了诗歌的新道路》，载《诗刊》编辑部编《新诗歌的发展问题》（一），作家出版社1959年版，第2—3页。

② 毛泽东：《中国共产党在民族战争中的地位》，载《毛泽东选集》（第2卷），人民出版社1991年版，第534页。

③ 毛泽东：《新民主主义论》，载《毛泽东选集》（第2卷），人民出版社1991年版，第707页。

④ 毛泽东：《在延安文艺座谈会上的讲话》，载《毛泽东选集》（第2卷），人民出版社1991年版，第860页。

重申这一文化理念，并且要求当代文艺工作者在文艺领域中全面践行这种理念，借此强化民众对新的民族国家的认同。在毛泽东看来包括新诗在内的当代文艺必须走民族化的道路，同时文学的发展必须处理好"本土资源"和"域外资源"的关系。同样，为了提高人们对民族文化的认同感和自信心，他提出"当代"诗歌应从本民族的传统文化中寻找资源，应把视线由"西方"转向"民间"，这样一来，相较于"域外资源"，"本土资源"就受到当代诗人的格外青睐和重视。不论1950年《文艺报》关于"新诗歌的一些问题"的讨论，还是1956年以《光明日报》为中心的关于"新诗与中国诗歌民族传统"的论争，人们所关注的主要是当代诗歌如何吸收和利用中国民间诗歌和古典旧诗词资源的问题。由此可见，毛泽东关于新诗民族化的构想，影响了人们对传统诗歌资源的关注的焦点，相较于"域外资源"，"本土资源"显然成为"新的人民的诗歌"发展的主要资源。

　　1957年毛泽东致《诗刊》编辑部的一封信中谈到自己对"旧体诗词"看法，认为"这些东西（指毛泽东的十八首旧体诗词——引者注），我历来不愿意正式发表，因为是旧体，怕谬种流传，贻误青年"①，1958年在成都会议上则指出"中国诗的出路，第一条民歌，第二条古典，在这个基础上产生出新诗来"，1965年在《致陈毅》的信中提道："要作今诗，则要用形象思维的方法，反映阶级斗争与生产斗争，古典绝不能要，但用白话写诗，几十年来，迄无成功，民歌中倒是有一些好的。将来趋势，很可能从民歌中吸取养料和形式，发展成为一套吸引广大读者的新体诗歌。"② 从毛泽东这些讲话和通信可以看到，他对旧体诗词之于当代新诗的负面影响比较担忧，倒是对民歌资源对新诗民族化作用满怀期待并深信不疑。在"政治——文化""一体化"的年代，毛泽东作为党的最高权威代表，他关于当代民族新诗的构想，以及对民歌的"偏爱"不可能不影响人们对诗歌资源的选择向度。于是，"民歌"比"古典诗词"受到更多诗评家的

---

① 毛泽东：《致臧克家等》，载杨匡汉、刘福春编《中国现代诗论》（下编），花城出版社1986年版，第68页。

② 毛泽东：《致陈毅》，载杨匡汉、刘福春编《中国现代诗论》（下编），花城出版社1986年版，第198页。

研究和诗人的学习和借鉴，这也就形成了"民歌"优于"古典诗词"的资源等级结构。

在 20 世纪 50—60 年代，"中国文学的指导思想、创作方法、理论批评原则、文艺政策以及指导文艺的方式方法，都曾经是以苏联文学为楷模的"①。《文艺报》曾报道："1949 年 10 月—1956 年 12 月，我国翻译出版艺术书籍据不完全统计，共出版了 2746 种，共印行了 69610000 册"，"向苏联进口文学书籍 4392613 册"②，当代诗歌受苏俄文学的影响也概莫能外，尤其是马雅可夫斯基对当代诗歌尤其是政治抒情诗产生了重大影响，这一点下文再详述。另外，如苏尔科夫、伊萨柯夫斯基③、尼古拉·吉洪诺夫等诗人的诗作或诗论也被不断译成中文，在"向苏联老大哥学习"的年代里，这些文章自然会引起人们的注意和重视，不论是诗学观念④，还是诗歌的主题选择、价值指向和诗体形式方面，当代诗歌都曾受到苏俄诗人及其诗学理论的深刻影响。和"苏俄文学"发展备受当代文坛关切相比，人们对"西方文学"始终保持天然的警惕，尤其是高举"人道主义"和"个人主义"旗帜的"欧洲资产阶级文学"，通常被认为表现了个人"孤军反抗""脆弱无力"以及"玩世不恭"⑤，因而被视为具有"毒害性""迷惑作用"的文学传统遭到当代文坛的"拒斥"，只有那些反映反对民族压迫、种族歧视以及殖民侵略的"进步"的文学（诗歌或诗论）才被介绍

---

① 汪介之：《前言》，载《回望与沉思——苏俄文论在 20 世纪中国文坛》，北京大学出版社 2005 年版，第 4 页。

② 文艺报编辑部：《8 年来有多少苏联文学进口？》和《8 年来我国翻译了多少文学书籍？》1957 年第 31 期。

③ 如《文艺报》发表了伊萨柯夫斯基《谈民间歌谣》一文，该文是李季与作者之间的一封通信，主要讨论关于学习民间歌谣的问题，其中"编者按"提道："这封信所谈的如何向民间艺术学习的经验，是值得我们学习的"，这是"当代"诗人向苏联诗人"借鉴"的典型例子。参见伊萨柯夫斯基《谈民间歌谣》，《文艺报》1957 年第 7 期。

④ 有学者认为，《俄国文学理论简说》中的"很多诗观都对当时及后来多年的中国新诗产生了影响"，的确如此，当时《文艺报》《人民文学》，《诗刊》等都转载了许多关于苏俄诗人或诗评家的诗论，"新的人民的诗歌"对抒情主体"集体代言人"身份的重视，以及对诗歌节奏与韵律的强调很多都以这些诗论作为理论支撑。参见王珂《新诗诗体生成史论》，九州出版社 2007 年版，第 175 页。

⑤ 冯至：《略论欧洲资产阶级文学里的人道主义和个人主义》，载《诗与遗产》，作家出版社 1963 年版，第 94—95 页。

到中国来①。由是观之，"苏俄文学"和"西方文学"资源也处在一种等级结构中。

当代诗歌资源的等级化无疑是文学秩序重建过程中的一种时代必然。等级就意味着不是"兼收并蓄"，而是有主有次、有重有轻，正如郭小川所言，"我们要向外国诗歌学习，尤其要向我们自己的古典诗歌传统学习。但是我们的学习对象，也有主次之分，轻重之分。看不见这个主次之分，轻重之分，就是一种死心眼儿的形而上学"②，因为等级化的诗歌资源结构不仅可以有效颠覆现代新诗过度"西化"资源汲取系统，同时还可以提升和稳定"本土化"诗学资源在"新的人民的诗歌"资源系统结构中的位置。更为重要的是，这种主次分明资源等级结构还有助于刷新"当代"诗人的诗学观念，规范其诗歌行为，为其超越传统诗歌获得"再出发"的新平台。同时有了这种新的资源等级结构才能为"当代"诗歌发展建构一个有序的空间，使其在朝着既定的方向健康成长，确保诗歌"质的规定性"。

## 二　当代诗歌诗学资源复杂生成

在 20 世纪 50—60 年代，人们采取"区隔化"和"等级化"的方式，建立了一套较为完备的诗歌资源系统，它有效地更新了当代诗人对诗歌传统价值的认知与记忆，避免其因受某种"不健康"的传统诱导而"误入歧途"。不过，当代诗歌资源生成过程中，当代诗人必须处理那些包含了复杂成分的诗歌传统，如何将这些传统中"不合时宜"的成分剥离出去，提取那些有助于当代诗歌发展的有益因子，如何改造和发展诗

---

① 当然有时也会介绍一些英美资产阶级诗人，不过介绍的目的不是资源借鉴与吸收，而是为了更好地批判，如《文艺报》1962 年第 2 期刊发表了王佐良的《艾略特何许人?》，认为他关于"现代文学必然晦涩"，"纯诗"主张"只是为了宣传教权主义和法西斯主义"，他的"传统说"是对传统最大的"歪曲"；又如《文艺报》1962 年第 12 期又发表了王佐良的《稻草人的黄昏——再谈艾略特与英美现代派》，该文指出艾略特的"诗内容是反动的，恶毒的，十分有害的"。有趣的是，这些介绍诗歌发展的"逆流"的"反面材料"，一方面可以作为国家主流意识形态的批判"靶心"；另一方面相当隐蔽地转化为潜在的"颠覆"力量，成为革新"新的人民的诗歌"的诗学资源。

② 郭小川：《诗歌向何处去?》，载《诗刊》编辑部编《新诗歌发展问题》（第一集），作家出版社 1959 年版，第 90 页。

歌传统，如何有效阻断某种传统在当代的延续，都是一件颇为繁难的事情，尤其是在吸收、改造和转化现代诗学和苏俄诗学资源方面问题显得尤为突出。

（一）选择与吸收

首先，"五四"诗歌传统的选择与吸收。总体而言，"剥笋式"和"勾连式"是当代诗人选择与吸收"五四"诗歌传统的两种独特方式。李长之指出，"中国过去诗歌在艺术上的创作经验迫切需要进行科学的总结（包括"五四"以来新诗创作经验）。继承诗歌传统不是机械地搬用旧的形式，而是吸取其原则的基础上的成就，并加以创造"[1]。显然，"当代"诗人对新诗传统极为重视，问题是，由于现代诗歌的生成与发展受西方诗学理念影响甚深，因此要对新诗较为复杂的诗学传统进行深入辨析，有时显得比较棘手。比如，就"五四"新诗传统而言，"五四"新诗的转型很大程度上是在西方诗学观念的刺激和推动下实现的，因此，"五四"诗人的诗歌观念都有明显的"西化"倾向。由于当代诗坛对"西方诗学资源"持拒斥态度，为此当代诗人必须采取一定的策略，将包含复杂成分的诗学观念转化为当代诗歌的诗学资源。在 20 世纪 50—60 年代，诗人们关于"五四"新诗谈论最多的是郭沫若诗歌，可以说，人们试图从他的诗歌创作及诗歌理念中，探察当代诗歌与"五四"新诗之间的资源脉络，发掘一些有助于当代诗歌建构所需的诗学资源。不过，问题的复杂性在于，郭沫若的早期诗歌不仅受"泛神论"的影响，强调人与自然的和谐统一，而且受"五四"启蒙主义文学思潮的影响，因此，高举"'自我表现'和'自由表现'的诗学观，是作为一个个人主义者，一个个性主义者，一个浪漫主义诗人的郭沫若最根本的新诗观念"[2]，在此种诗学理念的影响下，他十分注重诗歌创作中的"直觉"与"灵感"，认为诗 =（直觉＋情调＋想象）＋（适当的文字）。很显然，在一个"个人主义"被看作"万恶之源"，强调人与自然矛盾与斗争的年代里，不论主张"人与自然的和谐"也好，还是追求"自我个性张扬"也罢，都是与当代

---

[1]　李长之：《旧诗形式中有三个原则值得研究》，《光明日报》1956 年 12 月 22 日。
[2]　於可训：《当代诗学》，湖南人民出版社 2000 年版，第 34 页。

诗歌主潮格格不入的一种充满"异端"色彩的诗学理念，肯定无法成为当代诗歌诗学资源的构成。为此，人们要么对这些诗歌观念避而不谈，要么指出这种观念的局限性，把这些"不合时宜"的诗学理念隔离起来或"剥离"出去。比如，臧克家就认为，《女神》"每篇诗都是作者自我的表现"，"但是，这个'自我'不是封建主义个人权威，也不是资产阶级的极端个人主义，这个'自我'正是'五四'时代个性解放要求的产物"。诗人最终"踏着'个性解放'的阶梯走上集体主义的大道的"①。这里，论者把诗歌中"自我"与"个人权威"和"极端个人主义"区分开来，并认为把诗歌当作实现"自我个性解放"方式的时代已经终结。这在肯定"自我表现"诗学理念的时代合理性的同时，又否定了把诗看作诗人"自我个性"张扬的诗歌观念。与此同时，人们开始重新发掘郭沫若诗歌中有价值的诗学资源，于是，"诗是诗人'情绪'的抒写"的诗歌观念被有意强化，比如张光年指出，郭沫若早期的诗歌充满"火山爆发式的内发情感"②。这种情感是一种"革命的浪漫主义的激情"，臧克家在评价《地球，我的母亲》中也指出诗歌具有"先进的思想，大胆的想象和澎湃的激情"，是一篇"革命浪漫主义作品"③。田间也认为，"无论作者的早期诗作，还是近作，作品中革命的浪漫主义，都是很显著的"④。这些评价与阐释极大地凸显了郭沫若诗歌"情绪"特征，其目的在于把"自我表现"的诗学理念的内涵从"自我个性"张扬转移到"革命激情"抒写上来。由于这种把诗当作诗人"革命激情"自由抒写的诗歌理念，带有很强的革命浪漫主义色彩，与当代诗歌所倡导的创作方法和理想诗歌风格相契合，因而可以顺利转化为当代诗歌发展的有益资源。诚如贺敬之所言：

---

① 臧克家：《"五四"以来新诗发展的一个轮廓》，载《在文艺学习的路上》，上海文艺出版社 1962 年版，第 49—60 页。
② 张光年：《论郭沫若早期的诗》，《诗刊》1957 年第 1 期。
③ 臧克家：《"五四"以来新诗发展的一个轮廓》，载《在文艺学习的路上》，上海文艺出版社 1962 年版，第 49—60 页。
④ 田间：《〈女神〉赞》，《文艺报》1959 年第 8 期。

　　五四以来的新诗，发展到今天，它的最大成就之一，也正是革命浪漫主义得到了表现与发展。应该说，从《女神》到现在的《月里嫦娥想回中国》，证明郭沫若是在新诗中表现革命浪漫主义最强烈、最有光彩、最突出的代表者。[①]

　　这里，"五四"诗歌（《女神》）和"十七年"诗歌（《月里嫦娥想回中国》）通过诗歌创作法则——"革命浪漫主义"——实现资源的有效链接。这样一来，郭沫若"五四"时期诗歌创作中诗是"个性张扬"观念被有效分离出去，而诗歌是"革命激情"的浪漫抒写的观念则被发掘出来，并转化当代诗歌创新与实验的有效资源。

　　另外，注重从诗体建设方面来选择与吸收"五四"时期出现的"短诗"或"小诗"传统，是人们清理"五四"诗学传统和发掘诗歌资源的又一重要方式。比如，在冰心的《我是怎样写〈繁星〉和〈春水〉的》一文中，她几乎不谈及诗歌的思想内涵，而更多的是讨论诗歌的"音乐性""韵律"等形式问题，认为诗集中的诗歌不仅"有不少是有韵的"，而且诗歌"形式短小"，在她看来，这些"小诗"在诗体建设方面的经验可为"新民歌"创作提供借鉴，因为"工农兵"写的都是"有韵"诗，民歌也在"短小的四句之中，表现出伟大的革命气魄和崇高的共产主义精神"。当然，这些"小诗""因没有用劳动群众所喜爱熟悉的语言形式"[②]，所以作为诗体建设中的"语言形式"经验又必须排除在当代诗歌诗学资源之外。由此可见，当代诗人在吸纳"五四""小诗"有益资源的过程中，不得不对其实施层层剥离的"手术"：首先去除"描写身边琐事和个人的经验与感受"等无价值的诗歌内容，留下有一定意义的诗歌形式，继而再去除诗歌形式中染上浓厚知识分子趣味的语言形式[③]，留下诗歌的"韵律"和"短小的形式"。由于当时人们对诗学资源"纯洁性"要求很高，而

---

① 贺敬之：《漫谈诗的革命浪漫主义》，载安徽大学中文系编《中国当代文学研究资料·贺敬之专辑》，安徽大学中文系 1979 年版，第 43 页。

② 冰心：《我是怎样写〈繁星〉和〈春水〉的》，《诗刊》1959 年第 4 期。

③ 冯雪峰在《我对于新诗的意见》一文中，认为"现在新诗的各种各样的形式是都还不能满意的，而最中心的问题是语言问题"，参见《人民诗歌》1951 年第 1 期。

"五四"诗学资源成分较为驳杂，因此在选择和吸收"五四"诗歌资源时显得相当烦琐与谨慎。

在当代诗歌尤其是"新民歌"的"试验"过程中，"五四"时期歌谣（民歌）创作常被当作可以开发和利用的诗歌资源。刘半农作为"五四"时期征集民间歌谣的倡导者自然受到当代诗人的关注。20世纪50年代，人们认为对刘半农运用江阴方言和江阴民歌声调创作的民歌集（《瓦釜集》）进行研究和探讨，对"目前诗歌界正热烈讨论民歌和新诗的结合等问题"将大有助益[1]。那么，人们选择、吸收和排斥了"五四"歌谣（民歌）中哪些成分呢？总体而言，当代诗人重点关注两个方面：一方面是诗人如何创造性地利用民歌、儿歌所特有的调子和声韵来创作新歌谣，以及这些歌谣在"易念、易记、易听、易懂"[2]方面所取得的实绩；另一方面是歌谣在反映底层苦难上所做的努力。这种资源选择方式显然与当代诗歌"大众化"和"人民性"诉求有密切关联，这是一种"勾连式"的诗歌资源提取方法。

正因如此，人们在吸收《瓦釜集》之于当代诗歌有效成分的同时，也不能不指出其"局限性"，即诗歌中流露出来的诗人"对人生的灰暗、消极的情绪"[3]——这在当时被看作小资产阶级的没落情绪。这种看似客观、公允的评价背后，其实包含着人们对诗歌传统中"危险"元素在当代流传的警觉与隐忧。从中我们可以看到，当代诗人在汲取"五四"民谣（民歌）资源时，大胆采取"以我文本"和"为我所用"的方法，从而成功地驾驭一切包含复杂成分的诗学传统。当然，除了刘半农的歌谣之外，"五四"时期出现的"把民歌作为宣传和鼓动的工具，直接服务于政治斗争"民歌也得到介绍[4]，当代诗人重温这些民歌不仅是为了纪念"五四"的斗争史，更重要的是表明了"五四"民歌从一开始就担负起政治宣传与鼓动职能，从而为当代民歌"政治化"走向提供

---

① 李岳南：《谈刘半农的诗》，《诗刊》1959年第3期。
② 同上。
③ 石泉：《介绍几首"五四"时期的歌谣》，《文艺报》1958年第8期。
④ 同上。

历史依据，这其实是以纪念的方式寻找并唤醒当代诗歌的"五四"诗学资源。

其次，西方英美诗歌传统的选择与吸收。如前所述，苏俄文学和其他社会主义国家的文学是"十七年"文学最为重要的资源，相较而言，英、美等西方文学不但是"末等"的资源，而且被介绍到中国时经过了严格的筛选。我们试图从"十七年"时期我国对英、美诗歌的译介情况，来探察人们是如何选择与吸收西方诗歌资源的。在 1949—1966 年，受"政治—文化"思潮的影响，我国主要翻译的是 17—19 世纪的经典之诗作，20 世纪的少部分"进步"诗人的诗歌也被介绍进来。其中英国诗歌"出版了 32 种中译本"①，"而翻译出版的美国诗歌数量不多，只有 11 种诗作的 12 种译本"②，从这些译介进来的诗作的内容来看，主要包括以下两个方面：一是对爱情与友谊的歌颂和赞美，如乔叟的《特罗勒斯与克丽西德》、莎士比亚的《十四行诗》、勃朗宁的《葡萄牙十四行诗集》、朗弗洛的《伊凡吉琳》等；二是赞颂和平、民主与自由，反抗（反对）阶级（民族）压迫。如乔叟的《坎特伯雷故事集》、拜伦的《曼弗雷德》、惠特曼的《草叶集选》以及作品合集《黑人诗选》（袁水拍译）、《英国宪章派诗选》（袁可嘉译）。可以说，在当时人们对英美诗歌的选择具有明显的政治倾向性，那些与社会主义现实主义文学创作法则不相符的诗作遭到拒绝，比如英国"湖畔派诗人"华兹华斯和科勒律治，就因其诗歌流露出惧怕革命和逃避现实，沉迷于过去，所以没有被翻译进来。在"十七年"时期，文学翻译担负着"人民群众政治思想教育"的任务，强调译著"必须成为培养和灌

---

　　①　这些诗人及诗作主要有：杰弗列·乔叟的《坎特伯雷故事集》《特罗勒斯与克丽西德》等；威廉·莎士比亚的《维纳斯与阿童妮》《十四行诗》；约翰·弥尔顿的《科马斯》《失乐园》《复乐园》等；威廉·布莱克的《布莱克诗选》；罗伯特·彭斯的《彭斯诗抄》；乔治·戈登·拜伦的《恰尔德·哈洛德游记》《海盗》《可林斯的围攻》《唐璜》《该隐》等；波西·彼希·雪莱《伊斯兰的起义》《希腊》《云雀》等；约翰·济慈的《济慈诗选》；伊丽莎白·勃朗宁的《葡萄牙十四行诗集》；罗伯特·勃朗宁的《花衣吹笛人》等。参见孙致礼《1949—1966：我国英美文学翻译概论》，译林出版社 1996 年版，第 11 页。
　　②　这些诗人及诗作主要有：亨利·沃兹沃思·朗弗洛的《朗弗洛诗选》《伊凡吉琳》《海华沙之歌》；惠特曼的《草叶集》；沃尔特·路温菲尔斯的《路温菲尔斯诗选》；玛莎·米列的《米列诗选》。参见孙致礼《1949—1966：我国英美文学翻译概论》，译林出版社 1996 年版，第 59 页。

溉我们正在创造中的社会主义文学艺术的养料"①。诗歌同样被赋予如此重大的历史使命，即以诗为时代"号角"，激励人们投入火热的生产建设，加入世界和平运动洪流的时代重任，于是，英美文学中反映人民反抗阶级压迫和向往和平、自由的诗歌，自然获得了资源引入的"合法性"和"正当性"。新中国成立后，许多诗人（如袁水拍、艾青、萧三、田间、徐迟等）所写的关于保卫世界和平运动的诗歌，都不同程度上吸收了英美诗歌中这方面的资源。不过，对于英美诗人的诗歌传统的引入也必须经过一系列复杂的"工序"，方可转化为当代有益资源。以惠特曼的诗歌为例，众所周知，惠特曼是一个比较复杂的诗人，在他的精神世界中充满了诸多矛盾和冲突，同时他的诗歌（尤其是早期诗歌）中，既有"很强的民族主义声调"，又有"对国际主义的有力肯定"；既有"许多地方表白个人主义"，又在表现形式方面"明显地强调人民"，而且他的诗歌中有许多"神秘主义"和"唯心主义"的元素②。正是因为惠特曼诗作成分的复杂性，因而在资源的引入过程中，当代诗人必须将那些"有害"的成分分离出去。于是，在杨宪益的《民主诗人惠特曼》一文中，虽然论者认为惠特曼思想上的矛盾性"有一定的局限性"③，但对他早期诗歌中的"个人主义""神秘主义"和"唯心主义"问题避而不谈，而是在回顾他反抗压迫、争取自由的生命历程之后，着重阐述其诗歌（尤其是《草叶集》）中所包含的"民主、自由"思想和战斗精神——这显然是经过过滤和"纯化"的诗歌资源。这种资源的引入方式是叙述者通过有意"淡化"和"屏蔽"诗歌中的负面因子，同时凸显与强化其有益成分，在一"隐"一"显"之间实现复杂诗歌传统的分化，继而将传统的"精华"部分转化为"当代"诗歌的精神资源。

最后，少数民族诗歌传统的选择与吸收。新中国成立之后，国家权力主体极其重视少数民族文学的发掘、收集和整理工作，甚至把这项工作列

---

① 茅盾：《为发展文学翻译事业和提高翻译质量而奋斗》，载《茅盾文艺评论集》，文化艺术出版社 1981 年版，第 123 页。

② ［捷克］亚伯·察佩克：《惠特曼在诗歌方面的革命》，《文学研究》1958 年第 2 期。

③ 杨宪益：《民主诗人惠特曼》，《人民文学》1955 年第 10 期。

入第一个五年计划。这一方面是为了加强民族之间的文化沟通与交流，以文化为纽带促进各民族之间的相互团结①；另一方面是借助整理文化遗产的契机，将国家主流意识形态渗透到少数民族（文化）文学的肌理之中，从而掌握文化领导权②。在这种情势中，大量少数民族文学被译成汉语。这里，我们以民间叙事诗为例来观察人们是如何处理少数民族诗歌传统的。据不完全统计，1949—1959年，人们收集、翻译、整理和出版的少数民族民间叙事长诗就高达五六十部之多③。检视这些叙事长诗，不难发现当代文艺工作者对少数民族诗歌的选择与吸收的一些基本向度。从诗歌的内容角度来看，这些诗歌大多数书写的是少数民族人民与无情的自然及邪恶的势力做斗争，诗中所创造的是具有"勇敢的灵魂和美丽的精神"以及"可敬的品质和闪光的人格"英雄形象④，借此展现劳动人民敢于斗争和善于斗争的气魄与智慧及乐观主义精神。从诗歌的取材来看，这些叙事诗往往取材于民间传说，具有较强的神话色彩。从创作手法来看，这些诗歌被认为是"现实主义与浪漫主义相结合的创作手法"的典范⑤。可以说，不管是诗歌的价值取向，还是诗歌的叙事风格都和"十七年"汉族诗歌极为相近；换言之，人们不仅仅从保留文化遗产的角度出发，更重要的是为了让这些诗歌遗产"有助于发展各族人民的社会主义新文学"来收集与翻译少数民族诗歌。那么，这些少数民族族叙事诗在哪些方面，为当代汉语诗歌注入新鲜血液或提供富活力的元素呢？概言之，主要有以下几个方面：

---

① 比如，当时有人认为："《阿诗玛》被发掘、整理出来，大大地提高了撒尼族人民的自信力，对撒尼族人民起了很大的团结、鼓舞作用"，参见《文艺报》编辑部《突飞猛进中的兄弟民族文学》，载《文学十年》，作家出版社1950年版，第272页。

② 当代文艺界的权力阶层要从大汉族主义和地方民族主义者中夺取"文化领导权"。参见袁勃《云南各兄弟民族文学的新发展》，《文艺报》1960年第15—16期。

③ 1949—1959年被发掘和整理少数民族的叙事诗主要有：蒙古族的《嘎达梅林》《陶克陶》《英雄的格斯尔可汗》《红色勇士谷诺干》《聪明的希热图汗》《洪吉尔》《都楞札那》《英雄与格勒》；侗族的《布伯》《白衣鸟》；傣族的《召树屯》《葫芦信》《俄并与桑洛》《松柏敏和嘎西娜》；维吾尔族的《热碧亚·塞丁》《季帕尔汉》《塔依尔与祖赫拉》；哈萨克族的《萨里哈与萨蔓》；彝族的《阿诗玛》《阿细的先基》《逃到甜蜜的地方》；苗族的《红昭和饶觉席那》《勒加》；藏族的《茶和盐的故事》；白族的《创世纪》《望夫云》；土家族的《哭嫁》；纳西族的《玉龙第三国》，等等；参见晓雪《略谈十年来的兄弟民族民间叙事诗》，《文艺报》1959年第24期。

④ 晓雪：《略谈十年来的兄弟民族民间叙事诗》，《文艺报》1959年第24期。

⑤ 杨宪益：《民主诗人惠特曼》，《人民文学》1955年第10期。

一是少数民族诗歌里所展现的"异域风情""传情达意方式""生活方式"
乃至"民族心理"等，给"当代"诗歌吹进一股清新的空气，也为诗歌创
作提供借鉴。比如，闻捷就深受少数民族诗歌的影响，在他的叙事长诗
《复仇的火焰》第一部《动荡的年代》里，"我们可以看见关于哈萨克人；
关于巴里坤草原出色的风俗画"，这些原汁原味的"风俗画"不但是故事
展开的背景，而且成为塑造人物形象的重要手段。另外《博斯腾湖滨》和
《果子沟山谣》中的诗歌也对哈萨克"人民的生活、风习以及他们的内心"
世界都有较为深刻的表现①。二是少数民族诗歌传统中"纯洁"而又富有
地域特色爱情的描写，为"十七年"爱情诗增添了许多亮色，同时影响了
诗人对爱情的想象。比如闻捷的《天山牧歌》《博斯腾湖滨》《果子沟山
谣》和《吐鲁番情歌》，不仅抒写了新疆吐鲁番、果子沟和天山果园等美
丽的风景，同时还展现了新疆各族人民"纯洁的爱情"。应该说，闻捷诗
歌所呈现的独特风貌，既与他在新疆的生活体验有关系，又和少数民族诗
歌对他的影响密不可分。三是少数民族诗歌绝大多数属民间诗歌，这些诗
歌具有强烈的民歌风味，它成为汉语诗歌的重要的艺术资源。如有人认为
闻捷的"情歌和反映兄弟民族人民生活的诗，曾在很大程度上，受到新疆
民歌的影响"②，《天山牧歌》是这方面的代表诗作。四是少数民族叙事诗
中有不少属于"民族史诗"③，这些史诗在诗体结构和人物形象塑造方面
给"当代"诗人提供了诸多有益的启示。闻捷的《动荡的年代》、徐嘉
瑞等的长诗《望夫云》、白桦的《孔雀》和韦其麟的《百鸟衣》等诗歌
都受到少数民族叙事史诗的影响。当然，除了民间叙事诗之外，一些民
间抒情歌谣也被翻译成汉语，为当代诗歌"民族化"提供了带有民族色

---

① 陈尚哲：《又一组优美的抒情歌曲》，载《中国当代文学研究资料丛书》编委会编《闻捷
专辑》，福建人民教育出版社 1982 年版，第 127 页。

② 如《姚河两岸歌手多》："一溜山来两溜山，/沟里的流水引上山，/石榴花开花赛牡丹，/
桃子杏儿结满山"，这首诗歌在艺术形式、节奏和韵律方面显然深受回族的山歌"花儿"的影响，
诗歌以"花卉"比兴起句，基调高昂，讲究格律，语言口语化。参见胡采《序闻捷诗选〈生活的
赞歌〉》，载《中国当代文学研究资料丛书》编委会编《闻捷专辑》，福建人民教育出版社 1982 年
版，第 279 页。

③ 如彝族的《梅葛》、藏族的《格萨尔王传》（蒙古族称为《英雄的格斯尔可汗的故事》）、
哈萨克族的《萨里哈与萨曼》，等等。

彩的本土资源。综上所述，"十七年"时期，人们遵循"取其精华，弃其糟粕"的原则，即分解少数民族诗歌中的"蜜糖与毒药"，"澄清混杂在里边的宗教和迷信的东西，突出文学遗产中的战斗的光辉传统"①，来处理少数民族诗歌遗产，同时汲取这些诗歌中富有民族特色和传奇色彩成分作为"当代"诗歌的有益资源，为"新的人民的诗歌"发展开辟一片新的想象空间。

（二）遗忘与拒斥

我们不妨以现代主义诗歌为考察中心，探究当代诗人如何通过遗忘与拒斥方式确保诗歌资源的"纯正性"。在20世纪50—60年代，人们采取"不予理睬、不予置评的处理方式"，将"象征诗派""新月派""现代诗派"等诗歌流派，从现代诗歌传统中"剥离出去"②。除了部分有关现代新诗史的论述偶有提及之外，几乎少有人对这些诗派进行评述。被当作现代新诗发展"逆流"的现代主义诗歌，已经失去了基本的生存根基，这些诗派的诗人要么认同并践行"新的人民的诗歌"诗学理念，实现彻底转型，要么不得不停止诗歌创作而陷入沉默。在这些诗派难以对当代诗歌发展构成威胁和压力的情势中，采取"遗忘"和"冷落"的处理方式，一方面可以有效转移当代诗人的注意力；另一方面可以控制这些诗派在当代的扩张与蔓延。当然，事情也有复杂的一面，这些诗派遭受冷遇的状况，在政治—文化语境相对宽松的时期也稍微有所改变，一些现代派诗歌在一定范围内受到人们的关注。比如，《诗刊》1957年2月号发表了陈梦家的《谈谈徐志摩的诗歌》和艾青为《戴望舒诗选》（1957年4月版）所作的"序言"《望舒的诗》，分别对徐志摩和戴望舒的诗歌创作的精神指向和艺术特质进行历史检视和价值定位。陈梦家认为徐志摩的诗歌有三个方面值得重视：一是诗歌里呈现的自由的个性；二是诅咒"旧社会黑暗、冷酷、顽固"以及对劳动人民悲苦命运的同情；三是纯美而又灵动、清新而又凝练的诗歌形式。同时还指出他的诗既吸收了19世纪英美诗歌的精华又融合中

---

① 袁勃：《云南各兄弟民族文学的发展》，《文艺报》1960年第15—16期。
② 洪子诚：《问题与方法——中国当代文学史研究讲稿》，生活·读书·新知三联书店2002年版，第257页。

国旧体诗词的韵律，在现代新诗的探索上给我们留下了诸多有益的启示。应该说，这是《诗刊》受"双百"方针余波的影响，为了活跃诗坛的较为沉闷的氛围，重新发掘"新月派"诗学资源的一次努力。问题是，诸如"个性自由""人道主义同情""纯美"等在1949—1966年间都是文学王国里极为敏感的字眼，必然引起文艺界主持者的密切关注，更为重要的是，陈梦家对徐志摩诗歌的"发掘"与"回收"是对把"新月派"视为诗歌"逆流"的有意反动，显然干扰了文学的"一体化"进程。随着时代语境的变迁，徐志摩诗歌中被揭示出来的"不合时宜"的观念必将受到更加猛烈的话语"围剿"。果然，《诗刊》在"反右"斗争后，发表了巴人的《也谈徐志摩的诗》一文驳斥了陈梦家的观点，认为徐志摩的个性是"自我之外没有世界"的狭隘的个性，他的人道主义同情是资产阶级式和虚伪的，他的诗歌语言无异于"文字游戏"①。很明显，巴人以"新的人民的文艺"文学诉求来批驳陈梦家的观点，其目的在于及时遏制"新月派"带有"异端"色彩的诗学理论潜滋暗长。当然，巴人仍不忘记给徐志摩扣上"痛恨无产阶级文学""痛恨那时提倡无产阶级文学的革命者"②的罪名，这种"反动"的罪名在很大程度上摧毁了徐诗诗学理念之于当代诗歌发展的意义与价值。另外，《文艺报》也发表了陆耀东的《评目前研究五四以来作家作品的一种倾向》评论文章，认为徐志摩的"思想有着反动的因素"③，有些诗歌中包含着很"不健康"的成分，陈梦家故意忽视他的诗歌理念消极因素，而过分放大积极因素，这一批判其实是对那些和陈梦家一样企图重新激活"新月派"诗学资源，来推动诗歌发展的"不安分者"的一次警告。

如果说陈梦家的《谈谈徐志摩的诗歌》因宣扬了徐志摩"不合时宜"的诗歌观念而遭到批判属情理之中的话，那么艾青的《望舒的诗》一文虽然对戴望舒诗歌的"不健康"部分进行了大量批评，但仍然无法逃脱被批判的命运就是一件"奇怪"的事情了。现在看来，艾青对戴望舒批评其实

---

① 巴人：《也谈徐志摩的诗》，《诗刊》1957年第11期。
② 同上。
③ 陆耀东：《评目前研究五四以来作家作品的一种倾向》，《文艺报》1957年第35期。

相当严厉,他认为"望舒初期的作品""充满了自怨自艾和无病呻吟","处处都是颓废的、伤感的声音,对时代洪流是回避的","这样的作品,对当时的青年,只会起不好的作用"①。他认为戴望舒诗歌有两点可取之处:一是现代人的口语作为诗歌的语言;二是抗战后的诗歌有部分"带有爱祖国爱民族的感情"。可以说,艾青也是带着意识形态"偏见"来审视戴望舒的诗歌,所谓"可取之处"基本上未超出当代诗歌对传统资源的汲取向度。问题是,就是这样相当低调的评论依旧遭到人们的质疑和批评,蔡师圣指出:"艾青对戴望舒前期的诗歌褒多贬少,模糊了现在的青年对戴望舒诗歌的正确认识和评价。"② 也就是说,艾青的文章会使青年看不清戴望舒诗歌的"反动"本质,引导他们"误入歧途",问题的严重性可见一斑。在 20 世纪 50—60 年代,"现代诗派"经常与"反动""毒素""颓废""逃避"等语词捆绑在一起,绝大多数人对它的"前理解"已经形成并渐趋固化。随着文艺思潮的不断激进化,人们对文学"纯粹性"的要求不断提高,因而对于文学资源的纯洁程度的吁求也愈加强烈,在这种情势中,强化某种"成见"是确保资源"纯洁"的一种必要的手段和途径。艾青文章的最大问题是揭示了戴望舒诗歌成分的复杂性,而未按照某种意识形态"成规"来解读与分析戴望舒的诗歌,这自然是文艺意识形态属性守卫者们所不能容忍的。综上所述,人们在处理包括"新月派"和"现代派诗歌"在内的中国现代主义诗歌传统时,要么采取"冷落"与"遗忘"方法将其打入历史的"冷宫",要么密切观察其演变动向,一旦有"复苏"迹象迅即对其进行猛烈批判,把那些具有不良倾向的苗头遏制在萌芽状态。

"现代派"诗人卞之琳也曾努力借助"现代诗派"的诗学资源,试图汲取"现代派"诗歌与"工农兵诗歌"的双重资源进行诗歌实验,走出一条新的诗歌发展道路,但几乎每一次尝试得到的总是接连不断的批判,这使他背负着巨大的舆论压力,最后不得不放弃这种努力,国家主流意识形态对"现代诗派"诗学资源的警惕和拒斥程度显然是非同寻常的。可以

---

① 艾青:《望舒的诗》,载《艾青全集》(第 3 卷),花山文艺出版社 1991 年版,第 376 页。

② 蔡师圣:《略谈戴望舒前期的诗》,《诗刊》1958 年第 8 期。

说，经过"遗忘"和"拒斥"双重"过滤"装置处理，现代主义诗歌传统就基本被打入历史的"地牢"，这自然有效避免了现代主义诗学理念的干扰，极大地"纯化"了当代诗歌的诗学资源。

（三）发展与改造

在当代诗歌资源的生成过程中，人们往往通过对一些诗学理念进行新的阐释，赋予其新的诗学内涵，借此激活传统诗学理念，使之成为"当代"诗学的构成部分。应该说，坚持按新的文化诉求对传统诗学进行改造，是"当代"诗歌在继承和超越传统，不断获得新活力的重要方式。我们不妨从"诗言志""功夫在诗外"和"诗无达诂"这三个古典诗歌诗学概念的当代诠释，来反观这一现象。

首先，"诗言志"诗学命题的阐发。"诗言志"是中国古代文学中影响深远的诗论。它最早出现于《尚书·舜典》，其记载道："诗言志，歌永言，声依永，律和声。"西周之后，人们对这一诗学概念不断进行新的诠释。比如，"诗者，志之所之也，在心为志，发言为诗"（《诗大序》）；"在事为诗，思虑为志；诗之为言志也"（《春秋题辞》）；"诗道志，故长于质"（《春秋繁露》）；"诗，之也；志之所之也"（《释名》）；等等。可以说，古代人对"志"的解释可谓人言言殊，有人认为"志"是指思想、抱负、志向等，有人则认为是指人的思想、意愿和感情，还有人认为是指人的心灵世界。在现代文学时空中，"诗歌是抒发感情"这一解释获得诗歌界较为广泛的认同。新中国成立之后，《大众诗歌》（1950年创刊号）的扉页上刊印着毛泽东所题的"诗言志"三个大字，不过在当代学人看来，毛泽东的"诗言志"有其特定的内涵，即所"言的是伟大的革命之志"[1]。丁力认为，过去对"诗言志"的解释"虽不算错，但总觉得不够确切，没有发掘出它的精华"，为此他对其进行重释："所谓志，不仅仅是感情，它应包含志气、志向、抱负和理想的意思"，确切地说，"言的是革命之志，无产阶级之志，社会主义和共产主义之志"[2]。可以说，丁力发展了古代从政治教化角度阐释"诗言志"的含义，同时又对其内涵进行更加

---

① 丁力：《诗言志》，《诗刊》1961年第1期。
② 同上。

激进的改造和限定。"志"的含义从"情感"到"志向",再到"革命志向",再到"共产主义志向",这是一个意义不断明确化和政治化的过程,"诗言志"不再是"小资产阶级"的"志",而是"人民诗人和进步诗人的志",这种具有阶级色彩的诗学阐释,显然是在新的诗学理论的指导下对"诗言志"内涵的发展与改造。这种改造既可以激活传统的诗学命题,为"当代"诗歌的成长提供理论向导,又能够有效避免"颓废""柔弱"的小资产阶级感情,以"诗言志"为合法理论支撑潜入当代诗歌内部,造成当代诗学观念的混乱。

其次,"功夫在诗外"诗论的改造。陆游的"汝果欲学诗,功夫在诗外"是中国古代诗歌创作方面具有广泛影响的诗论之一。它是相对于诗歌创作中强调写作技巧训练的"诗内功夫"而言的,换言之,诗人对诸如诗歌的"辞藻""韵律""节奏""章节"等诗体方面问题的探究与创造皆属"诗内功夫",而诗歌创作中诗人的修养及其人生阅历和实践才是"诗外功夫"。在陆游看来,唯有"身体力行的实践,格物致知的探索,血肉交融的感应,砥砺磨淬的历练",方能"求得诗外功夫"①。可以说,这是对过去过分强调"诗美"之诗论的一种大胆超越,这种诗学命题试图拉近诗与社会现实和人生之间的距离。在"十七年"时期,有人认为,"功夫在诗外"这一诗论"如果能够用新的观点,来充实它、发展它,对我们的创作将会有很大好处",同时提出了所谓诗"外"功夫有以下三点:

一是精读活用马克思列宁主义经典作品和毛主席著作,努力"求"得革命导师们的"致意处";

一是深入人民群众火热的斗争生活,改造社会,改造自然,从而改造自己;

一是深入古今中外伟大诗人和优秀民歌作者的堂奥,领会他们创作的要旨,揣摩"匠心"之所在,然后"别出心裁",求得独创一格②。

---

① 李文国:《功夫在诗外》,《文学自由谈》2002年第6期。
② 陈山:《新诗话》,《诗刊》1964年第5期。

这里，"以革命理论武装自己"，"投入斗争生活改造自己"和"学习中外诗歌遗产充实自己"，被认为是诗人创作过程中的三大"诗外功夫"。如果说陆游的"诗外功夫"强调的是儒家思想和人生经验和阅历的重要性，那么陈山的"诗外功夫"则主张无产阶级"革命理论"和知识分子（诗人）思想改造的重大意义。前者旨在增加诗歌文本的厚度和力度，后者意在凸显诗歌文本之于革命现实的意义。很显然，"诗外"内涵由原来的"儒家思想""人生阅历"或"身体力行"转变为"革命理论和实践"，这是对陆游"功夫在诗外"诗学理论的发展与改造。这种经过改造后的诗论可以作为当代诗歌创作论，使接受这些诗论的诗人成为"共和国"所需的"有机知识分子"，引导他们投身革命和建设的洪流之中。

最后，"诗无达诂"的新阐释。"诗无达诂"源自董仲舒的《春秋繁露·精华》："所闻诗无达诂，易无达占，春秋无达辞，从变从义，而一以奉人。"[1] 其内涵是指人们对《诗经》《周易》《春秋》的训诂与阐释并非固定不变或者臻于完备，而是可以依据阐释主体所处的特定历史文化语境，对其做出相应的解释，这种诗学理论提倡阐释的多样性与开放性。而在1957年《星星》事件中，张默生提出重申"诗无达诂"的意义，但却遭到猛烈的批判，这也引发了人们对"诗无达诂"内涵的重新界定。有人认为，"董仲舒所谓的'诗'是指'诗经'，并非指一切诗"，"'诗无达诂'者系指各家解释《诗经》的词和字，其说不一也，非指其他"[2]。这里，论者强调"诗无达诂"的原初意义，其目的是防止意义的扩张或转移为阐释的多样化提供学理依据，使诗歌评价失去"客观的标准"，从而阻碍诗歌新秩序的建构。这其实是通过"锁定"董仲舒提出的关于"诗无达诂"基本含义，把后来者对之进行的阐释，判定为是对这一诗论的"歪曲"与"误读"，借此夺取传统诗学的阐释权，确立与维护当代诗歌价值评判的基本准则。

（四）分离与提纯

在"十七年"时期，诗坛的主持者对诗歌资源的"纯粹性"提出了极

---

① 苏舆著，钟哲点校：《春秋繁露义证》，中华书局1992年版，第95页。
② 沈澄：《〈草木篇〉事件是一堂生动的政治课》，《文艺学习》1957年第8期。

高的要求。也就是说，但凡进入当代诗歌资源系统的中外诗歌传统，都必须经过一系列复杂的"分离"和"提纯"的"净化"过程，方可成为诗歌生命成长的有益资源。那么，这一复杂"净化"过程是如何展开的呢？这里，我们不妨以20世纪50—60年代马雅可夫斯基的"中国化"进程为例来分析这一现象。在当代马雅可夫斯基的诗作被大量地引入中国，据不完全统计官方共出版他的诗集（或诗选集）达十余种①，这些诗集在诗人和读者间的广泛传播，极大地扩大了马雅可夫斯基在当代诗坛的影响。不过，马雅可夫斯基的诗学理念在"输入"中国并确立为当代诗歌重要的诗学资源之时，必须经过严格的"分离"和"提纯"程序。所谓"分离"是指将创作主体诗学理念"混合体"中的"杂质"分离出来，从而"剥离"一些不纯粹的要素。众所周知，马雅可夫斯基曾经"不仅同未来派有一定的思想联系，而且于1919年春天在列宁格勒组织了一个未来派团体——'康夫社'"②，他是俄国"立体未来主义"的代表，因而在他的早期诗作中带有明显的"未来主义"倾向，具体表现为在诗歌美学观点上迷恋形式的翻新与创造，以形式上的标新立异消解内容，以随意新造词语来丰富诗歌语汇，以极度夸张或荒诞不经的比喻或想象来刺激读者的"视觉"和"神经"，诗歌语言要么晦涩难懂，要么因口语、俗语入诗而变得极为"粗俗"等。很显然，马雅可夫斯基这种"未来主义"的诗歌美学原则与"新的人民的诗歌"诗学主张相龃龉与冲突，因为不论语言上的"晦涩难懂"，还是形式上的标新立异都是当代诗歌创作中的"大忌"。因而"当代"诗人在引入马雅可夫斯基的诗学资源时，必须将这部分"杂质"分离出去。那么，这些"杂质"是如何被有效分离出去的呢？一是巧借"他山之石以攻玉"。《人民文学》1953年5月号转载了苏联《真理报》

---

① 这些诗集包括：《列宁》（叙事诗）（人民文学出版社1953年版）；《马雅可夫斯基诗选》（新文艺出版社1954年版）；《好》（人民文学出版社1955年版）；《一亿五千万》（人民文学出版社1957年版）；《马雅可夫斯基选集》（第1—4卷）（人民文学出版社1958年版）；《马雅可夫斯基诗选》（文学小丛书），（人民文学出版社1958年版）；《十月革命诵》，（上海文艺出版社1958年版）；《给青年》，（中国青年出版社1959年版）；《马雅可夫斯基论美国》（组诗），（人民文学出版社1960年版）；《苏联儿童文学丛书：马雅可夫斯基儿童诗集》，（少年儿童出版社1961年版）；等等。

② 陈守成、张铁夫：《马雅可夫斯基》，辽宁人民出版社1983年版，第35页。

编辑部的一篇专论《要以马克思主义观点阐明马雅可夫斯基的创作》。该文不仅高度评价马雅可夫斯基"给社会主义的艺术做出了无可估价的贡献",更重要的是严厉批评了研究中的错误,认为"一些马雅可夫斯基的'研究者',企图粉饰现实,抹杀或放过诗人发展中的复杂性",他们"不是直截了当尖锐地揭穿资产阶级艺术流派之一———未来主义的极端反动性和反人民性,而是开始在未来主义中寻找某些优点","企图把未来派看成革命的、进步的艺术力量,这就是企图翻党对未来主义所下的评价,这是与我们人民的文化极不相容的敌对现象"①。这里,"未来派"被认为是"极端反动性和反人民性"的流派,因此,马雅可夫斯基早期具有"未来主义"倾向的诗作和相关的诗学理念也自然被看作"有害"的部分。文章指出研究者必须对其诗歌的反动/进步、先进/落后复杂成分实施有效"分离",并站在马克思主义的立场上对"分离"出来的"危险"要素进行"尖锐而确切的批评"。可以说,《人民文学》转载这篇专论,从某种角度上也就是认同苏联《真理报》对马雅可夫斯基前期"未来主义"诗学理念所作的"定评"。这种"转载"方式其实是一种巧借"他山之石以攻玉"方式②,即"共和国"的文艺监管者通过介绍苏联如何将马雅可夫斯基诗学理念"杂质"分离出去的经验,为当代诗歌资源的确立提供借鉴。何其芳说,"我们的理论批评工作者应该从这次会议及其总结中学习,对中国的文艺批评和文艺研究工作中存在的片面的反历史的倾向进行批评"③,可见中国诗人也基本学习苏联处理马雅可夫斯基的诗学遗产方式,使"未来主义"迷恋者"负面形象"与无产阶级"激情歌手"的"正面形象"发生"分离",前者最终被作为"杂质"被清理出去,从而确保资源的"纯粹性"。二是"屏蔽"干扰源。这点类似于前面论及的资源"遗忘"方式,也就是对马雅可夫斯基具有浓厚未来主义色彩诗作采取不予评述的方式,将这

---

① 苏联《真理报》编辑部专论:《要以马克思主义观点阐明马雅可夫斯基的创作》,《人民文学》1953 年 5 月号。

② 另外,《文艺报》1957 年第 30 期也转载了君健译、聂鲁达的《向马雅可夫斯基致敬》一文,这其实是报道国外权威的见解为当代诗人处理复杂的诗学传统提供借鉴。

③ 何其芳:《马雅可夫斯基和我们》,载《关于写诗和读诗》,作家出版社 1958 年版,第 8 页。

部分传统"封存"和"埋葬",从而达到分离"杂质"的目的①。比如在马雅可夫斯基诞辰六十周年和七十周年之际,中国诗坛的权威者发表了不少纪念文章,综观这些文章,不论何其芳的《马雅可夫斯基和我们——纪念马雅可夫斯基诞生六十周年》,还是臧克家的《为无产阶级革命事业而战斗的伟大歌手——纪念马雅可夫斯基诞辰七十周年》,不论《文艺报》刊发的《纪念马雅可夫斯基逝世二十五周年》,还是徐迟的《三八线上的马雅可夫斯基纪念会》几乎很少提及马雅可夫斯基的"未来主义"诗学理念②,这显然是通过对建构健康的诗歌传统产生"干扰"的信息源实施"屏蔽"措施来达到分离"杂质"的目标。就现实情形而言,这两种分离诗学传统"杂质"的手段确实产生了一定的实效,在"当代"诗歌中我们很难看到"未来派"对当代诗歌造成的影响。如果说转载关于马雅可夫斯基的评述文章采取的是引导方式,那么"屏蔽"其"有害"诗学理念使用的则是"防控"手段,"引导"与"防控"相结合自然"净化"了马雅可夫斯基复杂的诗学理念。从某种意义上说,诗学传统"杂质"分离过程实际上就是一种资源的"提纯"过程,经过"提纯"后马雅可夫斯基就成为"一个爱憎强烈、不屈不挠、永远年轻的无产阶级战士"③,他那种注重"激情"宣泄、"力"的呈现和"节奏"展示的"革命化"诗学理念④,不仅成为救治当代诗歌"流行病"——"粗制滥造和没有激情"⑤——的良

---

①　另外,马雅可夫斯基的"死之谜"在 20 世纪 50—60 年代的相关纪念文章也基本不予以评述,因为诗人的"自杀"行为会消解其作为无产阶级诗人的完满形象,这一"负面"的形象也应"分离"出去。

②　臧克家的《为无产阶级革命事业而战斗的伟大歌手》这样写道:"十月革命给予诗人的影响是巨大的。他称十月革命为'我的革命'。诗人的视野更加宽阔了。过去'未来派'在他的身上的消极影响消失了,崭新的轰轰烈烈的伟大革命现实,给他的创作开辟了一个新的天地。"这里,论者在论及马雅可夫斯基时虽说有提及"未来派",但他强调的是"十月革命"之于诗人转变的意义,并且也认为"未来派"不仅阻碍了诗人的视野,也对其产生了消极影响。至于其"未来派"的诗学理念基本不予介绍。

③　臧克家:《为无产阶级革命事业而战斗的伟大歌手》,载《诗刊》1963 年第 7 期。

④　比如"诗和歌——这就是炸弹和旗帜","文章——子弹。一行诗句一梭子弹","要把笔头当作刺刀"等。

⑤　何其芳:《马雅可夫斯基和我们》,载《关于写诗和读诗》,作家出版社 1985 年版,第 8 页。

方，而且成为当代诗人提高诗歌战斗力的法宝①。他那种"战斗性"的诗学理念和"楼梯式"的诗体形式也成为"政治抒情诗"最为直接和"纯粹"的诗学资源。

## 第三节　诗学资源选择与重构的问题与意义
### ——以"大跃进新民歌运动"为例

**一　"窄化"的诗学资源与"失衡"的诗歌生态**

（一）"创新焦虑"与诗歌资源的选择

发生在 20 世纪 50 年代末期的"大跃进新民歌运动"，是中国诗歌史上一场史无前例的诗歌实验运动。周扬在《新民歌拓展了诗歌的新道路》中说，新民歌"是一种新的、社会主义的民歌，它拓展了民歌发展的新纪元，同时也开拓了我国诗歌的新道路"，"为我们的诗歌打开了一个新局面"②。这里，"新民歌"被赋予如此之多的"新质"，"新"庶几成为"新民歌"最为鲜明与突出的本质特征，它不仅承载着人们对当代诗歌新貌的深层期待，更重要的是，它反映了当代诗人内心深处始终涌动着的"创新焦虑"。在"创新焦虑"心理的驱使下，超越传统、不断试验和大胆革新，是包括"新民歌"在内的当代诗歌彰显自身气魄与魅力独特方式，同时也是它茁壮成长的生命源泉。毛泽东在 1958 年成都会议上关于诗歌问题的讲话中说："现在的新诗不成形，不引人注意，谁去读那个新诗，我反正不读，除非给一百块大洋"③，其实毛泽东对新诗屡次的批评的背后，隐藏着一种对新诗（不仅仅新诗）如何走向创新之路

---

① 田间曾说，"他（指马雅可夫斯基——引者注）的影响，并不只限于诗歌，他的战斗的精神，鼓舞过多少人呵！多少人曾经走上战场，一手拿枪，一手拿诗，在困难中，在危险中，宁死也不屈服。"可以说，在当代马雅可夫斯基的诗歌精神已被"提纯"为一种"战斗"精神。参见田间《海燕颂——永远向马雅可夫斯基学习吧!》，《文艺报》1956 年第 21 期。

② 周扬：《新民歌开拓了诗歌的新道路》，载《诗刊》编辑部编《新诗歌的发展问题》（一），作家出版社 1959 年版，第 2—3 页。

③ 毛泽东：《在成都会议上的讲话》，载《建国以来毛泽东文稿》（第 7 册），中央文献出版社 1993 年版，第 124 页。

的焦虑。"大跃进"开始之后，毛泽东为了使诗歌创造一种老百姓喜闻乐见的艺术样式，从而充分发挥鼓舞大众和教育民众的功能，他试图从诗歌资源的转变与限定着手，进行新的诗歌创作实验。那么，为什么民歌会被当作"新民歌"创作的基本资源呢？我以为，除了民歌不但在革命过程中给毛泽东留下了美好记忆，可以激发人们在"大跃进"生产运动中的热情之外，还与它能为当代诗歌的革新提供一种新的可能有密切关联。

　　首先，"新民歌"资源选择切断西方诗歌资源的联系，使当代诗歌成功摆脱现代新诗"欧化"的积弊，为诗歌革新以及新的诗风形成扫清道路。"大跃进新民歌运动"从一开始就把"五四"以来的新诗作为超越的对象。周扬认为，新诗"最根本的缺点就是还没有和劳动群众很好地结合"，"群众厌恶洋八股"，"有些诗人却偏偏醉心于模仿西洋格调，而不去正确地继承民族传统，发挥新的创造"①。在他看来，"模仿西洋格调"是阻碍当代诗人"继承民族传统"，使诗歌难以突破既往的成规"发挥新的创造"的根本原因。毛泽东以其文艺界权威的身份，把"民歌"与"古典"指定为"新民歌"的两种资源，发出了新诗资源彻底"内转"的时代号召，它切断了当代诗歌与西方诗歌的联系，使依赖西方资源并日渐"欧化"的诗歌传统失去了其存在的合法性。如果说在"新民歌运动"发起之后，一些"观潮派""总不免有人怀疑"，"认为民歌形式有局限，不能充分表达现代生活中的感情，觉得还是自由诗好"②，那么有了毛泽东威权话语的引导和支撑，当代诗人就可大胆地摒弃"西方诗学"传统，毫无顾忌与眷恋地投入"新民歌"资源挖掘、整理和创作之中。由于诗歌资源的选择极大地影响诗歌风貌的形成，因此，这种带有限定性和排他性的"民歌"和"古典"诗歌传统的引入，确实使当代诗歌从"欧化"的传统中抽离出来，为创造一种"中国作风、中国气派"的"诗风"提供一条新的资

---

① 周扬：《新民歌开拓了诗歌的新道路》，载《诗刊》编辑部编《新诗歌的发展问题》（一），作家出版社 1959 年版，第 2—3 页。
② 邵荃麟：《民歌·浪漫主义·共产主义风格》，载《诗刊》编辑部编《新诗歌的发展问题》（一），作家出版社 1959 年版，第 106 页。

源路径。

　　其次，"新民歌"资源选择在改造知识分子（诗人）的同时，培养了一批新的创作主体，从而壮大当代诗歌的革新队伍。在"大跃进新民歌运动"中，虽然民歌作为诗歌发展的唯一资源遭到一些人的质疑，但是从创作的实际情形来看，它的合法性地位仍然未受到动摇。民歌一旦被定为"新民歌"创作的基础资源时，它便迫使"一些'专业'的诗人们，走出自己的狭小的沙龙，走向人民，走向劳动和斗争"①。也就是说，诗人必须改变过去轻视民歌的做派，"死心塌地地向新民歌学习"②。在向"新民歌"学习过程中，知识分子（诗人）把创作纳入一种国家权力主体所认可的模式之中，他们不得不把这种模式内在化为个体追求的理想的诗歌范式，这样他们诗歌风格的独特性和精神的"异质性"被顺利同化了。与此同时，"新民歌"单纯、朴素和明朗的美学特质悄然地改变了知识分子（诗人）的审美趣味，使他们从怀疑到接受再到认同"新民歌"的审美范式，最终自觉投入"新民歌"的生产和创造的潮流之中③。由于"新民歌"对世界的简单化乃至程式化的精神传达方式，不仅可以使知识分子原本在深邃或隐晦的话语修辞中，包含的离经叛道的思想、怀疑与批判的精神无处躲藏，同时"新民歌"相对清新的格调还可以有效改变知识分子（诗人）哀婉、忧伤的诗风。此外，选择民歌资源可以让知识分子在收集和创作"新民歌"的实践中改造自己，进而转变为"共和国"有机知识分子（诗人），使之成为当代诗歌革新的中坚力量。在民歌走向诗歌传统资源的前台同时，也使其创作和传承者——民间诗人——受到国家权力主体的扶植和培养，他们几乎没有背负任何传统压力，毫不犹豫地加入被认为是"开一代诗风"的"新民歌"创作洪流中，从而壮大诗歌创

---

　　① 贺敬之：《关于民歌和"开一代诗风"》，载《诗刊》编辑部编《新诗歌的发展问题》（一），作家出版社1959年版，第80页。

　　② 郭小川：《诗歌向何处去？》，载《诗刊》编辑部编《新诗歌的发展问题》（一），作家出版社1959年版，第90页。

　　③ 比如雁翼曾说，"从我1957年至1958年的诗作看，不说是'洋八股'吧，也是'洋味'很重，这是我的教训，经过一年多的讨论和实践，才明确了这个问题"。可见，"新民歌"创作重塑了知识分子的审美趣味。参见雁翼《对新诗歌发展的几点看法》，《红岩》1959年第5期。

新浪潮。

综上所述，"大跃进新民歌运动"可以看作国家权力主体及当代诗人，在"追新逐变"的潮流影响下一次激进的大规模的诗歌实验活动。为了实现"当代"诗歌的"大革新和大解放"的时代梦想，毛泽东提倡（其实是指定）"民歌"和"古典"作为"新民歌"创作的两种传统资源，这既为诗歌超越现代新诗"欧化"传统，促进新诗风生成提供了新的资源平台，同时又培养了一批"新民歌"的创作大军，加速了当代新诗的成长进程。

（二）"窄化"的诗歌资源与失衡的诗歌生态

在"新民歌运动"中，"新民歌"的诗学资源很大程度上被锁定在"民歌"和"古典"两个维度上，这种有意拒绝其他资源加入的处理传统的方式，以及由此带来的"窄化"的诗歌资源，极大地提升了"新民歌"的意义与价值，不仅使"五四"以来就一直争论不休的诗歌"大众化"问题最终有了具体的解决方案，同时还为诗歌发展指明了明确的方向，但它也导致了诗歌生态的失衡。具体表现为，当"民歌体"新诗被确定为诗歌发展的主流时，它对知识分子（诗人）所青睐的"自由体"新诗产生强大的排斥力，更为重要的是，"民歌体"新诗的价值被无限放大之后开始疯狂地自我复制，呈现恶性膨胀态势。在当时，虽然有一部分知识分子（如何其芳等）认为"民歌体"新诗"在句法、体裁上有所限制，要表现复杂的新生活不能不有所束缚"①，但是这种观点受到了文艺界权威人士的批评②，"新民歌是主流，诗歌的发展应以民歌体为主要基础"仍然是诗歌界主导和流行的观念，为此，"新民歌"被当作唯一有资格代表"开一代诗风"的诗歌范式，开始挤兑"自由体"新诗的生长空间。以《诗刊》为

---

① 《诗歌问题座谈会继续举行——1959 年 1 月 21 日〈人民日报〉的〈编后〉》，载《诗刊》编辑部编《新诗歌的发展问题》（二），作家出版社 1959 年版，第 61 页。

② 郭沫若认为，"新民歌的好处就在它的有局限性，作者能在局限中表现得恰到好处"，"这就是'又有纪律，又有自由'"，这显然是对新民歌有限制提法的委婉批评，参见郭沫若《就当前诗歌中的主要问题答〈诗刊〉社问》《新诗歌的发展问题》（二），作家出版社 1959 年版，第 7 页；张光年认为，"他们（指何其芳、卞之琳——引者注）看不到新民歌艺术上的推陈出新、化旧为新、日新又新的新面貌，看不到这是艺术上的一个新变化"，参见张光年《从工人诗歌看诗歌的民族形式问题》，《红旗》1959 年第 1 期。

例，仅1958年就开辟了大量的"新民歌"栏目，如"工人诗歌一百首"（1958年4月号），"民歌选六十首"（1958年5月号），"战士诗歌一百首"（1958年7月号），"民歌选一百首"（1958年8月号），"新民歌五十首"（1958年10月号），"云南兄弟民族民歌特辑"（1958年11月号），"天津海河工地民歌选"、"河南登封县民歌选"、"河北丰润县万诗乡民歌选"、"湖北应城七香姑娘民歌选"（1958年12月号），这些栏目一般都排在期刊栏目的最前面，其重要性可见一斑。至于各地编选的"新民歌"选集更是难以计数。这些数以百万计的"新民歌"不论题材选择，还是想象方式都出现了高度的"雷同"①，出现这种现象很大程度与"新民歌"创作主体（"工农兵"）自身艺术储备有密切关系。在"新民歌运动"中，"工农兵"被这场诗歌实验运动推上了文化前台，他们中的绝大多数人处于文化的边缘地带，不但对"五四"以来的"自由体"新诗隔膜甚深，而且对民歌的创作技巧也所知甚少，因而他们艺术储备相当薄弱，造成了其缺乏创造力和发现问题的敏锐性。同时，国家权力主体一味强化"民歌体"新诗之于诗歌革新和鼓动民众的意义，而对单一的民歌资源可能对诗歌产生的危害未引起足够的重视。尤其是，对于"工农兵"而言，他们缺乏必要的文化训练，只能对"民歌"形式进行简单的模仿与改造，加上"新民歌"的内容和诗歌基调已被基本限定，他们更是难以在创作中有所突破和创新。与此同时，诗歌界提出"破除诗歌迷信"的口号，诗歌创作的难度被大幅度地降低，"工农兵"毫无诗意和新意的诗作居然也可以见诸报刊，甚至还能出版，这在鼓舞"工农兵"创作勇气的同时，也让他们感到不需借鉴其他任何诗歌资源，只要简单模仿民歌或其他"新民歌"就是一种诗歌创作，这无疑造成了"新民歌"创作的极度泛滥。可以说，过度"窄化"的诗歌资源，使"新民歌"创作因缺少其他类型诗歌的参照和比对而陷入一种封闭的生产场中，同时由于"工农兵"既是诗歌的"生产者"，同时又是"消费者"，他们很难对"新民歌"创作的单调性和重复性

---

① 当时，《红旗歌谣》的"编者的话"中说，"为了避免重复，凡是在取材、遣词和比喻等方面彼此雷同的作品，我们尽量不选或少选"，可见就连周扬等人都不得不承认"新民歌"雷同之作颇多。参见郭沫若、周扬编《红旗歌谣》，红旗杂志社1959年版，第3页。

问题，提出自我批评和进行必要的反思，因为他们不仅缺少反思的能力，同时也缺少足够反思的空间，这也导致"新民歌"创作出现单调繁荣的景观，诗歌生态因"新民歌"的疯狂蔓延而出现失衡状况。

那么，在21世纪的今天，我们如何以学理的眼光来审视"新民歌"运动中诗歌资源生态失衡的现象呢？综观20世纪中国文学的发展历程，不难发现，这其实是社会历史文化重大转型期一种时常发生的现象。比如，在"五四"新文化运动中，当时的文化"激进派"们就以非理性的方式对已然"宰制化"文化传统进行激烈猛烈地批判，不论是"五四"先贤们发起的"打倒孔家店"口号也好，还是陈独秀提出的"三大主义"主张也罢，很大程度上都把古典文学（文化）当作一个必须加以批判的对象和实施超越的目标。也就是说，在文化由传统向现代转轨的"五四"时期，接受过西方文化洗礼的现代知识分子试图切断中国古典文化的资源补给链，采取"全盘西化"方式，从西方文化中寻找文化转型的路径、方式和目标，他们首要考虑的并非如何最大限度地吸收不同的文化资源，让各种文化类型或文学形态获得自由生长的空间，实现文化（文学）的共同繁荣，而是尽可能寻找和倡扬有助于新文化（文学）实现自我重塑的那部分传统，极力贬抑和批判对新文学形态成长造成阻碍的文学理念。总体而言，在一个"王纲解钮"而文化（文学）发生巨变的时代，人们往往依照新的文化理念对传统文化进行重组，"追新逐变"的文化诉求和别求文学新路的焦虑心态，使得人们很难以一种理性的眼光来清理文化传统，"理性""客观"或"冷静"时常被看作追求文化"保守"与"稳健"的一种文化姿态，这种姿态显然不利于新文学形态从失去鲜活生命力，和占据霸权地位的"旧文学"中"破土而出"，于是，以"一边倒"的方式重构新文学的资源系统就成为一种普泛且正常的文化现象，这种方式所带来的显然不是文化（文学）资源的"兼容并包"和"共生共荣"，而是一种失衡或倾斜的"文学场"，正是在这种"倾斜"的文学场不仅为新文学的成长提供庇护与养料，同时为其确立合法的生存空间奠定坚实的基础，还为其明确未来的发展方向提供思想导航，可以说，文学资源吸收"一边倒"和文学生态失衡是文学（诗歌）大转折年代出现的一种并不"怪异"的现象。和

"五四"知识分子（诗人）为了急切摆脱古典诗歌桎梏，不可能以理性和客观的态度对待古代诗歌资源，而是奉"西方诗歌"为圭臬，当代诗人为了扭转新诗日渐远离大众的局面，把"民歌"当作诗歌实现彻底"革新"的基础资源的激进（或矫枉过正）行为，是否也是一种时代必然？实际上，在"新民歌"运动中，诗歌资源的"窄化"是当代诗歌进行新的探索与实验，实现超越既往已存诗歌的必由之路，唯有如此才能彻底打破知识分子审美趣味的诗歌统治诗坛的文学格局。由此，在当代民族文化重塑和时代重构的过程中，让不同审美特质的诗歌同时"自由"生长，来促进诗歌生态平衡的设想显然"不合时宜"，它无法推动文学秩序的重构，不过是"小资产阶级"知识分子一种遥远的期待和梦想。

另外，我们也应用新的眼光重新审视"单一化"的"民歌"资源，导致"新民歌""诗意"流失或艺术上的"粗糙"问题。其实，这是20世纪中国现当代诗歌进行新的探索和实验时发生的一种普泛化现象。因为诗歌"实验"表明人们对如何吸收、整合和转化特定的诗学资源仍处在摸索阶段，艺术上的幼稚、不成熟甚至"粗糙"是处在萌芽期的诗歌形态常有的特征，有时幼稚与"粗糙"意味着一种新的开始，昭示着生机活力和新的希望，这犹如初生的婴儿，虽然"稚嫩无比"，但向未来敞开了无限的可能。比如，胡适所写的中国现代文学史上第一部白话诗集《尝试集》，这部诗集收集的大多数是由"古典"形态向"现代"形态转变过程中的诗歌，这些诗歌在艺术方面的"粗糙"是显而易见的①，不过，正是这种"粗糙"的诗歌形态，使诗歌"白话"语言系统冲破了古典诗歌的文言系统，为现代"自由诗"的生成与发展迈出了坚实的一步。和《尝试集》一样，"新民歌"在艺术上虽然粗糙，但它毕竟是当代诗人为建构"新的人民的诗歌"理想范式的一种努力和尝试，尽管"新民歌"生产过程夹杂着太多国家主流意识形态的因素，它依然是人们寻求新诗"大众化"和"民族化"，以及诗与政治完美结合的诗歌形态而进行的严肃探索和大胆实验，

---

① 比如《尝试集》中的《蝴蝶》一诗如此写道："两个黄蝴蝶，双双飞上天。/不知为什么，一个忽飞还。/剩下那一个，孤单怪可怜。/也无心上天，天上太孤单，"如果从"诗美"的角度上说，这首诗歌很难说富有"诗意"，其艺术上也略显"粗糙"。

即便这种探索和实验最后因政治形势的变化和文学政策的调整而几乎中断，但它最终还是比较彻底地颠覆了现代诗歌的原有的整体格局，为"新的人民的诗歌"理想范式建构铺平了道路。正如今天的人们不能嘲笑胡适《尝试集》的"幼稚"与"粗糙"一样，我们其实应对那些凝聚了知识分子和"工农兵"诗人诸多心血"新民歌"运动保持必要的"理解"和"尊重"，那一代知识分子为建构理想的诗歌形态，而在诗歌资源的生成与转化方面所作的种种努力，以及成败、得失都值得我们用学理的眼光进行认真反思。

二 变异的"民间文学资源"和"古典文学资源"

（一）"正统"与"异端"："钟敬文批判"与"民间文学"资源的变异

在"大跃进新民歌运动"中，"民歌""山歌""民谣""顺口溜"和"民间叙事诗"等民间文学的艺术样式受到"当代"诗人充分重视，因为"民间文学"是"新民歌"发展的基础性资源。在当时，"民间文学"内部出现了所谓的"两条路线的斗争"，即"一条是革命联系实际、紧密地与人民结合的道路；另一条是资产阶级脱离现实、远离人民的道路"①，它实际上是对"民间文学"理解上的差异而产生的观念冲突，更确切地说，是关于"正统"与"异端"文学之间的较量。下面我们试图从当时人们对民间文学专家钟敬文批判，来看"新民歌"所借重的"民间文学"真实面相。1957年"反右"斗争之后，民间文学研究领域开展了大批判运动，钟敬文因其持"不合时宜"的文艺观点而受到揭发和批判。他认为，民间文学研究应采取"纯客观的科学研究"态度，从人类学、民俗学和民族学等角度出发，把民间文艺当作"人类文化的残留物"进行研究。具体到民间歌谣而言，他注重从"人民大众"的劳动歌谣中，发现其中所包含的人类文化价值，因此，尽可能保留歌谣的"原汁原味"。也就是，在他看来，"民间歌谣"价值在于让研究者发现许多有趣的文化现象，即使是"头脑简单"的"野人之歌"里面，也蕴藏着极为丰富的文化信息。但是，在批

---

① 赵景深：《民间文学研究的两条路》，载中国民间文艺研究会编《向民歌学习》，作家出版社1959年版，第119页。

判者的眼中，他这种对待民间歌谣传统的做法，"没有从文艺为'工农兵'服务的方针出发，来考虑怎样为人民提供优美的口头文学"①，只看见民间歌谣的"学术上、文化价值"，而对其"艺术价值"则是"熟视无睹"。更为重要的是，认为他失去了"阶级立场"和"取其精华和弃其糟粕"的对待传统的方法，"骨子里是资产阶级右派的一套反动思想"②。可以说，对钟敬文的批判背后反映了当时"正统"与"异端"民间文学之争。钟敬文试图重返民间文学（歌谣）的历史和现实腹地，寻找未经文人加工和改造且属于"原生态"的民歌民谣，不管这些民歌民谣里是否包含着封建元素或"猥亵"成分，它们都有其值得珍视的文化研究价值，因为这些被认为是"糟粕"的歌谣里渗透着一个时代中底层大众一些深层的观念和欲望。只有那些未受到权力改写且带有复杂成分的民歌民谣，才能纳入"正统"的民间文学范畴。事实上，这种从文化研究视角出发对民歌采取"兼容并包"的资源选择策略，显然极不利于"新民歌"的生产与建构，因而被视为可怕的"异端"。从这个意义上说，在民间文学研究领域发起对钟敬文的批判，无疑是对僭越"民间文学"传统选择规范的一次严正警告。这次批判运动为"新民歌"资源选择提供了"前车之鉴"，告诫人们必须对传统民歌实施严格的吸收和改造机制，才能使"新民歌"真正超越传统民歌。为此，在"大跃进新民歌运动"中，国家权力主体把目光投向民歌中有助于发挥宣传和教育普通民众的结构要素，以及那些能够被吸纳到国家主流意识形态话语中的想象方式和话语修辞。具体而言，"新民歌"重点传承了民歌中的简约诗风。"新民歌"是"大跃进"年代的时代产物，它的一个重要的文化使命是鼓动民众加入这场"乌托邦"的运动中。毛泽东说，"看民歌不用费很多脑力，比看李白、杜甫的诗舒服些"③。当毛泽东把新民歌当作一种宣传工具，面对的阅读对象又是仍处文盲和半文盲状态的普通民众时，他自然对民歌"易懂"特性做出了高度评价。在这种情

---

① 贾芝：《再论民间文学工作的两条路——批判钟敬文的路线》，载《向民歌学习》，作家出版社 1959 年版，第 157 页。
② 毛星：《钟敬文要的是什么权和什么样的尊重？——在批判钟敬文的会上的发言》，载《向民歌学习》，作家出版社 1959 年版，第 148 页。
③ 陈晋：《文人毛泽东》，上海人民出版社 2005 年版，第 448 页。

势中，"简约"诗风被看作"民歌"中有益元素而得到"新民歌"创作者重视，臧克家在《民歌与新诗》中指出，"诗人们应当向民歌学习，学习它那朴素、健康、清新的诗风"①。这里，"朴素、健康、清新"诗风其实是民歌"简约"诗风另一种显现方式。我们从《红旗歌谣》中诗歌可找到明证，如"头发梳得光/脸上搽得香/只因不生产/人人说她脏"（《人人说她脏》）；"田中秧苗绿成行/阳雀才叫快插秧/自己落后不检讨/洋洋得意唱旧腔"（《洋洋得意唱旧腔》）。这两首诗歌分别采用了五、七言体，摆脱了隐喻的修辞和复杂的想象方式，使诗歌风格呈现一种简洁、明快的色彩，这显然是借助民歌的诗学资源，对中国现代派诗歌那种晦涩、繁复诗风的反叛与超越。不过，"新民歌"的创作主体并非与钟敬文一样，可以把民歌中一些明显不合乎历史潮流的成分，纳入文化研究的框架中，而是必须坚决将不良因素予以剔除。比如，有首传统的秧歌这样写道：男："天上云彩花打花/姑娘们就要给婆家/割过麦来栽过秧/姑娘们在家蹲不长"，女："天上的云彩青又青/那个男子不结婚/二十岁大哥没有人/自烧自煮多伤心/黄家有个大姑娘/瓜子长脸真漂亮/不要急来不要慌/介绍给你配成双。"与其说这是一首秧歌，毋宁说是一首"不折不扣"的情歌，在当时这样的秧歌被认为"没有什么积极意义"②，因为诗歌里边所抒写的男子对"姑娘"的思念与期待，以及女子对"大哥"的怜悯与安慰，在一种较为纯粹的两性空间中展开，它不但没有向集体敞开，而且也未承载更多的主流意识形态话语，其价值自然可疑。更为重要的是，在一个呼唤个体走向集体、私有空间向集体空间回归的年代，这种凸显两性之间"私有化"情感的爱情描写，其危害性被无限放大：它可能使诗歌接受者沉溺于两性的感情世界中不能自拔，从而阻碍民族国家走向现代化的步伐。为此，"新民歌"创作主体须对"秧歌"进行改造，用新的爱情模式置换"无意义"或带有"危害"的部分。比如《红旗歌谣》中《引水上山再结

① 臧克家：《民歌与新诗》，载《诗刊》编辑部编《新诗歌的发展问题》（二），作家出版社1959年版，第35页。
② 殷光兰：《歌唱祖国遍地红》，载安徽人民出版社编《民歌作者谈写作》，安徽人民出版社1960年版，第4页。

婚》如此写道：

> 男：太阳出来红敦敦/隔沟望见心上人/我来填沟你平坡/一同做工有精神//女：沟里河水赛马跑/哥哥好比杨宗保/能杀能战落龙沟/我爱哥哥志气高//男：听见妹妹把我夸/浑身有把力气加/昨日老远望见你/你望河水想什么？//女：听见河水响我心热/独自一个下山坡/望见河水我想你/想水怎忘想哥哥//男：叫声妹妹加油干/咱俩争取当模范/中梁渠通水上山/群英会上好见面//女：叫声哥哥你放心/我也不是落后人/不当模范不见你/水不上山不结婚

很显然，这首诗歌里的爱情话语已被国家权力话语所改造，与其说男女青年之间传递的是相互思念和恋慕的内在情愫，毋宁说是为报效国家、争当模范的壮志豪情。一种社会主义时代的新型爱情观被植入"新民歌"之中：爱的基础是男女之间具有共同建设社会主义国家的理想抱负，爱的魅力源自男女双方心中公而忘私或先公后私的崇高精神品质，爱的誓言是男女双方立志成为众人景仰的"英雄模范"。这里，爱情中的性别元素被遮蔽，取而代之的是"我来填沟你平坡"式平等的劳动和同志般的友谊，更为有趣的是，"新民歌"里的"英雄好汉"爱情模式已经取代传统民歌中"才子佳人"模式。由此可见，"新民歌"借助传统民歌的歌谣形式，置换不利于新的民族国家建构的各种成分，使"新民歌"超越传统"民歌"同时，又通过普通民众易于接受的形式，发挥歌谣的鼓动和教化功能。不过，这种经过改造的"新民歌"已很难归入传统"民间文学"的范畴，因为"民间文学"所具有嘲讽与戏谑特征，以及同官方"正统"观念相抵抗的特性都在改造中被有效清除，国家主流意识形态已悄然铆入"新民歌"的文本生产之中。

综而观之，"民间文学"领域发起对钟敬文批判，意味着人们力求回到特定的历史语境，重估定多元杂陈的"民歌民谣"的意义与价值。可以说，是与非、精华与糟粕、崇高与庸俗、进步与落后、利与弊等二元对立的指标，不断切割相对驳杂的"民歌"传统，从而生成"新民歌"的诗学资源。今天，距离"新民歌运动"发生已近半个世纪了，历史的尘埃已经落定，我们其实应以一种更加理性的态度去理解和评判这场诗歌实验运动，以及在诗歌实验运动中人们对"民间文学"传统所做出的大胆的"扬弃"。事实上，在当代文艺设计者看来，"新民歌"是一种有别于传统民歌的理想的诗歌形态为了不被旧传统"混同"与"淹没"，当代诗人自然坚决摒弃那些"不合时宜"或与"新民歌"的本质特性相龃龉的传统元素，唯有如此，"新民歌"才能从新的资源系统中汲取新鲜的血液，在新的蜕变与创造中真正超越传统民歌。

（二）"精华"与"糟粕"：新的美学原则与"古典文学资源"的变异

"新民歌"的另外一个重要的资源是"古典文学"，或者更严格地说是"古典诗歌"。"新民歌运动"作为建构"新的人民的文艺"一次重大的诗歌实验，它在继承和发展古典诗词方面面临着不少难题，一方面经过几千年历代诗人的探索和实践，"古典诗歌"在诗体建设上已经相当成熟，"新民歌"如何在吸收其"有益"资源基础上有所发展并实现超越并不是一件易事；另一方面由于"新民歌"的接受对象是"工农兵"，他们的文化整体水平相对落后，对"五四"以来的新诗相当陌生自不待言，而对凝聚了古代知识精英无数心血的"古典诗歌"中所蕴含的精湛艺术更是知之甚少，为此如何汲取"古典诗歌"中有助于"新民歌"走向"工农大众"的艺术成分，也需要细致的辨析。更为重要的是，毛泽东一方面指出"旧体诗""不易学，又束缚思想""不宜在青年中提倡"[1]；另一方面又提出要把"新民歌"的资源伸向"旧体诗词"，这就要求"新民歌"创作主体既不能落入"古典诗歌"的窠臼，又要挖掘"新民歌"与"古典诗歌"之间资源连接的有效基点。

在"新民歌运动"中，人们把向"古典诗歌"学习看作超越"五四"以来以西方诗学资源为圭臬的"自由体"新诗，继承和发扬"民族形式"的一种方式[2]，并且认为这种"民族形式"就是"工农兵"所"喜闻乐

---

① 毛泽东：《致臧克家等》，载杨匡汉、刘福春编《中国现代诗论》，花城出版社1985年版，第68页。

② 卞之琳认为，"古典诗歌和新民歌，在表现方式、结构等方面基本上属于同一类型——土生土长类型"，它和"新诗"在形式上"基本属于两个不同类型"。可见，"民族形式"是"新民歌"和"古典诗歌"的共通之处，也是和现代新诗划清界限的标尺。参见卞之琳《关于诗歌的发展问题》，载《诗刊》编辑部编《新诗歌的发展问题》（二），作家出版社1959年版，第56页。

见"的"大众形式"。从当时开展的"诗歌发展问题"论争和创作实践来看，人们主要从是否"有利于使新诗更好地与劳动人民结合，也有利于建立新诗的民族形式"①的角度出发，来选择"古典诗歌"传统资源。沙鸥认为，对于"新民歌"的发展来说，"古典诗歌"有六个方面的"宝贵的东西"："一、现实性、人民性；二、精炼、深刻的概括能力；三、高超的技巧；四、用字、炼句上的引人入胜；五、朗朗上口；六、向民歌学习的传统。"②可以说，除了第一项和第六项之外，其余都属于"语言技巧"方面的问题，学习"古典诗歌""精炼、深刻的概括能力"和"用字、炼句上的引人入胜"目的是使"新民歌""短小精悍"而易于"诵记"③，而继承"朗朗上口"的传统是让"新民歌""顺口顺耳"。张光年曾举了一首吸收了"旧诗"养料的"新民歌"："钢水红似火/能把太阳锁/霞光冲上天/顶住日不落"，他认为该诗有"旧诗"的影响，诗歌采用"旧体诗"的形式，"读起来爽朗而有力"④。他也是从可颂性的维度看待"古典诗歌"传统之于"新民歌"的价值的。冯至则认为，当代诗人"应该和由于几千年诗人们的努力所锤炼出来的语言接上头"⑤，吸取"古典诗歌"富有"音乐性"和"形象化"的语言。同时，还有人提出"新民歌"要多参考"古典诗词中各种声律配合的原则和方式"，使诗歌读起来"谐和悦耳"⑥。可以说，人们之所以把"古典诗歌"中"精炼"的语言、"谐美"的音节、"优美"的韵律视作"古典诗歌"的"精华"部分，主要有以下几个方面的原因：一是"简洁"而"精炼"语言是对新诗欧化且冗长

---

① 何其芳：《关于诗歌形式问题的论争》，载《诗刊》编辑部编《新诗歌的发展问题》（二），作家出版社 1959 年版，第 255 页。

② 沙鸥：《道路拓宽 百花争艳》，载《诗刊》编辑部编《新诗歌的发展问题》（二），作家出版社 1959 年版，第 56 页。

③ 宝功亚：《民歌万岁!》，载《诗刊》编辑部编《新诗歌的发展问题》（二），作家出版社 1959 年版，第 119 页。

④ 张光年：《从工人诗歌看诗歌的民族形式问题》，载《诗刊》编辑部编《新诗歌的发展问题》（二），作家出版社 1959 年版，第 25 页。

⑤ 冯至：《关于新诗的形式问题》，载《诗刊》编辑部编《新诗歌的发展问题》（二），作家出版社 1959 年版，第 309 页。

⑥ 缪钺：《新诗怎样在民歌和古典诗词歌曲的基础上发展》，载《诗刊》编辑部编《新诗歌的发展问题》（二），作家出版社 1959 年版，第 192 页。

的语言的反拨。在"新民歌运动"中，现代新诗（自由诗）欧化的语言被称作一种"洋腔洋调"，它是导致新诗远离大众的"罪魁祸首"，因而受到一些诗论家的猛烈抨击①，"新民歌"的设计者从一开始就把语言"欧化"问题当作"当代"诗歌超越的起点，同时把简洁且口语化的自然语言作为"新民歌"理想的语言范式，这种对诗歌语言的"凝练化"诉求，自然促使人们把目光投向在语言锤炼方面已到达"登峰造极"的"古典诗歌"。问题是，和古典诗歌通过洗练的语言营造诗化的意境传达古人丰富的情思不同，"新民歌"旨在宣泄"大跃进"时代新人的豪迈激情，在口语化的自然语言中追求"精炼"，使得诗歌中的情感或精神呈现"浅薄化"的特征。比如《红旗歌谣》中有首民歌这样写道："正在好干活/太阳往下梭/赶快搓根绳/套住往上拖"（《太阳往下梭》），该诗"简炼"而又口语化的语言，使诗歌失去"含蓄性"而变得一览无余，除了表达一种与时间赛跑和"只争朝夕"的精神之外，我们很难从中获得更为深层与复杂的诗歌内涵。不过，如果说现代新诗"冗长"或"扭曲"的语言，是为了更好地揭示走向现代社会的人们丰富而多变的精神世界和复杂的感情，那么"新民歌"简炼的口语化语言是为了简单明了地表达"工农兵"对时代的认同和"多快好省"建设社会主义的愿望和决心。由于人们认为"新民歌"有别于现代"自由诗"的一大特性是，诗歌能让"工农兵"记住和背诵，所以对"新民歌"诗歌语言"精炼"追求实际上转变为对简洁而浅近语言的迷恋。这是一种既易于承载透明的思想和纯粹的感情，又有可能激发"工农兵"激情的诗歌语言，因此它不仅是"新民歌"身份自我确认的标志之一，同时也是"新民歌"超越现代自由诗并向民族传统回归的一个新起点。二是"谐美"的音节和"优美"的韵律是"新民歌"实现"可听"和"可诵"功能的内在需求。现代自由诗的贵族化倾向，使得诗歌很大程度上在知识分子（诗人）内部进行交流，"可读性"应该是其重要的特性，因此诗歌不同程度出现韵律弱化的现象。在毛泽东时代，包括诗歌在内的

①　楼适夷就批评道："用语芜杂，臃肿，拖沓，故意铺排，造作，割裂自然的语言……的现象在新诗中是容易发现的"，参见《诗杂谈》，载《诗刊》编辑部编《新诗歌的发展问题》（四），作家出版社1959年版，第204页。

文艺成为"鼓舞群众和教育群众"的工具，由于广大群众的文化水平普遍不高，为了实现这一目标，诗歌诉诸人们听觉的功能得到高度的重视，有人认为"新民歌极大部分首先是口头创作，口头发表，它们的'读者'，主要也是耳朵来'读'的"①，"工农兵"不是"通过眼睛这条单行线来接受诗，而是通过语言的声音与调子来欣赏诗"②。由于"新民歌"可听化取向被认为是"诗与群众"结合的一种重要方式，而强化诗歌的"音节"与"韵律"显然有助于"新民歌"实现"可听化"的目标。不过学习"古典诗歌"韵律主要关注其在"用字的和谐，声音的铿锵，音节的自然"方面所累积的艺术经验，而非"套旧形式写旧诗、填词"③。它最终目标是使"新民歌"能够"可听可诵""顺口顺耳"和"易记易懂"。值得一提的是，"新民歌"借鉴"古典诗歌"音节和韵律方面的诗学资源促使其走向大众同时，也使诗歌被五言、七言诗歌形式所束缚，"可听""易懂"的诉求使得诗歌失去了"陌生化"的语言给受众带来的"新奇"的审美体验。不过，"新民歌"为了完成诗歌大众化的历史使命，它必须以"工农兵"的接受能力为最高原则，来选择与发展"古典诗歌"资源。具有悖谬意味的是，超越"古典诗歌"和现代"自由诗"的审美范式是其获得"工农大众"广泛认可和参与的必由之路，也是其发展的动力和活力的源泉，与此同时，一味追求"顺口顺耳"又使诗歌难以给知识分子（诗人）带来持久的审美冲动，当"工农兵"始终是"新民歌"的创作主体，而知识分子（诗人）未全面加入时，"新民歌"的发展更多是在同一个平面上滑行，而很难取得新的突破性进展，这无疑又反过来制约了它发展的空间。更为重要的是，"民歌"与"古典"资源之间"龃龉、矛盾无法长期掩盖"④，比如，"口语化"的民歌语言和"书面化"的"古典诗歌"语言之间的矛

---

① 楼适夷：《诗杂谈》，载《诗刊》编辑部编《新诗歌的发展问题》（四），作家出版社1959年版，第202页。

② 沙鸥：《道路拓宽　百花争艳》，载《诗刊》编辑部编《新诗歌的发展问题》（二），作家出版社1959年版，第56页。

③ 曼晴：《向民歌和古典诗歌学习》，载《诗刊》编辑部编《新诗歌的发展问题》（四），作家出版社1959年版，第247页。

④ 洪子诚：《1960年代的两岸诗歌问题》，《北京大学学报》（哲学社会科学版）2008年第4期。

盾，以及民歌与"古典诗歌"节律之间的矛盾，都存在难以解决的问题，这使得融合两种资源的"新民歌"诗体范式，既无法像原生态"民歌"一样可作为"底层民众"传达自我"真实"情感的艺术样式，又不能够提供和"古典诗歌"一样的审美享受。于是，当毛泽东批评"新民歌""没有诗意乱放卫星"之后，"新民歌"的发展失去国家最高权力的支撑，它原本旺盛的生命力开始急剧萎缩，这场轰轰烈烈的"别求新路"的诗歌实验运动不久便偃旗息鼓。

由于"新民歌运动"是国家权力主体发动的诗歌实验运动，诗歌资源的意识形态属性相当鲜明，因而人们对"古典诗歌"资源选择主要围绕是否有助于实现意识形态的训诫、"工农兵"激情的宣泄和"乌托邦"理想的传递来展开，虽然毛泽东未明确指出吸收"古典诗歌"的何种传统，但他关于新诗的多次讲话或与他人的书信往来中，已经传递了这样的信息，那就是"古典诗歌"传统必须首先考虑其在"意义"层面的价值，而诗歌内在结构和审美形式则退居其次，当代文艺工作者不能从纯粹的艺术的维度出发，而应从诗歌作用于社会现实功能角度来选择"古典诗歌"资源。可以说，新中国成立以来的历次文艺批判运动，促使知识分子（诗人）自觉以"政治第一、艺术第二"为标准来辨别诗歌传统的"精华"与"糟粕"成分。从"新民歌"对"古典诗歌"资源汲取的倾向性来看，比之于"古典诗歌"的思想内容，当代诗人更多关注诗体建设之于"新民歌"发展的价值，除上述语言精练、音节谐美和韵律和谐之外，"革命现实主义和革命浪漫主义"创作方法，以及"比兴、对仗和双关，重叠和变化，反复和倒转"等表现手法，也成为"新民歌"创作的艺术资源。重新划定古典诗歌传统的"疆界"，是"当代"诗歌"新民歌"进行资源重组时的一种重要策略，它确实使"古典诗学"传统在新的价值系统中发生了某种程度的"变异"，但正是这种有向度的"变异"了的诗学资源使"新民歌"以"新异"的面貌呈现在读者面前。

# 第二章　当代诗歌文本生产现象

在"新的人民的诗歌"成长的生命历程中，出现了一系列相当独特而殊异的"症象"，这些"症象"不仅与"当代"诗歌的资源引入有关，同时还与"当代"诗歌生产方式有着紧密的关联。诚如伊格尔顿所言，"文学可以是一件人工产品，一种社会意识的产物，一种世界观；但同时也是一种制造业"①。在新的国家政权全面掌控了文化命脉的 20 世纪 50—60 年代，诗歌生产实际上是诗歌创作主体（诗人）将国家主流意识形态的"原材料"，加工成既可以满足"工农兵"精神需求，又能够实现建构新的民族国家合法性的文化产品②，它包括与之相关联的诗歌传播和阅读等不可或缺的流通和消费环节。"十七年"特定的政治文化语境，使诗歌生产出现了有别于"象征诗派""新月派""现代诗派"等诗派的生产方式、传播方式和阅读方式。当代诗歌生产与政治文化运动、物质生产活动的"胶着"状态，极大地影响了诗歌意象系统、情感基调、价值指向和文本风格，甚至决定了诗歌文本革新的可能与限度。我们力图重返"新的人民的诗歌"成长的历史腹地，深入探究文化动员"诗歌传播""诗歌阅读"与

---

① ［英］特里·伊格尔顿：《马克思主义与文学批评》，文宝译，人民文学出版社 1980 年版，第 65 页。

② 艾青在 1956 年作家协会第二次理事会议上的说过这样一番话："这是一个厂务会议，谈的是生产计划、劳动态度和劳动纪律，有对成品检查和生产指标的核定等。这是一个总结生产经验和动员生产的会。"这里，艾青把当代诗歌创作看成和工厂产品生产具有相同性质、程序和规范的生产行为，正是一系列严格的生产制度，使得当代诗歌生产在一种井然有序的状态中进行。参见艾青《艾青的发言》，载作家协会编《中国作家协会第二次理事会议（扩大）发言集》，人民文学出版社 1956 年版，第 333 页。

当代诗歌生产之间的内在关联，揭示新的诗歌生产方式给当代诗歌带来的历史机遇，对诗歌复杂蜕变和成长产生的深层影响，以及由此所引发的诸多难题。

## 第一节 文化动员与当代诗歌生产

新中国成立后，新的民族国家为了有效确立、巩固和建设新的国家政权，一方面接二连三地发动了一系列波及全国的政治文化运动，另一方面也积极开展了大规模的生产建设。而力求引领时代风潮的当代诗歌自然不可避免地卷入诸如"抗美援朝运动"、"三反""五反"运动、"农业合作化运动"、"胡风反革命集团批判运动"、"反右运动"、"知识分子上山下乡运动"、"大跃进新民歌运动"等重大"政治文化运动"的旋涡之中，在文化动员方面发挥重要的作用。可以说，当代诗歌生产是在各种"政治文化运动"巨浪的推动下积极而有序地展开的，那么这些运动究竟给诗歌生产造成了哪些深层的影响？特定的生产方式为当代诗歌发展提供了何种新的可能？同时又给其带来了哪些难以逾越的屏障？

一 "革新"的复杂性：文化动员[①]与当代诗歌生产

（一）当代诗歌生产与"政治文化运动"关系溯源

当代诗歌生产与"政治文化运动"关系须追溯到中国现代诗歌的演进进程中。20 世纪以降，中国现代新诗就与时代的"政治文化运动"结下了不解之缘，1940 年黄药眠曾说："这二十多年来，中国的历史是演进的异常得急剧而异常富于戏剧性的。从'五四''五卅''五三''一二·九''七七''八一三'，以至于这三年多的抗战，这些事实好像巨浪般一个个地打过来"[②]，这些"巨浪"在推动革命运动发展的同时，也有力地加速了

---

① 在 20 世纪 50—60 年代，文化动员通常以"政治文化运动"的方式展开。
② 黄药眠：《论诗的创作》，载龙泉明编《诗歌研究史料选》，四川教育出版社 1989 年版，第 112 页。

现代新诗的变革历程。"五四"时期以郭沫若为代表的一批现代诗人就"以诗为旗"高扬个性主义精神，为正在勃兴的"启蒙运动"摇旗呐喊。1937年抗日战争的爆发，引发了一场旷日持久的"抗日救亡运动"，有人说，在当时"除非你不写诗，写就非写抗战诗不可。一个中国的诗人是无法逍遥于抗战之外的，因此他的诗就离不开抗战"①。的确是如此，当时以"七月诗派"为代表的诗人正是以"满腔悲愤"与"激情满怀"的诗句，把诗当作"斗争的武器"投入艰难而又漫长的抗战之中。"抗日救亡"运动使现代诗歌的生产方式发生了重要转变，力扬说："今日的诗，也不再有吟咏个人的小伤感的作品，也很少以'旁观者'的立场来咏叹民族的哀悲与痛苦了。诗人的喜悦，诗人的悲苦，诗人的仇恨，也即是全民族所要诉述所要呼喊所要歌颂的，今日的诗人已成为民族的代言人。"② 也就是说，绝大多数现代诗人为了拯救民族危亡，他们诗歌生产不断冲破和超越原本囿于个人狭小天地抒写"小感伤"的做派，或者改变"以哲理做骨子"和"为诗而诗"的诗歌理念，努力用激扬的生命和高昂的热情拥抱时代，深入抗战前线，直接参与军队的文艺工作，参加前线访问团，收集各种与抗战相关的材料写就具有"鼓动性"和"战斗性"的诗篇。他们当中有的为激发战士（民众）的抗日热情而奔走呼号，有的则留在大后方，积极参加诸如"反汉奸运动""生产运动"和"宪政运动"等各种运动③，用朗诵诗、街头诗、传单诗、广播诗、明信片诗、贺年片诗和慰劳诗等形式，传达自己（不仅仅是自己）对敌人的仇恨，对战士崇高精神的敬仰，以及对普通民众支援抗战的无私精神的讴歌。很显然，诗歌服务于抗战以及为抗战而展开的形式多样的政治文化运动，使诗歌担负着文化动员的时代使命，不仅有效地丰富了诗歌的传播渠道，而且拓宽了抗战诗歌的生产

---

① 《我们对于抗战诗歌的意见——诗歌座谈会》，载龙泉明编《诗歌研究史料选》，四川教育出版社1989年版，第9页。

② 力扬：《今日的诗》，载龙泉明编《诗歌研究史料选》，四川教育出版社1989年版，第37页。

③ 当时卞之琳、何其芳、柯仲平、肖三、臧克家、邹荻帆、王亚平、杨骚、方殷等都到抗战的"第一线"组织各种诗歌（文艺）活动，参见艾青《抗战以来的中国新诗》，载龙泉明编《诗歌研究史料选》，四川教育出版社1989年版，第241—242页。

空间。作为诗歌生产主体（诗人）所聚焦的对象已超越"一己之悲欢"，而转向中华民族不屈的抗争精神，他们以民族"代言人"身份将抗战精神"诉诸大众"，同时"为了诗的普及"他们努力追求一种"注重明白晓畅""偏向自由的形式"，这使得一时期的诗歌呈现明显的"诗的民间化"倾向①，正是抗战诗歌的功能诉求、服务对象的文化层次和阅读需求等极大制约了诗歌基本样式。在解放区，诗歌创作也和当时开展的减租减息、土地改革、反封建迷信等运动紧密结合在一起，比如阮章竞反映土改复杂尖锐的阶级斗争的叙事长诗《圈套》及表现封建习俗压迫下妇女的痛苦的《漳河水》等，张志民的根据土改运动中诉苦大会亲身见闻而记录下来的，揭露农村地主与农民之间尖锐的阶级斗争的《王九诉苦》，又如"在土地改革中，农民创作了无数的翻身诗歌"②，对地主的残酷剥削进行尖锐的讽刺，同时在解放区部队里围绕各种比赛活动或战役而写下的枪杆诗、快板诗等③。可以说，解放区的诗歌生产与当时的各项政治文化运动呈现"胶合"状态，这种独特的诗歌"制造"方式为当代诗歌的生产提供了经验和模式。

从现代新诗与"政治文化"运动关系的简单梳理中，不难发现，现代诗歌自诞生之日起就与自身独特的艺术形式加入时代文化动员之中，既为各种运动推波助澜又为自身的变革拓宽了渠道。尤其是抗战爆发后，现代诗歌的生产空间很大程度上走出了"象牙塔"，走向街头、战场和广场，空间的改变、传播方式和诗歌接受对象的变化自然引起了诗歌生产方式的变革。1942年《讲话》以"纲领性"文件形式确定了包括诗歌在内的文学艺术，必须在各种运动中发挥"团结人民、教育人民和打击敌人"作用，文学生产服务的对象由过去的面目模糊的"大众"限定为翻身做主人

---

① 朱自清：《抗战与诗》，载龙泉明编《诗歌研究史料选》，四川教育出版社1989年版，第176页。

② 周扬：《新的人民的文艺》，载《中华全国文学艺术者工作者代表大会纪念文集》，新华书店1950年版，第83页。

③ 当时被称为"兵的诗人"的毕革飞就创作了许多"快板诗"，它们"能及时为战争服务，为兵服务，它能及时地反映问题、提出问题和解决问题"，参见方明《兵的诗人》，载《中华全国文学艺术者工作者代表大会纪念文集》，新华书店1950年版，第537页。

的"工农兵"。同时,《讲话》还提出"革命文艺是整个革命事业的一部分,是齿轮和螺丝钉"①,文学生产的"产品"必须且只能是有利于促进和巩固"革命事业"的"零部件"。从某种角度上说,《讲话》规定了文学生产的主体资格:经过彻底改造的知识分子或"工农兵",规定了文学生产的"原料":"人民群众"的生活;规定了文学生产的过程:"到工农兵群众中去"——"观察、体验、研究、分析一切人、一切阶级、一切群众,一切生动的生活形式和斗争形式,一切文学和艺术的原始材料"——按某种既定的革命理念将"日常的现象集中起来,把其中的矛盾和斗争典型化";规定了"产品"检验标准:"政治第一、艺术第二";规定了"产品"的功能:"齿轮和螺丝钉";"产品"消费对象:"工农兵"②,如此种种,不一而足。这种极为严格的文学生产的条件、流程和制度,旨在使文学创作进入组织化和有序化的进程之中,它几乎成为当代诗歌生产的基本指南。

(二)"政治文化运动"与当代诗歌生产的复杂变革

新中国成立之后,新的民族国家开始着手全面建设"新的人民的文艺",当代文艺界权力阶层主要借鉴抗战以降,尤其是延安时期所积累的文学生产经验,促使文学与特定的时代"政治文化"运动相关联,让文学在文化动员中拓展生长空间并获得生命的增长点。如果说抗战时期这种文学生产策略,是知识分子救民族于危亡之际的一种自觉、自愿行为,《讲话》之后则更多是国家权力意志介入之后的有组织行为。那么,当代"政治文化运动"究竟对诗歌生产产生哪些复杂的影响呢?我们不妨以发生在1958年的"知识分子下放运动"为例来深入探讨这一话题。

1958年2月,中共中央颁布了《关于下放干部进行劳动锻炼的指示》,文件提出"应该有计划地组织动员大批知识分子干部到工厂、农村去参加体力劳动,到基层主要是到农村参加劳动"③。在这一文件的号召下,有近

---

① 毛泽东:《在延安文艺座谈会上的讲话》,载《毛泽东选集》(第2卷),人民出版社1991年版,第866页。
② 同上书,第861页。
③ 中共中央文献研究室编:《建国以来重要文献选编》(第11卷),中央文献出版社1995年版,第194页。

百万的干部被下放到基层参加劳动锻炼。同年2月，文化部召开了十二省市文化局代表工作会议，讨论知识分子上山下乡、深入工农群众的问题。巴金在《空前的春天》这样描述这场运动："几百万知识分子成群结队地下放农村，向农民学习生产劳动，这又是前人梦想不到的大事。""整个中国都在动，整个国家向前跑，全体人们在向前跑。""现实不仅代替了童话，而且超过了童话。我们今天的现实已经比任何时代的童话都更美丽，更丰富了。"① 正是在这场声势浩大的"知识分子下放"运动中，"反右"运动中的"右派分子"连同其他一大批知识分子到了工厂、农村、农场、牧场、油田甚至边疆，徐迟曾大致描述了当时"诗人下放"的情况：

> 田间去了河北怀来县农村；李季去了柴达木油田；严阵去了黑龙江林区；闻捷去了甘肃走廊的牧场；蔡其矫去了长江上游的工地；金近去了浙东山村。还有下去劳动锻炼的诗人：方殷去了河北丰润县农村，邹荻帆去了官厅水库旁的葡萄园；管桦去了唐山郊区；还有许多诗人和诗歌爱好者，都已经远行了②。

其实，当时下放的诗人远不止这些，艾青被下放到新疆，唐湜被下放到黑龙江"北大荒"，徐迟被下放到河北怀来，卞之琳、巴波到十三陵水库，等等，这些下放的诗人一方面与普通群众"同吃、同住、同劳动"，另一方面在实践中改造自身的思想感情，改变诗风。翻检当时一些诗人的通信及日记，我们可以发现这场运动对诗歌生产了相当深远的影响。

首先，诗歌生产理念的改变。相较于过去诗人"短期的创作旅行"，收集素材不同，这次"诗人下放"运动有两个特点：一则下放时间较长，二则带有"思想改造"的任务。应该说，这是一次较彻底地改变诗人身上"小资产阶级"习气以及更新诗歌生产理念的运动，徐迟在《下放归来》一文中谈及了这种转变：

---

① 巴金：《空前的春天》，载人民日报出版社编辑部编《迎春曲》，人民日报出版社1958年版，第6页。

② 徐迟：《诗人们已经远行》，载《诗与生活》，北京出版社1959年版，第158页。

如果说我过去习惯于这样的公式：创作——生活——创作，即为了创作，我下去生活，回来就进行创作，现在我感觉到这种方式也是不怎么好的方式了。

更为理想的公式是：生活——创作——生活，即劳动、工作、生活着；有了感受，需要创作，就进行创作，进行创作时和作品完成时，也还是劳动、工作、生活。就像许多民歌手那样的，他们不是为了创作而生活的。①

徐迟认为，"过去"的诗歌生产观念是"创作——生活——创作"，即为了创作而去寻找生活（素材），"现在"则变为："生活——创作——生活"，即为了生活（工农业生产）而创作，前者通常是知识分子式的诗歌创作理念，他们以作家（诗人）身份带着对生活的"先见"或"前见"进入"生活"，创作的目的是传达自我对"生活"（现实）理解，丰富人们对现实的认知与感受，后者是"工农兵""劳者歌其事"式的诗歌创作理念，创作主体以"劳动者"身份在"生活"（劳动）中有了感触而诉诸文字，"劳动者"始终是其对自身角色的认知与定位。说白了，前者把诗歌生产看成一种"专业创作"，后者则将其视为"业余创作"。诗歌生产性质由"专业性"向"业余性"转变，使知识分子诗歌创作的"优越感"和"神秘感"渐趋消弭，徐迟说："过去，我有一种对于诗和创作的神秘主义的观点，把诗和创作看得非常之高"，"现在的看法改变了"，"我首先要求认真地生活、认真地奋发工作"②。更为重要的是，这种转变在某种程度上有效摧毁了知识分子（诗人）在创作中的话语霸权："只有群众批准了我们的歌，我们才和真正的诗人称号相符。"③与此同时，这种"生活——创作——生活"生产方式有效瓦解知识分子（诗人）以人类精神贵族自诩的根基，同时消解他们和"工农兵"诗人之间因知识文化储备差异而形成的天然界限，扭转了他们把创作中深入生活

---

① 徐迟：《下放归来》，载《诗与生活》，北京出版社 1959 年版，第 188 页。
② 同上。
③ 《诗人来信》，《诗刊》1958 年第 3 期。

环节看成到"人民群众"中"做客"的观念，使知识分子在思想、情感、言语、想象和心态方面全面"工农兵化"。应当说，"诗人下放"运动确实使诗人改变过去把诗歌创作看作在都市中宽敞明亮的书桌前冥思苦想，寻找思想情感的"对应物"和追求诗歌的"思维术"的生产理念，诗歌创作变成创作主体在田间地头和劳动之余，展现紧张忘我而又激情四溢的劳动场面，以及抒唱劳动中"先公后私"的集体主义精神和战胜自然、困难的信心和勇气，进而以诗歌为号角号召人们以豪迈的激情投入生活和战斗之中。同时，它还使诗歌生产由过去依赖灵感和想象的纯粹艺术创造，现在变成"制造"能够推进生产建设和阶级斗争的武器，这是一种极其功利化诗歌生产理念。被下放的诗人发现在"工农"为主要接受对象的接受语境中，他们有时就连讲话的"知识分子腔"都遭到"工农"的嘲笑，更不用说坚守"知识分子"式的诗歌生产理念进行写作——那根本就"不合时宜"。这种通过"诗人下放"置换诗歌生产语境，彻底革新"当代"诗人的诗歌生产理念的努力，从现实情形来看取得明显的实效，被下放的诗人不仅自觉认同并践行"生活——创作——生活"诗歌生产理念，同时比较有效地革除了他们（尤其是"右派"诗人）身上潜藏"小资产阶级"知识分子固有的"癖性"。

　　诚然，事情也有复杂的一面，当时也有个别诗人在转变的同时，也有限度地化解"政治文化运动"带来的诸多压力。蔡其矫即这方面的典型代表，他到了长江工地上后曾一度"改了洋腔唱土调"，写了诸如"天不怕来地不怕，/英雄好汉不怕难。/只要革命干劲大，/山可移来海可填"之类的"新诗歌"。另外，像发表在《人民文学》1958 年第 4 期的《水利建设山歌十首》以及《人民日报》的《会议地》等诗歌，在语言、形式及风格上模仿当时流行的"新民歌"。不过，尽管这次"下放运动"使蔡其矫开始唱起了"土调"，但"洋腔"深深地铆入"土调"当中，有人认为，"他所唱出的山歌，给人以'夹生饭'的感觉"[①]，更为重要的是，他这时期的《回声集》和《回声续集》中的一些诗歌（如《雾中的汉水》及

――――――――――

　　① 肖翔：《什么样的思想感情？——对蔡其矫〈川江号子〉〈宜昌〉等诗的意见》，载《诗刊》1958 年第 7 期。

《川江号子》等）基本又回到了知识分子式的"老路上"①，以阴郁的笔调抒写劳动者的苦难以及自我对"苦难"的同情。当时有人这样批评这些"出格"的诗歌："从诗里我们看到，诗人并不是投身到飞速前进的生活激流中，而是站在生活的岸边欣赏，作消极的吟哦"②，也就是说，蔡其矫依然持"创作——生活——创作"的诗歌生产理念③，把"生活"（劳动）当作一个必须加以审视和批判而不是"投入"的对象，以及自我经验（精神）传达的载体（或中介），而不是集体精神的"容器"。不过，他所持有的这种诗歌生产理念以及由此生产出来的诗歌势必遭到一些抨击和批判④，面对那些"突如其来"和接踵而至的批判，蔡其矫自己主动提出下放福建，尽可能远离"硝烟四起"的北京文坛。自20世纪60年代后至"文革"期间蔡其矫少有新作见诸报端，由此可见，当代诗坛不可能让这种"革新"不彻底的诗歌生产方式获得扩张的空间，或许不断让创作主体及其诗作"边缘化"是对那些下放之后不思悔改的"知识分子"的"规训"与"惩罚"！

其次，诗歌生产主体身份及视角的新变。"诗人下放"是一次旨在通过诗歌与生产劳动相结合方式全面改造知识分子（生产主体），从而培养当代诗歌的社会主义"新人"的运动。它至少在两个层面改变了诗歌生产主体的基本面貌。其一，主体的身份变化。这里所谓"身份"是指诗人在创作中对自身角色的认知。诗人的身份由"知识分子"向"工农兵"转化是当时"诗人下放"运动的重要初衷。徐迟说："就在劳动实践中，我感

---

① 其实，《川江号子》包含了带有明显时代痕迹的"结尾"："那新时代诞生的巨鸟，我心爱的钻探机，正在山上和江上/用深沉的歌声/回答你的呼吁"，这足以说明他的诗歌文本的复杂性。

② 肖翔：《什么样的思想感情？——对蔡其矫〈川江号子〉〈宜昌〉等诗的意见》，《诗刊》1958年第7期。

③ 蔡其矫认为，诗歌创作是其实"一段人生经验"，"加上全人类的文化成果"，这种凸显"经验"和"文化"重要性的诗歌生产理念，体现的是一种知识分子"精英化"的诗歌生产路线。参见曾阅《诗人蔡其矫》，作家出版社2002年版，第37页。

④ 这些批判文章有：沙鸥：《一面灰旗》，《文艺报》1958年第8期；袁水拍：《诗歌中的现实主义与浪漫主义的结合》，《文艺报》1958年第9期；萧翔：《什么样的思想感情》，《诗刊》1958年第7期；陈聪：《不能走那条路》，《文艺报》1958年第20期；吕恢文：《评蔡其矫反现实主义的创作倾向》，《诗刊》1958年第10期等。

到我和老乡们的关系改变了。他们不再是我的采访和观察对象，我们生活而且劳动在一起。"① 在徐迟看来，过去知识分子（诗人）与"工农兵"是采访者与被采访者的关系，诗人深入生活过程中始终扮演旁观者或局外人的角色，他们以颇为冷静的、理性眼光，相对客观的价值立场观察和评判现实生活中的一切。但当诗人下放到生产、生活第一线之后，他们作为思想需要改造或继续接受锻炼的对象，其角色必然由火热生活"局外人"转变为"当事人"和"亲历者"。李季说："我尽力忘掉自己作家身份，从一切方面，（从工作、生活到思想感情）把自己变成一个和当地所有人一样的'玉门人'。"② 这里，李季试图极力摆脱作家角色意识对创作的干扰，而以"玉门人"的"代言人"的身份出现。显然，诗人在诗歌生产过程中对自身身份的定位将极大制约诗歌基本面貌。从某种意义上说，诗人"忘掉自己作家的身份"就是最大限度缩小自我与"工农兵"之间的思想和情感距离，成为"工农兵"的代言人。当"下放诗人"以"代言者"身份进行诗歌生产时，他们自然极力规避自我思想情感的渗透，努力感知并传达生产生活中"工农兵"的"真实"声音和形象。不过，在当时这种"真实"并非现实形态的"真实"而是虚拟的"真实"，"工农兵"的声音是经过严格过滤和充分改写的声音。比如，我们比较 1958 年徐迟的劳动日记《架葡萄的日子》和这一时期诗歌生产状况来反观这一现象。日记记述了徐迟 1958 年 4 月 9—19 日共 11 天的下放劳动的感受。这些体验包括：其一，劳动的艰辛。日记中有这些片段："人还是这么累，只想再昏昏睡去才好"（4 月 9 日）；"开始偷偷儿试架一下，根本不成。有点儿灰心了"（4 月 14 日）；"不经过实践，就不知道这工作（指架葡萄——引者注）这么的难"（4 月 17 日）。繁重的体力劳动以及缺少劳动技术使诗人深切体会到了劳动的艰辛。其二，知识分子（诗人）的"迂腐"与"可笑"。比如，"有的（葡萄藤）拔不动，倒把人拔到地上去了（4 月 9 日）；"我看她还笑呢，可是我生气了，叫你来绑架子的，你拆架子来了"。诗人在劳

---

① 徐迟：《下放归来》，载《诗与生活》，北京出版社 1959 年版，第 187 页。
② 李季：《我和三边、玉门》，载张器友、王宗法编《李季研究专辑》，海峡文艺出版社 1985 年版，第 117 页。

动中的"窘态"时常受到当地农民善意"嘲讽"。其三,"不安分"的思想。比如,4月18日的日记这样写道:"这一个时期,思想比较混乱。对于农村,不很安心,思想混乱是令人的忧虑的。"① 可见被"下放诗人"对于农村生活及这种改造方式有着复杂的体验,并可能生发许多"不安分"的思想。应该说,徐迟在"劳动日记"从一个侧面展现了知识分子(诗人)"下放"过程中复杂的情感体验和"真实"的生存境况,按常理,这些体验在徐迟同一时期的诗歌里应有所呈现或揭示,可是现实情形却与之相反,我们几乎很难看到诗人在农村中的"真实"的一面。比如,发表在《诗刊》1958年8月号《公社的歌》这样书写"现实":"新建大村坊,/街道如棋盘,/中心有广场,/家家墙头题诗画。/村南有工厂,/熔炉吐红光,/炼铁又炼钢。""乡书记,社支书,/侧身进入玉米田,/一个身矮一个身长,/进入田里都不见。"这首诗歌书写的是"大跃进"期间"赛诗""大炼钢铁"和"农业放卫星"农村的场景,它根本未触及诗人在下放劳动中复杂的情感体验。也就是说,徐迟在"诗人下放诗"运动中的"被改造"的身份使他在诗歌生产过程中,尽可能控制自我情感与人生经验的渗透和入侵,他所代言的既不可能是诗人的"真实"内心世界,也不可能是"工农兵"的这一庞大群体"真实"的多元情感诉求,更多的是国家权力意志执行者的"声音"。和徐迟一样,到了柴达木油田的李季也认为:"一个文艺工作者上山下乡,只是一个先决条件,人下去了,才有深入人民群众的可能,但更重要的是思想感情的深入,世界观的改造。如果思想感情不深入,没有人民群众那种不断革命的斗志,即或上山下乡了,他还会什么也看不见,什么也听不见。哪怕他一辈子固守在一个地区,也写不出真正反映现实而又比现实更高的作品。"② 这里,所谓"思想感情的深入,世界观的改造"其实就是诗人角色意识(身份)的转变,即由超然旁观姿态审视现实的"作家(诗人)"变为忠于革命、服从革命需要的"文艺工作

---

① 徐迟:《架葡萄的日子》(劳动日记),载《诗与生活》,北京出版社1959年版,第181—186页。

② 李季、闻捷:《诗的时代,时代的诗》,载张器友、王宗法编《李季研究专辑》,海峡文艺出版社1985年版,第179—182页。

者"，诗人在这种角色意识影响下创作"真正反映现实而又比现实更高的作品"，实际上就是生产合乎意识形态本质"真实"的"新的人民的诗歌"。同时李季还强调："我们必须首先是一个革命战士，而后才是一个文艺工作者"①，诗人的"革命战士"／"文艺工作者"身份等级关系，有效地刷新了诗人在诗歌生产过程中的身份（角色）意识，也深刻地制约着诗人对现实"真实"维度揭示的可能和向度。

最后，主体的视角变化。在"诗人下放"运动中，与身份变迁相关的是诗人的抒情视角发生了重要的变化，在文化语境相对宽松的年代，诗人的抒情视角可以是多元的，不论俯视、平视还是仰视皆可相对自由选择。然而，被下放的诗人一般只能采取仰视的视角进行诗歌生产。李季认为，"工农群众是历史、文化和财富的创造者，他们以自己的勤劳双手，征山战水，翻天覆地，在改造自然的同时改造自己，在建设祖国的同时建设共产主义的新的道德、品质和风格"②。在当时下放诗人中间，普遍存在这种以仰视的视角将"工农群众"描述为社会主义时代完美"新人"形象的现象。由于这些诗人到工农业生产的一线的重要目的不是发现现实中的"问题"，而是接受"工农群众"的教育。因此，过去以俯视的视角审视带有"国民劣根性"或"精神奴役创伤"的"工农"已"不合时宜"，诗人只有真心诚意地拜"工农群众"为师，以仰视姿态"记录、描绘、歌唱他们所从事的豪迈的事业"③，才能实现脱胎换骨式的新生。诗人在诗歌生产过程中单一的仰视视角，无疑给"新的人民的诗歌"带来不容忽视的影响。比如诗歌里的人物形象不断"纯粹化"并逐渐趋于"固化"。单一的仰视视角使"工农兵"成为诗人心中景仰的理想化的形象符号，当众多的诗人都以同样的视角想象"工农兵"时，"工农兵"形象便可能因排斥其他想象视角的"引入"而缺少参照和变化，最终凝定为具有浓厚意识形态色彩的"高、大、全"的符号化形象，这种符号化的"工农兵"形象成为新的

---

① 李季、闻捷：《诗的时代，时代的诗》，载张器友、王宗法编《李季研究专辑》，海峡文艺出版社 1985 年版，第 179—182 页。

② 同上。

③ 徐迟：《到工地去》，载《诗与生活》，北京出版社 1959 年版，第 154 页。

民族国家走向现代的重要表征。田间到怀来县之后写了《1958年歌》，其中《决心书》这样写道："手臂好比是长剑，/决心好比是火焰。/站在党的面前，/写下一封决心书，/要用雪亮的长剑，/使地球发颤抖；/在一个春天里，/栽起千万亩果园。"这首诗歌描写了"大跃进"期间"工农"战胜大自然的雄伟气魄和伟大决心，"工农"是诗人所仰慕和歌颂的对象，他们蕴藏着无比的气力和能量，是新时代的完美"新人"。同样闻捷笔下的《临洮城的牡丹——给一位唱"花儿"的歌手》的人物形象也臻于完满："你的每一个舞姿，/都表达对未来的爱恋，/它像一道彩虹，/向人民预兆美好的明天。//你的心地多么纯真，/换了把你打扮成天仙，/你没有受过前辈人的苦难，/祖国就是你的花园。"这种"纯真"的、"天仙"般的农民"歌手"是剥离了任何不纯粹因子后的能指符号。可以说，在特定的文化语境中，"下放诗人"被迫或自愿采取仰视的视角进行诗歌生产，这种视角使他们拒绝与"工农"形象本质相龃龉的元素作为诗歌生产的原料，不断超越现实层面复杂而丰富的"工农"形态，在吸纳各种时代本质的同时凝定为承载新的民族国家"新国民精神"和"现代理想"的"时代新人"——这正是"下放诗"人实现"思想改造"必须遵守的诗歌生产法则，也是"新的人民的诗歌"所需承担的时代使命。

从"诗人下放"运动的个案，不难发现，当代诗歌生产与"政治文化"运动之间存在密切的关联。其实，在当时不论诗歌的题材选择、中心意象的确定、诗歌基调的定位，还是诗歌理念的厘定、诗歌主体身份的变迁都极大地受"政治文化"运动的影响和制约。那么，相较于"抗战运动"之于现代诗歌生成与发展的影响，当代"政治文化"运动对"新的人民的诗歌"生产究竟产生了哪些新的影响呢？首先，当代"政治文化"运动使知识分子（诗人）的成为"屈从"式的诗歌生产主体。当代许多"政治文化"运动把矛头指向知识分子，也就是说知识分子成为"运动"的对象。不论"胡风反革命集团批判"运动、"反右"运动，还是"知识分子下放运动"，其目的很大程度上是颠覆知识分子的话语霸权，将他们改造成为"共和国"需要的合格的"文艺工作者"。为此，在这些运动中，知识分子（诗人）为了避免成为"运动"的对象，很多时候只能心悦诚服地根据"政治文化"运动的方针、政策及所关涉的问题，设计诗歌的风格、样式及价值指向。而在"抗战运动"中，知识分子改造尚未提上议事日程，他们以传统知识分子"修身、齐家、治国、平天下"的精神加入"政治文化"运动中，因而作为诗歌生产的"能动"主体，可以在为抗战服务的统一目标下相对"自由"地选择自身所熟稔的艺术样式和"介入"实现的方式。但是新中国成立后历次针对知识分子改造而开展的运动中，知识分子（诗人）成为"屈从"主体，"写什么""怎么写""为谁写"等诗歌生产内容、目标和程序都有较为具体而严格的要求。在这种情形中，许多从现代进入当代知识分子（诗人）因主动或被迫放弃自身熟悉的诗歌领地，走进一个新的诗歌生产场域中，有些表现出强烈的不适应感，他们一方面努力在运动中"洗心革面""重新做人"，另一方面又苦于无法实现诗歌艺术上新的突破而焦虑不安。比如艾青等在抗战运动中以独特风格享誉现代诗坛的诗人，在 20 世纪 50—60 年代的"政治文化"运动，他们的诗作不仅乏善可陈，而且遭到的批评之声也持续不断。其次，当代"政治文化"运动中诗歌接受范围的"窄化"。抗战爆发之后，现代诗歌接受对象呈现扩张态势："诗的读者激增了，他们已由知识青年与文化人、扩展到救亡工作者、学生军、军官、士兵、工人、店员……"[1]，也就是说，诗歌接受群体由原来"知识贵族"扩大到抗战洪流的不同的社会阶层。这种不同群体的阅读需求促使诗歌生产在追求"大众化"前提下，也力求形式多样化，这无疑也给诗歌生产提供较为广阔的空间和多层次的生产平台。《讲话》以降，诗歌的接受范围由抗战时期的"大众"缩小到"工农兵"。由于当代"政治文化"运动大多属于有组织的"群众性"运动，目的在于提高"工农兵"参与政治、经济和文化建设的热情，培养他们的阶级觉悟，因此，诗歌所作用的对象也主要是"工农兵"，这种文化教育水平普遍不高的"接受群体"，极大地制约了诗歌生产样式，当代诗歌在"普及"与"提高"的双重困境中艰难前行：要么为了"普及"失去应有的"诗味"，要么为了"提高"增强诗歌的"含蓄性"而被指"晦涩"。不过，

---

[1]　艾青：《抗战以来的中国新诗》，载龙泉明编《诗歌研究史料选》，四川教育出版社 1989年版，第 250—251 页。

当代"政治文化"运动不仅有效地医治了现代诗歌"陷于纤巧,有形式无内容","无病而呻吟","刻意求工"的弊病,同时还较为成功地遏制现代诗歌中那种有意疏离具体现实的"自恋"倾向,当代诗人勇敢地走出"象牙塔",让诗歌在战场、工地、田间地头、边疆哨所诞生与成长,最大限度地唤醒"工农兵"的生产热情、战斗激情、阶级感情和爱国精神,为"新的人民的诗歌"超越现代诗歌中过于"纤巧"的情感、感伤的基调、烦琐的技巧等开辟了新的生长空间,提供了新的可能。

二　"新民歌运动":"工农"诗歌生产与"文化翻身"可能及限度

发生在 20 世纪 50 年代末期的"新民歌运动",是一场史无前例的"底层写作"的诗歌生产实验活动,它不但使"底层大众"从现代文化的幽暗深处浮出"历史地表",而且还让"工农"这群"文艺新军"以"权力主体"的姿态发出了宏大的"声音"。这些"声音"汇成一股巨流,有力地推动了"革命现实主义文学"思潮的涌动与奔流。在这场规模巨大且有组织的诗歌生产运动中,创作主体("工农")的内心始终被持久激荡的"翻身"之感所包围,"翻身"已然成为他们对自我生存状态认知与定位的热门词语,并派生出"翻身农奴""翻身做主人""翻身运动""文化翻身"等流行语汇。过去人们普遍认为,这场旨在解放"工农"的诗歌生产运动,只不过是意识形态制造的一次"乌托邦"想象与实践。然而现实情形远非如此简单,"工农"的"诗歌生产"给其带来的"文化翻身"既有"真实"的一面,也有"虚幻"的一面;既存在"翻身"的"可能",又是有"限度"的"翻身"。那么,这种"可能"和"限度"是什么?为什么存在这些"可能"和"限度"?进而言之,"新民歌运动"之于"工农""文化翻身"的复杂性何在?这些都是人们进行"新民歌运动"的学理研究时,必须重新打捞、仔细清理和深入研究的重要问题。

(一)"新民歌运动"与"工农""文化翻身"的可能

"翻身"意味着主体从受压迫、被剥削或奴役的状态中"解放"出来,进入一个全新的"世界"。为此,人们这样描述"新民歌运动"中的"民间诗人和歌手"的"文化翻身":他们"原来大多数是不识字的群众,确实是'连一封普通信都写不明'的,因为旧制度把他们压榨得只剩了一口气。可是社会主义社会却使他们恢复了青春,给予了他们在文艺的太空中飞翔的翅膀。他们用拿锄头的手,开动机器的手,握起了文艺的笔,高歌猛唱,描绘祖国的大好春天,成为社会主义时代的新诗人"①。这是一种典型的"翻身"叙事文本:"工农群众"从"不识字"(文盲)到"握起文艺的笔"(诗人);从"一封普通信都写不明"(无法表述)到"在文艺的太空中飞翔"("自由表述");从"压榨得只剩下一口气"("沉默")到"高歌猛唱"("放歌")。它以"二元对立"的逻辑切割"过去(旧社会)——现在(社会主义社会)"时空,托举"工农""文化翻身"的壮丽图景。有趣的是,这种"翻身"图景不仅在知识分子笔下不断涌现,同时还在"工农"叙写的文本中不断显现。这不能不让人产生这样的困惑:难道"工农"在"新民歌创作"中获得的"翻身"感受都是"虚幻"的吗?如果是,莫非"工农"这一庞大的群体的"精神系统"都出了问题?显然,事实并非如此。"工农"的"文化翻身"有其"真实"的层面,它使浸染其间的"工农"不断滋生"文化翻身"之感。

首先,从"无权说"到"有权说"。斯皮瓦克认为"底层人不能说话"②,其中的重要原因是他们"无权说"。所谓"无权说","并不是说他们不能为自己说话,而是其表述要么表达不力(不懂得现行的话语形式)、要么没有表达的机会、要么表达了也没有人听取"③,也就是"底层"缺少赢得话语权的基本要素:能力、机会和受众。长期以来,面对统治阶级的剥削和压榨,以及自然灾害和残酷的战争,"底层民众"为了生命的延续和生存空间的赢取而苦苦挣扎,几乎不大可能和知识分子一样接受现代文明的系统教育,充分把握现代文化的"话语方式",因而也就无法使其"声音"实现有效且有力地传达。在整个社会的话语层中,由于"底层人"

---

① 《编后记》,载中国民间文艺研究会研究部编《民歌作者谈民歌创作》,作家出版社1960年版,第175页。

② [美]佳亚特里·斯皮瓦克:《底层人能说话吗?》,参见陈永国等编《从解构到全球批判:斯皮瓦克读本》,北京大学出版社2007年版,第128页。

③ 陈开举:《论中国传统文化对农民形象的他者化建构》,《江汉论坛》2007年第8期。

"人微言轻",在"话语权"的角逐中也就很难有获胜的机会。同时统治阶级不会也不能让"底层民众"掌握"话语权",而是通过监控、压制、同化与剥夺等方式,直接或变相剥夺"底层人"的"话语权"。这样一来,"底层无声"成为人们的"共识"和"先见",虽然"底层人"有时也努力"发言",但是还是无法摆脱被"鄙视""嘲笑"和"解构"的命运。鲁迅笔下的阿Q就是显例。他作为生活在未经现代文明彻底洗礼的未庄中的"底层人",身上具有愚昧、麻木、狭隘、自私等"国民劣根性"。在统治者看来,像阿Q这样的"贱民",他的生存权、话语权、恋爱权、性权等是可以随意剥夺的,而且也必须剥夺。阿Q几乎没有"能力、机会和受众"与统治者争夺"话语权"。虽然阿Q也发表了一些令赵太爷惧怕的"革命"言说,但是他不但没有能力理解"革命"的真正含义,而且又遭遇"不准革命",也不曾拥有言说的"受众"。因此,他试图分享"革命"话语权的努力不得不以失败告终,其"革命"言论也成为别人的"谈资"或"笑料"。这种失去了"话语权"的底层民众,通常被认为是"沉默的大多数"。在这种情势中,知识分子出于人道主义关怀或受特定时代文化思潮的影响,从忍辱负重且默默前行的底层民众身上,发现了许多"有意味"的时代话题,并乐于为他们"代言"。然而,在"代言"的过程中,由于知识分子和底层民众之间形成了两套话语系统,"代言者"和"代言对象"之间存在难以消除的隔膜,底层的声音要么被知识分子误读,要么在无形中被改写。某种程度上,"代言"知识分子赢得了底层民众的"言说权",因为在知识分子看来,底层的声音未经他们的转译和提升,是模糊、嘈杂、肤浅的,难登上大雅之堂,难以汇入总体历史和时代潮流之中。总之,无论专制的统治阶级也好,还是富有良知和正义的知识分子也罢,他们认为底层"不应"获得和"不能"实现"言说权",于是,底层民众只好转入自身内在的话语系统中,进行锁闭式的交流。比如,在"新民歌运动"中,一些底层的"工农"诗人说,在"旧社会""二十年的童养媳生活,折磨得我逢人讲不了三句话"①,为了编"顺口溜","受到当

---

① 殷光阑:《唱的人人争上游,唱的红旗遍地插》,载中国民间文艺研究会研究部编《民歌作者谈民歌创作》,作家出版社1960年版,第54—66页。

地的乡绅和地主们的逼迫"①，"穷人要想说心里话，就是那样不容易；穷人爱听的听不到，我们要唱给穷人听，也不敢大胆地唱"②。1942年《讲话》以降，"文艺为工农兵服务"成为知识分子必须承担的文化使命。"共和国"成立之后，一系列的文化批判和政治运动，使知识分子的思想、立场、趣味等实现了艰难且有效的转换。虽然他们不乏真诚地去体验、揣摩、把捉"工农兵"的思想情感，但是"知识分子并未真正地删除内心的小资产阶级王国，相反，小资产阶级烙印顽强而又隐秘地戳在他们所提供的文本之中"③。在毛泽东看来，"卑贱者最聪明，高贵者最愚蠢"，如何让"工农兵"这些"卑贱者""敢说敢想敢做、破除迷信"，走向文化的前台，获得文化"言说权"，成为他始终关注的问题。于是，1958年他发起了一场全国规模的搜集民歌和写民歌的"新民歌运动"。在这场诗歌运动中，不但创作者和接受者发生了变化："民间歌手和知识分子诗人之间的界限将会逐渐消失"，"人人是诗人，诗为人人所共赏"，而且创作的内容也实现了更新："新民歌不再是劳动人民被剥削的痛苦的反映，也不再是小生产者的自给自足的生活、心理和习惯的反映"，而是"工人、农民在车间或田头的政治鼓动诗，它们既是生产斗争的武器，又是劳动群众自我创作、自我欣赏的艺术品"④。同时，"工农"的政治文化地位不断得到提升：有人曾感叹道，"旧社会我是下等人"，如今"是排长，还是全市妇女积极分子，跟首长平起平坐，好多领导、有学问的人，都来访问咱，称咱是农民诗人"。可以说，"新民歌创作"运动是一场大规模的"工农"文化夺权的运动。这里，底层民众"言说史"经历了"不能说"（受压迫）到"别人替自己说"（代言）再到"自己说"（言说的合法性和合理性）再到"有尊严地说"（受尊重）一系列的变化过程。更为重要的是，在这场诗歌

---

① 李希文：《我是怎样编快板的》，载中国民间文艺研究会研究部编《民歌作者谈民歌创作》，作家出版社1960年版，第67页。

② 蔡恒昌：《过去想唱不能唱，今天要唱唱不完》，载中国民间文艺研究会研究部编《民歌作者谈民歌创作》，作家出版社1960年版，第111页。

③ 南帆：《底层与大众文化》，《东南学术》2006年第5期。

④ 周扬：《新民歌开拓了新诗的新道路》，载《诗刊》编辑部编《新诗歌的发展问题》（第一集），作家出版社1959年版，第2—13页。

运动中，"工农"不仅较为熟练地掌握了"诗歌"的表达方式，还在国家意识形态的精心组织下开辟了广阔的言说空间，同时也吸引了知识分子和"底层民众"在内的众人的"眼光"。在"工农"看来，他们已夺取了"话语权"，"几千年来被压抑、蹂躏和窒息的人民群众的潜力，爆发出来了，势如银河倒泻，不可遏止"①。他们身处文化夺权的时代旋涡里，体验着前所未有的"文化翻身"的快感。

其次，从"无法说"到"学会说"。在国家权力的运作下，"工农"被推向文化的中心舞台。当言说的空间向"工农"敞开之时，他们却遭遇到"无法说"的问题，即缺少"驾驭语言及其他符号的能力"，和"对社会主流意识形态的把握和利用的能力"②。对于绝大多数的"工农"而言，他们都是"文盲""半文盲"："解放十年来，党对我的关怀无微不至，满肚子的话，提起笔来，又不知从哪儿说起"③，"我原来实际上还是个文盲"，"拿起笔写东西，碰到的第一个问题，就是文化问题"④，为此，1950年，一场从政府机关开始，面向全国，"政府领导、依靠群众组织"的识字扫盲运动广泛地开展起来。其实，从某种角度上说，"新民歌"创作运动也是"群众""识字扫盲运动"的重要组成部分。这些"文化程度本来就很低""搞创作很困难"的"工农"诗人，为了克服这些"困难"，他们"就下决心学习文化"⑤，从而自觉自愿地实现了自我的"文化扫盲"。这样，底层民众从文盲、半文盲到识字，再到参与文化生产，逐渐摆脱了"无法说"的困境。他们从唯有"沉默"到放声"歌唱"不能不说是一种"解放"。当然，在"新民歌运动"中，扫盲后的"工农"诗人还必须"学会说"，即学会"说什么"及"如何说"。有组织的理论学习和文化实践活动是他们"学会说"的重要保证，这一点下文将予以详述。有趣的

① 天鹰：《1958年中国新民歌运动》，上海文艺出版社1959年版，第3—72页。
② 陈开举：《论中国传统文化对农民形象的他者化建构》，《江汉论坛》2007年第8期。
③ 包立春：《党给我一支笔》，载安徽人民出版社编《民歌作者谈写作》，安徽人民出版社1960年版，第12页。
④ 杜来盛：《我是怎样学写作的》，载安徽人民出版社编《民歌作者谈写作》，安徽人民出版社1960年版，第34页。
⑤ 朱昭仲：《我是怎样创作山歌和花灯的》，载中国民间文艺研究会研究部编《民歌作者谈民歌创作》，作家出版社1960年版，第76页。

是，在知识分子看来，"工农诗人"这种"学会说"其实没有真正赢得"话语权"，为什么也能产生"文化翻身"之感呢？这是因为，"工农"诗人利用、改造清新、活泼的传统民歌，学会创作"新民歌"能实现自身的价值。"新民歌"创作不仅是"工农"诗人展示自我的"精神符码"，同时也是他们实现自我价值的生存之道。"新民歌"所涌动的人们的"冲天干劲"，所讴歌的英明的领袖，所表达的征服大自然的信心、勇气和决心，所描绘的"共产主义"的美好蓝图等，可以充分展现这些"新民歌"的"新力军"文化精神面貌，以及时代"弄潮儿"的自豪感，改写现代以来那种"愚昧、麻木、落后"的形象。可以说，在"工农"看来，正是"文化翻身"才刷新他们既有的"精神"和"形象"。另外，"学会说"让他们实现了由"工农"到"诗人"的身份转变的梦想，从而使他们有资格参加各种文化演出以及创作交流会，并可以得到政府的奖励，甚至到大学讲课（传授经验）。总之，随着"民间歌谣"的无价值到"新民歌"有价值的变化，以及"新民歌"不断价值化，"学会说"使"工农"诗人逐渐产生一种由诗歌"价值翻身"带来的"文化翻身"之感。说白了，这种"解放"之感既源于诗歌之外，又存在于诗歌之中。

最后，从"不敢说"到"大胆说"。在"新民歌运动"发起之初，许多"工农"心中普遍存在这样的观念："认为写诗、作文是文人干的事，工人农民斗字不认识几个，如何能够写诗"；"认为唱民歌是不正派"[1]。这种观念反映了"工农"对"写诗、作文"这一"文人"职业的敬畏，以及对"民间文化"和自身文化拥有的不自信。产生这种现象有两个方面的原因：一方面是"精英文化"和"民间文化"的等级差异。可以说，由于不同文化群体拥有的文化"言说权"的差异，出现了文化的分层。虽然不同文化层内部有各自的系统和结构，但是不同层级间文化系统和结构之间形成了一种无形的等级关系，这种"等级关系"随着时代主潮的嬗变而发生"错动"。在中国现代文学生成和发展中，"精英文化"占据主流文化的中心位置，"民间文化"常常作为需要"重塑"的文化对象而被边缘化。

---

① 天鹰：《1958年中国新民歌运动》，上海文艺出版社1959年版，第72页。

在人们的意识世界里，"精英文化"背后总是闪耀着"深奥""精致""品味""优秀"的光辉，"民间文化"跟随太多诸如"浅显""粗糙""低劣""愚昧""落后"的影子。这是因为中国传统"民间文化"自身的保守性和自足性，使得它难以和"精英文化"一样，有效吸纳现代化的文化因子，以独特的形式、深邃的内涵、旺盛的生命力加入时代文化的重构之中，因而在历史文化总体架构中，"民间文化"一般潜入"底层"，在村落、街头，在贩夫走卒、引车卖浆之流中延续生命。更重要的是，在现代化的教育体制中，知识分子接受的大多是"精英文化"教育，这使他们养成了"精英"审美趣味和眼光，并习惯以此标准去审视"民间文化"，而且很大程度上不愿意加入这一文化的建构之中。这样一来，"精英文化"与"民间文化"之间就生成了一种文化"区隔"。深受"民间文化"濡染的底层民众，即便在自身文化的话语系统中自由穿梭，达到游刃有余的程度，一旦面对"精英文化"时他们常常"失语"，并且有一种难以言说的"自卑"情结。因而当这种等级结构未出现新变时，底层民众"不敢说"也就在情理之中了。另一方面是现代新诗"大众化"运动未能使诗歌真正抵达"底层"。综观中国20世纪二三十年代历次新诗"大众化"运动，不难发现，诗歌常被作为一种"运动"群众，实现"革命"的工具，其实很难真正传达底层的"声音"。对于底层民众来说，民间歌谣"难登大雅之堂"，新诗似乎又是知识分子的精神奢侈品，因此，"与诗无缘"几乎成为底层民众的共识。《讲话》以降，"精英文化"和"民间文化"原有的等级关系被打破，"民间文化"得到国家权力主体的极大重视，其地位迅速得到提升，而"精英文化"则被作为一种腐朽、落后的文化遭到无情的批判，其位置也顺势从中心滑向边缘。在这种情势中，"工农"作为"民间文化"的主体，他们不但是知识分子想象的对象，而且也是自我建构的对象。"新民歌"运动中极力倡导破除"诗歌神秘"的"迷信思想"，最根本的就是要破除和颠覆既有的文化等级观念，重建文化新秩序。有人曾为此感慨道："我们那会儿的土文化今天政府要让它翻身。"① 虽然"工农"

---

① 杜晶铎：《诅咒敌人，讴歌自己》，载中国民间文艺研究会研究部编《民歌作者谈民歌创作》，作家出版社1960年版，第116页。

诗人笔下的"新民歌"已不是简单意义上的"民间歌谣"，但它至少打破了知识分子一统诗歌天下的文化格局和文化特权，使"工农"能最终消除了文化自卑，大胆书写，放声歌唱，获得文化上的初次"解放"。

（二）"新民歌运动"与"工农""文化翻身"的限度

应该说，"工农"的"文化翻身"既有"真实"的一面，又有"虚幻"的一面；既存在"翻身"的可能，又是有限度的"翻身"。就"新民歌"而言，其中所发出与其说是"工农"的声音，毋宁说是意识形态的声音。虽然人们无从知晓"工农"真实声音，但是在现实中，它不可能如此透亮、谐和与单一。因而，"文化翻身"的限度就是"学会说"，而不是"自由说""自主说"。新意识形态"规限"已经化入"工农"的文化"解放"行动之中。这些"规限"主要来自两个方面：一是"新民歌"的生产方式；二是"工农"创作主体本身。

从生产方式来看，"新民歌"是一场有组织文化生产运动。新民歌收集、创作是在"党的领导下"，"各级党组织的提倡和组织"下开展起来的①，并且是"一项政治任务"："党和领袖的倡导给群众火样的热情，党在理论上和政策上的指导，给运动发展以正确的方向。各级党组织的深入细致的组织工作，又保证了运动的广泛开展。"② 通过"理论和政策上的指导"，"工农"诗人认识到了诗歌创作的目的，不是像"小资产阶级"那样表现自己，而是为了表现"大跃进"时代人们的生产、斗争的豪情，是配合各项中心工作、鼓舞人们"斗志"的文化武器，这是从观念层面对"工农"的言说进行定位。通过"深入细致的组织工作"，他们的创作被纳入有序的组织生产中，比如有党委组织的"专题赛诗会"："歌唱丰收赛诗会""共产主义教育赛诗会""钢铁赛诗会""亩产赛诗会"等，还有"民歌演唱会""联唱会""诗歌展览会""战擂台""诗街会"等，这些名目繁多的"赛诗会"对诗歌的主题、基调和竞赛规则等要求都是相当明确的。"工农"诗人通过亲身参与这些"组织活动"，一方面在竞赛的游戏中获得一种快乐、新奇的体验；另一方面也不知不觉地被这些赛诗方式、诗

---

① 天鹰：《1958 年中国新民歌运动》，上海文艺出版社 1959 年版，第 16 页。
② 同上书，第 72 页。

歌想象方式等所吸引、感染，被迅速卷入这锐不可当的诗歌狂潮中。于是，在耳濡目染和亲身体验中，"工农"诗人认识到了什么样的诗才能加入这场"游戏"和"竞赛"。如果他们为了这种"诗歌竞赛"而创作，诗歌内容和想象方式就必须符合竞赛的规则。这种潜在的"游戏"规则，使"说什么"和"怎么说"只能在一定的范围内展开（围绕某种政治和生产主题）和一定的轨道上滑行（用山歌、歌谣等形式进行"诗化"想象）。总之，一旦诗歌创作被纳入各级政府的行政"任务"之后，就进入了有规则、有纪律的生产"程序"之中。这种"诗歌生产"的模式体现了"新民歌创作运动"中那种"自上而下"的意识形态"权力"运作方式。

另一种"权力"来自下层，即"工农"诗人之间相互"交流"和"学习"。在这场诗歌运动中，各级党委和文化部门还经常组织召开创作经验"座谈会"，这些"创作经验谈"，不仅仅是个人创作的经验总结，同时也是意识形态对创作经验不断"范式化"和"知识化"的过程，一旦某些知识成为其他创作者的创作"常识"时，意识形态的效应便产生了：它使创作主体学会了自我监督和相互监督。这样"工农"诗人在"理论（上层）——实践——经验——理论（下层）"的不断学习中，领会了"为什么写""写什么"和"怎么写"。

从"新民歌"创作主体来看，"解放"需求层次的低下，意识形态化的感恩情怀和多元主体"对话机制"的匮乏是阻碍工农"文化翻身"的"看不见的手"。

"工农"诗人解放诉求限制了"工农"诗人实现真正意义上的"文化翻身"。"五四"以来，许多现代知识分子经受了中国传统文化和西方文化洗礼，丰厚的文化知识储备和丰富诗歌创作经验，使他们能够对诗之所以为诗进行形而上的思索。比如，现代"中国一批新诗人"认为诗歌应该"张扬个性"；"诗是诗人情绪的'自由'抒写"；"诗是'表现'的艺术"①；"诗应该是民主精神的大胆的迈进"；"一首诗是一个人的人格"；

---

① 龙泉明、邹建军：《现代诗学》，湖南人民出版社2000年版，第34—42页。

"诗"必须有"丰富的思考力";"僵死的理论,没有思想情感的语言,矫揉造作的句子,徒费苦心的排列"是"诗的敌人"①。这里表达了这些诗人对诗之于创作主体的思想、情感、个性等"解放"的意义。而"工农"诗人则认为,"咱写诗也是革命,为了大家跟上共产主义上天堂,所以写诗也要往高处想,往远处看,还要往大处说"②;诗人"必须树立正确的观点,提高思想认识","必须时时刻刻听党的教导,多学习政治和马克思主义文艺理论,虚心向劳动人民学习"③。在这两种诗学观中,我们看可以看到不同层次的"解放"需求。知识分子追求的"个性""民主"和"人格"通常和"自由说"和"自主说"紧密联系在一起的。与知识分子"自主说"和"自由说"才算真正"解放"不同,对于底层民众来说,"有权说"和"学会说"就意味着大"解放",就意味着"站起来成了一个真正的人"④,因而,他们无法感受到这种"解放"背后的新"束缚"。回顾中国现代知识分子的心路历程,不难发现,他们的"解放"层次越高,他们发现的问题也就越多,也就越不容易"满足",越喜欢"挑刺儿",延安时期的丁玲、王实味就是这类知识分子。除通过精神的"不满足"实现个体"解放"之外,梁实秋、沈从文、朱光潜等自由主义知识分子,则通过与政治保持一定的距离,来实现自身的高层次"解放"的诉求。作为底层的民众,他们既极易"满足",又愿意加入新政权的建设中去,因而没有知识分子可能有的痛苦、矛盾、犹豫和困惑,也不可能在诗歌中提出个体"解放"的更高层次的要求。于是,"工农"在"解放思想"和破除"诗歌神秘观念"号召下,毫不犹豫地加入这场诗歌狂欢中,收获欢乐与激情,展现梦想。可以说,"工农"诗人对于"解放"的短视,使真正的"文化翻身"成为一个永远的"乌托邦"。

---

① 艾青:《诗论》,人民文学出版社1980年版,第173—196页。
② 王老九:《谈谈我的创作和生活》,载中国民间文艺研究会研究部编《民歌作者谈民歌创作》,作家出版社1960年版,第10页。
③ 王应础:《初学者的感受》,载安徽人民出版社编《民歌作者谈写作》,安徽人民出版社1960年版,第60—61页。
④ 殷光阑:《唱的人人争上游,唱的红旗遍地插》,载中国民间文艺研究会研究部编《民歌作者谈民歌创作》,作家出版社1960年版,第66页。

意识形态化的伦理情怀是限制"工农"诗人实现真正"文化翻身"的另一个重要的因素。在中国传统文化里,"施恩不图报"和"知恩图报"是个体在处理人伦关系时的重要美德。在古人看来,"知恩图报"者具有君子之风范。这种儒家伦理观念,已深深地铆入大多数底层民众生活中,有时甚至出现"日用而不知"的情况。在这场诗歌运动中,底层"工农"所受的"恩惠"感触最深的是身份转变,即由贫苦"工农"转变为业余或专业的文艺工作者,享受较高的政治待遇。比如,工人黄声孝在解放前是个卖苦力的装卸工,新中国成立后成了一名业余诗人,他的创作得到武汉市委宣传部部长和党委书记的重视和帮助。政府不但出资为他出版诗集,而且让他参加"全国海河跃进会""全国民间文学工作者大会"等各种会议,甚至还到华中师范学院参加文艺理论教学大纲教材的编写。他说:"一个捏杠子的装卸工人,能和大学生们一道生活,真是具有历史意义的一件事情。"① 可以说,黄声孝身份经历了"工人——业余诗人——专业文艺工作者"以及劳苦大众到国家主人的转变。这种转变在"工农"创作"经验谈"中体现为回顾、体验和展望人生叙述的模式:"苦难的过去——幸福的现在——美好的未来。"当然,在"工农"看来,给他们人生带来三段不同景观的"恩人"是新国家政权——"共和国",它通过占有政治、经济、文化和军事等方面的大量资源,为"工农"身份转变提供"权力"保证。当底层民众在身份、物质和精神层面受到"恩惠"时,他们便进入"知恩图报"的伦理关系之中,并在言语、观念和行动层面表现出来。在言语上体现为自我对"施恩人"的感激之情及报答"决心"。比如"我要坚决站稳无产阶级立场,高举毛泽东文艺红旗,坚决向资产阶级修正主义文艺思想作无情的斗争。为了感谢党对我的培养和教育,我要在明年写好一篇长诗向党的四十周年献礼②。""工农"的这些谢辞和决心,并非全都是俗话或套语,其中肯定有真诚的成分。不可否认的是,口头或书面的"感恩"言语形成

---

① 黄声孝:《站在共产主义高峰上看问题》,载中国民间文艺研究会研究部编《民歌作者谈民歌创作》,作家出版社 1960 年版,第 146 页。

② 潘傅明:《做生产上的能手,当文化上的尖兵》,载安徽人民出版社编《民歌作者谈写作》,安徽人民出版社 1960 年版,第 29 页。

一种舆论场，对其他的民众起到教化作用，于是，在浓厚的"感恩"氛围中，"施恩者"的头上逐渐形成多重迷幻的光环，并不断被"圣化"和"完满化"，从而使底层的民众滋生一种崇拜心理。在观念层面体现为对国家权力主体所提出的一切政策和理论的认同。"认同"其实就是对"政权"合法性和理论合理性的全部接纳，也是对"政权"的一种尊重和服从。对于"工农"而言，"认同"的方式就是"牢记"国家权力主体的"嘱咐"，并以这些"嘱咐"武装诗歌。在行动层面表现为积极投入"新民歌"的生产当中，有些诗人"中心运动一来，马上把报纸一看"，"立即动手"①；有些"宣传员不分昼夜在朗诵、说唱他们的新歌谣、新作品"②，鼓舞人们生产斗志。这些"努力"从大的方面说是为了回报社会和国家。这种光有热情而缺乏理性的"感恩"行动，很难对"感恩"行为本身可能存在的使人异化的因素，进行必要的反思。

此外，政治伦理向家庭伦理的巧妙对接和转换，也使得"工农"深深陷入伦理的规约之中。有首新民歌这样写道："老爷爷，笑哈哈，/手捧书本转回家，/进门就把哥哥问：/你看这是'社'字吗？/哥哥抬头说声'是'，/爷爷心里开了花：/当了一辈子睁眼瞎，/今天也能识字啦；/受了一辈子牛马苦，/今天才知'社'是家。"③ 这是一首典型的表现翻身农民把"公社"（国家）想象成"家"的诗作，它反映了底层民众普遍的想象方式和心理状态。新中国成立后，"人民当家做主人"这一宣言式的短语竞相在各类传媒中出现。新生的国家为了巩固和发展，使政权具有凝聚力和向心力，必须在意识形态领域宣传"家国合一"的思想，即"祖国是大家庭"，"国"是"家"的集合体。在这种思想中，由于政治伦理和家庭伦理之间存在某种内在勾连，传统家庭伦理中的"孝""敬""父慈子善"等，也就巧妙转化为政治伦理中的"服从""付出""牺牲""忠诚""报答"等。这样一来，政治伦理中的刚性要求，就顺势被"家庭伦理"柔化

---

① 黄声孝：《鼓起干劲来》，载中国民间文艺研究会研究部编《民歌作者谈民歌创作》，作家出版社1960年版，第23页。

② 李根宝：《工人歌谣是工厂里的战鼓》，载中国民间文艺研究会研究部编《民歌作者谈民歌创作》，作家出版社1960年版，第23页。

③ 《今天才知社是家》，载郭沫若、周扬编《红旗歌谣》，红旗杂志社1959年版，第79页。

了。由于"家庭伦理"对于个体具有极强的约束力,它强调等级、有序、服从、尊重等,哪怕是建设性的"质疑""批判"都被视为是对这一伦理的挑战,因而可能遭到舆论的谴责,进而使那些"质疑者"产生深深的自责。在这种情势中,作为受过"恩惠"并且深受伦理观念影响的底层大众,也就不可能通过"介入"方式,对"施恩者"提出更高层次的自我"解放"的要求,因为这样可能会背负"大逆不道""忘恩负义""无情"等骂名。

多元主体"对话机制"的匮乏是"工农"走向真正"文化翻身"之路的又一道屏障。所谓"对话机制"是指"为追求真理而进行的平等辩论"的制度①。当底层受自身"解放"视野的制约和意识形态伦理情怀的束缚时,"对话"不但有利于主体更清醒地认识自我,而且"有助于抑制专制主义和压迫意识"②。然而,在这场声势浩大的"新民歌运动"中,"底层"("工农")与知识分子之间根本不可能形成"对话"关系。这是因为1949年之后,中国大陆文坛的"文艺争鸣"的主要功能,是对小资产阶级知识分子进行批判(而非与其"对话"),为"新的人民的文艺"扫清道路。尤其是"反右"之后,国家主流意识形态启动了知识分子(诗人)"上山下乡"运动,许多"诗人下乡、下工厂去","在调整他的琴弦,重练他的歌喉"③,接受长期的思想改造。在"新民歌运动"中,"工农"与"知识分子"之间形成了教育/接受教育、改造/被改造、启蒙/被启蒙的关系,这种"等级"关系使得两者之间的"对话"变得不平等,这无疑导致了真正"对话"空间的沦陷。当"工农"在国家意识形态的号召下,沉浸于诗歌创作的狂欢时,他们几乎听不到或者本能拒绝知识分子的"异质"声音,因而难以识别并有效防范自身被创作对象("新民歌")异化的危险,这些"异化"因素包括:显在的封建"忠君"观念,隐蔽的反"和谐"思想,无限膨胀的主体意识,激进的"斗争"("革命")精神,等等。同时"新民歌"创作因未能引入多元主体"对话"机制,也在一定

---

① 张俊苹:《巴赫金"对话"术语的内涵及现代意义》,《文艺研究》2006年第5期。

② 南帆:《曲折的突围——关于底层经验的表述》,《文学评论》2006年第4期。

③ 陈白尘:《放声歌唱吧》,《诗刊》1958年第5期。

程度上使"诗歌"生长出现了严重的营养不平衡，最后催生了一个生命力不足的时代"巨婴"。简言之，当"认同"代替了"对话"，"工农"被自身文化、意识形态权力话语包围又无力突围时，其"文化翻身"只能是一个令人心动却遥不可及的梦想。

# 第二节　诗歌传播与当代诗歌生产

当代诗歌生产不仅受"政治文化运动"的深层规约，同时还与其传播方式休戚相关。"当代"诗人为了将诗歌的接受范围由知识分子扩大到包括"工农兵"在内的底层民众，使"诗歌与广大人民群众更密切、更直接的结合"，"更好地为政治服务、更有效地发挥它的武器作用和教育作用"①，除了借助诸如期刊、诗集和报纸等纸质媒介进行传播之外，更重要的是通过诗歌朗诵、革命歌曲演唱、广播、赛诗会、民歌演唱会等形式来实现口头传播。这种口耳相传的诗歌传播方式，使当代诗歌文本生产必须遵循比书面传播更为严格的新规范，从而催生了一批新的"可听化"诗歌文本，它们不仅有力地推动"新的人民的诗歌"重塑底层文化，也加速了自身复杂的"蜕变"与"新生"。

## 一　革命化诉求与"口耳相传"传播方式的勃兴

"新的人民的诗歌"从它诞生伊始就肩负着重建新的民族文化的时代重托，其中最重要的是重新塑造以"工农兵"为主体"底层民众"的群体文化，使其在政治、经济"翻身"的同时，实现文化上有限度的"翻身"。为了刷新"工农"群体文化，国家权力主体试图以时代艺术文化为载体，一方面全面清理既往"工农"的群体文化的"负面"因子；另一方面有效"植入"新的民族国家的文化价值理念。然而，在"工农"文化的重建和新的民族文化"启动"过程中出现了诸多难题，其中文学所承载的新时代

---

① 臧克家：《诗的朗诵》，载高兰编《诗的朗诵与朗诵的诗》，山东大学出版社1987年版，第107页。

价值理念的"覆盖化"与"工农"文化水平普遍低下的矛盾是最突出的问题。比如，在新中国成立初期，我国的文盲数有近 3.2 亿，占人口总数的 80%，到 1964 年下降到 2.33 亿，占人口总数的 57.3%，可以说，在"十七年"时期，全国有一半以上的人口属于文盲，而"工农兵"绝大多数可以归入"文盲"的队伍，即便新中国成立后国家开展了形式多样的扫盲运动，但"工农"文化水平普遍不高是一个不争的事实。问题是，在这种文学接受语境中，包括诗歌在内的当代文学却要完成"群众化"和"大众化"的紧迫任务，"使新诗真正成为群众的民族的社会主义的新诗歌"①，让诗歌中高尚的革命情操武装"工农"群众，并从政治、思想和文化层面刷新"工农"的精神面貌。显然这些宏伟目标，促使当代诗人及时、主动地调整诗歌的传播方式，使这种原本属于知识分子"贵族化"的新诗，在"文盲"或"半文盲"的"工农"群众间产生广泛影响。在 20世纪 50—60 年代，国家权力主体一方面通过纸质传媒以"书面"形式大力发展当代诗歌，另一方面则重视和提倡诗歌的"口耳相传"的传播方式，以解决"当代"诗歌的"大众化"难题。众所周知，"口耳相传"是一种较为原始、朴素的文化传播方式，传播者凭借口头的言说或演唱，接受者借助听觉和记忆进行传播。这种传播方式所含纳的信息量较少、信息编码和解码较为简单，信息接受者的文化程度要求不太高，因此是民间或社会底层较为常见且盛行的文化传播方式。在"十七年"时期，由于"工农兵"文化接受和解读能力很薄弱，相较于书面文字传播方式，口头传播显然更有利于真正实现现代文学的许多耕耘者们孜孜以求却始终未了的心愿——文学"大众化"。那么，在当时人们采用哪些方式实现诗歌的口头传播呢？从现实情形来看，诗朗诵运动和诗词谱曲是其中两种重要的途径。

二 诗歌朗诵运动与"可听文本"生产

诗歌朗诵是现代文学"大众化"运动所催生的一种独特的诗歌运动方

---

① 袁水拍：《诗歌朗诵值得搞》，载高兰编《诗的朗诵与朗诵的诗》，山东大学出版社 1987年版，第 167 页。

式。1931 年"左联"执行委员会提出"大众朗诵诗"的主张，指出"新诗不仅要能够可以用手用眼，同时也要能够用口用耳去为人民大众服务"①。抗战爆发后，为了充分调动民众投入抗战的热情，诗朗诵运动开始蓬勃地开展②，抗战的氛围使诗人不知不觉走上了朗诵诗创作的道路。到了延安时期，诗歌朗诵作为文艺普及的重要方式也受到陕甘宁边区文化协会主任柯仲平等文化领导人的重视，成为当时风靡一时的文艺活动。新中国成立后，"新的人民的诗歌"正"一步步从供给个人默读（眼看）向着面对广大群众高声朗诵的道路上走去"③。虽然新中国成立初期真正的诗歌朗诵活动较少举行，但人们还是可在广播和一些群众大会上听到诗朗诵。1958 年"大跃进新民歌运动"中的各种"赛诗会"再次将诗朗诵运动推向高潮，1963 年前后，诗歌界以《诗刊》为主要阵地展开了一场有关"诗朗诵"和"朗诵诗"的讨论，与此同时，北京、上海等地也举办了一些大型的"诗朗诵"演出活动，这些活动曾引起极大的反响④。此外，诗刊社和中央人民广播电台文艺部还组织一批诗人和演员到北京郊区的农村开展"诗歌朗诵演唱会"。可以说，20 世纪 60 年代诗朗诵运动在有计划、有步骤地深入展开。从现当代诗朗诵运动发展脉络的简单梳理，不难发现，当代诗歌继承和发展了现代朗诵诗"是群众的诗，是集体的诗"，诗朗诵"是在大庭广众之中""诉诸群众"，"直接与现实的生活接触"，发挥"宣传的工具，战斗的武器"作用的传统⑤，在此基础上进行了大胆的

---

① 高兰：《漫谈诗的朗诵》，载高兰编《诗的朗诵与朗诵的诗》，山东大学出版社 1987 年版，第 263 页。

② 有人说，在抗战时期，"十个新诗的作者正有九个亲身参加在歌咏组织里，因此诗人、民众全部被浸在浓厚强烈的歌咏氛围中"，参见王冰洋《朗诵诗论》，载高兰编《诗的朗诵与朗诵的诗》，山东大学出版社 1987 年版，第 76 页。

③ 臧克家：《诗的朗诵》，载高兰编《诗的朗诵与朗诵的诗》，山东大学出版社 1987 年版，第 108 页。

④ 据闻山回忆，北京搞的几次诗歌朗诵会，不仅可以售票，而且这些票还很快销售一空，有人"买不到票，只好空手怏怏回去"，有人则在剧场门口"等退票"。这在诗歌史上可谓一种"奇迹"。参见《听诗朗诵有感》，载高兰编《诗的朗诵与朗诵的诗》，山东大学出版社 1987 年版，第 165—166 页。

⑤ 朱自清：《论朗诵诗》，载高兰编《诗的朗诵与朗诵的诗》，山东大学出版社 1987 年版，第 98—100 页。

实验和创新，使当代诗歌不仅进入都市的剧场中，在舞台上"凭声音扩大自己的影响"①，同时还走向广场、街头、矿山、田头地埂和边疆哨所，进入"工农兵"生存世界之中。

如前所述，当代诗朗诵运动旨从现实层面解决诗歌"大众化"问题，借此充分实现"新的人民的诗歌"重建民族文化的时代重任，它带动了当代诗歌"可听文本"的生产。

诗朗诵运动必然促使诗人生产"适于朗诵或专供朗诵的诗"②，所谓"适于朗诵"也就是有利于"工农兵"听众接受的诗，或者说是有利于"口耳相传"的传播模式。朗诵诗主要通过"诵—听"方式完成诗歌的传播，它"直接诉诸紧张的、集中的听众"，"大多数只活在听觉里，群众的听觉里"③。因之，朗诵诗这种主要依靠"听觉"得以传播的特性，很大程度上加速了"可听化"诗歌文本生产，一言以蔽之，诗朗诵运动催生了"可听化"的诗歌文本，这类文本具有以下几个方面特征：其一，诗歌抒情的"大我化"。诚如臧克家所说："现在的诗歌朗诵可以说是诗歌生命的扩大。诗歌朗诵渐渐形成一种运动，这种运动实际上是诗歌与广大人民群众更密切、更直接结合的运动。"④ 当代诗人为了生产适合诗朗诵的朗诵诗，他们不可能不关注朗诵诗接受的对象——"人民群众"或曰"工农兵"的实际需要。当时有人在朗诵诗座谈会上说："朗诵效果最好的是配合当前政治运动的作品"⑤，这种体会也许有其真实和合理的一面，因为在政治挂帅的年代，与政治运动相关的诗歌文本自然更容易吸引人们的眼球。于是，在诗歌生产过程中，生产主体应该尽可能规避知识分子极其"个人化"，以及"工农兵"难以理解和接受的"小我"情感，而要建立一种既合乎国家主流意识形态刚性需求，又与"工农"群众相通的"大

① 朱自清：《论朗诵诗》，载高兰编《诗的朗诵与朗诵的诗》，山东大学出版社1987年版，第171页。
② 同上。
③ 同上。
④ 臧克家：《诗的朗诵》，载高兰编《诗的朗诵与朗诵的诗》，山东大学出版社1987年版，第107页。
⑤ 《诗刊》记者：《朗诵艺术座谈会》，载高兰编《诗的朗诵与朗诵的诗》，山东大学出版社1987年版，第221页。

我"的情感。在一个"个体"情感被集体情感所濡染、改写或同化的年代，诗歌文本中"大我"情感显然更容易引起共鸣。当时在诗朗诵运动中的许多朗诵诗属"政治抒情诗"，如贺敬之的《雷锋之歌》《放声歌唱》以及郭小川的《向困难进军》、马雅可夫斯基的《好》等，有些属政治讽刺诗，如袁水拍的《论进攻性武器》《酱油和对虾》等，有些属街头诗，如田间的《假如我们不去打仗》。此外，有些属民歌体长篇叙事诗，如《王贵与李香香》《漳河水》《死不着》等，这些诗歌书写的都是"大我"的情感，诗人以时代"代言人"的身份进行诗歌生产。臧克家说，那些"政治性强、时代精神充沛，而表现形式比较奔放"的朗诵诗"最受欢迎"①，由于诗歌朗诵运动可以有效扩大诗歌接受群体和影响范围，许多当代诗人期待着自己的诗成为人们竞相朗诵的朗诵诗，为此他们有意识地按朗诵诗的标准进行诗歌生产，在诗歌中注入"大我"激情以引起"工农兵"听众的"共鸣"。应当说，当代诗歌"大我"抒情现象与诗歌朗诵运动的助推密不可分，朗诵诗主要接受对象——"工农兵"——的情感特征、审美旨趣、精神诉求极大地促进了"大我"抒情模式的生成，有力推动了社会主义现实主义文学思潮的发展。其二，诗歌语言的口语化。为了让文化程度不高的"工农兵"能听懂且能理解朗诵诗的内容，诗歌的语言应力求做到"通俗流畅，易读易懂"，"采用口语的语法结构"②，坚决摒弃那种"书面化"与"晦涩"的语言，因为"词藻距离口语太远，读起来生僻拗口，自然也是不适合朗诵的"③。当时有人提出诗歌应尽量吸纳"工农兵"日常生活中"活的语言"④，甚至提出方言入诗。萧三在一首《我的宣言》中这样写道："我的诗/诚哉是/非常粗浅。//只希望/读下去/顺口顺眼"，这里他也承认这种"顺口顺眼"的诗歌"非常粗浅"，甚至失去

①　臧克家：《听诗纪感》，载高兰编《诗的朗诵与朗诵的诗》，山东大学出版社1987年版，第171页。
②　萧三：《诗朗诵漫谈》，载高兰编《诗的朗诵与朗诵的诗》，山东大学出版社1987年版，第190页。
③　姚奔：《听诗漫笔》，载高兰编《诗的朗诵与朗诵的诗》，山东大学出版社1987年版，第182页。
④　汪冰洋：《朗诵诗论》，载高兰编《诗的朗诵与朗诵的诗》，山东大学出版社1987年版，第80页。

"诗味"，但这丝毫不妨碍他通过语言的"口语化"实现诗歌"大众化"的追求。其三，诗歌文本的"通俗化"。臧克家说，"过去有些诗，不论在内容和形式方面，都是钻牛角尖，连看都看不懂，何况听？李金发的'象征派'体，朱湘的'十四行'就是如此。"① 显然，这里的"通俗"主要是指诗歌意蕴的浅显化，在臧克家看来朗诵诗就是要超越"象征派"和"新月派"晦涩难懂的诗风，力求诗歌的通俗化，做到"老妪能解"的程度。由于朗诵诗诉诸听众的"听觉"，接受者要在稍纵即逝的"声音流"中捕捉相关的有效信息，并对这些信息进行"解码"，对于文化层次不高的"工农兵"而言，唯有"通俗化"的诗歌文本中简单的"编码"和"解码"，方能最终完成信息的传递任务，为此，那些包含了深刻的哲理、"抽象"的概念、繁富的意象、神秘的象征、跳跃的思维等复杂元素的诗歌，在朗诵过程中可能导致信息的传递中断、偏离和错误，这无疑是朗诵诗的"大忌"。其四，诗歌语言的"音乐化"。朗诵诗为了使听众产生愉悦的听觉效果，通过声音最大限度地激发他们对朗诵内容的兴趣，净化他们的心灵，提升其思想道德情操，这就要求诗人在诗歌"音乐美"方面下一番功夫。"朗诵诗的节奏应该分明，但不机械"，诗歌"音的强弱和音尺间的顿歇作有规律的"变化②，诗歌的语言的节奏和韵律和谐统一。朗诵诗生产过程中对诗歌"音乐美"的重视，一定程度上纠正现代自由诗演进进程中"不讲究格律和音韵、过于散文化"的偏颇③，使诗歌较好地满足"工农兵"对于诗歌"顺口入耳"的吁求，不过一味地强调"顺口入耳"又可能使诗歌陷入"新格律"桎梏之中。综而观之，"大我化""口语化""通俗化"和"音乐化"不仅是朗诵诗文本的基本特质，同时还是当代文本生产中一种普泛化现象。从实际情形看，1960 年以降，随着诗歌朗诵运动的不断发展，越来越多的诗人依照这种标准进行"规模化"诗歌生产，

---

① 闻山：《听诗朗诵有感》，载高兰编《诗的朗诵与朗诵的诗》，山东大学出版社 1987 年版，第 172 页。

② 徐迟：《怎样朗诵诗》，载高兰编《诗的朗诵与朗诵的诗》，山东大学出版社 1987 年版，第 122 页。

③ 葛洛：《广大群众喜欢朗诵诗》，载高兰编《诗的朗诵与朗诵的诗》，山东大学出版社 1987 年版，第 215 页。

这无疑加速了当代诗歌文本"可听化"倾向的发展，许多发表在纸质媒介中的诗歌具有相当鲜明的"可诵化"和"可听化"特征，这种文本属性随着文学思潮的不断激进化而越发明显，至于"文革"时期的诗歌基本上都属于"可听的诗"，当代"朗诵诗运动"之于诗歌文本"可听化"的深层影响可见一斑。这种"可听性"诗歌文本成功实现了对现代诗歌中那股讲究艺术"玩味"且晦涩难懂的"可写性"文本创作潮流的一次反拨和超越。

三　当代歌词创作与"可听文本"生产

歌词创作不但是当代诗歌书写的一个重要构成部分，而且也是其达到诗歌"大众化""群众化"目标的一条新路向。在 20 世纪 50—60 年代，一大批诗人都曾写过歌词①，不少诗歌也被作为"歌词"进行谱曲演唱（如毛泽东的诗词等）。诚如管桦所言，"一首歌词，必须能作为一首诗而生存"②，实际上，诗歌最初起源于歌词③，它们之间本身具有许多相同的内在的本质特性，比如都强调节奏的谐和与优美、押韵整齐等。当代时期许多诗人既是驰骋诗坛的主将，又是歌词创作的活跃分子，"当时的歌词与诗歌似乎距离很近，甚至在某些时候难以分开"④，当代歌词创作一定程度上推动了诗歌文本生产的"可听化"现象的生成与发展。

和朗诵诗一样，歌词也是诉诸接受者的"听觉"来实现传播的，因此"可听化"同样是当代歌词的核心要素。歌词"可听化"特性主要表现在以下几个方面。首先，歌词节奏的简洁明快。当代歌词常常抒发一种建设社会主义的壮志豪情和面向幸福未来的喜悦之情，与之相适应的是歌词大多采用"简洁明快"的节奏。比如，郭小川的《列车进行曲》这样写道：

---

① 比如郭沫若、田间、柯仲平、袁水拍、光未然、管桦、鲁藜、公木、贺敬之、阮章竞、郭小川、张志民、沙鸥、袁鹰、李季、闻捷、邵燕祥等都创作过歌词，当代的诗歌创作和歌词创作主体存在一致性，歌词创作和诗歌生产之间形成相互影响的关系。参见晨枫《中国当代歌词史》，漓江出版社 2002 年版，第 93 页。

② 管桦：《谈谈歌词创作》，《文艺报》1953 年第 9 期。

③ 从某种意义上说，《诗经》就是一部歌词集。

④ 晨枫：《中国当代歌词史》，漓江出版社 2002 年版，第 91 页。

"英雄的列车飞驰在祖国的大地上，/革命的人们走向四面八方。/巍巍的高山，/滚滚的大江，/怎能把巨轮来阻挡！/绿色的原野，/红色的霞光，/好似英雄列车的翅膀。/到农村，/到工厂，/到前线，/去建设，去战斗，/迎接胜利美好时光。"① 这首歌词基本采用明快而简洁的短句，即便是开头两句句式较长也给人以明白晓畅之感，歌词里"巍巍的高山""滚滚的大江""绿色的原野""红色的霞光"运用"三二"式轻快节奏，"到农村，/到工厂，/到前线，/去建设，去战斗"基本上每句歌词都构成一个节奏单位。应该说，这种歌词简短有力，节奏一旦诉诸人们的听觉，便能够有效激发人们投入生产建设前线的热情，词作者正是借助明快的节奏，唤醒人们的斗争意识，调动人们内心积极情绪。又如，贺敬之的《伟大的祖国》中的歌词："红日出东方，/光芒照四海，/伟大的祖国，/顶天立地站起来！"，"昆仑高上天，/大江入东海，/伟大的人民，/革命壮志满胸怀！"②。这里，歌词前后两节基本使用"二三""三二"和"二二三"式节奏，它通过简洁而充满动感的节奏传达出新的民族国家和人民新的精神面貌和姿态，节奏的跳动与情感的跃动相互关联，给人一种气吞山河的磅礴气势，这种富有强烈节奏感的歌词经过谱曲之后自然有利于诉诸听觉的艺术传播方式。其次，歌词的"易懂性"。"十七年"歌词大体上都"文从字顺"和易记易唱。如文莽彦的《请茶歌》歌词如此写道："同志哥，请喝一杯茶，/井冈山的茶叶甜又香。//当年领袖毛委员，/带领红军上井冈。/茶树本是红军种，/风里生来雨里长；/茶树林中战斗响，/军民同心打豺狼。/喝了红色故乡的茶，/同志哥，革命的传统你永不忘。"这首歌词里没有繁富的话语修辞和生涩冷僻的语词，歌词如生活中盛情主人邀请客人时所用的日常用语一样明白如话，给人以如叙家常般的亲切感。如此流畅与悦耳的词句里包含着词作者力图唤醒听众对革命传统记忆的努力。实际上，当代歌词和诗歌一样把"通俗""易懂"作为理想的美学风格加以追求，那些在当时被认为是"文理不通"的歌词不但不会引起词曲家的兴趣，而且将遭到人们的批评。比如，周畅在《歌词要写得再好些》一文

---

① 转引自晨枫《中国当代歌词史》，漓江出版社 2002 年版，第 96 页。
② 同上书，第 99 页。

中就对这类歌词提出了批评，文中所列举的歌词是："红旗大进攻，/争取满堂红。//建设祖国的新高潮，/工人阶级打先锋，/增产的粮食堆如山，/打败美帝保卫和平。"① 这首歌词中"红旗大进攻"被指"费解"，"工人阶级打先锋，/增产的粮食堆如山，/打败美帝保卫和平"几句意思"难以捉摸"，前后语义不连贯，逻辑不清晰。论者以嘲讽的口吻质问道："纵然是曲调较好，值得给奖，为什么不对歌词作些修改，起码也应该使它通顺呢？"② 由此可见，人们对歌词和诗歌文本具有基本相似的审美诉求和期待视野，即通过"口语化"和"通俗化"方式提高文本"可听性"。当代歌词创作对诗歌生产产生的影响主要体现在两个方面：一是许多当代诗人既是诗歌文本生产的"主力军"，也是歌词创作的"能手"，当代歌词的审美特性也将潜在地影响诗歌的文本特征，它有力地推进当代诗歌文本由"可写文本"向"可听文本"的转换进程；二是许多歌词文本入选诗歌选集，成为当代诗歌一个不可或缺的组成部分和"可听化"文本中一道独特的景观。

### 四　"可听性文本"生产的"意义"与"问题"

在"十七年"时期，"诗朗诵运动"和革命歌曲的传唱有效地改变了诗歌的传播渠道，它既引发了朗诵诗和歌词创作的热潮，又有力加快了诗歌"可听性文本"生产，同时还使当代诗人认知到，相较于纸质传媒上的诗歌，诉诸听觉的"朗诵诗"和"歌词"可以大幅度地拓宽其影响范围，"可听性文本"比"可写性文本"更容易在群众中产生"轰动效应"。诗歌"口—耳"传播方式不仅能满足"工农兵"文化诉求，还可以提高诗歌的覆盖面，同时又能为"新的人民的诗歌"超越传统诗歌提供一种新的可能，当代诗歌"可听性文本"生产呈现强旺的态势。

罗兰·巴特在《S/Z》中提出并区分了"可写性文本"和"可读性文本"两个概念，认为前者是一种可以经由读者阅读而不断被改写、再创造和再生产的文本，是内容和意义能够在多样化文化视阈观照下无限生成的

---

① 周畅：《歌词要写得再好些》，《文艺报》1956 年第 20 期。
② 同上。

文本。后者则是一种意义和内容具有自足性的"封闭式"文本，文本里的能指与所指之间的关系呈现确定性、固定性和明晰性的特征。文本意义无法向读者敞开而是始终顽强指向某种预设的价值理念，读者扮演的是意义的"消费者"而非"生产者"①。这一理论可为我们分析当代诗歌文本生产带来一定的启发性思考。事实上，上文所论及的"可听性文本"和巴特所理解的"可读性文本"是两个具有相似内涵的概念，只不过，"可听性文本"主要诉诸人们的"听觉"，而"可读性文本"则诉诸人们的"视觉"，这两种文本具有相同的特性。在 20 世纪 50—60 年代，的确存在少量的小资产阶级知识分子写就的"可写性文本"，这些文本一旦见诸报端或期刊杂志，便可能遭到当代文艺监管者的有组织的批评。与之相反，随着文学思潮发展的日趋激进化，诗歌的"可听化"现象越发明显，或者说"可听性文本"生产呈现愈演愈烈的态势。这里我们需追问的是当代诗歌生产重心为什么要由"可写性文本"向"可听性文本"转移？诗歌文本的"可听化"趋向给诗歌发展带来哪些复杂而深层的影响呢？

首先，"可听性文本"意义的"自足性"与诗歌意识形态属性建构。在 20 世纪 50—60 年代，之所以"可写性文本"逐渐淡出，"可听性文本"迅速盛行，除了前述论及的受"工农兵"接受主体的接受条件制约之外，还与诗歌意识形态建构需要有关。"可写性文本"是一种内涵极为丰富的文本，文本本身包含许多复杂的深层意蕴，有些承载着诗人精神世界里的"剪不断，理还乱"矛盾与犹豫，有些潜藏着诗人诸多难以言说或不可直说的"秘密"，有些夹杂着许多连诗人也说不清道不明的情思。为此，这种文本的意义始终处于不断生成状态，读者可根据自身的生命体验和艺术经验与文本中的各种"声音"进行"对话"，进行创造性的解读和灵魂的探险。比如，穆旦的《我的叔父死了》可以看作一种典型的"可写性文本"，其中诗的第三节这样写道："平衡把我变成了一棵树，/它的枝叶缓缓伸向春天，/从幽暗的根上升的汁液，/在明亮的叶片不断回旋。"这里，诗人把自身在"知识分子改造"过程中隐秘愿望——在"旧"与"新"

---

① 参见［法］罗兰·巴特《S/Z》，屠友祥译，上海人民出版社 2000 年版，第 199—381 页。

"过去"与"现在"之间寻求一种平衡——熔铸到略带隐晦的诗句之中，更为重要的是，在诗歌的字里行间还暗藏着诗人对过于激进的思想改造运动的质疑与反思。诗歌里"树""枝叶""根""叶液""叶片"等一系列意象组成了知识分子复杂心灵世界的象征体系，读者必须重返诗歌的生产语境和进入文本深处方可"破解"其中的秘密。值得注意的是，这种"可写性文本"中时常含纳"颠覆"或"解构"主流意识形态的"元素"，这些"危险"元素不但不易被"察觉"，而且还可能在"意义"的解读过程中发生不可把握的意义裂变，这无疑对"共和国"的文艺监管者构成了"威胁"和"挑战"。正是在这种情势中，当代诗坛的权力拥有者通过建立相应的文艺批评和监督机制，极力防控这种可因人因时变迁而实现意义再生产的"可写性文本"的蔓延与扩张。同时通过"新民歌运动""朗诵诗运动"和"歌词创作竞赛"等途径，促使当代诗人加入"可听性文本"的生产之中。这是因为"可听性文本"往往以意义的自足性、情感的明晰性和题旨的单一性为其独特的文本"指针"，文本一般不存在多重意蕴。比如，田间1956年所写的《大进军》："鼓呀，鼓呀！青春的鼓，/来自四面八方。//在时间的海上，/我们乘风破浪。//街上的鼓声咚咚，/空中的鞭炮交响。//合作化大波浪，/奔向四面八方。"这是一首节奏欢快、情绪高昂的歌颂农业合作化的"鼓动诗"，也是一种具有代表性的"可听性文本"。就这类文本而言，我们几乎不需要费尽心机地琢磨和破解诗歌的内涵，一股"清澈见底"的、如潮水般的激情奔涌而来。文本的价值指向已被锁定在歌唱农业合作化运动上，"纯粹"而"透明"的文本很难蕴藏暧昧不明的思想情感，以及与主流意识形态相"悖逆"的精神元素。即便有时出现偏离意识形态刚性需求的因子，也能被及时发现并得到有效遏制，从而确立和巩固"新的人民的诗歌"意识形态属性。因此，诗歌界的主持者努力通过各种手段和途径加大"可听性文本"的生产运动，从这个角度上说，我们也可以把发生在20世纪50—60年代的"新民歌运动""诗朗诵运动"等以及"政治抒情诗"的创作热潮，看成当代诗坛推进"可听性文本"生产的探索性实验。

其次，"可听性文本"的"封闭性"与诗歌意识形态属性的建构。从某种意义上说，"可听性文本"是一种"封闭性"的文本，即文本尽可能避免读者对文本进行结构性重组或"意蕴"翻新。因此，"封闭性"的诗歌文本往往拒绝读者参与文本意义的再生产，其接受者一般属于文本意义的被动"消费者"。以"十七年"时期的"朗诵诗"为例，诗人生产此类文本的出发点，不是以文本启发和"暗示"的方式引发读者进行深入思考，而是通过明确的题旨、鲜明的立场和爱憎分明的感情，充分发挥文本的"鼓动"和"激励"功能，调动和激发人们生产和阶级斗争的激情和向上、向善及向美的冲动。而诗歌朗诵者也不是去挖掘和传达诗歌的深层内涵，而是"作为诗人的代表，以声音语言去再现诗句，把诗的思想感情更直接地送给听众"，它必须完成两项重要的任务："一、再现诗人的思想感情。二、为诗句安排准确的生动的有感染力的语言声调。"① 说白了，就是把文本中明确的思想完整地、形象地传递给听众。对于朗诵诗的"听众"来说，他们"消费"文本的目的是接受教育和获得激情或者享受愉悦。比如有人听了《雷锋之歌》后，"一夜没睡好觉，她想起自己以前老惦记买这买那，很不对头，今后要好好向雷锋学习"，有些人听了张志民的《小姑的亲事》后，"大伙听得直乐"，有些青年学生听了田间的《义勇军进行曲》则"心潮澎湃"②。应该说，在当时这些以"工农兵"为主体的受众基本上不主动（也不可能）参与诗歌文本意义的再发现和再创造，而是被动接受文本给定的意义。由此可见，不论是文本生产过程，还是文本传播及接受过程，基本上都"锁定"了文本的意义，这是一个"封闭式"的文本意义生产、传播和接受链条。很显然，文本的封闭性不仅有助于国家主流意识形态的顺利"入驻"文本并保持其主导地位，也有助于防止文本意义传达过程中的主流价值观的"偏移"和"流失"，同时还有助于规避文本接受过程中产生的不可预知的"误读"。因此，在"十七年"时期，倡导生产具有"封闭性"的诗歌文本被认为是维护意

---

① 苏民：《朗诵杂记》，《怎样朗诵诗》，载高兰编《诗的朗诵与朗诵的诗》，山东大学出版社1987年版，第207页。

② 闻山：《诗朗诵下乡记》，载高兰编《诗的朗诵与朗诵的诗》，山东大学出版社1987年版，第199页。

识形态安全的重要策略和手段，文艺界的权力阶层一方面借助一些文学运动，加大"可听性文本"的生产力度，从文学"政治性"维度高度阐发和提升此类文本的时代意义；另一方面则打造一批"可听性文本"的典范（如贺敬之等的"政治抒情诗"），借此引导诗歌文本生产重心的转移。当然，即便如此，当时极少数的"可听性"文本有时也可能遭遇被"开放性"解读，如闻捷的部分"爱情诗"，人们在文本的接受过程中可能更多地被边疆的奇风异俗和新鲜别致的爱情所吸引，这显然偏离了文本预设的题旨及其接受的方向：讴歌社会主义新时代中建立在劳动关系基础上新型的纯洁而单纯的爱情。于是，一旦出现这种难以预料的解读方式，文艺监管者便借助文艺批评的力量，对偏离正常轨道的解读路线予以严厉批评和正确引导，进而对文本实施加固工程，重新锁定文本的意义，提高文本的"免疫力"，并能帮助"工农兵"群众树立正确的世界观和价值观，形成良好的、"健康的"文本解读习惯，从而发挥"封闭性"文本的意识形态教化功能。

然而，这种意义"自足性"和"封闭性"的诗歌文本在建构和巩固文艺意识形态属性的同时，也把"当代"诗歌推进了一个问题层出不穷的泥淖之中。这些问题包括以下几个方面：其一，"诗意"的流失[①]。"可听性文本"虽然在"通俗流畅"和"易读易懂"方面超越了现代新诗"可写性文本"欧化、拗口和晦涩难懂的诗学流向，但很多时候它也走向了另一个极端，那就是使诗歌向"浅、俗、直、白"一端过度倾斜，导致许多诗歌的"诗意"荡然无存。就朗诵诗而言，臧克家在《听诗纪感》曾感慨道："有意把作品写得通俗一点，为了去适应朗诵，这是好事，可是也不能只顾群众听懂，不管艺术性高低，去降格以求"，"一首真正的好诗，应

___

① 在当时可能只有毛泽东在内文艺界领导者可以轻松地谈论"诗意"的话题，毛泽东就在批评"新民歌"创作时说："写诗不能每人都写，要有诗意，才能写诗"，比如何其芳在论及这个诗学问题的时候，表现出"谨小慎微"的姿态，他在指出"充沛的感情""生动的形象"和"新鲜的内容"是判断诗歌是否具有"诗意"的核心要素的同时，又不得不重申"什么样的内容被认为优美动人，被认为有诗意，是因为时代和阶级的不同而又变化差异的，然而又还是有一个客观的标准。各个时代的先进的阶级和人民的判断就体现了这种客观的标准"，也就是他还必须强调"诗意"的阶级性和人民性。参见何其芳《〈工人歌谣选〉序》，《文学艺术的春天》，作家出版社1961年版，第246—248页。

该是艺术性高，朗诵效果也好"①。这里，臧克家对朗诵诗的"艺术性不高"或"诗意"流失流露出了不满情绪。长期致力于朗诵诗创作和诗朗诵运动的高兰同样认为，有些朗诵诗"使人感到只是概念的声音结合，即或音韵铿锵，却缺乏诗意"②，茅盾也说，田间的诗"有时又有点像是直着脖子拼命叫喊"③。"诗意"流失成为当代诗歌"可听性文本"普遍存在的问题。不过，在当时相较于诗歌的"斗争""鼓动"和"宣传"功能问题，诗的"诗意"问题不仅是个不太重要或紧迫的问题，同时也是一个容易被误认为知识分子企图扩张自身的"个人偏见为美学标准"的敏感话题④。由此，关于"可写性文本""诗意"问题不但少有人提及，而且也易遭到一些激进派文艺批评家的"攻击"。一些"共和国"的有机知识分子试图重新界定"诗意"内涵来转移这一问题，比如有人认为诗歌崇高的革命激情和战斗精神以及"入耳动听""顺口顺耳""节奏鲜明"是当代诗歌新的美学原则，也是其"诗意化"的完美表现。在激进化的文学思潮推动下，这一美学原则获得了霸权地位。从 1963—1964 年的"朗诵诗"的讨论中，不难发现，论者一般都是从政治化的美学原则出发，分析和阐释诗歌的美学价值，从而有效抵抗传统诗歌美学观念的压力。其二，诗歌文本的"平面化"。"十七年"时期的"可听性"诗歌文本以"工农兵"群众的"喜闻乐见"为价值旨归，文本的"普及性"成为诗歌生产的第一要务，"易记、易懂、易唱、易听"是理想的诗歌文本范式，这种范式的建构及其广泛推广，确实实现了新诗"大众化"目标。"工农兵"不仅可以分享曾经为知识分子精神贵族所独享的诗歌艺术，而且还可以参与到这种艺术的生产、传播过程之中。问题是，像"新民歌"这类依照一定生产程

---

① 臧克家：《听诗纪感》，载高兰编《诗的朗诵与朗诵的诗》，山东大学出版社 1987 年版，第 172 页。

② 高兰：《过去朗诵一点体会》，载高兰编《诗的朗诵与朗诵的诗》，山东大学出版社 1987 年版，第 142 页。

③ 茅盾：《关于田间的诗》，载唐文斌等编《田间研究专辑》，浙江文艺出版社 1984 年版，第 168 页。

④ 当时也有人对此种"偏见"提出批评，认为"有较负责的文艺干部，存在着保守狭隘一知半解的偏见，他们似乎认为文艺性强的歌词是小资产阶级意识、政治性不强的表现"，不过这些批评声音很难受到有效的重视。参见张凤《歌词的一般化》，《文艺报》1949 年第 12 期。

序和符号规则建立起来的"可听性文本",变成了一种无深度感的"平面化"文本,具体体现为生产主体的"缺席"与"退隐"、内涵的空洞化、激情的纯粹化、精神维度的单向化、人物形象的符号化以及意义的一元化,这类失去"深度"的诗歌文本,很难获得"可写性文本"思想和精神"沉潜"给人们带来持久的心灵"震颤"。毛泽东也意识到了"新民歌"存在这方面的问题,他认为,"舞台艺术要给观众留余地,不要把话说尽了,把一切动作做尽了","不仅戏剧是这样,文学也是这样,小说也是这样,作诗也是这样"①。可见,毛泽东认为像"新民歌"之类的"平面化"文学文本,失去诗应有的含蓄,因而应"统统取消"。可以说,在文化语境相对宽松的时候,这种缺乏深度的诗歌文本带来的弊端就会不断被提及,比如在歌词生产方面,管桦就这一问题进行严厉的批评和自我批评:"这几年来""产生了很多很多平庸乏味的作品,有些甚至是粗制滥造到了不可容忍的地步","我就常把一些政治口号用四六句排起来,加上一些形容词,加上一些韵脚,就成为一首歌词了"②。其实,"平庸乏味"不仅是诸多"可听化"文本的"尴尬"境遇,同时也是其自身不易克服的问题。加之,许多文本都是政治概念、口号的拼接与组装,因而有些即便引起一时的轰动,但还是难以逃脱"言之无文,行之不远"的命运。此外,如"公式化""概念化"问题和诗歌文本"趋同化"问题,都是当代诗歌"可听性文本"书写遗留的"症结"性问题。

不过,虽然在特殊的文化语境中"可听性文本"生产的过程中出现了诸多难以"逆料"的问题,但是它毕竟有效地改变了当代诗歌文本的整体特质,在这些特质中精神的"透明性"表现得尤为突出。由于"可听性"文本通过诉诸听众的听觉系统,旨在充分调动和激发受众的情感,使他们的情绪受到感染,精神得到升华,因而这类文本并不以意蕴深度取胜,而是以思想的纯粹性和情感的纯洁性彰显自身;换言之,精神的"透明性"是"可听性"文本的一大特性,正是这种特性打开了当代诗歌的新生面。就"十七年"的可听性文本——歌词而言,有人认为一首好歌词"真能很

---

① 陈晋:《文人毛泽东》,上海人民出版社 2005 年版,第 455 页。
② 管桦:《谈谈歌词创作》,《文艺报》1953 年第 9 期。

好地表现出一个内容就可以了"，而不是"包罗万象"①。与歌词内容题旨的单一性诉求相对应的文本的"单义性"，而文本的"单义性"又得益于文本生产主体精神的清澈性和透明性。比如，《文艺学习》封底有一首题为《我爱我的农庄》的歌词这样写道："我家住在小河旁/门前有棵老白杨/河水悠悠向东流/春风吹来梨花香/这是我们的农庄/抚育我们成长的地方/它为我们带来幸福/我爱我的农庄/我爱它像爱母亲一样。"② 这首歌词讴歌的是"我"对农庄的深情的爱，这种"爱"是那样纯洁而真挚，透过这一歌词文本，我们可以深切感受到抒情主体那种不含任何杂质的透明化主体精神，如此清澈而透明的主体成为当代歌词或诗歌文本一道独异的景观，给那些深受中国现代主义诗学浸染的文学接受者"耳目一新"的感觉。同样地，当时盛行的可听性文本——"朗诵诗"亦存在主体精神透明化的现象。例如，高兰的朗诵诗《迎接一九五五年》传达了诗人在"辞旧迎新"时刻的激动与喜悦："把贴了窗花的绿色窗子开开吧！/让屋子里的红灯、白发/青春的笑颜/年青人的眼睛/和天上的星光/连成璀璨的一片/我们欢送一九五四年！//把扎了彩的红色拱门开开吧/让我们的歌声/我们的音乐/我们的舞蹈/我们的诗篇/和幸福的岁月/握手联欢/我们迎接一九五五年！"，以及对新年或者新的梦想的祝愿："让我们的祝福""飞吧，飞向北京！"，"飞向那康藏高原"，"飞向集宁——二连"，"飞向那开辟地下资源的人们吧！"，"飞向那钢铁一般的人们吧！"③，并坚信祝福将变成"誓言"和"现实"。这里，诗人对未来报以无限的憧憬与期许，更为重要的是，这种憧憬与期许是如此真切与赤诚，在透明化的主体精神背后我们处处可以感受到，身处在"共和国"青春期的诗人那种充满蓬勃朝气的精神面貌。透过当代诗歌中的可听性文本，我们始终可以聆听到诗人随着时代潮流而跳动的赤诚声音，以及随梦想展开的欢欣与喜悦。一言以蔽之，这些"及物"的诗歌文本在很大程度上呈现了特定年代，人们那种"透明化"的纯真而乐观的精神维面，给读者以振奋的力量、生命的激情和面向

---

① 管桦：《谈谈歌词创作》，《文艺报》1953 年第 9 期。
② 江山：《我爱我的农庄》，《文艺学习》1957 年第 1 期。
③ 高兰：《高阑朗诵诗选》，新文艺出版社 1956 年版，第 100—105 页。

未来的信心。

## 第三节　"工农兵"的"审美趣味"与当代诗歌生产

　　1942 年《讲话》以降，"工农兵"被官方指定为文学生产唯一的服务对象，进入当代之后，"新的人民的文学"生产和建设基本依循这一既定的"权威"方针，文艺生产者们把建构合乎"工农兵"审美趣味的文学文本作为自身文艺实践努力的方向。从某种意义上说，"工农兵"作为文学（诗歌）生产过程中"拟想读者"，其接受需求、接受习惯和"审美趣味"，极大地制约了当代诗歌生产。不论诗歌的想象方式，还是传达方式，不论诗歌题材的选择，还是意象的选择都深深渗透了"工农兵"的"审美趣味"，以至有人将"十七年"文学称为"工农兵"文学。就现实情形而言，"工农兵"是一个不同职业、年龄、文化程度和审美习惯且人数极为庞大的"集合体"，因而虽然他们之间的"审美趣味"在某些维度上存在一致性，但也必然有着不容忽视的差异性。有趣的是，在"十七年"时期，这种"差异性"在国家主流意识形态的"总体性"叙述中是可以忽略或者说应该抹平的，"工农兵"的"审美趣味"变成一种无差别、无层次的"同质化"的审美诉求①。那么，"本质化"的"工农兵"的审美趣味是如何生成的？"工农兵"审美趣味又是如何在与知识分子审美趣味的"博弈"中走向"权力化"的？"权力化"的"工农兵"审美趣味对当代诗歌生产又产生了哪些复杂的影响？这些都是本节试图解答的重要问题。

　　一　符号化的"工农兵"与"同质化"审美趣味的形成

　　新中国成立之后，在延安时期已累积了较为丰富的文化建设经验的中国共产党人，企望借助文学传媒的力量打造一批具有现代品格的时代"新

---

　　①　其实，在"十七年"时期，"工农兵"形象是一种浇注了诸多时代本质的符号化形象，这一形象符号的抽象特性，使其从纷繁复杂及多元杂陈的具体形态和情形中抽离出来，从而在趣味"本质"维度产生一种"同质化"的现象。

人"形象，借此建构一种新的民族国家精神，确证新的民族国家的合法性。为此，从《讲话》开始就在国家权力话语支撑下逐渐浮出历史地表的"工农兵"，新中国成立后被当作构建现代民族国家理想"新人"的意识形态符码，走上了它的符号化和价值化的生命旅程。然而，当知识分子意欲建构一种能够表征现代民族国家的"新人"形象时，他们面对的是中国现代文学业已形成且渐趋固化，并获得知识分子（诗人）广泛认同的"工农兵"形象传统："工农兵"成为精神愚昧、生存艰辛和生命卑微，并带有"国民劣根性"和"精神奴役创伤"的群体。1942年的《讲话》发表，无疑是新政权的领导者发起的一次摧毁人们心目中已然"本质化"的"工农兵"形象努力，知识分子和"工农"之间原本天然的"启蒙——被启蒙"等级关系遭到彻底否定，毛泽东把思想"干净"与否作为新准则重新"颠倒"这种关系，借此阻断"工农"传统形象在文学中的扩张与蔓延，刷新人们对"工农兵"形象的认知与记忆，为知识分子（诗人）走出传统偏见打开新的视野。接踵而来的问题是，在破除了知识分子对"工农兵"形象的偏见之后，如何重新构建以及建构一种怎样的社会主义新时代的"工农兵"形象，就成为摆在新当代文艺工作者面前的重要问题。如果人们按现实形态的"工农兵"真实精神面貌和具体的生存状态来构造其形象，"工农兵"形象可能再次被传统观念所同化，很难突破和超越传统形象的桎梏。于是，为了使"工农兵"形象不被传统形象混同与"吞没"，确保其形象新的"质"的规定性，国家主流意识形态借助传媒以权威方式不断赋予"工农兵"形象新的元素，并通过这些新元素建构一种既能表征新的民族国家精神，又能确证新的民族国家合法性的"工农兵"形象，更为重要的是，将这种形象重新"本质化"和"符号化"。与此同时，为了保证"工农兵"翻身做主人的完满"新人"形象不被知识分子再次解构，国家权力主体还通过意识形态的话语霸权，牢牢掌握符号化"工农兵"形象阐释权，任何企图消解其形象完满"本质"的尝试都将遭到无情的"规训"和"惩罚"。在文学泛政治化的20世纪50—60年代，"新的人民的文学"自然承担起了打造符号化"工农兵"形象的任务，那些以重建民族文化和时代理性为己任，且经过屡次思想改造后的知识分子，也逐渐认同并习惯于从先存于书写的一种精神理念、一种形象模式和一种价值体系来想象"工农兵"。经过当代文艺工作者的不懈努力，这种有别于现代文学时空中存在的新的符号化"工农兵"形象得到有效的确立。

在"工农兵"形象走向符号化的时代潮流中，"工农兵"的审美趣味也必然走向"同质化"。国家权力主体出于战争动员或阶级斗争的需要，须赋予"工农兵"趣味一种象征权力。可是"工农兵"作为一个极其庞大的群体并非铁板一块，其"趣味"亦相当复杂。比如，现实中工人与农民的"趣味"存在差异，有论者曾指出"工人在城市中生活，他们的经济与文化都较丰富，他们的要求与农民不同，单调而原始的表现形式看来是不能满足"工人的需求的①。又如，有些工人的趣味也不太高雅，有人认为"高跷秧歌本身就是个调情凑热闹的玩意儿，不这样就没人看了"②，这些把文艺当作"调情""凑热闹"的一种"娱乐"形式的观点，说明工人的"趣味"状况较复杂，有些"农民诗人"的诗集中也有一些不完全"健康"的歌唱"小生产者、小农经济"的作品③。加上许多工人"趣味"与"封建"思想观念有着千丝万缕的联系，其复杂程度就可想而知了。显然，这种并不纯粹也不太"高尚"的"工农"趣味，不仅难以建构完满的"工农兵"形象，更不可能对知识分子趣味产生修正力量。为了超越现实形态中"工农兵"审美趣味的复杂性，"当代"文艺工作者必须对"工农"趣味进行"提纯"，即从"工农"多元的趣味中提取符合主流意识形态的要素，构造理想形态的"工农兵"趣味，并进行本质化叙述。比如，《诗刊》就曾开辟"工人谈诗""战士谈诗"专栏，这些"工人"和"战士"的审美趣味有惊人的一致性，他们喜欢的诗歌的类型特征具有思想"健康"、篇幅"短小"、语言"通俗易懂"、感情"朴素"、基调"明朗"和节奏"明快"的特征。从前面的论述来看，"工人"和"战士"如此纯正、单

---

① 马可：《工厂文艺工作中的几个问题》，载《论工人文艺》，上海杂志公司出版社1949年版，第77页。

② 周巍峙：《为了提高认识、发展生产职工自编自导自唱》，载《论工人文艺》，上海杂志公司出版社1949年版，第107页。

③ 公木：《关于青年诗歌创作问题的发言》，载《全国青年文学创作者会议报告、发言集》，中国青年出版社1956年版，第114页。

一、同质的"审美趣味"明显已不再是现实形态的"工农兵"多元杂陈的审美趣味，而是经过意识形态之网过滤和"提纯"的，按"官方趣味"模式构造出来的，代表着理想化的"工农兵"应具有的审美趣味。因为只有"工农兵"趣味从现实的具体现状中抽离出来，远离其本真形态，才能为型构"同质化"的审美趣味清理障碍，并规避被解构的风险，同时也只有这种"同质化"的审美趣味才有被国家权力主体赋予"话语权力"的资质，才具有修正知识分子审美趣味的力量。

## 二 知识分子与"工农兵"审美趣味的"博弈"

1949年，随着新中国成立，来自不同文化区域的知识分子，他们的趣味惯性和复杂性以及由此形成特定的接受语境，都给"工农兵"趣味的增长、流行和走向权力化制造了许多难题。国家权力主体不得不采取"趣味"的等级划分及价值指认方式来解决这些难题，并把"趣味"作为与小资产阶级知识分子斗争的武器，通过对"趣味"的"批判""构造"和"培养"，使"工农兵"趣味快速上升为时代文化的主导趣味，从而以"趣味"为突破口重建文化新秩序，呼唤和建立"新的人民的诗歌"。

"审美趣味"是人们在审美过程中表现出来的一种相对稳定的审美取向，"稳定性""持续性"和"连贯性"是"审美趣味"的重要特质。尤其是对知识分子而言，"作为文化精英，他们在精神生产领域有某种传统的'优越性'，他们是'人类灵魂的工程师'，是'人学'的思想家，身负着反省批判社会、启蒙民众和捍卫传统人文价值的多重使命"，在"审美趣味"上表现为"崇尚创造性和个性风格，追求思想的独立性、伦理的严肃性和艺术的完满性"[1]。他们对自身的"审美趣味"带有很强的"自恋"色彩，有时甚至转化为一种审美偏执，在面对"工农兵文艺"时，这种偏执显得尤为顽固，正如毛泽东所言，不管知识分子爱不爱"工农兵"，"他们的灵魂深处还是一个小资产阶级知识分子的王国"[2]。

---

① 周宪：《中国当代审美文化研究》，北京大学出版社1997年版，第208—209页。
② 毛泽东：《在延安文艺座谈会上的讲话》，载《毛泽东选集》（第三卷），人民文学出版社1991年版，第857页。

在社会文化转型期，知识分子拒绝认同、有意抵制或排斥"工农兵文艺"是其"审美趣味"惯性的重要表现之一。1949年，随着全国许多大城市的相继解放，如何在城市中开展文化建设，成为"文艺工作者"急需解决的问题。由于新文艺的领导者大多来自解放区，具有较为丰富的建设"农村文艺"经验，这些经验促使"农村文艺"走上曲折的"进城"之旅。当"乡村文化"与都市中的"小市民"文化相碰撞后，两种文化不可避免地发生摩擦与冲突，这种冲突外化为不同文化群体的"趣味之争"。虽然具有浓郁"工农兵"趣味的艺术样式受到解放区知识分子的广泛关注，但在都市文化语境中其价值、位置和发展空间都存在许多不确定的因素。比如当时有些知识分子和市民认为"描写工农兵的书""单调、粗糙、缺乏艺术性"，"主题太窄，太重复，天天都是工农兵，使人头疼"，他们"要求写小资产阶级知识分子的苦闷"，"写城市小市民生活的作品"，"并且要求这些书不要写得千篇一律，老是开会，自我批评，谈话，反省……"①。这些"读者"的批评意见，无疑对"工农兵文艺"的权威性提出质疑与挑战，并且对创作合乎知识分子趣味作品的吁求表现得异常急切。尽管此时"工农兵文艺"已成为时代文艺创作的不可逆转的潮流，知识分子还是努力守卫自身阵地，并为日趋缩小的"趣味"空间拉响了"警报"。又如在新中国成立之初许多城市开展了"工厂文艺活动"，在这次文艺下"工厂"的活动中，有人认为："城市的文艺工作的重心是在工人，但城市更广大的是市民，恐怕还是最主要的对象罢？为工人是要为的，但是形式太简单内容太单调，怕不合市民、知识分子需要的罢?"② 在持这种观点的知识分子看来，"形式简单""内容单调"的"工人文艺"与他们的"审美趣味"显然相去甚远，是难以满足占城市人口大多数人的审美需求的，接受群体人数的多少决定了文艺创作的"审美取向"。胡风曾批评工人创作的"快板诗"，内容"空空洞洞"、形式"千篇一律"，这些诗"对于非工人的读者来说，初看会有些感受，看多了也许要感到疲乏的"③，这显然是知识分子视阈中的"工农兵"文艺：浅俗直

---

① 丁玲：《跨到新的时代——谈知识分子的旧兴趣与工农兵文艺》，《文艺报》1950年第8期。
② 荒煤：《前言》，载《论工人文艺》，上海杂志公司出版社1949年版，第2页。
③ 胡风：《论工人文艺（之二）》，载《论工人文艺》，上海杂志公司出版社1949年版，第23页。

白且不耐品味，容易使人产生审美疲劳。更有甚者，有些知识分子或艺人还因为"工人文艺"不符合自身的"审美趣味"而"愤愤不平"①。可见，在知识分子趣味占主导地位的都市文化语境中，那些投合工人趣味的文学艺术仍受到持有"正统趣味"知识分子的怀疑与批评。知识分子知识结构、个体的审美经验以及性情系统，都使其"审美趣味"在相对开放的结构中产生了持久的"定向性"和"稳固性"，保持某种正统色彩，以至于对某些带有"先锋性""前卫性"的审美潮流保持一种天然的警觉，避而不谈、鄙视、讥讽或拒斥是其力保自身"审美趣味"纯正性时常选择的文化姿态。

知识分子趣味惯性的另一个重要表现是其趣味的"反弹性"。在文学环境相对宽松的时代语境中，知识分子灵魂深处的"小资产阶级"趣味极易"死灰复燃"，这是"十七年"文学中的一个重要现象。虽然，新中国成立后，文艺界开展多次文艺批判运动，知识分子"趣味"生长的空间急剧萎缩，但在新中国成立后至1957年上半年的诗歌创作领域中，仍可看到知识分子"趣味"浓厚的诗作在"政治—文化""一体化"的缝隙处潜滋暗长，比如，卞之琳的《天安门四重奏》（1951）、王亚平的《愤怒的火箭》（1951）、何其芳的《回答》（1954）、艾青的《礁石》《在智利的海岬上》（1954）、曰白的《吻》《草木篇》（1957）、穆旦的《葬歌》（1957）等都是这方面的代表作。知识分子有意无意地将自身所青睐的诗歌审美范式、主体姿态和文本基调等铆入这些诗歌文本之中。知识分子趣味"反弹"现象不但说明了"精英文化"的有效性具有巨大的"魔力"，而且也体现了知识分子某种"审美偏执"。虽然"精英文化"的"合法性"在毛泽东时代已被彻底瓦解，但其"有效性"仍受到知识分子的重视。所谓"有效性"是指在知识分子看来，"精英文化"是传统文化遗产的重要组成部分，它不仅可以纠正"工农兵文艺"的"粗糙"和"简单"的编码方式，解决新诗发展中出现的"诗味"寡淡、"主体"缺失和思维"固化"

---

① 马可在《工厂文艺工作中的几个问题》中曾提及当时发生的有趣现象："有个工厂的工人扭过十几年的秧歌，旧技艺是有一套，他看我们的同志领的秧歌不合'路数'，自告奋勇地来帮忙，但随之飞眉吊眼乱罗唆那一套也出来了。领导的同志看不对劲儿，下命令说'你这一套是旧的，咱们不要'。他就走了，再也没来。"参见荒煤编《论工人文艺》，上海杂志公司出版社1949年版，第79页。

等诸多问题，同时还可以提高"工农兵文艺"的"艺术水准"和"思想含量"，从而实现"普及与提高"的双重任务，这种文化的"有效性"是知识分子趣味"反弹"的重要诱因。另外，知识分子长期接受精英文化教育，经过对"高雅文化"进行编码和解码专业训练，养成一种把其他文化艺术纳入自身的"审美系统"加以评判的"癖性"，这种审美"癖性"经常成为知识分子趣味"反弹"的潜在力量。于是，当时代语境之于知识分子压力相对减弱时，他们文化构成中遭受时代压抑的理想的诗歌感知图式和欣赏图式被充分唤醒，在"精英文化"有效性和"审美习性"的诱导下，艰难地恢复诗歌应有的精神特质和审美形态。

可以说，知识分子审美趣味的"惯性"和"反弹性"给"工农兵"审美趣味上升为时代的"主导"趣味造成了巨大的障碍和压力，为此，知识分子和"工农兵"之间展开了一场审美趣味博弈。由于"工农兵"审美趣味是国家权力阶层采取"提纯"的方法构造出来的趣味，说白了就是"官方趣味"，因此"工农兵"与"知识分子"之间的"趣味"之争，实际上是"官方趣味"与"知识分子"趣味的博弈。在这场博弈中，国家权力主体为了有效防范知识分子"审美趣味"的扩张与蔓延，从延安时期开始就选择并实施一系列意识形态策略，力求阻断这种具有"危险性"的"审美潮流"，这些策略包括以下几个方面：其一，"趣味"的"区隔"。"在布尔迪厄看来，趣味作为文化习性的一种突出表现，乃是整体的阶级习性的区隔标志。因之，趣味的重要性表现在它是统治阶级和文化场最重要的斗争筹码。"① 在"十七年"文学中，新/旧、合法/反动、高尚/低级、主流/逆流、高雅/庸俗、健康/病态是知识分子与"工农"趣味"区隔"的指标，国家权力主体通过这些边界清晰、"二元对立"指标的设定，使"趣味"从原来纯粹的美学状态抽离出来，进入"阶级"这一政治学范畴。其二，"趣味"的阶级（阶层）指认。国家权力主体把趣味"区隔"指标与"道德""阶级"之间进行强行关联，并依凭意识形态的话语"霸权"进行指认。在统治阶级的权威叙述话语中，小资产阶级知识分子"趣味"

① 朱国华：《合法趣味、美学性情与阶级区隔》，《读书》2004年第4期。

是低级、病态和颓废的，而"无产阶级"的"趣味"则纯洁、高尚和健康，而且不同群体的趣味是内在的、本质的，是不随时间和情境的变迁发生变化的。由于这种趣味指认有合法与反动、主流与逆流的意识形态权力逻辑支撑，它便拥有了不可质疑与挑战的权威性，这为"趣味"化约为统治阶级"斗争的筹码"提供了可能。显然，知识分子"趣味"在这场"趣味"的意识形态指认中丧失了合法的生存根基，它不再是知识分子值得炫耀的资本，而是必须彻底挖去的"毒瘤"。其三，合法"趣味"的再生产。"工农兵"趣味必须不断"再生产"以巩固其合法地位，一方面，国家权力主体通过文学期刊和诗歌选集等媒介，引导人们认同"工农兵"趣味的合法性。"十七年"时期的文学期刊，通常发挥着规范和控制作家作品生产和文学整体流变的功能，刊物的主编一般扮演着意识形态"守门人"的角色，尤其在"政治—文化"语境相对紧张的时候，他们的"审美趣味"和"官方趣味"呈现高度的契合，这种"趣味"有效地引导文学流向。从用稿标准和栏目的设置来看，许多权威期刊都向有利于"工农兵文艺"成长方面倾斜，比如，《诗刊》1958 年曾开辟"工人诗歌一百首""战士诗歌一百首""工人谈诗"和"战士谈诗"专栏，并约请文坛权威对其"合法性"进行确证①，《人民文学》1958 年 8 月号还刊出"群众创作特辑"，发表大量"工农"创作的民歌，《文艺月报》1958 年 7 月号也推出"上海工人创作专号"，普及群众文艺。此外，"十七年"诗歌选集同样起到引导人们"审美趣味"的作用，由于诗歌入选的标准具有鲜明的"官方趣味"②，那些合乎"工农兵"趣味的诗歌得到编选者的分外推崇，此种标准遴选出来的诗歌经典所产生示范效应改变着人们对"工农兵文艺"的偏见。可以说，期刊和诗歌选集的审美取向，有效地刷新了知识分子的性情系统和"审美趣味"，他们不得不学会习惯以"工农兵"的合法"趣味"来规约、评判自身的文学生产。另一方面，国家权力主体通过批判方式实现"工农兵"趣

---

① 《诗刊》在 1958 年 5 月号发表了茅盾的《工人诗歌百首读后感》和老舍的《大喜事——"工人诗歌一百首"读后》，对"工人诗歌"创作进行评述的同时也论证其"合法性"。茅盾认为工人诗歌创作具有"'劳者歌其事'，何必专业化；发挥创造性，开一代诗风"的重大意义。

② 如《诗选》（1953—1959）所选的诗歌传达的是"城市、农村、工厂、矿山、边疆、海滨各个建设和战斗岗位上的声音"，工业题材与农业题材诗歌所占比例极大。

味的"再生产"。在"十七年"文学演进过程中，发生了许多文学批判事件，这些事件形成一种时代"压力"和意识形态"威慑力"，这些"压力政治"不但刷新了知识分子的审美理念，而且更新了他们的"趣味系统"，同时还阻断了知识分子"趣味"蔓延与传播，巩固"工农兵文艺"的合法性。比如1957年发生的"《星星》诗刊事件"，文艺界发动对《星星》创刊号批判的目的之一就是对知识分子"趣味"的一次集中清理。《吻》中爱情的"欲望"化表达方式，《草木篇》中以"介入"社会现实方式展开诗篇都是知识分子的文学"审美趣味"的表现形式，但是这些都被看作必须及时和彻底根治危险的"病灶"。于是，批评者首先指出两首诗歌中的知识分子"趣味"问题的严重性，有人指出《吻》"歌颂官能快感、挑逗情欲"[1]，"感情庸俗，格调很低"，《草木篇》"充满着小资产阶级知识分子身上很不健康的趣味——一种离群索居，孤高自赏，妄自尊大的情绪；一种自以为万众昏昏唯我独醒，以至愤世嫉俗不屑与众人为伍的情绪"[2]，"接着是批判流沙河，最后升格为'草木篇事件'，继而，由'草木篇事件'又推及'星星诗刊'事件"[3]，在不断升级的批判中，"趣味"之争逐渐演化为意识形态领域的斗争，这种演化方式给知识分子带来的震慑作用是显而易见的。此外，知识分子"下放运动"在改造知识分子的"趣味"方面也发挥重要的作用。"反右"运动之后，一批知识分子被下放到农村进行思想改造。许多"文艺工作者"深入工厂、农村"前线"与工农群众"同吃、同住、同劳动"。由于文学生产语境、接受对象发生转变，知识分子"趣味"在现实中已"不合时宜"。当时有人认为诗人的创作只有被底层民众"批准了"，"才和真正的诗人称号相符"[4]，在这种情势下，知识分子"趣味"在文本中大规模扩张已不再可能，而诗歌传情达意方式和诗人的想象模式"工农化"倾向才合情合理亦合法。

此外，知识分子"审美趣味"的复杂性也是"官方"趣味权力化过程

---

①　罗泅：《评色情诗》，《红岩》1957年第5期。
②　孟凡：《由对〈草木篇〉和〈吻〉的批评想到的》，《文艺学习》1957年第4期。
③　杨四平：《中国新诗理论批评史论》，安徽教育出版社2008年版，第105页。
④　巴波：《巴波来信》，《诗刊》1957年第10期。

中必须解决的问题。知识分子言与行，情感与理智的矛盾性使其"趣味"呈现复杂性。在当代社会历史的转型中，许多知识分子面对着急剧变化的社会文化思潮，情感与理智时常发生冲突，他们既想融入时代主潮中，又担心潮流过于强大淹没了自己，既试图以自身的文化实践迎合"工农"审美趣味，又怀疑这种方式的可行性。正如毛泽东所言，小资产阶级知识分子"在某些方面爱工农兵，也爱工农兵出身的干部，但有些时候不爱，有些地方不爱"①，这里的"爱"与"不爱"是有选择性的，有时也是"矛盾"的。由于知识分子转变是不彻底的，使他们"口头上很明白，思想上却常常糊涂，习惯上和感情上更糊涂"②，"嘴里虽然说跟工人学习"，实际上"有意无意看不起工人，处处表现自高自大，摆出领导的架子"③。这种"不彻底"性表现在文艺创作中则是文本"趣味"的杂糅性。比如，卞之琳的《天安门四重奏》被认为"主题是歌颂天安门歌颂新中国，但是整个诗篇所给予读者的，只是一些支离破碎的印象，以及一种迷离恍惚的感觉。"④ 其中"红粉女飘零，车站挤/红粉墙上头炸弹飞/工人带农民扫飞机/篱笆开，墙倒，门锁碎"等诗句被指"难懂""生涩""似通非通"。知识分子的"美学性情"造成了诗歌出现新旧杂陈现象，"精英阶层欣赏的作品注意的是叙事技巧，是作品是如何描述的，而工人阶级关心的是作品描写了什么，渴望的是在作品中的一种感情投入，一种道德感的满足"⑤。显然，卞之琳一方面已认识到诗歌表现新的时代内容的重要性；另一方面其创作经验促使他努力挣脱当时流行的颂歌模式的束缚，而采用自己熟稔的"现代派"诗歌形式。自然，这种情感"新"而艺术理性"旧"的文本，难以使"工农"完全实现"情感的投入"与"道德感的满足"。卞之琳爱颂歌内容却不爱其形式，是对"颂歌"政治激

---

① 毛泽东：《在延安文艺座谈会上的讲话》，《毛泽东选集》（第2卷），人民出版社1991年版，第866页。

② 宋之的：《论人民剧场的工作方向》，载《论工人文艺》，上海杂志公司出版社1949年版，第35页。

③ 阿英：《青年文艺工作者如何与工人结合》，载《论工人文艺》，上海杂志公司出版社1949年版，第37页。

④ 承伟、忠爽、启宇：《我们首先要求看得懂》，《文艺报》1951年第8期。

⑤ 朱国华：《合法趣味、美学性情与阶级区隔》，《读书》2004年第4期。

情有余而形式技巧不足的有意反动，也是对"当代"新诗出路的严肃探索，但在特定的时代语境中，这些探索给"工农兵"趣味的扩张带来阻碍。为此，国家权力主体试图在文学批评中引入"工农兵"读者的批评，对知识分子的趣味进行"围剿"。在"十七年"文学中，"工农兵"趣味是国家权力主体实现权力意志的象征符号，因而，它与"官方趣味"之间的界限相当模糊，有时甚至相互叠合。当"工农兵""审美趣味"获得了意识形态赋予的"权力"时，它常常化身为普通读者"趣味"，对知识分子复杂的"审美趣味"提出批评和要求，更为重要的是，这些批评通常把不符合"工农兵"审美趣味的内容与形式，上升到关乎创作主体的道德和政治倾向问题的高度进行批判。在文艺泛道德化和泛政治化的年代，这种从道德、政治层面入手观照"审美趣味"的批评方式，对知识分子构成了相当大的压力，卞之琳对此深有体会，他说"长久以来，在国内，'难懂'二字，对于一位诗人压力很大"①。许多知识分子不得不为自己不纯粹的"趣味"向读者检讨②，"批评—检讨"成为当时一种常见的"趣味"规训和引导模式，这种模式不仅使知识分子的趣味不断"工农兵"化与纯正化，也使"工农兵"的趣味在修正知识分子"趣味"的过程中获得话语霸权。可以说，当知识分子审美趣味失去合法的生存空间，"工农兵"审美趣味上升为时代主导的审美原则时，它便成为一种"权力化"的趣味。

### 三　"权力化"的"工农兵"趣味与当代诗歌生产

当"工农兵"趣味拥有"改造""阻断""纯化"及"提升"知识分子审美趣味的权力时，它在社会的权力场域中便产生一种虚拟的支配

---

① 卞之琳：《今日新诗面临的艺术问题》，《诗探索》1981 年第 3 期。

② 比如卞之琳就在检讨中感慨道："我当初以为《新观察》的读众大多数也就是旧《观察》的读众，只是刊物从本质上变了，读众也就从本质上改造了"，"现在我知道我的估计错了"，"《新观察》的读众面扩大了，我应该——而没有——扩大我对读众负责的精神"；"我以为一般的读众，在刊物上碰到不大懂的作品还是会放过不看的。我的估计又错了"。其实，《新观察》读者的趣味本质上是"官方趣味"的一种变体——"工农趣味"，而且以这种"趣味"现身的"读者"拥有了监控和打压其他"趣味"增长的权力，因而不会放过"碰到不大懂的作品"。参见卞之琳《关于〈天安门四重奏〉的检讨》，《文艺报》1951 年第 12 期。

力量——一种被意识形态所统治的统治力量。在这种力量的支配下，知识分子唯有模仿、迎合、培养"工农兵"趣味才能实现自身的价值，才能获得言说权，否则就可能被"工农兵"趣味洪流所击碎、吞没，消失在历史的长河之中。那么，"权力化"的"工农兵"趣味对当代诗歌生产产生哪些复杂的影响呢？

首先，"权力化"的"工农兵"趣味在促进文学的转型的同时，也造成诗歌"趣味生态"的失衡。"权力化"的"工农兵"趣味作为意识形态实现霸权的符号，拥有统治阶级赋予的"象征权力"，它不仅有力地加速了社会文化转型，同时也极大地推动了"新的人民的诗歌"建构，为重建民族文化和文学新秩序发挥着重要作用。总体而言，作为社会底层的"工农"的文化"趣味"很难受到知识分子有效重视，虽说在战争时期为了动员"工农"的现实需要也关注"工农"文化趣味，但更多侧重于理论层面的探讨，而真正为满足"工农"趣味进行的大规模文艺实践尚未展开，这一现状直到《讲话》之后才得以真正改变。新中国成立之后，"工农"趣味开始在主流意识形态的支撑下逐渐变为一种"权力化"趣味，它成为制约"知识分子"趣味潜滋暗长的重要力量，也成为当代文艺工作者与小资产阶级知识分子斗争时所运用的武器。于是，当"工农"审美趣味蜕变为依附在知识分子身上精神"魔咒"时，它必然极大地影响"当代"诗歌生产。其一，"权力化"的"工农兵"趣味与"工农"业题材诗歌生产的兴盛。臧克家在总结新中国成立十年来的诗歌创作时指出，"在题材方面，许多人写了我国在解放后飞跃发展的工农业建设事业，写了工农业建设战线上的英雄模范人物"[①]，在这些题材的诗歌中，"工农"被书写为"翻身"的时代主人，甚至是工农业生产战线上的完美的英雄，在时代"主人"和"英雄"的虚拟镜像里，"工农"可以获得情感和道德上的满足，同时这些题材的诗歌还通常以"苦难的过去——幸福的现在——美好未来"为叙事或抒情逻辑，为"工农"描绘了一个幸福的远景，使他们对未来拥有了无比的信心。应该说，"工农"趣味的"权力化"使得"工农"

---

① 《文艺报》编辑部编：《文学十年》，作家出版社1960年版，第143页。

题材成为"当代"诗歌书写的重大题材，"工农"则以全新的面貌和姿态活跃在诗歌文本世界里，为他们打开了一个面向未来的别样的虚拟"镜像"，而"工农"大众在诗歌文本构筑的虚拟世界里不断获得精神上的审美愉悦。其二，"工农"趣味的"权力化"与"工农"诗人的涌现。文艺界的权力阶层为了让诗人生产的产品更契合"工农"的"审美诉求"，一方面充分调动有机知识分子（诗人）的生产积极性，通过"诗人下放"运动等形式让他们深入"工农"生活和生产实际，接受"工农"的教育，细心观察和体验"工农"的思想和精神状态，从而生产出"工农"所"喜闻乐见"的产品。另一方面则尝试从"工农"群体中发现和培养一批诗人，这种让"工农"诗人亲自走向文化舞台实现自我书写，其中很重要的目的是更好地消除知识分子（诗人）想象"工农兵"与"工农"的现实趣味之间的"偏差"和"错位"，让"工农"自我创作来展现"工农"审美趣味，从而不仅为占据"主导"地位的"工农"趣味提供新的扩张路线，同时也为"工农"审美趣味的合法性和权威性建构提供一个良好的平台。其三，"工农"趣味"权力化"与"单纯和谐"的美学风格①。当代诗歌"单纯和谐"美学风格表现为诗人的思想与情感的"纯粹性"和"统一性"。这种美学风格和"工农"审美趣味密切相关。由于"工农"文化知识储备相当有限，加之长期接受农村的"民俗文化"熏陶，几乎很少有机会接触代表现代文明的"高雅文化"，因而养成了一种偏向于"单纯和谐"的审美取向，比如相较于多声部合奏的交响乐，底层民众更乐于接受"质朴清新"的山歌或民歌。这种审美旨趣一旦走向"权力化"加速了"新的人民的诗歌""单纯和谐"美学风貌的生成，具体表现为繁复的矛盾在诗歌里难觅其踪迹，取而代之的是界限明晰的"二元对立"的矛盾；爱恨交织、百感交集的复杂情感无法在诗歌里驻足，取而代之的是爱憎分明的阶级感情；神秘象征和暗示在诗歌里近乎绝迹，取而代之的是简单的比兴；欧化的语言、诗的散文美也被坚决拒斥，取而代之的是"顺口顺耳""节奏强烈""音韵铿锵"的诗歌形态；沉郁雄浑的诗情难再获得诗人的认同，

---

① 有学者认为，"单纯和谐"是当代诗歌的重要的美学风格，参见洪子诚《中国当代新诗史·引言》，北京大学出版社2005年版，第3页。

取而代之的是明朗乐观的诗歌基调。总之，在"权力化"工农兵"趣味"的制约下，"当代"诗歌呈现一种有别于既往诗歌的"单纯和谐"的美学风格，这种风格给诗坛吹进一股"新鲜"空气的同时，也造成"当代"诗人的"审美偏执"和"当代"诗歌"单调繁荣"的景观。

值得深思的是，权力化"工农兵"趣味是一种缺少"自反性"的趣味，因为缺乏对自身的规则与结构、权力生成可能与限度以及存在社会条件的反思机制，所以权力的"恶性膨胀"呈现难以控制的态势。在"工农兵"趣味占主导地位的年代里，知识精英的文化趣味要么"变形"，要么被忽视，而与"工农兵"趣味相契合的艺术样式则疯狂扩张，几乎侵占了知识分子所青睐的艺术领地，这无疑造成了诗歌"趣味生态"的失衡。当文学艺术发展失去了不同审美范式的竞争、参照、比对，失去了不同"趣味"拥有者之间的对话时，就有可能出现虚假"繁荣"的景象，出现阅读者的审美疲劳现象。随着文学思潮的不断激进化，人们越来越关注艺术样式之于"工农兵"趣味，以及这种趣味所含纳的政治理念的满足程度，而对知识分子趣味缺少理解的耐心、包容与尊重差异的气度，自然也就不可能形成一种符合"官方趣味""知识分子趣味"和"工农兵趣味"文本相互独立、相互渗透且相互修正的平衡机制，借此防范"趣味生态"危机，建立起一个"趣味生态"平衡的文学空间。不过，"新的人民的诗歌"是在知识分子趣味几乎占据霸权地位状态下，设计和展开它的理想蓝图并开始新的"出发"的，如果要使原本处于弱势状态中的"工农兵"趣味在与小资产阶级知识分子趣味的角逐过程中夺取话语权，那么当代文学的设计者就必须建立一种有助于"工农兵"趣味扩张，同时又能有效控制知识分子趣味蔓延和解除其权力机制的制度。从这个意义上说，"趣味生态"平衡不仅不是新文艺设计者们首先考虑的"紧要"问题，更不是他们构想的理想的文学生态，而是他们必须时刻"警惕"和"防范"的问题。换言之，"趣味生态"平衡其实是政治文化大"转折"年代，"新的人民的诗歌"重新"出发"所需逾越的沟壑，或者说，勇于超越和打破"趣味生态"平衡本身就是"新的人民的诗歌"彰显自身气象与魄力的一种别样姿态!?

# 第三章 当代诗歌"争鸣"现象①

　　文学争鸣是一个时代文学活跃程度的重要标志之一，它不仅含纳着特定时期国家主流意识形态斗争状况和文学思潮起伏变动的信息，同时也折射出社会文化思潮影响下文化秩序的调整和文化心理嬗变的隐秘动向，以及文学发展演进的复杂轨迹和整体流向。因之，深入探察一个时期的文学争鸣现象显然具有非同寻常的意义。在当代诗歌的生成与发展过程中，涌现了一批颇具"争议性"的诗歌，这些诗歌要么因其残留过多"不合时宜"的艺术特质，要么因其思想锋芒危及新文化秩序或新的价值体系的建构，要么因其呈现了与新时代本质并不一致的形象等而引发激烈的"争鸣"。迄今为止，人们更多地关注"十七年"小说争鸣现象研究，而有关这一时期的诗歌争鸣现象研究尚未引起学界的足够重视，许多极为重要的问题仍处于一种"遮蔽"状态，比如当代诗歌争鸣功能有哪些独有的特性？诗歌争鸣问题类型包括哪些？诗歌争鸣机制是如何生成的？这种"争鸣机制"与诗歌传统"祛魅"，以及理想诗歌范式建构之间存在怎样复杂的内在关联？它是如何转化为一种规约力量和自我蜕变的内驱力，从而推动"新的人民的诗歌"不断超越传统并实施自我反叛的？这些都是推进当代诗歌研究颇为有趣且值得深入反思的问题。

---

　　① 本章着重论述1949—1966年诗歌创作领域内的争鸣现象，对于诗歌理论争鸣问题不做专门探究，只在相关的论述中有所论及。

# 第一节　时代语境规约中的诗歌"争鸣"

## 一　当代"争鸣"的功能

当代诗歌"争鸣"担负着重构时代文化秩序和建构理想的诗歌范式的重要使命，使得诗歌"争鸣"的功能、特性及机制，都出现了一系列鲜明而又独特的时代特征。一般而言，在一个思想和学术相对"自由"的年代，文学争鸣一方面可以通过展开思想的交锋，促进思想交流，深化对某一具有先锋意味而又敏感问题的认识；另一方面也借助"争鸣"的力量促成新的文学思潮或流派的萌发与壮大。在"十七年"文学中，文学批评被认为是"实现党在文艺界的思想领导，开展文艺界的思想斗争，提高文艺为人民服务效能的主要方法之一"①，毛泽东曾称之为"文艺界主要的斗争方法之一"②。诗歌争鸣作为"文学批评"的活力元素，它通常不是"争鸣"主体间平等的"对话"与相互辩诘，而是对一些存在"不良倾向"诗歌进行有效规范与引导，对创作主体实施舆论监督或精神惩戒，最大限度发挥其斗争性和战斗性的功能。那么，这一时期的诗歌争鸣发挥的"斗争性"与"战斗性"的功能究竟体现在哪些方面呢？

（一）监督功能

1942 年毛泽东《讲话》的发表"规定了新中国的文艺的方向"③——建设一种超越既往文学传统且富有鲜明时代特质的"新的人民的文艺"。1949 年之后，"中国革命即将开始一个广泛的从事政治建设、经济建设、文化建设和国防建设的新的历史时期"④，为了使"文化建设"的宏伟目标顺利实现，国家权力主体借鉴延安整风运动以来建设"新文艺"所积累的

---

① 马海辙：《三年来中南文艺批评工作》，《文艺报》1953 年第 15 期。
② 企霞：《关于文艺批评》，《文艺报》1951 年第 10 期。
③ 周扬：《新的人民的文艺》，载中华全国文学艺术工作者代表大会宣传处编《中华全国文学艺术工作者代表大会纪念文集》，新华书店 1950 年版，第 70 页。
④ 郭沫若：《为建设新中国的人民文艺而奋斗》，载中华全国文学艺术工作者代表大会宣传处编《中华全国文学艺术工作者代表大会纪念文集》，新华书店 1950 年版，第 40 页。

经验,力求通过文学批评的力量重建当代文化新秩序并重构民族文化理性,确保"新的人民的文学"在规范与有序的空间中运行。其中文学批评的重要形式之一就是"文艺争鸣",即当代文学的设计者试图借助"文艺争鸣"这一"战斗"武器,及时发现与暴露当下文学创作中存在的问题,借此对这些问题进行跟踪与监督。

就当代诗歌而言,发生在诗歌创作领域的争鸣正是通过不断发现、揭露诗歌创作中的问题,强化诗人诗歌创作中的"问题意识",规范和引导诗歌的发展方向。诗歌争鸣在运作过程中已形成一套较为成熟的问题揭发与监督机制。首先,掌握文化领导权的文艺界权力阶层不断强化期刊的责任意识,要求期刊加大文学批评的力度,发挥文学批评的"干预"功能,敦促期刊对已发表的存在"不良倾向"的诗歌进行"检查"①;其次,文学期刊的编辑密切观察国家主流意识形态文艺的发展动向,适时调整编辑策略,对自身期刊及其他期刊中存在问题的诗歌,组织发表一系列批评文章,从而引发"诗歌争鸣";再次,"诗歌争鸣"引发了关乎诗歌意识形态属性方面的敏感话题,期刊的编辑开始有计划、有步骤地组织并刊发普通"读者"的批评文章,在不断提高刊物的"战斗性"的同时,扩大诗歌争鸣的影响范围;最后,大批读者加入诗歌争鸣之中,不断培养他们观察诗歌问题的角度以及提升与放大"问题"的能力,从而延伸诗歌争鸣对诗歌问题的监控范围,完善"当代"诗歌批评的监督网络。总之,"诗歌争鸣"既可暴露诗歌发展中存在的问题,又能充分发挥舆论监督的作用。因为一旦某些"问题"诗歌引起争鸣,期刊的编辑和诗人将陷入巨大的舆论旋涡之中②。这一方面

---

① 胡乔木在1951年文艺界整风运动学习动员大会上的讲话中,严厉批评了当时文艺界存在的一些"突出"问题,如"在创作表现上怠工,粗制滥造","仍然没有一个文学艺术团体,把经常组织自我批评当作自己的任务",等等。于是,当年的许多报纸杂志都针对自己刊物或其他刊物上发表的"粗制滥造"的作品展开批评与自我批评,从而发生一系列的作品"争鸣"现象。参见《文艺工作者为什么要改造思想》,人民文学出版社1952年版,第2—5页。

② 比如,《大众诗歌》1950年第6期发表了王亚平的《愤怒的火箭》受到批评:"在《大众诗歌》这样的刊物上,出现这样的东西,编委会的同志看稿疏忽,也不能不负一点责任。"见立云、启祥、魏巍《评王亚平的〈愤怒的火箭〉》,《文艺报》1951年第3卷第8期;"我们觉得应该对《大众诗歌》社进行批评。只要经常留心该刊的人都会知道,《大众诗歌》的编者在工作上是缺乏严肃、认真、负责的态度的,以至于使该刊经常充满着内容空洞、标语口号、纯从形式出发的诗作,我们认为该刊对于这件事也应进行深刻的检讨。"参见《欢迎这样的批评》,《文艺报》1951年第8期。

使许多期刊的编辑出于安全考虑，往往倾向于扮演意识形态"守门人"的角色，尽量避免刊发容易引起争鸣的诗作；另一方面也促使诗人在诗歌生产时不断审查和反思自身创作中存在的问题，养成对敏感问题自我监督和纠正的习惯。这样一来，"诗歌争鸣"实际上形成了四重防范"关口"：文学界主持者或文艺批评家/"读者"的舆论监督——期刊间相互批评——期刊主编及编辑的防范——诗人的自我监督。这些"关口"使当代诗歌获得了一种防范不良倾向入侵的"免疫系统"①，为构建"健康"且独具特色的诗歌理想范式提供了有效的保护机制。

（二）助推功能

诗歌争鸣的助推功能，是指诗人针对文艺界正在热烈讨论的某些理论或创作话题，以诗歌文本实践对这些话题进行实验或尝试，由于这些带有很强实验性的文本包含许多并不成熟或不完善之处，甚至还触及文学论争中的一些敏感问题，因而引发了批评者的激烈争辩，从而进一步深化人们对这些问题的讨论，有力地推动了某一创作潮流的生成与发展。

比如，《收获》1958年第3期刊载了戈壁舟的《青松翠竹》，这首诗作都涉及当时"如何塑造新英雄人物"的热点问题。尹一之认为，《青松翠竹》"离开了真实生活基础，作者用小资产阶级的观点来理解我们时代的英雄人物"。② 而吕恢文则认为，诗歌把"所歌颂的人物，放在伟大的斗争中与自己与他人的矛盾上去考验他们、表现他们，从而突出了他们勇于自我牺牲的灿烂形象"。③ 显然，两位论者之间的观点针锋相对，他们的争论关涉20世纪50年代文艺界关于创造"新英雄人物"讨论所关注的重要问题：写英雄人物能否写"缺点"？能否写"落后到转变"过程？如何在生活矛盾与斗争中写英雄人物？创造英雄人物如何避免"公式化和概念化"？等等。1958—1959年，王群生的叙事长诗《红缨》和高缨的《丁佑君》两首诗歌都因"英雄人物形象"问题引起争鸣。当时有人认为《红

---

① 当然，在"政治——文化""一体化"的20世纪50—60年代，当代诗歌中富有"争议性"的问题时常因政治风云的变换和文化语境的嬗变而不断产生，这种"免疫系统"生成之后并非一劳永逸，而是随着问题的涌现而逐步完善和巩固的。

② 尹一之：《翠竹不翠——读长诗〈青松翠竹〉》，《诗刊》1958年第11期。

③ 吕恢文：《新人物的颂歌——读长诗〈青山翠竹〉》，《诗刊》1958年第11期。

缨》一诗中的王大中是一个贫农，是在"激烈的阶级斗争中"成长起来的、"朴实、厚道、勇敢"的"英雄形象"①，有人则认为，王大中是一个"意志衰退"的"个人主义者"，"革命行列的掉队者"②，是"貌似真英雄，其实流浪汉"的"灰溜溜"的人物③。应该说，这些诗歌及其引发的争鸣风波，吸引了众多研究者和读者的目光，推进了包括当代诗人在内的文学生产主体，对构造能表征新的时代理想的"英雄人物"形象的深入思考，使"十七年"关于创造"新英雄人物"的讨论不但在理论层面展开，而且在诗歌创作领域中加以实践，从而使这场论争变得热闹而充满生气。在这些"争鸣"上，创作主体（诗人）对"新英雄人物"形象创造的路向由模糊逐渐走向清晰，于是，他们自觉地调动所有的激情与智慧，加入创造"英雄人物"的创作潮流中，从而有力推动了社会主义现实主义创作思潮的发展与壮大。

（三）"训诫"功能

在1949—1966年间一些诗歌之所以会引起争鸣，就在于它们在打破时代文艺"成规"过程中，产生了时代文艺所不能容忍的"异质"元素。由于这些诗歌的话语与国家主流意识形态话语龃龉、冲突，或者"闯入"了时代文艺的敏感区域，因而引起国家主流意识形态的高度关注，国家权力主体有意对这些诗歌发起争鸣活动，通过诗歌争鸣发挥文学批评"浇花锄草"的重要功能，进而对创作主体实施严厉的意识形态"训诫"。在当代诗歌生成与发展过程中，这种诗歌争鸣现象委实太多了。如胡风的《时间开始了》（1950）、公刘的《寓言诗》（1956）、邵燕祥的《贾桂香》（1956）、艾青的《礁石》（1956）、流沙河的《草木篇》（1957）、曰白的《吻》、张贤亮的《大风歌》，等等。这些诗歌基本是在胡风文艺思想批判运动和"反右"运动中引起争鸣的，身处"政治——文化"运动旋涡中的"争鸣"主体，已很难站在中立的立场，对批评对象进行客观的评说，他们通

---

① 许翰如：《一颗忠贞的心》，《解放军文艺》1958年第6期。
② 宋垒：《一个未完成的艺术形象——读长诗〈红缨〉中的王大中》，《解放军文艺》1959年第1期。
③ 冼宁：《究竟歌颂了什么？——谈〈红缨〉中主人公的形象》，《诗刊》1958年第11期。

常扮演意识形态的"守护人"和"裁定者"角色，将这些问题诗歌及其另类诗人置于特定的政治逻辑中加以分析、描摹、涂抹和定性。诸如"歪曲""捏造"或"污蔑"现实，"攻击"与"仇视"社会主义，顽强表现小资产阶级思想、情调等，都是诗歌争鸣主体在论争过程中向对方施展的"魔咒"。总体而言，在当代诗歌争鸣中，争鸣主体的话语权存在不平等关系，文坛（或政治）权威的话语权力显然处于支配地位，而被批判者的辩护权几乎被剥夺。那些并不掌控话语权的诗人或"读者"，则试图在加入争鸣过程中分享"话语权"，但这种分享也充满风险和危机，一旦"权威"的声音发生"变调"，他们也可能成为他人争鸣的对象①。在这样倾斜的争鸣空间和话语权力的等级结构中，诗歌争鸣也就意味着争鸣的权力主体对诗歌创作主体的一种舆论"训诫"。因为对于许多诗人来说，诗歌引起争鸣给自己带来的往往不是"荣耀"与"声誉"，而是苦不堪言的"麻烦"：无休止的检讨与批判、失去写作权利、"下放"改造思想，甚至牢狱之灾。诚然，诗歌争鸣的"训诫"功能，还会随"争鸣"事件的影响范围的不断扩大而逐渐增强，使那些"不安分"的诗人学会自觉避开充满诱惑的文艺"雷区"。事实上，随着文学"纯粹化"的诉求日渐激进，新的创作"禁区"正不断生成，对于喜欢在"政治与艺术""歌颂与暴露""真实与虚构"等缠杂问题之间"纠缠不休"且勇于探索的诗人而言，前路并非想象得那么平坦，因为他们的诗歌已进入了"是非之地"。

## 二　当代诗歌"争鸣"的问题类型

### （一）"晦涩"的话语修辞

"难懂"与"晦涩"是当代诗歌争鸣的焦点问题之一，它是现代诗歌诗学问题的当代延伸。在这方面最具代表性的是卞之琳 20 世纪 50 年代的诗歌。1951 年 1 月，卞之琳在《新观察》上发表了《天安门四重奏》一诗，这首诗是诗人"抗美援朝"组诗之一，卞之琳认为 1950 年所写的有

---

① 姚雪垠《打开窗户说亮话》一文提道："在过去的几年中，确实因为有些同志好提意见，好'争鸣'，受到打击，在运动中成为'重点'，给他们的帽子是'一贯反领导'，甚至'反党情绪严重'"，参见《文艺报》1957 年第 7 期。

关"抗美援朝"的诗歌"大多数激越而失之粗鄙，通俗而失之庸俗，易懂而不耐人寻味"①。因此，他在创作《天安门四重奏》时"觉得又是响应号召又是自发，又当政治任务又当艺术工作，又是言志又是载道"②，这其实可以看作诗人试图在诗歌主题合乎时代主潮的掩护下，利用现代派诗歌形式恢复诗歌"韵味"的一次秘密"反动"，也是在时代文化急剧的转型中，诗人向现代新诗故地寻梦的一次行动。但是，这首诗歌发表之后，旋即引起了争议，1951 年《文艺报》第 3 卷第 8 期发表了李赐的《不要把诗变成难懂的谜语》和承伟等《我们首先要求看得懂》两篇批评文章，一致指出了该诗在语言方面的严重问题：诗歌中的"诗行都是一些似通非通、似懂非懂的句子"，"作者为了讲求节奏的和谐，排列的整齐和结构的严密，将一些句子轻易省略、倒置，使得诗的意义不明不白，使人不易读懂"，进而提出"我们不赞成单在形式上用工夫，把诗变成难懂的谜语"，"我们希望诗人们更好地去注意自己的诗的语言"③，这些以读者名义出现带有"官方"色彩的不乏"尖锐"的批评，给诗人造成了很大的压力，促使他对诗歌中存在的问题不得不做出检讨。可以说，《天安门四重奏》引发的"争鸣"成为诗人实现彻底转型的重要事件之一，在过去虽然他"了解世界是变了，可是还没有明确的，具体的体会到变的深度，深到什么样子"④，经历这一事件之后，他逐渐明白时代"变"的"深度"和"广度"，开始调整诗歌创作的语言风格，1953 年创作了《农业合作化五首》，这些诗歌吸收了民歌体的有益资源，出现了"一根稻草接一根，/两股交成一条绳，/一条心捆万把草，/万户人变一家人"这样清新可读且富有民歌风味的诗作。问题的复杂性在于，诗人的转变并非一次性完成的，1958 年卞之琳参加十三陵水库的劳动，在此期间他在《诗刊》上发表了《十三陵水库工地杂诗》六首诗歌，这些诗歌中又出现了难懂的诗风，有读者批评道："这组诗在思想感情，语言逻辑、表现手法方面，都有一些使人摸

---

① 卞之琳：《雕虫纪历》（1930—1958），人民文学出版社 1984 年版，第 141 页。
② 卞之琳：《关于〈天安门四重奏〉的检讨》，《文艺报》1951 年第 12 期。
③ 承伟等：《我们首先要求看得懂》，《文艺报》1951 年第 8 期。
④ 卞之琳：《关于〈天安门四重奏〉的检讨》，《文艺报》1951 年第 12 期。

不透的奥秘。我认为它妨碍正确、生动的表达思想感情，破坏艺术画面，损害甚至歪曲艺术形象。"① 更为严重的是，"晦涩"已经成为诗人创作中难以根治的"顽疾"：

> 五一年，诗人发表了《天安门四重奏》，因为晦涩难懂，受过批评；诗人接受了批评，保证以后的作品能让大家懂得。五四年诗人又发表了一组农村诗歌（五首），但又是奇句充满，难读难讲，读者又向诗人提出过意见。现在是五八年了，而这组诗又具有以往诗歌的缺点。看来，要不是诗人喜爱这种特殊的语言和风格，就是诗人难以改变自己的习惯。②

可以说，相较于一些"高产"的诗人来说，卞之琳虽然在 20 世纪 50 年代发表的诗作并不多，但是诗歌因"晦涩"问题而引发争议却最多，为此，他曾感慨道："长期以来，在国内，'难懂'二字，对于一位诗人的压力很大。"③ 其实，卞之琳在 20 世纪 50 年代也是在努力创造"人民群众所喜闻乐见"的诗歌形式，吊诡的是，他的努力"收获"的绝大多数是读者的指责和批评！由此看来，诗人所苦苦探寻的当代诗歌理想的语言形式与读者期待的诗歌语言之间出现了错位，换言之，卞之琳诗歌创作的"预想读者"和意识形态规训下的符号化"读者"之间产生了难以缝合的裂缝。

此外，王亚平的《愤怒的火箭》也因"语言偏向"的问题引起"读者"的不满，认为该诗存在语言"生涩、含混、啰嗦"的倾向，出现诸如"电车絮彩绸，/往来东西城/'抗美援朝'写标语/映照着五色灯"此类用语"晦涩"的诗句④。不过，"晦涩"似乎是诗歌创作中的一种普遍现象，不少诗歌都遭到人们的批评，比如，林庚的《人民的日子》、老田的《老思想》、公木的《中华人民共和国颂歌》、邹荻帆的《北京》、白薇的《盘

---

① 徐桑榆：《奥秘越少越好》，《诗刊》1958 年第 5 期。
② 同上。
③ 卞之琳：《今日新诗面临的艺术问题》，《文艺理论研究》1982 年第 3 期。
④ 陆希治：《起码的要求》，《文艺报》1950 年第 8 期。

锦花开十月天》、汪曾祺的《早春》等都被指存在这方面的问题。

在 20 世纪 30 年代"左翼"诗歌中，"晦涩"暗指"一种自私的眼界、狭窄的缺少责任感的文学行为"，而且"左翼"诗人"把美学意义上的'晦涩'强行纳入文学伦理意义来讨论"①，当代诗歌争鸣中的有关"晦涩"问题，延续了"左翼"诗歌所惯常采取的论述和争辩逻辑，使"晦涩"成为关乎诗人道德品行、思想改造的重大问题。因为这样的诗歌被认为是，不为"广大劳动人民服务，只为极少数知识分子服务"②，是"一种文字似的游戏"，是"个人玩赏"的东西，③"必然会流于形式主义，而走入诗的魔道"，④ 这无疑与"《延安文艺座谈会上的讲话》所提出的文艺方向，以及跟着所展开的深入地普及运动和文艺工作者的自我改造运动"相悖逆⑤。可见，"晦涩"已然超越了纯粹的诗歌美学范畴，而进入政治学与伦理学的逻辑框架之中，在一个泛政治化和泛道德化的年代，"晦涩"问题极易演化为一个诗人社会担当、道德操守和政治立场的重大问题。

那么，为什么"难懂"与"晦涩"会成为诗歌争鸣的热点问题呢？首先，它与当代诗歌功能有关。1942 年《讲话》以降，"诗人写诗不是它的目的，是他进行革命斗争的一种手段，是为了建设社会主义祖国的一种工作方式"⑥，"新时代的诗歌责任，不仅要求歌颂新的主题，而且要求诗歌的语言、比喻、韵律、节奏如何也要带有集体主义的气息，群众斗争的声色，不仅要求诗歌歌颂群众，而且要求把诗歌群众化，不仅要求歌颂斗争，而且要求把诗歌斗争化"⑦。显然，"歌颂新的主题"旨在建构群众对新生"共和国"合法性认同，激发他们参与建设新的民族国家热情，"歌颂斗争"则强化群众的阶级斗争意识，巩固新的民族国家的统治地位。由于诗歌俨然成为运动群众，提升意识形态影响力和战斗性的重要

---

① 臧棣：《新诗的晦涩：合法的，或者只能听天由命的》，《南方文坛》2005 年第 2 期。

② 丁力：《诗必须到群众中去》，《文艺报》1958 年第 7 期。

③ 《诗刊》编辑部整理：《读者对去年本刊部分作品的意见》，《诗刊》1958 年第 8 期。

④ 承伟等：《我们首先要求看得懂》，《文艺报》1951 年第 8 期。

⑤ 江华：《要努力驱逐使人糊涂的词语》，《文艺报》1949 年第 7 期。

⑥ 雁翼：《对诗歌下放的一点看法》，《星星》1958 年第 6 期。

⑦ 田间：《关于诗的问题》，《文艺报》1949 年第 7 期。

"武器"，因此要求诗歌的语言"带有集体主义的气息"，即能够"接近大众"和"平易近人"，才能最大限度地担负起国家主流意识形态赋予诗歌（文艺）的历史使命。在当代诗歌的阅读语境中，诗歌语言或语义的"晦涩"，必然对艺术储备并不深厚的"工农兵"的阅读习惯、阅读能力构成挑战，但是"工农兵"读者不是在尊重"审美趣味"差异的前提下，对自身的阅读进行必要的反思，而是要求诗歌的话语方式"投合"自身的阅读习惯，作为"工农兵"读者正是试图在诗歌争鸣过程中，努力消除诗歌晦涩所带来的阅读挑战，使他们能从诗歌中汲取革命的热情和能量。在现代派诗学理念中，"晦涩"是"现代诗的本质要素，也是其获致艺术效果的基本条件"①，甚至可以说是诗歌守卫其"贵族化"特质的"秘密武器"，这使得诗歌披上了神秘的面纱，广大底层民众为此对诗歌敬而远之。为此，当代诗人努力从诗歌与读者的外部关系入手，重新审理诗歌的晦涩问题，使诗歌不再是诗人的精神"奢侈品"，而是"工农兵"所可共同享有的"文化产品"。在这种情势中，"晦涩"问题极容易成为诗歌争鸣的"导火线"，因为通过诗歌晦涩问题的争鸣，不仅有利于读者话语权夺取②，同时还能加速知识分子（诗人）的思想改造进程，更重要的是，可加速当代诗歌的大众化和通俗化进程，使诗歌的社会功能最大限度得以实现。当然，当诗歌与"难懂"与"晦涩"决裂，朝着新民歌的"单纯明快""顺口入耳"的大众化之路前进时，也可能使语言产生"同质化"的危险，即红百灵所说的"千口一致地唱一个调子"的毛病③。与此同时，诗歌"晦涩"与"含蓄"的边界并不总是那么清晰④，它随着

---

① 刘继业：《新诗的大众化与纯诗化》，北京大学出版社 2008 年版，第 177 页。

② 比如有人认为，"群众对诗人写的诗，有权利批评，提出看不懂、听不懂的指责，或者叫作鞭脊梁吧，甚至打一下屁股，这是群众对世人最大的爱和关怀，有远见的诗人会感激尽的"，参见石火红《漫谈〈让多种风格的诗去接受检验〉》，《星星》1958 年第 9 期。

③ 红百灵：《让多种风格的诗去接受检验》，《星星》1958 年第 8 期。

④ 安旗在《论诗的含蓄》中说，"诗的含蓄绝不是朦胧晦涩，故弄玄虚；而是以丰富的现实生活为基础，通过朴素精炼的语言、简洁的手法，创造出一种广阔而深远的意境"，但事实上，这种通过创设意境来传达诗歌意蕴的手法有时也被指"晦涩"，"含蓄"与"晦涩"的标准最终很大程度上由政治或文坛权威来裁定。参见安旗《论抒人民之情——抒情诗论集》，上海文艺出版社 1959 年版，第 126—127 页。

阅读群体变动而发生位移，有时只不过是批评者"抨击"批判对象时所使用的一种"武器"而已。况且，在很多时候，反对"晦涩"容易走向另一个极端，即提倡诗歌"很清楚，即使是粗识文字的人也能懂得它的意思，人人都能欣赏"①，这又导致诗歌缺少含蓄和韵味，变得寡淡无味，从而引发包括毛泽东在内的艺术修养比较深厚的诗人的批评。因此，当代诗歌在对"晦涩"诗风实施纠偏和超越的同时，又使自身陷入"诗味"不足的新的艺术困境，从而再度引起人们的关注和争鸣，这点上文已有论及，这里不再赘述。

其次，诗歌"晦涩"使诗歌含纳着"丰富的危险"。在当代诗歌争鸣中，"晦涩"不仅指语言艰涩和形式欧化，引起读者的阅读障碍，同时也关系到诗歌题旨隐晦和意义的多重性。这虽然增加了诗歌的文本的厚度，但是也为诗歌中的"异质"因素提供了潜滋暗长的温床。实际上，知识分子（诗人）往往需借助较为"晦涩"话语修辞方能将内心微妙而复杂的情思得以完满呈现。比如，1957年汪曾祺创作了以《早春》为题的组诗，发表在《诗刊》1957年6月号，这五首诗歌在"反右"斗争中受到批判，有些读者还写信"责备编辑"，认为"不该把这样晦涩朦胧的作品登在《诗刊》上"，因为读了"感到茫然，无法理解"，不知道"《早春》的作者到底要给我们读者一点什么"②。和当时流行的题旨明确主流诗歌不同，汪曾祺的《早春》："新绿是朦胧的，/飘浮在树梢，/完全不像是叶子……/远树的绿色的呼吸"，传达的是知识分子对"早春"以及如"早春"般时代"气候"的复杂感受，诗人既看到了充满"绿色呼吸"的春天到来的希望，同时又感到希望像"早春"的"新绿"一样仍处在"朦胧"和"飘浮"之中，一切似乎可感而不可触摸。这里，情感与理性、希望与现实、想象与真实等矛盾在诗人内心中处于一种"胶着"状态，这是时代语境由紧张到宽松"突转"刺激下，诗人心中荡起的复杂的情感波澜。在当时，人们期望在《早春》一诗看到的是"春天美丽的景色"，以及"社会主义成就有如春天一样的光芒照耀和降福于

① 安旗：《论抒人民之情——抒情诗论集》，上海文艺出版社1959年版，第126—127页。
② 《诗刊》编辑部整理：《读者对去年本刊部分作品的意见》，《诗刊》1958年第8期。

人民"的情景①。实际情形是，"晦涩"的话语修辞方式非但没有满足人们这种阅读期待，反而包含了知识分子（诗人）对时代主潮的远距离审视以及对"希望"某种疑虑的"异质"元素。很明显，这种姿态和思想不利于"政治——文化""一体化"的建构，更为重要的是，这些"异质"元素还可能在"晦涩"话语的庇护下不易被察觉。又如，孙静轩的《海洋抒情诗》和《红叶集》两部写景抒情诗集中，许多诗歌也因"追求一种朦胧、晦涩"的"说梦的境界"而受到批判②，有论者提及《红叶集》中的《雾》："夜悄悄地走了，只留下一片浓重的雾/蓝色的雾啊，它那么多情，那么温柔/它久久地依偎着大地，无言地把一切生物爱抚/阳光来了，从云缝里催它离去/它无可奈何地起身走了，在那青草的叶子上去洒下了点点泪珠。"诗中的"雾"这一核心意象是多义的，因此我们既可以把这首诗看作恋人之间从相爱到别离的"爱情诗"，又可以将其解读成知识分子（诗人）依依不舍地告别"旧我"的"言志诗"，还可以看成书写激进年代知识分子（诗人）命运的"讽喻诗"。诗歌的"朦胧"与"晦涩"虽然使其内涵变得相当丰富，但是让其陷入"歧义丛生"的危险境地。在写景的掩护下，诗歌一些带有"异质"色彩的或更为内在与深层的意义，可能在意识形态之网中侥幸逃离，这自然危及新文化秩序的建构。此外，在当代诗歌争鸣中，许多人习惯将诗歌置于特定的逻辑中进行"断章取义"的阐释，而"晦涩"的诗风能为这种阐释方式提供更多的便利，也就可能使诗歌产生不可预见的"毒素"。总之，那些诗风"晦涩"的诗歌里既潜藏的"异质"元素，又关涉一些敏感话题，同时意义还呈现"飘移"状态，这些特性都使"晦涩"问题成为当代诗歌争鸣的热点话题。

（二）"虚构"的界限

"虚构"是诗人处理经验现实，施展其艺术想象力，让诗意获得腾飞的重要力量。在"十七年"文学中，"虚构"与"真实"是文艺界长期争论不休的问题，"虚构"的"边界"也是诗歌"战场"上充满硝烟的阵地，"虚构"什么？怎么"虚构"？"虚构"与"真实"的界限在哪里？这

---

① 《诗刊》编辑部整理：《读者对去年本刊部分作品的意见》，《诗刊》1958年第8期。
② 余音：《批判孙静轩的诗》，《诗刊》1958年第12期。

些都是诗歌文本中容易触发争鸣的问题。有趣的是，"十七年"时期有不少"颂歌"因对"虚构"越界而遭致批判。如王亚平的《愤怒的火箭》即为显例，这是一首歌颂抗美援朝的诗歌，遗憾的是，诗人在创作的过程中，未能很好地把握"虚构"的尺度，因此被认为是"粗制滥造"的诗作而受到批判，其问题大致有三点：一是诗中书写毛泽东号召志愿军抗美援朝，这与事实不符；二是混淆了"人民解放军的形象"与"人民志愿军"的形象；三是诗歌宣扬"要是逮住美国佬，/割肉剜眼睛"的复仇行为，这种充满暴力的话语修辞与"觉悟了的工人农民的本质"不相称，也歪曲了我们"对待敌军俘虏的政策"①。从这些受到批判的内容来看，国家的宣传政策是诗歌虚构与想象不可逾越的"边界"，因为在当时文学被赋予与国际友人进行文化沟通交流，建构民族国家形象和教育民众的重要功能，一旦诗作的虚构违反了"共和国"相关的宣传政策就可能产生错误的舆论导向，损害国家形象。文艺界的主持者自然借助诗歌争鸣的舆论监督力量，及时发现并纠正这一不良倾向，给那些试图在虚构时喜欢"越界"的诗人拉起一条安全的"警戒线"。问题的复杂性在于，诗人即便"循规蹈矩"地按国家的宣传政策进行想象与虚构亦可能惹上麻烦，比如，邹荻帆写了一首《首长首次到京剧院去》的讽刺诗，讽刺一位首长的官僚主义，应该说，该诗的主题与"三反""五反"运动并不相悖，也未犯政策性的错误，可是，诗歌中所虚构的情景和人物被认为映射的是"中国京剧院"，这是对事实的"歪曲"与"污蔑"，是一篇"牛头不对马嘴"的诗②。批评者还对虚构的现象用事实进行批驳，以至诗人不得不声明："这'诗'当然不是写的哪一个剧院，但结合实况，这样含糊地概括，很不合时宜。"③ 这种艺术的虚构和现实真实强行关联和相互指认的做法，使虚构的边界变得不太稳定，诗人也可能因难以预知的政策变动和边界的位移，而陷入尴尬的境地。

　　"工农兵"形象的虚构也是诗歌争鸣的重要"策源地"。在现代文学的

---

① 立云、启祥、魏巍：《评王亚平的〈愤怒的火箭〉》，《文艺报》1951 年第 8 期。

② 樊放：《一篇"牛头不对马嘴"的诗》，《文艺报》1957 年第 11 期。

③ 立云、启祥、魏巍：《评王亚平的〈愤怒的火箭〉》，《文艺报》1951 年第 8 期。

形象画廊里，作家笔下的"工农"常被涂抹成一群不觉悟的存在，在一个"工农"实现翻身的年代中，"工农"形象的建构显然必须超越这种形象模式，从而以新的面貌和姿态展现新的民族国家精神。对于当代诗人而言，在历史记忆、现实体验及理想诉求的夹缝中，建构一种合乎时代理性的全新的"工农"形象，无异于在崇山峻岭中进行探险。《北京文艺》1958 年刊载了吕远的叙事诗《理发师》，在诗歌发表后不久即出现了不同的声音：一种是尖锐的指责，认为老周在阶级斗争中"软弱、退却、屈服、逃避"，是一个"落后的、自私的、懦弱的可悲形象"，而不是"善良的劳动人民形象"，认为"老周是一个带有浓厚小市民思想的个体劳动者"①；另一种是赞同的观点，诗人试图以理发师老周在新、旧社会中的不同遭际，呈现"最底层小市民"的悲惨命运，因此，老周是一个"善良"且活得有"尊严"的农民形象②。在"争鸣"过程中，前一种声音最终压倒、覆盖了后一种声音，并且由最初双方观点的"针锋相对"，到后来向"一边倒"，即掉转矛头批判诗歌中理发师形象的建构。有"读者"尖锐地指出老周形象歪曲了"工人阶级的思想情感"，"看不出劳动人民的气质"③，也没有"革命性"④。从这些措辞中不难发现，诗人所"虚构"的农民形象与新时代中理想的农民形象相去甚远。由于社会主义现实主义的创作原则要求文学反映"生活在发展中的真实面貌，揭示现实生活的本质意义"⑤，因此在追求形象"本质化"的文化语境中，人物身上附着的"真实"的"阶级本质"就是诗歌虚构的边界之一，因为唯有"本质"的"真实"才能确保理想新人的纯洁性和新异性。《理发师》对农民的"虚构"显然已经越界，引发争鸣就在情理之中了。然而，现实情形是，由于当代诗歌身处激进文化思潮的旋涡之中，诗歌虚构边界变得

---

① 王树芬：《谈叙事诗〈理发师〉》，《北京文艺》1958 年第 8 期。
② 贾连成：《读〈理发师〉》，《北京文艺》1958 年第 8 期。
③ 《工人对〈理发师〉的意见——光华木材厂文学小组座谈会记录》，《北京文艺》1958 年第 9 期。
④ 少扬：《〈理发师〉的自然主义倾向和贾连城资产阶级艺术观》，《北京文艺》1958 年第 9 期。
⑤ 周和：《真实·认识真实·写真实》，《文艺学习》1957 年第 10 期。

异常模糊与不稳定，因此，因诗歌虚构"越界"而引发诗歌争鸣就在所难免。

（三）基调的"健康"

诗歌情感基调"健康"与否受到当代诗评家的分外关注。感伤与明朗、沉郁与明快、悲观与乐观是诗歌基调"健康"状况的参考指标。在当时，悲观、沉郁、感伤常被视作一种"病态"的诗歌基调，是小资产阶级知识分子"颓废"情绪的流露，感伤基调是引发诗歌争鸣的一大诱因。穆旦的《葬歌》、何其芳的《回答》、蔡其矫的《川江号子》、郭小川的《白雪的赞歌》皆由此因而饱受争议。应当说，"感时伤怀"是中国文人在个体面对强大的社会历史潮流，却无力把握自身的命运时时常流露的一种情怀。尤其是在社会历史的转型期，知识分子尚未找到精神出路时，他们往往退回自己的内心，把自我迷惘、困惑、忧思和愁情诉诸笔端，使文本充满感伤色彩。比如在1927年大革命失败后，鲁迅、戴望舒、徐志摩等都在创作中流露出了感伤的情绪。新中国成立后，许多现代知识分子在思想改造和角色转换的过程中倍感矛盾、犹豫和痛苦，因而"感伤"的癖性时常影响其作品的基调。例如何其芳在《回答》一诗中写道："我的翅膀是这样沉重/像是尘土，又像是有什么悲恸/压得我只能在地上行走/我也要努力飞腾上天空/你闪着柔和光辉的眼睛/望着我，说着无尽的话/又像殷切地从我期待着什么——/请接受吧，这就是我的回答。"这里"沉重"的"翅膀"、压人的"尘土"和"悲恸"诉说着诗人内心的挣扎与苦闷。另一种感伤来自对"底层民众"悲苦命运的同情，比如蔡其矫的《川江号子》："你碎裂人心的呼号，/来自万丈断崖下，/来自飞箭般的船上。/你悲歌的回声在震荡，/从悬岩到悬岩，/从旋涡到旋涡"，"但是几千年来，/有谁来倾听你的呼声，/除了那悬挂在绝壁上的/一片云，一棵树，一座野庙？"诗中"碎裂人心的呼号""悲歌"都是"川江舟子"悲惨遭遇的暗示与象征，而且他们的声音被淹没在历史的长河中。有趣的是，在"革命现实主义"文学思潮的推动下，"十七年"文学无法容纳知识分子的感伤情怀，因而不论自我感伤（何其芳），还是对"他人"（底层民众）（蔡其矫）的感伤，都被判定为阴暗的情绪。批评者认为"自我感伤"是作家坚持小资产阶级立场，有意拒绝思想改造，脱离人民群众的表现，它使作家跟不上时代脚步，"落伍"的现实必然会产生颓废的情绪，同时这种"颓废"的情绪在很大程度上"是受旧时代诗人的影响"，"这种影响必然会阻碍诗人的进步"①。这样一来，诗歌的感情基调不但与"立场""时代""群众"等联系在一起，而且成为诗人进步与否的重要标志。而对"他人的感伤"则被认为"缺乏时代感"并且歪曲了现实，是诗人冷眼旁观而不是投入现实的一种表现，因为"在人民当家做主的今天"，"在共产党的领导下"，"船工们除了欢欣鼓舞、鼓足革命干劲、全心全意致力于努力完成祖国托付给他们的运输任务之外，没有别的"②。不可否认的是，"感伤"作为古代和现代诗歌重要审美传统，折射了知识分子（诗人）敏感、柔弱而又复杂的内心世界。问题是，在一个倡导用"革命乐观主义精神"鼓舞与教育民众的年代里，感伤的诗绪自然被视为一种消极情绪，因为它可能使知识分子（诗人）囿于自我狭小的圈子中，不敢直面现实与困难，丧失生产与阶级斗志，而且也可能使文学接受者在这种情绪的感染下，勾起自我命运的沧桑记忆，新的生命曙光无法照亮底层曾经痛苦的内心世界。由此，国家权力主体力求借助"诗歌争鸣"，有效放大诗歌感伤情绪的负面效应，使之成为诗歌文本中必须严加提防的"洪水猛兽"。而作为小资产阶级知识分子（诗人）则认为感伤诗歌基调有助于发现灵魂的真实维度和呈现情感丰富侧面，于是，围绕着诗歌"感伤"基调而发生的争鸣或批判就接连不断。

（四）"暴露"的立场

自延安文艺整风以来，文艺的"暴露"问题一直是一个颇为敏感的话题。在当代，有人说立场问题"说来是一句话，倒也简单，但做起来也不容易"，"要站稳工人阶级的立场，不是简单的事情"③，至于"暴露"的立场问题那就是更不容易、更不简单的事情了。如果说"人的文学"深刻

① 盛荃生：《要以不朽的诗篇来讴歌我们的时代——读何其芳的〈回答〉》，《人民文学》1955 年第 4 期。

② 《诗刊》编辑部：《读者对去年本刊部分作品的意见》，《诗刊》1958 年第 8 期。

③ 沙鸥：《立场问题》，载《谈诗第二集》，中国青年出版社 1957 年版，第 92—96 页。

影响了现代文学的理论与实践，那么"人民文学"则主宰了"十七年"文学的生成与发展。由"人"到"人民"不仅意味着文学聚焦对象的变化，同时也表明作家立场的转变。就当代文学的歌颂与暴露问题而言，作家的"立场"被认为解决这一问题的关键，因为只有"站稳人民的立场，分清敌友我"①，才能解决如何"暴露"的问题。在 20 世纪 50—60 年代，一些诗人从"人"角度出发，写下了一些揭露社会制度的弊端，暴露社会及人性的"阴暗面"的诗歌，这些诗作因未站稳"人民"或"工人阶级"的立场而引起了国家权力主体的高度关注，也因此遭到了猛烈的批判。比如，邵燕祥的《贾桂香》以青年女工贾桂香的死，控诉封建伦理观念和官僚主义做派对人的生命扼杀与毁灭；公刘的《寓言诗》在"乌鸦""狐狸""驴子""刺猬"等动物意象中，寄予对人性的狡猾、自私、虚伪和扭曲状态的痛恨；《草木篇》中的《藤》意在揭穿社会生活中一些人不可告人的野心；《大风歌》则暗示和平年代人们精神麻木，呼唤"大风"唤醒"沉睡"的青年。当诗人站在"人"的立场上时，一切使人产生异化的制度都成为诗歌火力主攻的方向，因而其矛头自然也指向当下体制中的一些"非人道"和"非人性"的方面，这种立场与"人民"立场显然相去甚远，因为站在"人民"立场上就要求"文艺工作者的主要任务是暴露帝国主义者罪恶及其应该灭亡的历史"②，其范围明显限定在敌对势力上。其实，毛泽东指出的"一切危害人民群众的黑暗势力必须暴露之"的文学"暴露"原则③，很多时候并不适用于诗人观照"当代"现实社会，尤其是对诗人立足于"人"立场审视当下社会现实更是忌讳，因为"对新生的政权和被认为具有终极理想性质的社会制度来说，重要的莫过于对读者提供有关它的'合法性'与'真理性'的证明"④，而且"新生的政权"关注的重心在"人民"（群体）的解放而非"人"（个体）的解放。为了遏制以"人"为立场的不良倾向的扩张与蔓延，国家主流意识形态权力主体利用

---

① 罗华：《歌颂与暴露》，《文艺报》1949 年第 3 期。
② 同上。
③ 毛泽东：《在延安文艺座谈会上的讲话》，载《毛泽东选集》，人民文学出版社 1991 年版，第 871 页。
④ 洪子诚：《1956：百花时代》，北京大学出版社 2010 年版，第 78 页。

其掌握的文化领导权，通过各种期刊媒介发起诗歌争鸣，对这些具有锋芒的诗作实施"反击"。在"反右"运动中，这些诗歌因立场的错位，被指"站在场上"①，"充满了敌视集体、深刻仇恨我们社会的情绪"②，是"反人民、反社会主义"的表现③，这些罪责显然不是一个失去"话语权"的诗人所能承担得起的，这些诗人连同他们的诗歌一起卷入争鸣的旋涡之中。

### 三　当代诗歌"争鸣"特征

#### （一）争鸣主体的不平等性

在诗歌争鸣过程中，"争鸣"主体在场域中的位置是观察当代诗歌争鸣特征的一个重要窗口，它有助于我们解答这些疑问：为什么当代诗歌创作争鸣基本上以"诗歌批判"形式出现？为何此时的争鸣大多数呈现"无对话""无交锋"和"无论辩"状态？事实上，论争主体在场域中位置及扮演的角色，极大地制约了当代诗歌创作争鸣风貌的形成。总体而言，进入诗歌论争场域的主体有两大类：一类是普通的读者；另一类是当代诗论家及文坛权威，他们之间不论争鸣的话语权力，还是话语空间都存在不平等性。

值得深思的是，当代诗歌争鸣非常重视读者的争鸣声音，这些读者具有不同身份④，不过他们很多只是文学爱好者。尤其是在《时间开始了》《天安门四重奏》《草木篇》《理发师》等诗歌争鸣过程中，期刊编辑大量刊发读者批评文章，有些时候期刊编辑部还将读者对作品的意见进行集中整理，以提高读者在"诗歌争鸣"中地位⑤。可以说，读者是诗歌争鸣主体的重要组成部分，那么，期刊编辑为什么要选用这些文学修养并不深厚

---

① 洪永固：《邵燕祥创作的歧途》，《诗刊》1958 年第 3 期。

② 余斧：《错误的缩小和缺点的夸大》，《红岩》1957 年第 8 期。

③ 《延河》编辑部：《本刊处理和发表〈大风歌〉的前前后后》，《延河》1957 年第 8 期。

④ 比如在《愤怒的火箭》一诗争鸣中，"读者"的身份有文艺工作者（贾霁）、天津北站北货场员工（滕鸿涛）、《苏北日报》记者（白夜）、北京人民艺术剧院职员（关太平）、华北军区文工团（王福恕）、《河北文艺》编辑（任大星）、中国人民大学教师（曹子西）等；加入何其芳的《回答》争鸣的有北京女三中教员（盛荃生）、旅大教育工作者（叶高）。

⑤ 如《读者对去年本刊部分作品的意见》（《诗刊》1958 年第 8 期）；《读者对〈星星〉诗刊的批评》（《星星》1957 年第 10 期）；《读者对创作问题的意见》（《文艺报》）等。

的读者批评文章呢？其原因大致有以下几个方面，一是符号化的读者声音较为"纯粹"。从读者的文章来看，我们几乎无法辨清这些来自不同工作岗位、具有不同身份和文化背景的读者的"真面目"，也就是，其形象已被"符号化"，他们之间意见的分歧大多是一些"细枝末节"的问题，在切入文本的角度，对文本问题的揭示及价值的厘定方面往往呈现惊人的一致。之所以出现这种"异口同声"局面，一方面在于他们艺术积淀较为薄弱，确实难以在强大的政治文化思潮中发出有力的"异质"声音，他们的视野开阔性和思想的深刻性都难以超越时代文化主流声音，加入"时代大合唱"是其参与文化生产的一种时代选择；另一方面即便有些读者有些思想火花，期刊编辑也会观察语境的变化，在组织争鸣过程中对其严格过滤。二是读者是壮大批评阵容、制造争鸣声势的重要符码。有些时候，为了打破争鸣的沉闷局面，期刊编辑会借读者名义撰文，以引起人们的注意，从而让更多读者加入争鸣中来，营造热闹氛围。三是在"十七年"文学中，期刊编辑立场和"读者"批评文章立场通常表现出一致性，因此读者声音是传达期刊立场的一种独特方式。由此可见，读者批评常被视作"争鸣"的"配料"，他们在很大程度上是一群"无名""无根"的游动大军，能够根据文艺风向的变化迅速改变其文学趣味，在诗歌争鸣中随时待命展开文艺"锄草"运动。

当代诗论家是"诗歌争鸣"另一支队伍，如臧克家、徐迟、安旗、公木、宋垒、沙鸥等。相较于普通读者，这些诗论家的艺术储备虽然相对比较丰富，但是在诗歌争鸣中，他们的职责不是调用所有的学理资源对诗歌进行理性的分析，而是根据变化了的文艺形势，把具有"不良倾向"的诗歌置于自身所设定的理论逻辑中加以剖析，并以"微言大义"的修辞方式凸显诗歌对既定（政治、道德、爱情等）伦理的僭越所带来的危害，进而引导和规范诗歌创作的流向。他们加入争鸣的出发点和落脚点在于维护文艺的意识形态属性，诸如臧克家、徐迟等文艺界的权威，有时还代表官方的立场，判定争鸣诗歌的性质。在诗歌争鸣的场域中，这些诗论家明显居于话语中心位置，他们的批评论调和价值指向，不仅潜在地影响了读者解读诗歌文本视角，也暗示了争鸣所要达到的目标。

可以说，在争鸣的场域中，"诗论家——读者——诗人"之间形成一种等级关系，前者的争鸣话语权明显优于后者，甚至有时诗人失去为诗歌申辩的权利。

巴赫金认为，"真理只能在人的平等的交往中，才能被揭示一些出来"①，平等地对话是诗歌争鸣实现良性发展的重要条件，只有通过作者与读者、作者与诗论家、诗论家与诗论家之间平等对话，让不同声音在争鸣中相互辩驳，方能真正明辨和澄清诗歌文本所存在问题的"实质"。如前所述，当代诗歌争鸣主体话语权力出现不平等性，因而导致一种"无对话"的争鸣现象，形成了一种独特的"争鸣"样式，具体体现在：一是"前呼后应"式的争鸣。诗论家和普通读者在争鸣场域中主体位置是不平等的，他们之间有明显的"主——从"关系，后者声音是前者声音的呼应，而前者的声音又是对国家主流意识形态声音的呼应，这种貌似有多重声音的争鸣，实际上只有声音大小和话语分量轻重之分，而无本质差异。二是"无交锋"的争鸣。由于争鸣主体的不平等，使独立思想不能在争鸣中获得其合法地位，那些带有"离心"色彩的歧见也因此失去交锋的平台，在意识形态话语"向心力"的作用下，争鸣总朝着"是与非""肯定与否定"相异向度展开，缺少了两者之间的"交互运动"，观念碰撞的概率就大大下降。在很多时候，争鸣主体观念还呈现"一边倒"倾向，并由此演变为轰轰烈烈的诗歌大批判运动。三是"见风使舵"式的争鸣。在"十七年"时期，争鸣主体富有个性和独立性的见解很难获得持续的传播空间，他们的观点通常随着政治形势的变化和文化语境的变迁而发生巨大的转变，有时出自同一争鸣主体的观点在不同时期给人以"判若云泥"的感觉。比如，沙鸥"在'文革'前的新诗评论战线上"，"是一个活跃的诗评家"，他曾加入田间、艾青、阿垅、鲁藜、蔡其矫等诗人诗作和《草木篇》的论争之中，虽说在政治文化语境相对宽松的时候，他在诗歌争鸣过程中一定程度上做到了"既不迷信权威，也不盲从他人"②，但在很多时候他的诗评也出现"见风使舵"和"随波逐流"的弊病。尤其是在政治形势

---

① 巴赫金：《文本·对话与人文》，河北教育出版社1998年版，第372页。
② 古元清：《沙鸥》，载《中国当代诗论50家》，重庆出版社1986年版，第64—70页。

发生逆转时期，他对同一对象的评价做出绝然相反的评价。例如，1957年
上半年沙鸥发表了《艾青近年来的几首诗》和《璀璨如粒粒珍珠》两篇文
章，从创作手法和诗歌风格角度高度评价了近年来艾青诗歌的创新性和独
特的审美价值。可是，随着1957年下半年"反右"斗争的展开，沙鸥发
表了《艾青近作批判》，掉转矛头全盘否定了艾青近作的价值，这离前面
"褒扬性"的评价还不足半年的时间。这种"随风转向"式的争鸣方式，
让艾青颇感震惊的同时，也为后人所诟病，由此，争鸣主体的不平等性及
其对权威话语的"屈从性"可见一斑。

不过，在20世纪50年代社会政治文化的重大转型期，为了建构当代
诗歌新秩序，文学（诗歌）争鸣重要职能在于深化诗人对某一文艺（政
治）方针、创作原则的理解，并最大限度地统一诗人的诗学观念、思想
认识和文学（诗歌）实践，推动社会主义现实主义文学思潮的发展，而
非让争鸣主体各持己见且彼此"刀枪不入"，继而在"放任自由"的状
态中出现混乱局面。应当说，在一个需要权威力量来建构文学新秩序的
年代，只有让争鸣主体处于话语权力的等级结构中，才能有效树立权威
形象，让大众在"权威声音"的引导下，实现民族文化创新与超越的时
代梦想。

（二）争鸣空间的不稳定性

不稳定性是十七年诗歌创作争鸣空间的一大特性。这种不稳定表现为
支撑争鸣空间的文学期刊根基不稳，有时受到文艺运动浪潮的巨大冲击发
生倾斜、变形甚至坍塌。

文学期刊不仅是孕育具有探索性、先锋性诗歌的生命摇篮，也是这些
诗歌成长、壮大的重要空间。在当代诗歌发展过程中，有些诗人为了突破
某种思想或艺术桎梏，写就了一些"不成熟"的诗歌文本，这些文本只有
通过期刊媒介的传播才能引起人们的关注，才有可能引发争鸣。如果文学
期刊不愿或不能为这些诗歌实验品开辟一片生长的园地，那么，它们可能
就面临枯萎甚至夭折的命运。

在20世纪50—60年代，文学刊物是"控制文学创作的前哨"，它
"通过层层下放的方式构成一种刊物管理的'等级制'"，"有效地维护国家

政治所打造的思想与文学秩序，促成文学发展的政治化"①。当代文学期刊的性质及其所承担的责任与使命，使其很难为那些带有"探索性"并可能产生争议的诗歌撑起安全、稳定与广阔的空间，因为这些诗歌文本中，包含许多和"主流"诗歌相龃龉、冲突或悖逆的元素，可能对新文艺秩序构成某种威胁。因此，对于期刊编辑来说，刊载这些诗歌必须冒极大风险，它事关刊物的生存发展乃至生死存亡，以及期刊编辑的精神安全或生存安全，这一现象在当时并不鲜见。1950 年由《诗号角》改名的《大众诗歌》，因受到"《文艺报》接连三次借故点名批评"，"于当年自动停刊"②。其中王亚平的《愤怒的火箭》和沙鸥的《驴大夫》都是刊物遭致批评的"祸根"③，《愤怒的火箭》被认为是"粗制滥造"诗作的典型代表，《驴大夫》则犯了"政策观点错乱与立场不稳"的错误④。实际上，《愤怒的火箭》诗歌的"实验性"在于试图用"革命现实主义、浪漫主义，以及加上一些象征主义的手法"来表现歌颂"抗美援朝"的主题⑤，《驴大夫》的"前卫性"在于以"讽刺诗"形式来"揭露官僚主义作风对革命工作的危害"⑥，即尝试在新的文化语境中，恢复文学"介入"社会现实的功能。在毛泽东时代，他们对诗歌的苦心探求与实践自然吸引了许多人的目光，也被视为《大众诗歌》中的"异数"而激发人们争鸣的热情。问题是，对于刊物及编辑而言，这些"另类"诗歌虽然能提高刊物的影响力，但也有可能将其推入无名深渊。于是，王亚平和沙鸥不得不在《文艺报》上做出认真的检讨，《大众诗歌》也只能解释"问题"稿件产生的缘由并坦诚地承担责任："我们也有很多疏忽的地方，有些稿子是不该刊出的，我们也轻率地用了"，"在编委会中批评与自我批评，又没有成为经常的工作"，"对稿件没有认真的处理"，这些情况"不能找任何理由来

---

① 王本朝：《中国当代文学制度研究（1949—1976）》，新星出版社 2007 年版，第 112—113 页。
② 张均：《50 年代文学中的同人刊物问题》，《文艺争鸣》2008 年第 12 期。
③ 王亚平的《愤怒的火箭》和沙鸥的《驴大夫》分别发表于《大众诗歌》1950 年第 2 卷第 6 期和《大众诗歌》1950 年第 2 卷第 3 期。
④ 沙鸥：《关于〈驴大夫〉的检讨》，《文艺报》1951 年第 9 期。
⑤ 王亚平：《对于〈愤怒的火箭〉自我批评》，《文艺报》1951 年第 8 期。
⑥ 沙鸥：《关于〈驴大夫〉的检讨》，《文艺报》1951 年第 9 期。

推脱责任"①。加之这些争鸣之作大多出自"老诗人"之手，《大众诗歌》稿件遴选标准向"知识分子"倾斜，诗歌实验无疑会被定性为严重违规行为，它的停刊也就在情理之中。可以说，《大众诗歌》的停刊表明，在毛泽东时代，意欲为带有"叛逆"色彩且探索性诗歌开辟绿色通道或者为其搭建一个稳定的空间，并非一件易事。

诚然，国家对文艺的方针政策也会做出适当的调整，时代语境由紧缩向相对松弛转变，一些"探索性"诗歌便在这缝隙中潜滋暗长。《诗刊》创刊之后到"反右"之前，发表了为数不少的此类诗歌。不过，这一"探索"空间毕竟是脆弱的，"反右"运动将这些诗歌统统置于"审判席"上，《诗刊》的编辑吕剑、唐祈被认为"用走私的方式，在版面上放出一些反党的毒草来"②，他们最后也成为"右派"分子而受到"批判"。至于《星星》诗刊更是因为发表了"另类"诗歌闯下大祸。从前述的援引与分析，不难发现，在当代文学高度"政治化"的时代语境中，许多诗歌期刊皆为"异类"诗歌的实验付出了沉重的代价，守卫期刊的安全远比活跃文艺气氛更为要紧，这样一来，诗歌争鸣空间既遭遇意识形态的外在压力，又无编辑内在力量的支援，其发生倾斜、裂变乃至塌陷就势在必然。1958年之后，随着文学思潮发展的日趋激进化，因诗歌创作而发生争鸣现象也逐渐减少，这是诗歌争鸣空间萎缩的重要征象。

## 第二节　诗歌"争鸣"与传统"祛魅"

在当代诗歌的生成和发展过程中，单单围绕诗歌创作展开的诗歌"论争"事件就达三十余次，其中有许多诗歌论争转化并升级为一系列有组织的"诗歌批判"运动，这既推进了现代诗人的当代转向，又加速了当代诗歌诗学的重建，有力地影响了诗歌的整体流向及其历史风貌生成。在这些诗歌"论争"已然历史化的今天，我们应站在何种基点上，重返那段曾经"硝烟

---

① 《大众诗歌》编委会：《把我们的工作改进一步》，《大众诗歌》1950年第3期。
② 《诗刊》编辑部：《反右派斗争在编辑部》，《诗刊》1957年第9期。

四起"的诗歌创作论争史？其实，设若从"影响焦虑"与"传统祛魅"两方面入手，也许可揭开那段论争史的新面相。当代诗歌论争是"新的人民的诗歌"超越传统、寻求革新的重要手段。为了重建一种独具民族特色的当代诗学，被巨大诗歌传统所包围的"共和国"诗人，一开始就不得不竭尽全力从小资产阶级知识分子审美传统中抽离出来，努力实现自我蜕变和新生——这是一场犹豫与决绝同在、阵痛与欢愉并存的新生，也是一场梦魇与焦虑开始且如影相随的新生。

## 一 传统的"魔力"与影响焦虑

当新时代的列车迅疾地驶入"共和国"的时空，对于长期处在战乱、贫困中艰难度日的广大民众而言，新的"时间开始了"，而那些从现代进入当代的"中国作家也因此遭遇一次巨大的历史选择和整体性的文化更迭"①。在这"文化更迭"过程中，许多"老诗人"都有类似艾青那种始终"落伍"的感慨："社会的变革太快了，用旧的步伐是赶不上的。"② 这些诗人虽然已经跨入"共和国"新的历史门槛，在情感上认同了这个给他们带来希望的新社会，但是在文化理念上，他们却难以彻底且迅速地"弃绝"自身过去所秉持的诗学理念，以适应新的文化诉求。可以说，他们在现代所持有诗学理念和养成审美趣味，已经化入诗歌生命的整体构成之中，因而，意欲"釜底抽薪"式摧毁小资产阶级知识分子（诗人）身上的坚固传统，让他们从"旧我"中剥离出来，是一项繁杂而艰巨的任务。因为他们过去的诗歌文本总是潜在地影响当下文本的建构。

这种影响在一些"老诗人"身上表现得尤为明显，他们眷顾与守护着那些在当代文学语境中已被认为"不合法"的诗歌理念或创作方法，并时常转化为诗歌文本实践。"现代诗派"的表现手法对当代诗人的影响即为显例，前文所论及的卞之琳在这方面尤为典型。卞之琳是中国现代诗派的重要诗人，其诗歌创作受西方现代派的影响甚深。进入当代之

---

① 贺桂梅：《转折的时代：40—50 年代作家研究》，山东教育出版社 2003 年版，第 3 页。

② 艾青：《艾青的发言》，载作家协会编《中国作家协会第二次理事会议（扩大）发言集》，人民文学出版社 1956 年版，第 335 页。

后，他的诗歌创作也面临一系列的转型，积极调整自己的创作理路成为他努力的方向，可是在现代派诗风遭受全面质疑与批判的当代语境中，卞之琳对现代派的创作手法仍情有独钟。在他并不十分活跃于诗歌创作活动中，而一直热衷于对这一方法进行新的探索和实践，《天安门四重奏》《农业合作化五首》《十三陵水库工地杂诗》等诗篇，是在读者不断的声讨与挞伐声中凝结的艺术结晶。可以说，现代派诗风对卞之琳的影响委实太深了，正如徐迟所言，他"写起诗来，文字总是别别扭扭的"，"有几个外国诗人的魔影在作祟"①。除卞之琳之外，穆旦的《我的叔父死了》(1957)、艾青《在智利的海岬上》等都受"现代派"表现手法的影响。徐迟也曾坦言：

> （现代派的表现手法）从一九四〇年以后，我就坚决和它割绝了，只是难免有残余下来……最近我写的诗中，有这么两句："蓝天里的大雁飞回来，落下几个蓝色的音符。"自己检查出来了，赶紧划掉②。

徐迟诗歌创作的当代转型，在现代诗派诗人中算是比较彻底的，从诗集《共和国的歌》来看，他已经加入当时流行的颂歌创作行列之中，即便如此，现代派的创作手法仍如"魔鬼"般如影相随，这种"残余"的想象方式和修辞方式时常在无意识间流出笔端，"现代派诗风"对他产生持久且潜在的影响是极为强大的。

"后期新月派"和"现代派"诗歌中书写个人浓郁的感伤情调与思绪，也受到当代诗人的模仿。在毛泽东时代，"感伤""孤独""寂寞""惆怅""迷惘"被认为小资产阶级知识分子"孤立无援"和"脆弱无力"的表现，同时也是"小资产阶级情调"重要特征，它俨然像一种话语魔咒，对任何涉足这一领域的诗人构成巨大威慑力。现实情形是，一些诗人审美趣味中的"小资情调"总是积习难改，有时在诗歌中不自觉地流露这种情绪，而且这种情绪还比较隐蔽。冯至在谈到这方面问题时曾说，"近一

---

① 徐迟：《南水泉诗会发言》，载《诗与生活》，北京出版社 1959 年版，第 8 页。
② 同上。

年来个别的小说和诗歌里，其中还有人自以为很巧妙地在'咏诗'的外衣下来发泄他难以告人的没落情绪，例如公刘的《怀古》二首，艾青的《景山古槐》"①。其实，蔡其矫、孙静轩、郭小川、穆旦、何其芳等诗人的诗作中也不时流露这种情绪，虽然他们诗作因这些问题不断遭到批判，但是总是在语境相对宽松时死灰复燃，成为当代不少诗人难以根除的"顽疾"。

诚然，现代诗学理念中包含的不利于当代诗歌成长负面因素远不止这些，其影响魅力并未随时代的重大转型而彻底消散。尤其是对于那些审美趣味比较稳定的进入当代的"老诗人"来说，他们要适应当代诗歌审美系统需求仍要一段较长的时日，在新旧诗学系统的比对及审美趣味由旧向新蜕变过程中，现代诗歌的传统魅力会因人们对"新的人民的诗歌"不适应感而增强，有时会出现"趣味反弹"的现象，比如有读者认为，"比起现在的作品来，我更喜欢您（艾青——引着注）的《火把》《向太阳》和《大堰河》"②。可见，要全面彻底置换小资产阶级知识分子（诗人）或读者"审美趣味"不可能在短期内完成，更为重要的是，这种审美趣味的"负面"影响具有持续性、隐蔽性和反复性的特点③，危及文化新秩序建构，干扰了当代诗歌"一体化"进程。由于当代诗歌是在传统文化历史网络中诞生与成长，它不可能不受其制约与束缚，而其对既往已有文学存在实施超越的时代特性，使其对庞大的文化历史网络有着天然的敏感与警觉，反抗传统和厘清边界是其实现创造与超越的必由之路。现实情形是，现代诗歌中一些原本较为成熟的诗学理念，已经转化为一种令人窒息的传统网络，当代诗歌不仅要从传统的巨大"罗网"中突围，解除任何可能对其构成威胁的"历史残余"，同时还要消解这些"历史残余"给诗歌成长

---

① 冯至：《略论欧洲资产阶级文学里的人道主义和个人主义》，载《诗与遗产》，作家出版社1963年版，第99页。
② 臧克家：《臧克家的发言》，载作家协会编《中国作家协会第二次理事会议（扩大）发言集》，人民文学出版社1956年版，第136页。
③ 比如当时有人指出，"胡风集团"未被批判之前，"不少一部分人曾为他们的'进步'外衣和反革命的'才华'所迷惑，看不出他们作品的反动本质，甚至还有人欣赏过，赞美过，感动过"。参见作家出版社编辑部编《胡风集团反革命"作品"批判》，作家出版社1955年版，第1页。

带来无形的压力，阻断"传统"以"变脸"方式在当代潜滋暗长，使"异己的声音和异己的影响"避免"误入旁门左道"①。诗歌争鸣为传统"祛魅"的同时，也为"新的人民诗的歌""赋魅"，因为文学（诗歌）争鸣重新确立了新的民族文化理性，守卫着新文化的边界，从而为创造"富有思想内容和道德品质，为人民大众所喜闻乐见的人民文艺"撑起一片"洁净"的空间②。

二　诗歌的"误读"与传统"祛魅"

那么，当代诗歌争鸣从哪些维度入手，采取哪些方式来消除现代新诗传统之于当代诗歌的消极影响呢？综观当时的诗歌争鸣文本，不难发现，有意误读、界划与指认、"变形矮化"是论者惯用的防御、进攻策略和摧毁"历史残余"的战略战术。这里着重论述有意误读与传统"祛魅"之间的内在关联。

有意误读是指论争主体将有碍于当代诗歌纯净空间建构的影响因素，置于自身所设定的逻辑构架中，动摇乃至摧毁其"合法性"根基。价值范畴、意义范畴和功能范畴变更批评者（影响接受者）进行"有意误读"的三大策略。

首先，价值范畴变更与诗歌"误读"。我们以胡风的《时间开始了》为例，考察论者是如何通过"价值范畴"置换消除胡风文艺思想的影响的。1950年《时间开始了》的《欢乐颂（第五乐篇）》《光荣赞（第二乐篇）》由海燕书店出版，《安魂曲（第四乐篇）》《欢乐颂（第五乐篇）》由天下图书公司出版。诗歌出版后，随即引起了批评家的注意。是年，黄药眠在《大众诗歌》上发表了《评〈时间开始了〉》一文，对诗歌问题进行批评。1955年的"胡风集团反革命作品批判"中，这首长诗再次受到猛烈的批判。这些批判文章旨在肃清胡风文艺思想对当代的影响，批评者对该诗的"有意误读"集中体现在把诗歌文本置于不同的价值范畴中进行解

①　王西彦：《从提高作品的思想性谈到批评家的任务》，《文艺报》1950年第1期。
②　郭沫若：《为建设新中国的人民文艺而斗争》，载中华全国文学艺术工作者代表大会宣传处编《中华全国文学艺术工作者代表大会纪念文集》，新华书店1950年版，第41页。

读，达到"去价值化"之目的。胡风创作的出发点、立足点和对象"是人，是活的人，活人底心里状态，活人底精神斗争"，"创作完成以后的结果也主要是人，即人物"①。更为重要的是，胡风承续了鲁迅"国民性"批判精神，强调人的"精神奴役创伤"，因此，在《时间开始了!》有"在臭湿的工房里冻饿过"，"在黑暗的牢狱里垂死过"的战士，有"受不住饥火的煎熬，牵着孩子想去借点东西吃"李秀真；有像"虫豸""蝼蚁"的，"把生命当作了肥料和粪土"的"人民"②；有"穷得只好用血汗，喂养别人的土地"的戎冠秀，等等，他们身上的"精神奴役创伤"及"卑微的感情"被认为是"一种反抗的力量"，是人类社会历史发展的动力，为此，他"把人民作为历史的伟大的创造者这一面看得很轻"，"把人民作为阶级压迫的受难者这一面看得重"③。也就是，在胡风理论架构中，"人"的"卑微的爱情或愿望"和"卑微的仇恨或痛苦"，甚至原始生命"欲求"，能有效揭示"人民群众"精神侧面中更为内在、隐秘与持久的部分，是文艺（诗歌）不可回避且理应深入开掘的重镇，因而具有极高的价值。显然，胡风的文艺理论及实践与"新的人民的文艺"价值诉求有许多矛盾及冲突之处。当胡风的文艺思想遭到全面批判时，其诗歌文本的价值也就失去了理论支撑，人们将《时间开始了!》从原有的价值逻辑中抽离出来，挪移到新的价值系统中加以诠释，消解其价值。在"新的人民的文艺"功能体系中，文艺肩负着"团结人民、教育人民、打击敌人、消灭敌人"的重大使命，诗歌的价值在于最大限度地发挥这一功能，这种价值谱系异常关注文学之于"政治"的效用。当胡风的《时间开始了!》被纳入此种价值谱系进行价值厘定时，诗歌"价值"自然大幅度滑落，最为明显的是"人民"形象价值发生了翻天覆地的变化。如前所述，在胡风文艺理论框架中，带有"精神奴役的创伤"的"人民"形象更能展现时代巨变中的"不变"部分，这是诗歌核心的价值形象。可是在"一个新的劳动者的英

---

① 朱寨：《中国当代文学思潮史》，人民文学出版社1987年版，第232页。

② 相较于"新的人民的文学"中复合、抽象和本质的化"人民"概念，胡风对"人民"的理解更侧重于单个的、具体的且"活生生"的"人"。

③ 胡风：《我的自我批判》，载《胡风全集》（第6卷），湖北人民出版社1999年版，第474页。

雄时代",国家主流意识形态所必须打造一种新的价值形象,这种"新人"形象既摆脱了"精神奴役",又能代表"新的国民精神",同时还能表征新的民族国家形象。在新的价值形象的比照中,胡风笔下"价值形象"不但失去了原有的光泽,而且被认为是对"人民"形象的一种"歪曲"和"污蔑"。当"高、大、全"成为"十七年"文学中英雄形象的价值杠杆时,《时间开始了》中英雄形象自然受到了批评家的质疑,因为"作者歌颂的竟不是牺牲最大、出力最多、最具有典型意义,在战斗中最勇敢的阶级和人民"①,而且使人"感受不到新中国的新气象,感不到革命胜利的喜悦的情绪,看不见英雄们的庄严容貌,甚至有些地方被诗人丑化了"②。可见,在诗歌争鸣过程中,批评者从胡风《时间开始了》的诗歌文本入手,以"人物形象"为切入点,以新的价值准则为诠释策略,批评者(影响接受者)对"施与影响者"(诗人)的"价值形象"再"发现",由于新的"价值形象"具有唯一且不可质疑的"合法性",使得人们在震惊的同时,再度以新的眼光重新审视原有的"价值形象",变动以往的价值认知,实现"去价值化"之目的,当这种形象的价值"耗散"之后,它就失去了原有的吸引力和辐射力,其影响范围自然不断缩减,从而最大限度地规避其"负面"影响。

其次,意义范畴变更与诗歌"误读"。意义范畴的置换是论争者展开"反影响"的又一策略。一般而言,人们是在一定的关系网络中来揭示研究对象的意义,即意义是在一定的关系范畴中生成的。在当代诗歌争鸣中,因为诗歌意象具有许多"空白点"和"不稳定点",人们可在不同的关系网络中进行意义的诠释,所以意象经常成为诗歌论争的焦点。为了消除一些"不良倾向"诗歌的影响,批评者通常用新的关系范畴对所批判诗歌"意象"的象征意义进行重新"诠释"。1957年,人们对艾青诗作的《礁石》的论争,就是此种"反影响"策略的一次实战"演练"。这首诗歌在"反右"运动之前获得较高的评价,沙鸥认为:

---

① 黄药眠:《评〈时间开始了!〉》,《大众诗歌》1951年第6期。
② 臧克家:《胡风反革命集团底"诗"的实质》,载作家出版社编辑部《胡风集团反革命"作品"批判》,作家出版社1955年版,第2页。

诗歌"描写了自然界真实现象","表现了自然真实","表现了自然界中的一种力量冲突。无论海浪多么激怒,胜利者正是礁石。因此,礁石的形象自然体现一种观念:崇高,顽强不屈的观念,礁石就成了这个观念的化身,而诗人歌颂的也正是顽强不屈。"①

可以说,论者从"自然意象——(集体)观念"关系出发,对"礁石"的意象进行阐发,"礁石"成为一种抽象的观念的化身。有趣的是,论者对这种观念未做进一步揭示,因而给人们留下较大的阐释空间。不过,从上下文语境来看,诗人歌颂的是"人民群众"身上的顽强不屈精神,在这样的关系网络中,"顽强不屈"自然是一种"崇高光辉的观念"。

吊诡的是,在"反右"运动之后,这首诗歌却成为诗人的罪证之一。沙鸥对该诗做出了绝然相反的评价:

> 《礁石》中所真正表现的是一个孤傲的,受打击的,又是满不在乎的形象,从表面上看来,这是一个脱离了集体,执迷不悟的顽抗的形象,在今天的我们的社会里,这个形象意味着什么呢?它绝不是党,也绝不是人民。②
>
> 这首诗是能够说明艾青对党内斗争的极端错误的看法的,这种看法是从个人主义出发,是以个人主义为基础的,而礁石的形象,也恰恰表现了那种受"打击",又继续顽抗的情绪③。

与前述的切入点不同,"自然意象——(个体)情绪"成为批评者解读"礁石"意象的关系范畴,"礁石"(自然意象)——"艾青"(个人形象)之间被关联与等同起来。"礁石"不再是集体("党"或"人民")"顽强不屈"精神的象征,而是"个人""孤傲的""执迷不悟的顽抗"的形象。从"顽强"到"顽抗",仅一字之差,性质却大异其趣。"礁石"

---

① 沙鸥:《璀璨如粒粒珍珠——读艾青取材于自然的诗》,《文艺报》1957 年第 7 期。
② 沙鸥:《艾青近作批判》,《诗刊》1957 年第 10 期。
③ 同上。

面对巨浪的勇敢与无畏，被理解为是个人"孤军奋斗"与"反抗"，是"个人主义"的表现。由于"在社会主义社会里"，"个人主义成为一个可耻的名词"①，"礁石"形象及其象征意义自然成为人们应"唾弃"和批判的对象。此外，徐迟《艾青能不能为社会主义歌唱?》和冯至的《论艾青的诗》都从"意象——（个人）情绪"维度进入诗歌，认为"礁石"形象说明"诗人艾青的情绪已经不正常到反诗的程度了"，"是甘心与大家为敌并引以自傲的态度"②。这种阐释策略，使艾青的《礁石》成为一首带有"个人主义"毒素的诗作，它的危害性便呈现出来。在当时，知识个体的抗争，被认为是"对我们欣欣向荣、面前有无限远景的社会进行反抗，那么他必定是或者将会是反动分子、社会主义的敌人"③。在这种情势下，这首诗及其所包含的思想自然不可能得到人们的认同，其影响因子也因之急剧下降。

最后，功能范畴变更与诗歌"误读"。在毛泽东时代，"党和人民把人类生活中最崇高的、'人类灵魂的工程师'的称号，给予作家"④，"文学工作者"为了能更好地完成塑造"人类灵魂"时代任务，他们异常关注和强调文学的"道德教化"功能。为此，在诗歌争鸣中，以文本是否实现"道德教化"功能为突破口，对诗歌进行彻底颠覆与解构。我们不妨从人们对郭小川的《白雪的赞歌》、管用和的《绕道》批评文章来考察诗歌争鸣中的有意误读策略。应该说，这两首诗歌皆因爱情描写引发争鸣的。在现代诗歌中，人们借助文学中的爱情想象来传情达意、抒发情志、寄托理想，"共和国"时期，爱情书写已从相对狭小私有空间挣脱出来，进入一个与阶级斗争和生产劳动密切关联的文化区域，人们意欲重新确立一种新的合乎革命需要的无产阶级"爱情观"，为此，小资产阶级知识分子式的爱情书写必须坚决地从文学领地中予以清除。那么，论者如何解构"小资

① 冯至：《略论欧洲资产阶级文学里的人道主义和个人主义》，载《诗与遗产》，作家出版社1963年版，第95页。
② 冯至：《论艾青的诗》，《文学研究》1958年第1期。
③ 冯至：《略论欧洲资产阶级文学里的人道主义和个人主义》，载《诗与遗产》，作家出版社1963年版，第95页。
④ 申剑：《"灵魂工程师"中的灵魂问题》，《文艺报》1955年第23期。

产阶级"爱情呢？在《白雪的赞歌》的论争中，殷晋培通过解读于植形象来实现这一目的。他认为：

> "于植当远离自己的爱人在前方的战斗中负伤失踪后，陷入极度的绝望和沉重的哀愁。""于植不仅是一个不坚定的革命者，简直是一个有着一颗异常脆弱灵魂的小资产阶级知识分子"，"作者在诗中竭力地渲染了于植的'哀愁'、'悲痛'、'绝望'甚至是心灵的孤独，一再难以排解地折磨着主人公和读者。""这一种未经彻底改造的小资产阶级知识分子并非不可以写，但要有严格的批判，使读者在批判中得到教育。"①

这里，"绝望""哀愁""孤独"被认为小资产阶级爱情独有的特征，更为重要的是，这样的爱情对读者而言，不仅不是一种艺术享受，反而是一种精神折磨，因为它可能腐蚀人们的革命斗志，使读者在悲观的爱情中沉沦，这显然无法实现无产阶级爱情催人奋进、净化"灵魂"的教化功能。由于诗人对于植同情有余而批判不足，故诗歌未能达到教育读者的目的。应该说，郭小川在于植的爱情的遭际中寄予自我对"革命与爱情"及人的灵魂复杂性的深层思考，对于诗人来说，"革命知识分子"在战争与爱情的双重考验中的成长过程，不仅是诗歌"厚描"的对象，也是诗人"言志"发力点。可是，批评者却把于植形象能否让读者受到革命教育，作为考量文本的合法准绳。这种凸显与强化文本之于读者的教育功能的解读策略，用一种新的文本功能诉求颠覆诗歌存在意义的方式，无疑使诗歌失去了原有的光泽。

同样地，贺兰在"一得诗谈"中批评管用和的诗歌《绕道》描写区委书记为了不惊扰男女约会"绕道"而行的场景：

> "这种约会本来是没有什么值得歌颂的，作者却把它看得无比重

---

① 殷晋培：《唱什么样的赞歌？——评〈白雪的赞歌〉中的于植形象》，《诗刊》1960年第1期。

要"，"读者就要从诗中接受这么一种见解——老一辈的革命者辛苦战斗，就为的是让年青一代在爱情中沉醉"，"读者不会同意这种看法，我们的作者，更不应宣扬这种看法。今天抱有远大革命理想的青年人，绝不会认为自己应该沉醉于个人幸福"。①

黎之更直截了当地指出了《绕道》问题的要害：

> "我们要教育今天的青年不能只看到眼前的利益，陶醉于个人的幸福"，诗中的描写，"只能让今天的青年误以为人类最高的幸福就是在爱情中沉醉而不是担负起艰巨的解放全人类的革命重担，勇往直前。这种思想是危险的"，"《绕道》不仅没有表现我们的时代精神，反而流露出了对革命、对生活不正确的看法，这难道是我们所需要的爱情诗吗？"②

其实，《绕道》旨在呈现区委书记对青年男女爱情"私密性"的理解与尊重，以及革命话语对情爱话语的有限度的包容。可是，这些批评文章都无一例外地把矛头对准了文本的功能上，认为沉醉于"小我"世界中的爱情是危险的，甚至阻碍人类解放的进程。这种阐述策略在于首先赋予爱情重大而崇高的使命，继而凸显社会主义新人的爱情新质，以此为参照发现诗歌文本的功能问题，并通过话语修辞将这种问题的性质提升到关乎意识形态安全的高度，使其转化为与主流文学相背离的"异质"类型，由此撼动小资产阶级式爱情的"合法性"根基，对其进行深度"祛魅"。可以说，那些旨在传递个体解放与自由、两情相悦的美好与幸福以及相思的缠绵与苦痛等爱情书写，一旦被引入文学教化的功能系统中加以评判时，其意义与价值便显得虚无，退出历史舞台也就势在必然了，自然，人们对此类爱情叙事关注度也随之而下滑，影响的广度和深度也就大为削弱。

---

① 贺兰：《一得诗谈》，《诗刊》1963 年第 10 期。
② 黎之：《思想感情、语言及其他——从〈绕道〉谈起》，《诗刊》1964 年第 2 期。

## 第三节  诗歌"争鸣"与诗歌范式建构

当代诗歌争鸣不仅仅是对诗歌不良传统之影响的祛魅，同时也是为了促进当代诗歌的范式的建构①。它通过论争过程中不同审美理念和审美趣味冲突与较量，不断剥离缠绕在身上"不纯粹"的因素，摆脱加诸于当代诗歌肩上的时代"负累"所形成的种种压力，努力构建一种与过去判然有别的理想的诗歌范式。当然，这种理想的诗歌范式并不永远处于凝定状态，它将随文学思潮的演进及时代对文学的新诉求而不断重构。那么，从这一时期所发生的诗歌争鸣所关涉的问题及其论争结局来看，当代诗歌意欲建构何种理想的范式呢？换言之，持续不断的诗歌论争为这一段时期内创作主体，建立了何种得到普遍认同和必须共同遵循的崇高的诗歌伦理、"正确"的诗学观念和"标准"的文本结构呢？

### 一  "与众不同"诗歌特质的探求

"与众不同"是当代诗歌的个性与特质，唯有如此方可彰显"新的人民的诗歌"独特魅力，才能展示一个崭新时代的文学敢于超越的宏伟气魄。其实，"健康""无我"和"时代镜像"是当代诗歌冲破各种成见与成规，展现"与众不同"的姿态与面相，是诗歌争鸣过程中所建构理想的诗歌范式。

"健康化"的诗歌伦理范式。"健康"是当代诗歌争鸣中一个使用率极高的语词。这不仅意味着"健康"问题作为诗歌的重要话题被提出，同时也表明"健康"是诗人所追求的诗歌伦理，及其应遵循的诗歌写作

---

① 托马斯·库恩在《科学革命的结构》中指出，"对某一时期某一专业做仔细的历史研究，就能发现一组反复出现而类标准式的实例，体现各种理论在其概念的、观察的和仪器的应用，这些实例就是共同体的范式"，这里借用库恩的"范式"概念，认为"十七年"诗歌争鸣实际上是为了建构一种理想的诗歌范式，为"新的人民的诗歌"生产提供"正确"的诗学观念和"标准"的文本结构。参见［美］托马斯·库恩《科学革命的结构》，金吾伦、胡新和译，北京大学出版社 2003 年版，第 43 页。

范式，因为"健康的革命的诗篇，必然是健康的革命的诗人所写出的"①。在当时，人们形成了一系列判断文学健康与否的指标，这些"参考指标"虽然会随着整个时代语境的变化而不断调整，但是它总体朝着更加严格的方向发展。也就是，当"健康"成为"新的人民的诗歌"重要风范时，人们对诗歌"健康"度的期望值不断提高，对诗歌"健康"问题愈加关切。当代诗歌争鸣是人们建构"健康"诗歌的重要策略，其主要关注诗歌精神与情感的健康，"情感健康"问题前文已有论及，在此不再赘述。

诗歌精神是指诗歌中所包含的诗人的思想观念，这些观念源于诗人对时代、社会和现实人生等的体验、理解与把握，它的"健康"与否与社会政治、经济和文化语境有密切的关联。"健康"的诗歌精神要求诗歌遵循时代精神法则，使其精神指向与国家主流意识形态的理性诉求相契合。在20世纪50—60年代，文学的强烈且持续的"健康"化冲动，往往体现为对文学生成与发展"有害"或"有毒素"作品的清理与"解毒"。这方面的例子委实太多了。就诗歌而言，王亚平的《愤怒的火箭》被指"对现实运动的认识把握和实践的立场、观点、方法发生这样那样的偏差而致于错误"②。"那么'粗制滥造'的作品对读者是有害的"③，"有害"说明诗歌潜藏着不利于文学健康发展的"因子"。公刘的诗歌创作被认为是"脱离生活"，"给诗染上了一种病态"，是"头脑不健康"导致的对现实反映的"颠倒错乱"④。这里"头脑不健康"指诗歌中有仇恨"党""社会"和"人民"的阴暗思想。邵燕祥的《贾桂香》把"社会主义社会中人与人之间的关系"，描绘成"畸形的、病态的、黑暗的"存在，诗歌表现诗人"对社会主义制度的深刻仇恨"⑤。此外，1957年《星星》创刊伊始许多诗

① 公木：《关于青年诗歌创作问题的发言》，载《全国青年文学创作者会议报告、发言集》，中国青年出版社1956年版，第103页。
② 《文艺报》编辑部：《欢迎这样的文艺批评》，《文艺报》1951年第8期。
③ 公木：《关于青年诗歌创作问题的发言》，载《全国青年文学创作者会议报告、发言集》，中国青年出版社1956年版，第15页。
④ 公木：《公刘近作批判》，《诗刊》1958年第1期。
⑤ 洪永固：《邵燕祥创作歧途》，《诗刊》1958年第3期。

篇也因健康问题遭受批判，这些批判不仅是对走向歧路或存在"顽疾"的诗歌的动态观察与实时监控，同时也是保证当代诗歌免受大规模"病毒"入侵和精神污染的预防措施，它有效地推动社会主义现实主义文艺思潮的发展与壮大。具体而言，"健康"作为诗歌的伦理范式包括以下几个维度：其一，观念的"纯正性"。所谓观念的"纯正性"是指诗歌包含的思想观念的"正确性"与"纯粹性"。可以说，思想观念"纯粹性"是被认为是"新的人民的诗歌"的重要特性之一。在现代新诗发展中，"象征派诗、现代派诗在诗的传达上追求神秘和隐藏"，"把哲理思考完全融化在象征性的意象之中，隐藏在抒情本体的构造深处"①，因而造成了诗歌表现观念的隐晦与复杂，与之不同的是，当代诗歌力图破除这种"神秘"，寻求观念的"透明"与"纯粹"，因为缠绕的观念可能使诗歌意义"飘移"，从而为一些"不合时宜"的小资产阶级思想提供温床，故而只有观念的明晰与确定，才能让诗歌从多元的语义场中抽离出来，获得一片较为纯净的思想空间，使人们对现状与未来不再"犹豫""矛盾"与"困惑"，而是以"纯粹"的思想投入革命与生产建设中去。正因如此，诗歌观念的"纯正性"成为"当代"诗歌理想的伦理范式。而要实现思想"纯粹"就必须以正确的观念统领现实生活，"正确"也就是思想观念能符合新的民族国家各种政治道德标准。在当时，人们普遍认为，"一个好的诗人必须同时也是一个先进的思想家，他应该具有人民的思想，具有共产主义思想"②，"只有先进的思想、明确的立场才能帮助艺术家去伪存真、去粗取精。从现实的真实达到艺术的真实"③，"如果没有一种正确的观点和方法观察和分析""分歧交错、复杂万状"的现实生活，"是极易犯错误的"④。通过"先进的思想"或"正确的观点"和"明确的立场"可使

① 孙玉石：《中国现代主义思潮史论》，北京大学出版社 1999 年版，第 215—224 页。
② 公木：《关于青年诗歌创作问题的发言》，载《全国青年文学创作者会议报告、发言集》，中国青年出版社 1956 年版，第 104 页。
③ 齐云、瑞芳：《评"社会主义时代的现实主义"》，载《社会主义现实主义论文集》（第一集），新文艺出版社 1958 年版，第 119 页。
④ 陈善文：《不能取消——关于社会主义现实主义的讨论》，载《社会主义现实主义论文集》（第一集），新文艺出版社 1958 年版，第 108 页。

诗人高屋建瓴地把握现实生活，使复杂的现实由此变得清晰可辨，从而让诗歌反映社会发展的"规律"、揭示社会生活的"本质"与"主流"。问题的复杂性在于，"正确"的标准并非一成不变，它会随时代文化语境的变迁发生变化，在诗歌争鸣中，像艾青的《大西洋》《礁石》《在智利的海岬上》等诗歌都因"正确"标准的变动而成为批判的对象。同时，"明确的立场"也不是永远安全，如沙鸥的《驴大夫》、邵燕祥的《贾桂香》等都是对当时出现的官僚主义的抨击，他们的立场相当鲜明，这些诗歌与 20 世纪 50 年代"三反"运动相契合，应无大错，但却成为诗歌争鸣中抨击和围剿的对象。正是"正确"标准的变动性和"明确立场"的不可靠性，迫使诗人敏锐观察已经变化了的以及正在变化的现实，及时调整自身诗歌的运思方式和创作路向，使诗歌在与国家主流意识形态变动保持"同步状态"中实现思想的"纯正性"，构建一种崭新的诗歌伦理范式。其二，诗情的"明朗性"。如前所述，诗歌的情绪是关乎诗歌健康的重要命题。从 20 世纪 50 年代关于何其芳、蔡其矫、穆旦、高缨的诗歌所引发的论争来看，情绪的"明朗性"成为人们呼唤的诗歌范式构成要素之一，正如有论者批评何其芳的《回答》指出："诗，应该明朗些，特别是今天，正如许多人所说的，是一个唱赞歌的年代"[1]，"只有热爱党分配给他的每一件巨细的工作的人，才能真正热爱我们的生活，才能有与劳动人民一致的，饱满而高深的共产主义感情，才能孕育出动人的伟大的诗篇"[2]。这里"饱满而高深的共产主义感情"被认为是"孕育"理想诗篇的必备的条件之一，这种感情是对个人"阴郁""哀伤"和"悲恸"感情的弃绝与超越，呈现出积极的、乐观和向上色彩，也就是，"新的人民的诗歌"呼唤的是一种清新且被集体主义意识照耀的新鲜而明朗诗情，只有这样的诗情才能够激发人们投入"沸腾的生活中"去。而"消极的感情"、"萎靡不振的调子"，"伤感主义情调"、"淡淡的哀愁"或"痛苦"的呼喊则被认为是"可耻悲哀"，它使人在

---

① 杜盛荃：《要以不朽的诗篇来讴歌我们的时代——读何其芳的〈回答〉》，《人民文学》1955 年第 4 期。

② 曹阳：《不健康的感情》，《文艺报》1955 年第 6 期。

"颓废"的泥淖中渐趋沉沦。在一个泛道德化和泛政治化的年代，"情感"自然也被染上浓重的道德与政治色彩，明朗的诗情是当代诗歌伦理范式。其三，趣味的高尚性。趣味的"高尚"与"低俗"是诗歌"健康"与否的重要分野。在诗歌争鸣中，被认为趣味不高的诗歌有"歌颂官能快感、挑逗情欲"的《吻》；有书写乡长（翠竹）与区委书记之间"拉拉扯扯关系"的《青山翠竹》；有表现彝族青年男女"原始粗野"爱情传达方式的《大凉上之歌》；有描写男女在花丛里"细语呢喃"约会的《绕道》等，这些诗歌中的爱情书写把过多笔墨花费在男女之间微妙情感或隐秘的欲望之上。在毛泽东时代，"劳动人民的爱情和劳动、斗争紧密地联系在一起"①，如果爱情涉及男女间合理的欲望，描写男女相依场景等，被认为是一种"低级趣味"庸俗爱情，也是一种"不健康"的爱情。"当一个政治集团或文化集团为了某种目的而要有所作为时，往往总是要从趣味标准的制定上着手进行的"②，我们从这些受批判的诗歌可以看出，当代诗歌追求高尚的美学趣味，即脱离了世俗和庸常的现实藩篱，进入一个革命化、政治化的审美空间中，唯有在这一空间中生成的趣味才合乎统治阶级的"高尚趣味"，才是健康的趣味，才是诗歌争鸣所要建构的诗歌理想的伦理范式。

"大我"化的抒情范式。重构创作主体抒情范式是当代诗歌争鸣中一个重大的诗学问题。在诗歌的创作过程中，诗人总是以特定的身份与视角展开想象与抒情，"大我"（阶级或国家的"代言人"）与"小我"（个体的独立的"自我"）是诗歌抒情的两个不同出发点和立足点。当时许多诗人因站在"小我"（或称为"小资产阶级"）的立场上抒发情志，在诗歌争鸣中被视为"异类"受到严厉的批判。比如，有人认为鲁藜的《泥土》"把自己当成了至高无上的'珍珠'"，是一种"疯狂的唯我独尊"的自喻，"把自己设想成'泥土'"，是"另一种方式的'自我完成'和自我陶醉"，是圣化自我的表现。诗歌"宣扬极其可耻的个人主义"，"顽强地显

---

① 黎之：《思想感情、语言及其他——从〈绕道〉谈起》，《诗刊》1964 年第 2 期。

② 范玉吉：《何为高雅趣味？谁的高雅趣味——对文艺鉴赏标准的质疑》，《学术界》2007 年第 1 期。

露自己的反动、'清高'的'傲骨'"①。时至今日，这些批评显然是在
"胡风反革命集团批判"运动中，人们对这一诗歌的"有意误读"，但我们
从误读的信息中，不难发现，论者把矛头指向抒情主体的姿态，认为不论
"珍珠"还是"泥土"都等同于与革命群众对立的"小我"——诗人自
己，更为重要的是，这种"小我""唯我独尊""自我陶醉"，在顽强地
"扩张自己"——这是一个"个人主义思想"浓厚和"抗拒和仇视思想改
造"的"自我"。在"个人主义思想"成为腐朽、落后和反动的思想文化
语境中，"小我"在诗歌中自然失去存在的合法性。显然，论者有意夸大
以"小我"作为抒情主体进行想象带来的危害，引起人们对诗歌中"小
我"的防范与警惕。除此之外，何其芳的《回答》、艾青的《礁石》、郭小
川的《望星空》等都因从"小我"出发书写自我的内心复杂或微妙的感受
而遭到批判，认为这些诗歌中的抒情主体要么囿于"个人狭窄的感情圈
子"，"抒发个人不健康的感情"②，要么表现"甘心与大家为敌并引以自
傲的态度"（《礁石》），要么"消极地书写个人主义的幻灭情绪"（《望星
空》）。由此可见，在诗歌争鸣中"小我"已然成为众矢之的，"诗人如果
不能把人的情感活动的本质部分表现出来，而让一些微不足道的渺小灰色
的感情充斥诗中，那么他的诗就会失去意义"③，这无疑是对"小我"价值
的彻底否定。可以说，人们期待的是一个能代表无产阶级的集体的"大
我"出现④，希望"诗中的'我'总是诗人自己，同时又是千百万人的
'集体'"⑤，意欲建构的是一如"政治抒情诗"中的理想的抒情主体（"大
我"）。在这种情势中，这一时期"诗歌的抒情主人公常常不是富有独特个
性的诗人自己，而往往是一个作为阶级代言人的抽象的'大我'"⑥。这种

---

　　① 张学新：《鲁藜的诗——毒害青年心灵的鸦片》，载《胡风集团反革命"作品"批判》，
作家出版社1955年版，第84页。
　　② 曹阳：《不健康的感情》，《文艺报》1955年第6期。
　　③ 叶橹：《关于抒情诗》，《人民文学》1956年第5期。
　　④ 不过，当时人们并不是不重视"小我"中的"个性"，只是对"个性"理解不再是诗歌
独特的理念或情调，而是在既定的抒情视角中展开的独特构思。
　　⑤ 叶橹：《关于抒情诗》，《人民文学》1956年第5期。
　　⑥ 胡风：《给战斗者后记》，载《胡风评论集》（中），人民文学出版社1984年版，第
187页。

抽象的"大我"已超越具有鲜活个性或独立思想、见解的"小我",而成为"人民""阶级"的化身,它要求"诗人应当把自己对于这个伟大的时代感情写进自己的诗篇中去,使自己的声音成为时代的声音;诗人的感情应当是人民的感情"①。这里"自己——时代——人民"其实是"三位一体","诗的感情的阶级性问题"和"诗的感情的人民性问题"② 是"当代"诗歌能否呈现新的时代"面相"的根本性问题。

那么,为什么"大我"会成为 20 世纪 50—60 年代诗歌理想的抒情范式呢? 其原因有以下这些方面,一是诗人身份的转变。在"共和国"时期,当代诗人的身份不可能像现代诗人那样可以自由选择——他们既可以扮演启蒙者的角色,又可以以精神"斗士"或"自由知识分子"面目出现,既可以是高擎诗歌武器时代"弄潮儿",又可以是潜心经营诗体建设的探索者。在当代的社会历史转折的巨大声响中,国家权力主体赋予诗人新的身份或角色,他们是"铸造别人灵魂"的工程师,是以"脑力劳动为人民服务,为建设事业服务"的"文艺工作者",③ 是"革命的战士,是工人阶级的号手"④。从人们对诗人的这些称谓或比喻,不难发现"共和国"诗人身份发生了重要变化,他们已经成为国家经济、政治和文化建设的"有机知识分子",为此,他们的诗歌不可能为"自我"发言,而是代表"一个民族、一个阶级、一个集体"发言⑤,于是,"大我"抒情成为当代诗歌理想的抒情范式就势在必然了。二是诗歌功能的转变。当代诗歌要"排除诸如'表现自我'之类的个人化因素,而特别强调它的社会功利性,即要反映社会主义时代的革命与建设和人民群众的生产与斗争"⑥。更重要的是,它要发挥文艺的"教育"和"鼓舞"民众的功能:"文学的'至终目的'是'用社会主义精神从思想上改造和教育劳动人民'"⑦,这种功能诉求必然改

---

① 叶橹:《关于抒情诗》,《人民文学》1956 年第 5 期。

② 於可训:《当代诗学》,湖南人民出版社 2000 年版,第 45 页。

③ 郭沫若:《努力把自己改造成为无产阶级的文化工人》,载《雄鸡集》,北京出版社 1959 年版,第 49 页。

④ 《北京诗歌工作者座谈〈诗人莱〉》,《大众诗歌》1950 年第 6 期。

⑤ 袁水拍:《新民歌的一二艺术特点》,《诗刊》1959 国庆十周年专号。

⑥ 於可训:《当代诗学》,湖南人民出版社 2000 年版,第 45 页。

⑦ 吕恢文:《评蔡其矫反现实主义的创作倾向》,《诗刊》1958 年第 10 期。

变诗人创作中的"拟想读者",实现由"知识分子"向"工农兵"转变,诗人不是要让接受者("工农兵")通过诗歌文本了解自我隐秘的内心世界或独特的思想个性,而是要激励他们加入各种政治和生产运动,投入生产与阶级斗争。因而,诗歌要"反映人民改造社会的斗争和建设新生活的热情,培养新的社会主义个性"①,要担负起有效地"教育与鼓舞的作用"②,"大我"不啻为一种有效诗歌主体抒情范式,它不仅可以使诗歌与国家主流意识形态保持动态关联,还能让诗歌接受者以"我们"为镜像引发群体性共鸣,进而付诸行动或实践。当时的"政治抒情诗"之所以生成一股创作潮流并受到受众的欢迎,与诗歌"大我"的召唤力有密切的关系。三是读者期待视野的转变。"工农兵"是当代诗歌的重要接受群体,他们"希望看到自己的英雄面貌,听到自己坚实而巨大的向新世界进军的足音","获得从事自己的壮丽事业的加倍的信心和力量"③,也就是,他们渴望在诗歌中寻找理想的自我——一个本质化的"大我",这显然是有别于知识分子读者的一种新期待视野,他们期待完满的形象和有力的号召能使原本处在政治、经济和文化底层的"自我"真正实现彻底的翻身。因而,"他们不但要理解今天的生活,而且要求作家艺术家指出明天的理想和目标","期待着作家艺术家写出用先进的思想来丰富他们、引导他们前进的作品"④。很显然,在"小我"的诗作中很难寻觅到"明天的理想和目标"及"先进的思想"的踪迹,而"大我"化抒情范式正弥补了前者的缺憾,它不但承担起了时代所赋予诗歌的历史重任,而且满足了"工农大众"的审美诉求。

二 理想诗歌形态的寻唤

田间在其诗集《誓言集》"序言"里这样表达他对"新的人民的诗

---

① 胡风:《给战斗者后记》,载《胡风评论集》(中),人民文学出版社1984年版,第187页。

② 杜盛荃:《要以不朽的诗篇来讴歌我们的时代——读何其芳的〈回答〉》,《人民文学》1955年第4期。

③ 叶高:《这不是我们期待的回答》,《人民文学》1955年第4期。

④ 林默涵:《党性是我们的文学艺术的灵魂》,《文艺报》1955年第21期。

歌"理想形态的期待："我们伟大的人民所需要的诗歌，不是语言的杂凑、堆积、贩卖、抄袭、戏弄、悲叹、空喊等，而是需要胜利的凯歌，真理的韵文和乐观的预言。因为诗歌，这是科学与感情高度集中的表现。在我们这个时代诗歌的境界不应像水池一样，只有一寸波纹，应该像大海一样，浪涛万里。"① 在他看来理想的诗歌形态"应该像大海一样"具有无比的气魄和非凡气势，新时代的诗歌已不是小资产阶级知识分子（诗人）所把玩的"雕虫小技"，而是"共和国"的诗歌工作者传达"真理的韵文和乐观的预言"。事实上，伴随着新的民族国家的诞生和政治文化的巨大转折，以及受当代激进文化思潮的深刻影响，"当代"诗人的精神深处始终涌动着突破和超越诗歌传统形态，进行大胆革新和实验的持续冲动。他们急切呼唤和期待一种崭新的诗歌形态能迅速地确立起来。可以说，确立理想的"诗歌形态"是建构当代诗歌的一项重大工程。当代诗歌争鸣不仅是有效重构诗歌形态的重要方式，同时它还是寻唤和孕育新的诗歌形态的独特形式。对于旨在为"工农兵"服务的"新的人民的诗歌"而言，诗歌形态已具有鲜明的意识形态属性，这一属性为诗歌形态大规模和整体性的变更创设了一个良好的平台，它借助这一平台开始向现代诗歌的主导形态实施背离、实验与创新，不断向当代诗歌新的理想形态挺进。诗歌争鸣正是从话语形态、意象形态和文体形态三个维度入手，寻唤合乎"新的人民的诗歌"理想化的"大众化"诗歌形态。

首先，"大众化"的诗歌话语。如前所述，"晦涩难懂"是当代诗歌争鸣的重要问题类型，读者（批评者）把"晦涩难懂"归咎于诗歌怪异的话语编码方式，这一现象的背后隐藏着新的诗歌接受的文化吁求，它不仅要求诗歌语言的"大众化"，而且要求话语逻辑的有序性。语言的"大众化"在20世纪30—40年代"文艺大众化问题讨论"中早有论及，茅盾认为，文艺大众化必须"从文字不欧化以及表现方式的通俗化入手"②。可以说，反"欧化"是当代诗歌付诸实践且全面开展的一项重大的

---

① 田间：《序言》，载《誓言集》，上海文艺出版社1959年版，第6页。
② 茅盾：《文艺大众化问题》，载文振庭编《文艺大众化问题讨论资料》，上海文艺出版社1987年版，第383页。

语言"革命"。在当时，人们对诗歌语言"欧化"问题啧有烦言，其中，朱子奇的诗歌就因语言"欧化"倾向受到指责，有人认为他的"诗风存在问题，说得具体一点就是诗句的冗长和欧化使人头痛"，"如果故步自封原有的阵地，而不愿来一个包括思想感情和诗风在内的彻底革命，坚决走上大众化的道路，那么写出来的诗为广大群众所冷淡是必然的结果"①。这里，诗句的"欧化"成为诗歌语言大众化须坚决摧毁的阵地，取而代之的是"朴素自然、明快有力、生动活泼、容易上口的大众化"的语言②。周扬对"新诗"语言的"欧化"现象也大为反感："群众不满意读起来不上口，特别不满意那些故意雕琢、晦涩难懂、读起来头痛的诗句，总之群众厌恶洋八股。"③ 可以说，卞之琳、王亚平、孙静轩等20世纪50年代的诗歌，都在此类问题上留下了被人指摘的把柄。从那些反"欧化"的批评声音中，我们可以看到当代诗歌旨在建构一种"念起来上口，听起来悦耳"诗歌语言形态，若从这个维度上看，"新民歌运动"其实就是一场对这种诗歌语言理想形态进行实验的诗歌运动。另外，话语逻辑的有序性是当代诗歌话语形态的另一具体表现，那些"使人难以理解的任意排列"的诗句，"像翻译一样的语法"，"缺乏逻辑的联想"④ 等问题都在受批评之列。最典型的存在这方面问题的是前面已有论及的卞之琳的诗歌，批评者认为他的诗歌"一些字句轻易地省略、倒置"，"句子结构很奇突，并不符合一般的语言习惯"，诗人"想用硬造的语言和形式来补救生活、思想和感情的贫乏"⑤，这里，诗句"省略、倒置"和句子结构的"奇突"，本来是诗歌通过话语修辞的"陌生化"来提高其审美效果的有效方式，可是在特殊的接受语境中，话语修辞的"陌生化"被认为是"形式主义"的表现，是"生活、思想和感情"贫乏的表现。与之相反，人们应追求一种合乎"一

---

① 丁风：《欢迎朱子奇改变诗风》，《诗刊》1958年第9期。

② 茅盾：《文艺大众化问题》，载文振庭编《文艺大众化问题讨论资料》，上海文艺出版社1987年版，第383页。

③ 周扬：《新民歌开拓了诗歌新的道路》，载《诗刊》编辑部编《新诗歌的发展问题》（第一集），作家出版社1959年版，第3页。

④ 王洁：《重视劳动人民的喜爱》，《诗刊》1958年第2期。

⑤ 李赐：《不要把诗变成难懂的谜语》，《文艺报》1951年第12期。

般的语言习惯"的,并且"明白晓畅、活泼成诵"的自动化的诗歌话语,这种话语强调诗句内部和诗句之间以及诗节关联的逻辑有序性,侧重于语言的正确性而非创造性,倾向于语言的"活现性",即提出"群众的语言"(群众口语),是诗歌"语言的活的源泉"①。总之,人们对理想的诗歌话语形态期待与呼唤,都是为了促成当代诗歌话语的"大众化"转向,这种转向被认为是"社会主义文学个性"的重要体现,从这个意义上说,"新民歌"的"大众化"话语形态是这种"独特个性"的一种显现方式,或者说是当代诗人曾经为之膜拜和苦苦追寻的理想的诗歌话语形态!

其次,"整一型"的意象形态。意象不仅是诗歌的"诗眼",也是其重要的结构要素,它的组合方式及形态特征对诗歌形态产生了极大的影响。"十七年"诗歌争鸣对诗歌意象组合提出了更高的要求,"整一型"和稳定性成为"当代"诗歌意象组合的特征。胡风的《时间开始了!》之所以受到批判,与其诗歌意象的"繁复性"有密切关系。这是一首大型的"颂歌",诗歌的意象极为驳杂。就第一篇《欢乐颂》而言,诗人为了营构"新中国"诞生的节日气氛,选择了"掌声""乐声""灯光""礼炮""云彩""日光""清流"等具有充满欢快色彩的意象,但是在这些意象中间却不断穿插着诸如泥沙、血污、浊流、"臭湿的工房"、"黑暗的牢狱"、"死亡的面影"、"倒毙的尸体"以及"狂风暴雨"、"雷声电火"等灰色的甚至带有恐怖意味的意象。可以说,这是一种别开生面的意象组合方式,新生与死亡、欢乐与痛苦、光明与黑暗、纯贞与卑污等相互交错,构成了一首"共和国"新生的"交响乐"。不同性质类型的意象组合使诗歌意象繁复杂陈,把诗人对"时间开始"感受的复杂性与丰富性传达得淋漓尽致。问题是,这样的意象组合非但未能凸显与强化歌颂的主题,反而削弱了诗歌主旨。有人认为诗人"虽然叫喊得力竭声嘶,然而他的诗篇反而把这个伟大的事件歌颂得渺小了",该诗其实是通过"外表歌颂的形式","歪曲、侮辱人民",是对"革命阵营的嘲讽"②。可以说,正是因为意象

---

① 贾芝:《从〈王贵与李香香〉谈学习民歌》,《诗刊》1958年第6期。
② 臧克家:《胡风反革命集团底"诗"的实质》,载《胡风集团反革命"作品"批判》,作家出版社1955年版,第2页。

的繁复性，把诗歌推向了一个充满未知的险境。人们对这首诗歌的批判，很大程度上促进了"当代"诗歌（尤其是颂歌）由繁复型向"整一型"的意象形态的转变。所谓"整一型"意象组合是指诗歌要么由单一的意象采用简单的比兴方式展开，要么多个意象始终围绕着某个核心意象展开，其他意象对核心意象起烘托、突出或强化作用，它们处在整体结构当中彼此之间和谐共处，呈现诗歌的既定题旨。这种"整一型"的意象形态往往是相似意象的时间聚合或空间并置，共同营造抒情的氛围，不过，这也使当代诗歌失去了相异意象之间相互激荡所产生的诗性张力，以及通过隐喻方式使意象相互指涉，诗歌意蕴变得深层而厚实的可能。或许，这种"失去"本身就是当代实施蜕变和获得超越的一种方式？

最后，新"代言体"的诗体范式。"代言体"是古典诗歌较为常见的一种诗体形式，"代言"也就是指是诗人代他人传情达意。新"代言体"是指创作主体（诗人）以"阶级""民族国家"和符号化"工农兵"的代言人身份进行"大我化"抒情，它是当代诗歌争鸣背后努力询唤的一种理想的诗歌文体范式。不论何其芳的《回答》、穆旦的《葬歌》，还是艾青的《礁石》、流沙河的《草木篇》之所以引发"争鸣"，很大程度上在于这些诗歌所传达的知识分子独特的个性和复杂而隐秘的精神世界，诗歌被认为是小资产阶级知识分子"顽强地表现他们自己，宣传他们自己的主张的重要手段和渠道"[1]，这自然与当代诗歌理想范式相去甚远。毛泽东提出知识分子"要和群众结合，要为群众服务"[2]，也就是，知识分子（诗人）应该成为群众的"代言人"，这种以"代言人"身份抒写的诗歌其实就是一种"代言体"诗歌，也是当代诗歌的一种理想的诗体形式。事实上，在当代"代言体"诗歌演进进程中，诗人不仅仅是"群众"的代言者，更是"无产阶级"和"共和国"的代言人。这种诗体范式要求诗人站在阶级和民族国家的立场上发言，诗人不再是具有独异思想和鲜明个性的个体，而是经过先进

---

① 毛泽东：《在延安文艺座谈会上的讲话》，载《毛泽东选集》（第3卷），人民出版社1991年版，第875页。

② 臧克家：《胡风反革命集团底"诗"的实质》，载《胡风集团反革命"作品"批判》，作家出版社1955年版，第877页。

的革命理论洗礼和武装的阶级或集体的化身，它通常以"我们"的身份出现在诗歌中。从这个意义上说，"政治抒情诗"就是"当代"诗歌的一种理想诗体范式，因为"在政治抒情诗中，诗人是一个公民，他和共和国的精神、全民的精神是一致的"①，"这种'抒情诗'的说话者必须拒斥自由诗在感受和趣味上的个人主义倾向，作为时代社会的代言人说话"②。可以说，"十七年"的"政治抒情诗"是一种"典型"的"代言体"诗，它旨在号召、鼓舞民众参与各种政治运动和生产运动。诗人作为"代言人"以时代、阶级复合体——"我们"——身份向大众"说话"③，极力排斥抒情主体个人思想情感的渗入。1957年"反右"斗争开始后，诗歌界出现了大量的诗歌争鸣现象，也正是在这一时期"政治抒情诗"的"代言体"诗体范式也逐渐形成和建构起来。在一个提倡"大破大立"的年代，如果说"诗歌争鸣"是"破"，即摧毁那种"顽强表现自己"的诗体，那么"政治抒情诗"则是"立"，即建立一种新"代言体"诗歌模式。为此，我们是否可以将"诗歌争鸣"看成为理想的诗歌范式建构"鸣锣开道"的一种独特的方式？

## 第四节　诗歌"争鸣"机制的形成与诗歌范式的确立
### ——以《星星》"诗歌事件"为例

　　文学重塑和文化重建是构建"新的人民的文艺"的必由之路。新中国

---

　　①　徐迟：《〈祖国颂〉序》，载诗刊社编《祖国颂》，中国青年出版社1959年版，第6页。

　　②　王光明：《中国当代诗歌观念的转变与政治抒情诗的经典化》，载童庆炳、陶东风主编《文学经典的建构、解构和重构》，北京大学出版社2007年版，第371页。

　　③　郭小川曾在《致青年公民》中写下"我号召"的诗句而受到批判，认为"用了'我号召'的词句是个人的表现"。虽然郭小川就此进行辩护："在'我号召'下面的是'凭着一个普通战士的良心'"，"诗中的'我'就是第一人称，并不是我自己"，但这被认为是一种"掩耳盗铃"式的辩护，他仍然无法摆脱被批判的命运。由此，不仅可以看出人们对"我"与"我们"语词差异敏感性不断增强，同时也反映了人们对"我们"体——"代言体"诗歌范式——的遵从与守护。参见郭小川《第二次补充检查》，载《郭小川全集》（第12卷），广西师范大学出版社2000年版，第37页。

成立后,"共和国"文艺界的决策者们通过对文学生产资料的国有化、文学期刊的重组和作家的思想改造,和一系列文学制度的确立,逐渐掌握了新文化领导权。"文学争鸣"作为当代文学制度整体构成的基本维度之一,它"在当代文学结构中占据了一个重要而特殊的位置"①,发挥文艺战斗的功能,起着调整、规范文学发展方向的作用。在当代诗歌论争过程中,伴随着争鸣各种显在和潜在的规则逐步生成并常规化,诗歌争鸣机制日渐生成并不断成熟与完善。从 1956 年之前的诗歌争鸣来看,一种与现代文学大异其趣的诗歌论争机制正在形成,"创作——论争——检讨"成为诗歌争鸣的常见运作模式②。不论诗歌界的主持者、文学期刊的编辑,还是众多诗论家以及普通读者都不约而同地加入诗歌争鸣机制的建立、维护和完善之中。对于国家权力主体而言,只有确立一套完备且稳定的诗歌争鸣机制,才能有效地消除诗歌传统的消极影响,创造崭新的诗歌理想范式。不可否认的是,"十七年"时期建构的诗歌争鸣机制并非始终处在稳定结构中,它有可能因时代文化语境的变迁,诸种争鸣话语权力的消长和话语力量的变化,以及支撑其稳定性的结构要素的位移与错动而出现倾斜,这就不断需要新的诗歌批判运动对这种争鸣机制进行重新修复与加固。1957 年《星星》诗刊所发生的"诗歌争鸣"事件,是诗歌争鸣机制在"百花齐放、百家争鸣"的文化语境中,遭受严重"合法性"危机挑战而展开的一次"自卫反击"。我们拟以 1957 年《星星》"诗歌争鸣"事件为例,深入考察诗人身份、文学期刊、文学读者、文学政策和文学领导与诗歌争鸣之间的复杂关系,并探究这一诗歌事件是如何进一步巩固和强化诗歌争鸣机

---

① 王本朝:《中国当代文学制度研究》,新星出版社 2007 年版,第 195 页。

② 比如,1951 年卞之琳在《新观察》发表了《天安门四重奏》,是年,《文艺报》(第 3 卷第 8 期)刊载了《对卞之琳的诗〈天安门四重奏〉的商榷》两篇读者批评文章,卞之琳为了"回应"权威刊物中读者的批评,撰写了一篇题为《关于〈天安门四重奏〉的检讨》的检讨(《文艺报》1951 年第 3 卷第 12 期);又如,王亚平在 1951 年《大众诗歌》发表了颇具争议的《愤怒的火箭》,《文艺报》随即登载了以《评王亚平同志的〈愤怒的火箭〉》(第 3 卷第 6 期)和《欢迎这样的文艺批评》(第 3 卷第 8 期)为题的读者批评,王亚平为此对该诗及自身的创作态度进行检讨。(《对于〈愤怒的火箭〉自我批评》,《文艺报》1951 年第 3 卷第 8 期);同样,沙鸥在《大众诗歌》(1950 年第 2 卷第 3 期)《驴大夫》,段星灿的《评〈驴大夫〉》对这首诗歌进行严肃批评,沙鸥最终也以《关于〈驴大夫〉的检讨》一文检讨自身的错误。

制，从而确立当代诗歌理想范式的。

## 一　诗人身份与诗歌"争鸣"

1957 年《星星》诗刊的第 1—7 期刊发了许多在当时具有异端色彩的诗歌①，这些诗歌不管是题材择取、价值指向，还是思想内涵、艺术传达方式等都已僭越了"新的人民的诗歌"理想范式的基本要求。于是，当代文学监管者试图选择《吻》和《草木篇》为突破口，通过对这些诗歌及与之相关联的各种要素的批判，扭转诗歌争鸣机制遭受潜在威胁的局面，其中"诗人身份"是影响诗歌争鸣机制形成与确立的重要因素。

诗人身份的错位也就是诗人对自我身份的认识与国家权力主体对其期待之间发生了有意味的偏离。自新中国成立以来，作家（诗人）常被喻为"人类灵魂的工程师"，同时他们很大程度上又是以文艺（诗歌）为"工农兵"和社会主义经济、政治服务的知识劳动者。一方面，诗歌之所以引起争鸣，在于这些诗歌存在一些与理想的诗歌范式相悖逆的异质元素。因此，被赋予"人类灵魂工程师"称号的诗人一旦卷入诗歌"争鸣"的旋涡之后，他们不得不对那些"不合时宜"的诗歌进行反复检讨和深刻反省。另一方面，在 20 世纪 50—60 年代，诗人笔下的诗歌既然引发了争鸣，也就从另一个侧面反映了创作主体未彻底实现洗心革面，完成思想改造的任务，在这种情势中，诗人理应充任"自我批评者"或"自我检讨者"的角色。可是，在《星星》争鸣事件中，诗人的身份却出现严重的错位。以流沙河的《草木篇》争鸣为例，这组散文诗发表后随即引发了激烈的争鸣，《星星》《诗刊》《红岩》《文艺学习》和《人民文学》前后刊发了十余篇批判文章。应该说，20 世纪 50 年代的整风运动和 1956 年"百花齐放、百家争鸣"的文艺政策，是流沙河创作《草木篇》的外部诱因，诗歌把批判的锋芒指向官僚主义，同时对压抑人的个性发展制度进行抨击与反抗。虽

---

①　这些诗歌包括：《吻》《草木篇》《大学生恋歌》《一粒煤》《批评家的"原则"》（第 1 期）；《单恋曲及其他》《心曲》《步步高升》《我对着金丝雀观看了好久》《致燕子》（第 2 期）；《枫》《雾》（第 3 期）；《婚礼》（第 4 期）；《风向针》（第 4 期）；《泥菩萨》《星》（第 5 期）；《偏爱》、《传声筒》、《黑漆的盒子》（第 6 期）；《怀友二首》《一对山雀》《晨光》（第 7 期）；等等。

然这一时期的政治文化语境相对比较宽松，但是这组散文诗关涉诗歌争鸣的"讽刺与暴露"的敏感问题①，更为重要的是其恰逢"反右"斗争，因而遭到强烈的批判在所难免。有人认为诗歌宣扬"反人民、反集体主义"和具有"危害性和反动性"的"个人主义"思想②，甚至"充满了敌视群体、深刻地仇恨我们的社会的情绪"③。面对问题性质不断升级的批判，流沙河不是及时且积极主动地"检讨"，反而"自己不承认《草木篇》是毒草，并且从批评的一开始，他就抱着对抗情绪和蛮横态度"，认为这是"有组织、有领导地对他围剿"，"是人身攻击，是政治陷害"，并表示"我流沙河不怕'围剿'，站在平原上，等待风暴"，"原来，我并没有把《草木篇》收入集子的，现在既然有人批评，我就特别要把它收入集子去，而且我还要写《草木续篇》或《禽兽篇》……"等，这些在当时极为出格的行为及言论，被视为是"抗拒批评"，是对批评文章的"谩骂"与"污蔑"④。这些显然是流沙河被自认为"不正常"的诗歌争鸣（批判）激怒后的激愤之辞，其中包含着对诗歌争鸣机制的不满与抗争。在诗人看来，面对这种批评应具有"寄言立身者，勿学柔弱苗"的独立的人格精神，在论争中应扮演自由论争者的角色，这种角色认知使其采取坚持己见的"批评——反批评"论争方式，这无疑是对新中国成立以来已经形成"批评——自我批评"争鸣机制的蓄意反叛。曰白针对人们关于《吻》的批评也进行反批评，他说："假若恋人之间没有真挚的爱情基础，他能创造出《吻》那样幸福甜蜜的意境吗？"，"人们不但要劳动、建设和战争，也要恋爱、结婚、生儿育女啊！"，认为"《吻》只是一个特写镜头而已"，"要求他在它的几十个字中除了勾画出一个明确的轮廓外，还要求文字上思想性的表现，那是不可能的"⑤。这些抗辩不仅表明《吻》的合理性与合法性，同时也是对诗歌承载过多的思想或意识形态重负的拒绝。与流沙河一样，曰白也试图以自

---

① 沙鸥的《驴大夫》就因此类问题遭到批判并为此做出检讨，流沙河在特定的文化语境中忘却了"前车之鉴"。不过，在当时"干预生活"创作思潮的影响下，这是一种较为普遍的现象。

② 洪钟：《〈星星〉的诗及其偏向》，《红岩》1957年第3期。

③ 余斧：《错误的缩小和缺点的夸大》，《红岩》1957年第8期。

④ 沈澄：《〈草木篇〉是一堂生动的政治课》，《文艺学习》1957年第8期。

⑤ 罗泅：《评色情诗〈吻〉》，《红岩》1957年第3期。

由辩驳方式突破原有的诗歌争鸣范式。诚然，他们"不安分"的言行已经对诗歌争鸣机制构成威胁，迎接他们的必将是更大规模的批判及更为严厉的规训与惩罚。果然，"反右"斗争开始后，流沙河的《草木篇》被认为是诗人因"杀父之仇"而写的仇恨社会和人民的毒草，犹如王实味的《野百合花》，因此他被划为"右派"分子不断接受大会批判。在巨大的舆论压力下，他试图对过去的言行做出深刻检讨方式来化解所面临的危机，可是最终还是难逃被时代"边缘化"的悲剧命运。同样，曰白也为他的反批评付出了沉重的代价。可以说，《星星》争鸣事件使诗人身份在出现错位后成功实现归位，这使诗歌争鸣机制在遭遇挑战后，其合法性和权威性地位得到进一步巩固，身份问题成为每一位卷入诗歌争鸣风波中的诗人必须谨慎处理的敏感问题。

二　文学期刊与诗歌"争鸣"

文学期刊既是诗歌诞生的摇篮，又是诗歌争鸣的重要媒介。在毛泽东时代，文学期刊发挥着"维护国家政治所打造的思想与文学秩序，促成文学发展政治化"的重要作用，为此，"编辑人员尤其是主编除了有相当的学术水准外，更应具备非同寻常的政治觉悟"①。他们一方面应仔细观察和密切跟踪变幻莫测的政治风云，让刊物赶上"时代前进的步伐"；另一方面必须对来稿的政治性问题进行严格把关，同时还应及时了解其他刊物尤其是国家权威期刊对一些不良倾向作品的争鸣，认真排查自身刊物存在的安全隐患，一旦发现此类问题须通过各种方式开展自我批评，把刊物的风险降到最低。对于诗歌期刊的编辑而言，诗歌争鸣文本含纳了诗歌发展动向、诗歌生产热点、难点或敏感话题，以及国家文艺政策新变化，乃至文坛权威之于争鸣诗歌的态度等大量有效信息，收集、厘清和综合分析这些信息并及时调整编辑方针和用稿标准，是期刊编辑应具备的素质和能力。可以说，《大众诗歌》和《诗刊》编辑在应对诗歌"争鸣"处理能力上的差异，给期刊带来不同的命运。《大众诗歌》因王亚平的《愤怒的火箭》

---

① 王本朝：《中国当代文学制度研究》（1949—1976），新星出版社 2007 年版，第 113—114 页。

和沙鸥的《驴大夫》,《文艺报》刊发了一批读者争鸣文章,虽然编辑对此进行了较为笼统的解释,但是在当时解释不能替代严肃的检讨,况且,解释很容易被理解成辩解或推卸责任,更为重要的是,编辑们没有跟紧变化的形势并大幅度地调整办刊的思路,这就使得诗歌争鸣的"实效性"难以真正实现,国家权力主体为了使争鸣机制发挥其舆论监督的功能,必然通过各种渠道给期刊施加压力,《大众诗歌》因之匆匆夭折。相较于《大众诗歌》,《诗刊》创刊伊始虽然也发表了艾青、穆旦、卞之琳、孙静轩等诗人为数不少"不合时宜"的诗歌,但是编辑会采取一定策略使期刊避免陷入被动状态。比如"当'五一'《人民日报》评论员的文章《工人说话了》已发出'反右'的警号时,《诗刊》6月号的稿也已下厂,无所反映。但自7月号起,就完全是'反右'的大字报、大批判专刊"①。1957年第7期的"编后记"号召诗人"给我们寄来反击右派的诗,讽刺诗和政治诗",刊载了"诗歌界的右派分子所写的诗和诗歌界的一些右倾反动言论进行批判和驳斥"的文章②。随后,《诗刊》发文批判艾青、穆旦和卞之琳等诗歌,并且在1958年第8期还发表了《读者对去年本刊部分作品的意见》一文,以示彻底清除右派分子诗作余毒的决心。这种迅速腾出大量的空间配合政治或文化运动,主动发起诗歌"争鸣"实施自我反省与批判的策略,使得《诗刊》在"反右"运动中未受到大规模的"冲击",依然保持着"国家权威期刊"的地位。可见,在诗歌争鸣中,文学期刊编辑不但要善于观察诗歌"争鸣"并准确把握文艺新动向,而且还要搭建能增强和优化诗歌争鸣机制的争鸣空间。

应当说,《星星》1957年第1—8期,正是试图努力改变文学期刊在诗歌争鸣结构的位置,期刊的编辑采取以下策略应对那些充满火药味的诗歌争鸣。一是"指桑骂槐"式的"反批评"。《星星》诗刊不直接刊发"反批评"的文章,而是刊载一些诗人的"经典"诗论作为回答,如1957年第2期选登了艾青《诗论》中的一段意味深长的话:"诗人为什

① 周良沛:《又是飞雪兆丰年》,载周明、向前编《难忘徐迟》,上海书店出版社1997年版,第231页。
② 《诗刊》编辑部:《编后记》,《诗刊》1957年第7期。

么常常瞧不起世俗者呢？因为那些世俗者只能凭着现成的法则去衡量一切的事物，他们对于任何不能理解的说：'这要不得。'他们贫困于想象，他们永远是知识的守财奴，他们看百科全书超过一切；他们由于吝啬，而能温饱自得；他们不知道，一切知识在没有被公众承认之前，都被看作异端邪说，一样有世俗者在说'这要不得'。"①很显然，这段"诗论"已不单单是艾青对诗人世俗偏见的批评，而是另有所指，也就是，它嘲讽那些把《吻》视为异端之作，以一种带有偏见的成规衡量一切作品的批评者，说白了，就是对署名"春生"的文章——《百花齐放与死鼠乱抛》的"反批评"。这其实是一种旁敲侧击、指桑骂槐的"反批评"方式。二是"明修栈道，暗度陈仓"的编辑策略。当《星星》第1期中《吻》和《草木篇》在《四川日报》上引起争论之后，第2期仍通过"编后草"（《七弦交响》）形式表明刊物的姿态："诗应该七弦交响。"由于外在的舆论压力不断增加，《星星》也修建一些"栈道"保护自身安全，比如，第3期转载了"毛主席给《诗刊》编委的信"和他的《旧体诗词十八首》。《诗刊》编辑曾经为了得到这些诗词的发表权可谓"费尽心机"，不过这象征威权"符号"的信与诗词，既是对《诗刊》的肯定与支持，也是对其无形的保护，确实给刊物增添了无限"荣光"。《星星》这种转载策略其实是试图分享威权"符号"的符号权，给身处"争鸣"风波中的刊物佩戴"护身符"。《星星》第3期还转载了黎本初的《我看了〈星星〉》，文章一方面认为《星星》"格调清新"，"诗的形式多样化"；另一方面也指出了《吻》和《草木篇》的错误，这种既看到成绩又点明失误的相对客观、辩证的批评方式，其目的在于向文艺领导表明《星星》已经意识到了刊物所存在的问题，更重要的是提醒那些"棒杀"《星星》的批评者别"因噎废食"，《星星》自有它的个性和亮点。再者，《星星》第4—7期不再发任何"编后草""编后记"或稿约，从大谈"百花齐放"到无言的沉默，似乎编辑们在压力下已"退却"。当然，这些都是一种"掩护"策略，和《吻》《草木篇》一样具有"毒

---

① 《星星》编辑部：《艾青〈诗论〉摘录》，《星星》1957年第2期。

素"的诗歌依然在《星星》（1—7期）暗自生长①，这些问题诗歌足以说明，《星星》诗刊编辑正是利用"明修栈道，暗度陈仓"的策略，他们一直坚持创刊初期的编辑理念和用稿标准。"反右"之前针对《星星》所刊发的问题诗歌的论争，对期刊未造成实质性影响。与其他期刊惧怕自身刊物上作品卷入争鸣风波不同，《星星》诗刊这种以巧妙方式，努力减轻争鸣事件对刊物留下创伤的做法，似乎给人"刀枪不入"之感，确实体现了期刊本身的气魄。问题是，不论"指桑骂槐"式的"反批评"也好，还是"明修栈道，暗度陈仓"的编辑策略也罢，都使"诗歌争鸣"的功能不能正常发挥，诗歌争鸣机制运转失调，这对新文化秩序的重建和理想诗歌范式的确立构成了重大障碍。1951年胡乔木就批评有许多"文艺刊物的编辑部"，没有"把经常组织批评和自我批评作为自己的任务"②，于是包括《文艺报》在内的许多期刊开始积极对"粗制滥造"的文艺作品展开了批评，许多作家和期刊编辑也开始检讨自身的错误。这种良好的争鸣机制居然受到挑战，不可能不引起文艺监管部门的高度重视，摧毁《星星》编辑部的堡垒，重振文艺"争鸣"的战斗威力成为时代必然。果然，1957年第9期《星星》编辑部被重组，石天河、流沙河、白航等的诗作和他们"出格"的言行一起受到猛烈地批判，有些人还被划为"右派"甚至被定为"反革命分子"而获牢狱之灾。自1957年第9期至1960年停刊，个性模糊的《星星》和《诗刊》一道为完善和优化诗歌争鸣机制提供战斗的基地。

## 三　文学读者与诗歌"争鸣"

读者是"十七年"诗歌争鸣的重要主体，然而，在争鸣中读者身份各异：有可能是普通的文学阅读者，也有可能是批评家或文坛权威，还有可能

---

① 当时被认为是"毒草"的诗歌有：《我对金丝雀观看了好久》、《步步高升》（第2期）；《某首长的哲学》《荒唐歌》（第3期）；《风向针》（第4期）；泥菩萨（第5期）；"传声筒"（第6期）；《怀友二首》（第7期）。被认为是宣扬资产阶级思想感情的作品有：《单恋曲及其他》《心曲》《致燕子》（第2期）；《枫》《雾》（第3期）；《婚礼》（第4期）；《星》（第5期）；偏爱、《黑漆的盒子》（第6期）；《一对山雀》《晨光》（第7期），参见《右派分子把持〈星星〉诗刊的罪恶活动》，本刊编辑部《右派分子把持〈星星〉诗刊的罪恶活动》，《星星》1957年第9期。

② 胡乔木：《文艺工作者为什么要思想改造思想?》，载人民文学出版社编辑部编《文艺工作者为什么要思想改造思想?》，人民文学出版社1952年版，第2页。

是作家身份的读者，甚至有的仅仅是编辑们在争鸣中虚拟出来的一个符号，等等。在《星星》诗歌争鸣中，"读者"大致有两类：一类是具有独立见解的读者；另一类是"符号化"的读者。"孟凡"和"张默生"是前一类读者的代表。在《吻》和《草木篇》遭到批评后，孟凡的《由〈草木篇〉和〈吻〉的批评想到的》一文，对诗歌争鸣的方式提出了质疑，认为过去许多批评有"辱骂"与"恐吓"之嫌，"论鼓方响，就把对方归入'畜生道'，那还能给人留下什么抗辩的余地？"，有几十篇文章"篇篇声色俱厉，令人感到像一次运动"，而且很多批评要么近乎"穿凿附会"，要么"一棍子打死"，要么"对被批评者扣上不适当的大帽子"，他提出"批评要双方站在平等的地位进行"，要根除"片面、主观、简单化、粗暴这些毛病"①。这些意见表明论者试图在论争中发出属于自身的异样声音，让诗歌争鸣走上他所憧憬的"健康"之路。另外，张默生则在四川文联召开的座谈会上提出"诗无达诂"，认为"一首诗不可能只有一种固定的解释，最好是让作者自己去注释，任何时代的诗也是如此"，《草木篇》"只是影射少数人，不是存心反人民，反对现实社会"②。这其实是一个具有较高学养的读者（研究者），力图避免让诗歌争落入僵硬的政治化批评俗套所寻找的学理资源。可是，不论孟凡还是张默生都不是当代诗歌争鸣欢迎的读者，因为他们这些不乏尖锐的声音容易引起许多人的共鸣，从而"混淆视听"，极不利于思想与观念的统一，更为严重之处在于，他们批评的锋芒直指诗歌争鸣机制本身，否定这种机制的合理性及合法性。因而，随着时代语境由宽松向紧缩转变，这些读者势必会被看作那些受批评者的"辩护人""袒护者""黑后台""黑帮团伙"等，其言论自然成为他们的"罪证"，和"受批评者"一道被推上政治或道德审判席。有人认为孟凡的文章"在客观上支持了反社会主义的《草木篇》，成为流沙河的辩护人"，"抹杀了这场论争取得的成绩"，"削弱了这一场斗争的重大意义，也妨碍人们取得正确的经验和教训"③。而张默生被指"趁火打

---

① 沈澄：《〈草木篇〉是一堂生动的政治课》，《文艺学习》1957年第8期。
② 胡乔木：《文艺工作者为什么要思想改造思想？》，载人民文学出版社编辑部编《文艺工作者为什么要思想改造思想？》，人民文学出版社1952年版，第2页。
③ 余斧：《错误的缩小和缺点的夸大》，《红岩》1957年第8期。

劫，想利用《草木篇》事件，向党进攻，好提高自己的地位，满足自己的野心"①，在一个政治和道德的极度泛化的时代，如此性质严重的道德或政治"判定"，给持有歧见者的精神世界、心态构成乃至现实人生都可能带来重大的影响，加之"反右"斗争逐渐展开，这类读者声音很快淹没并消失在时代主旋律的宏大声响之中。

那么，《星星》诗歌争鸣需要培养和制造哪种类型的读者呢？从实际情形来看，只有审美旨趣皆趋向官方趣味的符号化的读者才是诗歌"争鸣"需要的读者。这类读者通常被编辑们邀请集体"登台亮相"，他们声音经过编辑们"检测"、过滤、润色、分类后以单纯的形态呈现出来。比如《星星》1957 年第 10 期就发表了由"本刊编辑部"整理的《读者对〈星星〉诗刊的批评》一文，文章把读者的意见整理成三个方面：一是"《星星》诗刊应该坚决向左转"；二是"坚决铲除毒草"；三是"对坏诗的批评"。这些来自全国各地的无名读者审美趣味、价值判断高度趋同，不消说，他们不过是能够制造诗歌"争鸣"氛围和效应的一个个符码②，甚至可以说他们就是"群氓"③。读者以这样的面貌和集体出场的方式其实并不新鲜，《文艺报》在批评王亚平的《愤怒的火箭》就曾采用"编者按"加"读者批评"方式。同样，《诗刊》为配合"反右"斗争，在 1958年第 8 期也发表了《读者对去年本刊部分作品的意见》一文，收集了读者对发表在《诗刊》上的问题诗歌的意见。这些"读者"正是国家权力主体需要着力培养和扩大的对象，因为他们可以成为当代诗歌争鸣机制的支持者和拥护者，成为一支在诗歌争鸣中可供编辑们随时调遣与驱使、增援权

---

① 胡乔木：《文艺工作者为什么要思想改造思想?》，载人民文学出版社编辑部编《文艺工作者为什么要思想改造思想?》，人民文学出版社 1952 年版，第 2 页。

② 据石天河回忆："在《吻》和《草木篇》遭批判的时候，《星星》编辑部确实收到过许多读者和青年诗人的来信、来稿，大部分都对刊物表示了同情、支持、鼓励与安慰。当时没法刊出，除个别复信退稿外，只好丢进字纸篓。"由此可见，读者的"声音"绝非如此纯粹与单一，它是经过编辑的筛选甚至制造出来的，参见石天河《批判和停职反省后的抗争》，《星星诗祸》（之五），http：//blog. sina. com. cn/s/blog_ 5b24a4c20100af1j. html。

③ "群氓"就是聚集起来的表现为同质均一心理意识的人类群体。"它是一股盲目的不可控制的力量，能移山倒海，克服任何障碍，甚至摧毁人类几个世纪所积累的成就。"参见［法］塞奇·莫斯科维奇《群氓的时代》，许列民等译，江苏人民出版社 2003 年版，第 5 页。

威批评的队伍。当然，读者在争鸣中所传递的如此纯粹和单一的消费需求，也反过来影响诗歌生产，使诗人不敢贸然突破当代诗歌书写成规，而是最大限度地生产合乎意识形态符号化读者审美诉求的诗作，这样一来，当代诗歌就在争鸣中读者需求制约下，朝着更加健康、规范和有序的方向发展。

### 四　文学政策与诗歌争鸣

有论者认为，"政策在当代中国是利益、权力、真理和规律的代名词，文学运动、文学规范、文学实践及其文学资源的利用都受制于有关政策的规定"①。的确是如此，当代诗歌争鸣发生、发展和整体走向也同样受当代文学政策的制约。当文学政策给文学稍微松绑时，一些试图打破烦琐成规的诗歌不断潜滋暗长，它们比较容易成为众人心目中抢眼的另类诗篇，也很可能引起不同审美习性的读者的争鸣。而当文学政策由宽松向严格转变时，那些进入"不合时宜"边缘的诗歌又会成为争鸣的对象，人们往往根据走向不太明朗的文学政策，对诗歌价值做出不同的判断，在争鸣中各持己见。

发生在 20 世纪 50 年代末的《星星》诗歌争鸣，受文学政策的影响和制约着实太大了。从争鸣的发端到争鸣阵势的摆开，再到双方的收场都与当时的文学政策密不可分。首先，从争鸣的发端来看，引发《星星》诗歌争鸣的诱因是"百花齐放、百家争鸣"的文学政策。《星星》创刊号"稿约"可略见一斑：

> 我们对诗歌的来稿没有任何呆板的尺寸。我们欢迎各种不同流派。现实主义的，欢迎！浪漫主义的，也欢迎！
>
> 我们欢迎各种不同风格的诗歌。"大江东去"的豪放，欢迎！"晓风残月"的清婉，也欢迎！
>
> 我们欢迎各种不同形式的诗歌。自由诗、格律诗、歌谣体、十四

---

① 王本朝：《中国当代文学制度研究》（1949—1976），新星出版社 2007 年版，第 223 页。

行体、"方块"的形式，"梯子"的形式，都好！在这方面，我们并不偏爱某一种形式。

我们欢迎各种不同题材的诗歌。政治斗争，日常生活，劳动，恋爱，幻想，传奇，童话，寓言，旅途风景和历史故事，都好！虽然我们以发表反映各族人民现实生活的诗歌为主，但我们并不限制题材的选择。①

应该说，毛泽东1956年提出的文艺与科学发展的"双百"方针，促使《星星》试图在用稿方面能突破原有的"呆板的尺寸"，让"不同流派""不同风格""不同形式"和"不同题材"的诗歌都能在同一园地中自由生长。由于编辑们"一心想抓住机会，把这个刊物，办成一个能突破各种教条主义清规戒律、真正体现'百花齐放'的诗歌园地"②，因此，一些明显闯入创作禁区的诗歌在《星星》上公开发表，这些诗歌虽然在打破诗坛相对沉闷的局面和日趋僵化的模式方面，确实迈出了较为大胆与坚实的一步，但是在阴晴无定的"百花时代"，如此"不安分"探索行为已经在不知不觉中超越了文学政策所能包容的限度，和人们已然固化的审美习惯所能接受的程度，这些都为诗歌争鸣埋下了隐患。可以说，没有"双百"方针的出台，《星星》一般不太可能选择"门户开放"的办刊思路，那些冲破"呆板尺寸"的诗歌也不可能在此生根发芽，《星星》"诗歌争鸣"事件也许不会发生，因此不妨说文学政策变动是诱发诗歌争鸣重要因素之一。其次，对"双百"方针的理解差异是《星星》诗歌争鸣展开与升级的重要因素。以《吻》一诗争鸣为例。这首诗歌在《星星》创刊号发表后，1957年1月14日的《四川日报》副刊《百草园》上，发表了一篇题为《百花齐放与死鼠乱抛》的文章，认为《吻》是充满"'色情'的作品"，"《星星》把党的'百花齐放'文艺方针，搞成了'死鼠乱抛'"③，

---

① 《星星》诗刊编辑部：《稿约》，《星星》1957年第1期。

② 石天河：《一个"生不逢辰"的诗刊》，《星星诗祸》（之一），http://blog.sina.com.cn/s/blog_ 5b24a4c20100af0p.html。

③ 石天河：《回首何堪说逝川——从反胡风到〈星星诗祸〉》，《新文学史料》2002年第4期。

这说明编辑"在'百花齐放'的缝隙中，有意无意地顶着'马克思主义的美学观点''艺术的特征'等种种商标而冒出来的、资产阶级的、小资产阶级的'灵魂深处'的破铜烂铁的批发者"①。于是，石天河撰文《诗与教条——斥"死鼠乱抛"的批评》进行反批评，认为《吻》所抒写的"完全是有平等地位的一对青年男女的爱情。这种爱情，通过他们甜蜜的、沉醉的吻，艺术地表现出来，它对我们人民的精神生活是毫无损害的，它是健康的"，"在'百花齐放，百家争鸣'的方针公布以后，教条主义还并没有收锋敛迹，它还在继续地向文学艺术进攻，它还在尽情地使用污蔑、扼杀的手段，以'莫须有'的罪名，强加在文艺作品和文艺工作者的头上阻碍着文艺事业的前途"②。双方论争的焦点除了《吻》是不是"色情诗"之外，更重要的是《吻》是合乎"双百"方针的产物，还是对这一方针的歪曲。显然，在"春生"看来，"百花齐放"不是"无原则""无限度"地放，像《吻》这样不健康的诗作应在被"冻结"之列，《星星》的编辑未能正确理解和把握"百花齐放"的方针。石天河却以为，"春生"根本未深刻领会"双百"方针的精神，对《吻》批评是"教条主义"在兴风作浪，是违背且有意拒绝执行"双百"方针表现。可见，论争的双方都根据自身所理解的"双百"方针，对《吻》做出了全然不同的价值判断。在"十七年"文学中，人们对同一文学政策的理解与阐释有时会出现一些差异，因而依据这些政策去估定诗歌的价值时就可能产生"分歧"，于是争鸣也就难以避免。最后，文学政策的嬗变还与诗歌争鸣的目标的转移、升级以及争鸣结局有紧密关联。《星星》争鸣由批判《吻》转向批判《草木篇》并逐渐升级，除了与石天河等写反批评文章，引发四川文联内部复杂的人际纠葛和冲突有关外③，还与文学政策的变化有关。发生在1956年东

① 春生：《百花齐放与死鼠乱抛》，《四川日报》副刊，1957年1月14日。
② 石天河：《诗与教条——斥"死鼠乱抛"的批评》，《星星诗祸》，http://blog.ifeng.com/article/1692003.html，2008-09-05。
③ 洪子诚先生认为，在当时的文学批评中，许多时候"相信所谓'对事不对人'确实有点'迂腐'"，对某些权威的反批评很容易被视为对"权威"的不满，而被戴上"反党""反社会主义""右派分子"等帽子，石天河等人的反批评文章就因这样的逻辑被看作对领导的"攻击"，因而有关《吻》的争鸣到后来已很少"就事论事"，而是夹杂着太多复杂的人事纠葛。洪子诚：《百花时代》，北京大学出版社2010年版，第67页。

欧的"波匈事件"引起了包括毛泽东在内的国家领导人，对国内知识分子过激言行的高度关注，基于对整个国际形势和国内现实情形的判断，毛泽东在1957年夏天发起了一场全国性规模的"反右"斗争，文艺界的"反右"斗争使文学政策迅速由"放"向"收"逆转，文学领域中的阶级斗争得到再次强化。文学政策的骤然突转，为批评者在《草木篇》的政治立场问题大做文章提供了良好的契机，因为如果说《吻》只不过是有关诗歌健康与否和诗人道德高尚与否的问题，那么《草木篇》则是关乎是否"反社会主义"和"阶级立场"是否正确的政治问题，所以批评重心由《吻》向《草木篇》转移，既可以迎接文艺界的"反右"斗争，又能够升级所争鸣对象问题的性质，提高批评的战斗性。此外，"反右"斗争时期及之后的知识分子下放的各项政策，不仅使这场诗歌争鸣中的被批评者几乎失去了任何"反批评"的权利，同时还使他们不得不面临生存和精神的双重危机，留给他们唯一拥有的"权利"就是自我检讨。正是文学政策的"紧缩"给文学界造成的压力，使那些进入《星星》诗歌争鸣场域中的"当事人"，很难拥有平等对话并相互吸纳对方的合理和有益观点的空间，与之相反，让受批判者主动进行"自我批评"并最终消失于争鸣舞台来终结争鸣成为一种历史的必然。

诚然，文学政策的嬗变在影响"诗歌争鸣"的发生、发展、升级和结局过程中，也使诗歌争鸣机制经历了"冲击——破坏——修复——巩固"的变动，经过这一系列的变动，"诗歌争鸣"机制得到完善与优化，其"合法性"和"权威性"进一步加强。

五　文学领导与诗歌"争鸣"

在"十七年"文学中，党在文学的发展中居于核心的领导地位，文学"争鸣"是党领导文学的重要方式之一。文学"争鸣"不但可以暴露文学发展中存在的各种对文学领导权构成威胁的因素，而且还能够借助"争鸣机制"消除这些威胁，从而增强党在文学中的领导威信和领导权力。综观《星星》诗歌争鸣事件，它实际上牵涉到党在文学领导地位和领导权的敏感问题，因此，这一事件又可以看作一次文学领导权的"博弈"。

首先，争鸣诗歌的"发"与"不发"。据石天河回忆，"在《草木篇》

由流沙河交给我的时候，发稿之前，李累曾拿去看过，并私下向我说：'这篇东西，有点像王实味的《野百合花》，是不是不发?'"①，李累是四川文联创作辅导部部长，兼任文联的党支部书记，他是文联的"拥有实权"的领导之一，为此，他把《草木篇》等同于《野百合花》并建议"是不是不发?"，显然已不是简单的带有商量式的建议，而是他在察觉了诗歌问题的严重性之后的暗示与提醒，按常理，期刊的编辑应该有相当高的政治敏感，对文联领导的这些意图理应"心领神会"。可是，作为执行编辑石天河，却认为"王实味的《野百合花》是杂文，《草木篇》是散文诗，并无相似之处"②，《草木篇》不仅是当时诗坛久违的"散文诗"，更重要的是它展现知识分子的"独立人格精神"，有其独特价值，故未对李累的建议加以细细"揣摩"，最后还是将诗歌发表了出来。由于党对文学的组织领导主要通过文联和作协来实现，《星星》归属于四川文联的领导，文联党支部书记的建议代表着党的意见，《星星》执意刊载《草木篇》的行为自然容易被理解为是对文学领导的冒犯，是不接受党的领导的一种表现，加之，《草木篇》包含着一种反抗情绪，这样一来，不论"石天河"的"现实行动"，还是流沙河的"精神情绪"都被"误读"为具有拒绝接受党的领导的倾向。在这种情势中，发动对《草木篇》的争鸣，无疑是实现党在文学中领导权力重建的一种策略，因为通过有组织"诗歌争鸣"制造强劲有力的舆论攻势，重新构造批评对象的"形象"与"本质"，再发现诗人及诗歌的"病灶"，让受批评者在舆论的监督中接受规训与惩罚，从而有效控制其权力的越界与扩张，逐步赢回和巩固党在文学机构中的领导权。不过，当时文学期刊采取中央向地方层层领导的方式，四川文联对《吻》和《草木篇》的整肃，也可能会受到上级领导的影响而发生变化。

其次，反批评文章的"登"与"不登"。当《吻》发表之后，当时四川省委宣传部李亚群副部长撰文（《百花齐放与死鼠乱抛》）进行批评，石

---

① 石天河：《〈草木篇〉批判的台前幕后》，《星星诗祸》，http：//blog. sina. com. cn/s/blog_5b24a4c20100af1e. html，2008 - 09 - 02。

② 同上。

天河、储一天等人对此文进行反批评，可是这些却被《四川日报》编辑部"压住不发"①。总编伍陵认为，"党报有党报的立场"，"不能随便什么文章都发"②，于是，石天河等"准备自行印发"这些反批评文章，他们的这种行为显然是对《四川日报》抗议，由于省委宣传部分管《四川日报》，在文艺监管者看来，他们的抗议行为不仅是不服党对文艺的组织与领导的表现，同时还是"向党夺取对知识青年和文艺事业的领导权"，"向党进攻"的"反叛"行动③。虽然他们试图把那些"反批评"文章在《星星》上发表的努力最终还是"流产"，但是这些极"不安分"的行为必然会引起文艺领导的密切关注，一旦时机成熟，他们的这种行为连同"反批评"文章都变为百口难辩的罪证，掌管文艺的权力部门，将以各种运动方式摆开紧张的斗争攻势，并借助媒介铺开一张舆论监督的网络，使他们无处逃遁。可以说，"批评——自我批评"是当代诗歌争鸣的运作机制，"反批评"文章的刊登与否，直接关涉文艺意识形态领导权和领导的权威问题，它最终将由掌控文艺命脉的领导者或权威者裁定。

最后，深刻检讨的"拒绝"与"服从"。作家与编辑的检讨是"十七年"时期颇为独特且常见的文体，它不仅是文艺工作者在文艺实践中出现错误时自我反省的方式，同时也是国家权力主体领导文艺的一种手段。当一些创作主体的文学理论或文学实践偏离了既定的发展轨道时，文艺领导让他们做出检讨，这一方面可以使作家从一个"张扬"主体变为"屈从"主体，清理文学政策执行过程中出现的障碍，保持文学政令畅通；另一方面检讨让作家不断提高对文艺动向的敏锐性，并及时把新的文艺理念内化到自身的精神世界之中去。在《草木篇》遭受批判时，流沙河一开始表现出愤怒，也拒绝做出深刻的检讨，甚至还多有出格的言行。在当时，拒绝检讨与不服从领导之间本身就是一件很难厘清的事情，事情很快转到拒绝接受党的领导这样性质严重的问题上来，流沙河为此不断受到批判，他后

---

① 石天河：《回首何堪说逝川——从反胡风到〈星星诗祸〉》，《新文学史料》2002 年第 4 期。

② 石天河：《反批评文章所经历的一波三折》，《星星诗祸》，http：//blog. sina. com. cn/s/blog_ 5b24a4c20100af14. html，2008 - 09 - 02。

③ 沈澄：《〈草木篇〉是一堂生动的政治课》，《文艺学习》1957 年第 8 期。

来写了"一万两千多字的《我的交代》"的检讨书，因"认罪态度较好、检举有功"，而"获得宽大处理"，这从一侧面说明检讨意味着创作主体服从组织领导，它不但能帮助树立文艺领导的权威，而且还巩固文艺争鸣机制，使文艺生产在"有组织有纪律"的状态中有序展开，从而使理想的诗歌范式能得到有效建构与确立。

# 第四章 当代诗歌经典生成现象

文学经典的解构和建构不仅是再建文化（文学）新秩序的重要方式，同时也是维护"新的人民的文艺"意识形态属性的独特手段。文学经典是在特定的文学场域和诸多因素合力作用下确立起来的，因而深入探察当代诗歌经典的评定标准和生成法则，既有助于人们窥探诗歌内在运行机制，又有利于观察诗歌诗学理念的复杂变迁。那么，当代诗歌经典审定主体是如何重新修订经典遴选标准，瓦解与重组现代诗歌经典的位置与等级？他们又是如何借助经典位置与等级的变动来调整当代诗歌发展新路向，组建一个"新异"与"别样"的诗歌成长空间的？当代诗歌经典打造是在何种错综复杂的关系网络中展开的？哪些复杂的因素影响了当代诗歌经典的构造？在经典的打造过程中又产生了哪些文化摩擦？本章拟从现代诗歌经典的"重构"和当代诗歌经典的建构两个维度出发，深入探寻 20 世纪 50—60 年代"政治—文化"语境中诗歌经典认定与打造的复杂性。

## 第一节 现代诗歌经典的解构与重构

诚如杜威·佛克马所言：虽然"文学经典的改变并不能直接影响社会组织和人们的政治和宗教生活，但它可能会影响我们对生命和社会各个方面的想法"①，也就是说，文学经典的解构与重构有助于刷新特定时代人们心中的某种价值理念。为此，当代主流诗界的主持者们通过解构与重构现代诗歌经典，重新勾勒现代诗歌历史路线和图绘"当代"诗歌的发展蓝图，确立和巩固其话语霸权的地位。1949年前后，我国经济、政治和文化经历着一系列的重大转型，新的民族国家为了建构一种崭新的文学形态，国家权力主体借助各种文化批判运动的训诫力量，对文学运行机制进行全面革新。与凭借外在强制力量推进文学变革不同的是，文艺界的主持者力求通过对现代文学经典的重构与再指认，从文学内部来更新文学理念并促进新的文学规范的形成，从而建立一种有利于革命文学成长的文学新秩序。当代诗歌作为"十七年"文学构成不可或缺的部分，它在蜕变与新生的过程中同样必须对现代诗歌经典进行重评，这样不仅可以使经过筛选的现代诗歌经典在新的价值评价和阐释系统中，转化为当代诗歌生产的"样板"，同时也可以让"当代"诗歌的生成与发展获得稳固的根基和合法的空间。

一 "标尺"与"界限"：现代诗歌经典的勘定——以开明版的《新文学选集》为例

《新文学选集》是1951—1952年出版，由茅盾主编的"五四"以来作家所写的"现实主义的文学作品"选集。这套丛书旨在"编辑'五四'以来具有时代意义的作品，以便青年读者得以最经济的时间和精力获得新文学发展的初步的基本的知识"②。事实上，这套汇聚了24位现代作家作品选集的丛书，不仅仅是为了普及"新文学发展的初步的基本的知识"，更重要的是为了在新旧文化交替之际，及时有效地清理文化传统，重新认定现代文学经典，同时借助经典位置的起伏变动来重组"新文学"的发展格局，借此建构有助于"新的人民的文学"成长的文化空间和文学秩序。被誉为"新文学纪程碑"并具有很高权威性的《新文学选集》中的经典遴选

---

① ［荷］杜威·佛克马：《所有的经典都是平等的，但有一些比其他更平等》，李会芳译，载童庆炳、陶东风主编《文学经典的建构、解构和重构》，北京大学出版社2007年版，第17页。

② 茅盾：《编辑凡例》，载《新文学选集》，开明书店1951年版，第5—6页。

标准与尺度，很大程度上反映了新中国成立初期文学界的权力阶层对理想文学范式的构想与设计。为此，我们试图从《新文学选集》"编辑凡例""序言"及入选诗歌编目出发，观察和分析当代文化语境中现代诗歌经典的指认场域和遴选准则，以及由此确立起来经典的边界。就现代诗歌而言，《新文学选集》主要编选和出版了郭沫若、殷夫、闻一多、艾青四位诗人的选集，那么，为什么在众多的现代诗人中这四位诗人才有入选的资格呢？他们的哪些诗歌进入经典之列？哪些要素参与了现代诗歌经典重构呢？现代诗歌经典确立的界限在何处？这些界限对当代诗歌新秩序的建构有何意义？这些都是现代诗歌解构与重构方面很值得深入研究的问题。

　　首先，就诗歌的功能角度来说，伦理教化功能是审定现代诗歌经典的首要指标。如前所述，"新的人民的文学"属于"社会主义现实主义"文学，而文艺工作者被喻为"人类灵魂的工程师"。人们普遍认为，相较于"批判现实主义"，社会主义现实主义文学的本质特性在于其强大的伦理教化的功能，"用社会主义精神教育劳动人民"是当代文艺"党性原则"的集中体现。在第一次文代会上郭沫若就曾说，我们"要创造富有思想内容和道德品质，为人民大众所喜闻乐见的人民文艺，使文学艺术发挥教育民众的伟大效能"[1]。张光年亦认为，当代作家"艺术描写的目的和意义"，在于"以最大热诚担负起以社会主义精神教育人民的任务"，"以最大的热诚向人民群众传播我们这个时代的伟大真理"[2]。正是社会主义现实主义文学强烈的伦理教化诉求，使得现代诗歌经典审定尤为关注诗歌所含纳的革命伦理和道德伦理价值。很明显，在这套丛书中闻一多和殷夫都是"革命烈士"，茅盾在"编辑凡例"中曾为未能更多编选革命先烈的诗文而深表遗憾："二十余年来，文艺界的烈士也不止于本丛书所包罗的那几位，但遗文搜集，常苦不全，所以现在就先选辑了这几位，将来再当增补"[3]，为了弥补这个遗憾，1954年8月人民文学出版社出版了《殷夫诗文选》，进

　　① 郭沫若：《为建设新中国的人民文艺而奋斗》，载中华全国文学艺术工作者代表大会宣传处编《中华全国文学艺术工作者代表大会纪念文集》，新华书店1950年版，第41页。
　　② 张光年：《社会主义现实主义存在着、发展着》，载新文艺出版社编辑部《社会主义现实主义论文集》（第一集），新文艺出版社1958年版，第9页。
　　③ 茅盾：《编辑凡例》，载《新文学选集》，开明书店1951年版，第6页。

一步收录了殷夫的遗稿《孩儿塔》（诗集）等。可以说，在当时编者相当重视先烈遗作之于当代"青年"读者的革命教育意义。比如冯雪峰写的《殷夫选辑》"代序"中，提到了编选这部选辑的意义，那就是"重新温习和认识一遍这血写的我们的历史的第一页"，教育当代文艺工作者："一个作家，和一个革命者一样，就是在胜利的今天，也万万不能忘记敌人的凶暴"，我们"必须用心血来工作，进行不断的战斗，来实践鲁迅的遗训，来实现毛主席指示的人民的爱国的文艺创造，并且来纪念我们光荣的作家烈士"①。如果从现代诗歌诗体建设和艺术营构方面的实绩出发，那么殷夫的诗歌存在概念化和口号化的毛病，很难算是思想和艺术皆属上乘的经典之作，然而，当他的诗歌置于革命伦理范畴中加以审察时，其意义与价值就被有效地发掘与提升，被认为是包含着"最健康、最坚强、最懂得爱、最富有生命的灵魂"②的诗作，他以身殉国的精神境界和充满战斗精神的诗篇，被当成是进行爱国主义教育的经典文本。于是，开明版的《殷夫选集》的编目除了《孩儿塔》（诗集）以及《我们》《时代的代谢》《五一的柏林》和《我们是青年的布尔塞维克》暂时未找到诗稿而没有收录进选集之外，其他绝大多数都被视为"大进军的号音"和"尘战的鼓声"，被奉为"充满了阶级感情"的现代诗歌的经典之作③。在"十七年"时期，虽说"共和国"已经基本进入了和平建设的年代，但这个新生的民族国家在政权建设方面仍存在许多不稳定的因素，作为掌握了文化领导权的国家权力主体自然不断强化对人们的革命伦理观教育，这一方面是为了激发人们的革命情怀，唤醒民众的革命历史记忆，使他们更深刻认识到新的民族国家确立的艰巨性、必然性和合法性；另一方面则旨在提高民众的阶级斗争意识和战斗精神，保卫"共和国"的意识形态安全，同时还试图用革命伦理中所包含的忠诚品质和奉献精神，重构民族国家的"国民精神"，培育经过革命精神洗礼的时代新人。正是这种特定的文化语境和时代诉求，伦理教化功

①　冯雪峰：《代序——鲜血记录的历史的第一页》，载《新文学选集》，开明书店 1951 年版，第 15—16 页。

②　丁玲：《序——读了殷夫同志的诗》，载《新文学选集》，开明书店 1951 年版，第 19 页。

③　同上书，第 17 页。

能成为当代经典审定者遴选现代诗歌经典的极为重要的尺度。于是，"十七年"时期殷夫的诗歌不仅以各种选集的单行本方式大量发行①，而且还被选入一些重要的诗歌选本②，这无疑说明了在 20 世纪 50—60 年代，在新的经典标准的影响下，殷夫的诗歌已牢固确立其经典的位置。

　　同样，基于此种经典审定的标准，闻一多的诗歌也被认定为现代诗歌的经典。开明版的《闻一多选集》是在 1948 年版《闻一多全集》基础上选了 35 首诗歌。在选集的"序言"中，编选者认为，"从这样一个选本中，虽然不能看到闻先生的全部成就，但从此也可以看出闻先生的转变过程和努力方向"③。也就是说，闻一多的诗歌之所以能成为经典，除了其富有革命性和战斗性之外，更重要的是这些诗作能够展现知识分子由诗人到学者再到革命战士的身份转变过程，能够让读者看到一个充满矛盾的知识分子，"当他站稳了人民的立场之后，一切矛盾的都统一了起来，一切动摇的都肯定了起来"④，说白了，就是闻一多的诗提供了作为我们知识分子进行思想上脱胎换骨式的自我改造的成功范例，具有巨大的"道德伦理"的教化意义。如果说殷夫的诗歌直接发挥着鼓动人们进行战斗的作用，那么闻一多的诗歌则为那些钻进"故纸堆"的小资产阶级知识分子指明了实现自我新生的道路，编者同样看重的是他的诗歌能很好地满足经典评定的标尺，即能充分实现诗歌的伦理教化功能。因为闻一多诗歌由"唯美主义"向"现实主义"嬗变过程，也是知识分子在矛盾中认识革命并最终毅然投向革命的过程，人们也可以从中发现知识分子对革命伦理——崇尚组织性、集体性、服从性和奉献精神等——的认同与接受的过程。一个令人颇感奇怪的现象是，在选集中闻一多那些具有浓重唯美主义色彩（如《死》《香篆》《国手》等）或充满幻灭感的诗作（如《奇迹》等）也跻身于经典之列。之所以会出现这种现象，就在于编者在编选过程中，主要

---

　　① 1954 年人民文学出版社出版了《殷夫诗文选集》，1958 年人民文学出版社又编选了《殷夫选集》（诗文集），同年还出版了殷夫的《孩儿塔》（诗集）。

　　② 臧克家 1956 年的《中国新诗选》（1919—1949）选了殷夫的五首诗歌，1959 年萧三编的《革命烈士诗抄》也收录了殷夫的六首诗歌。

　　③ 李广田：《序》，载《闻一多选集》，开明书店 1951 年版，第 7 页。

　　④ 同上书，第 23—24 页。

不是以革命伦理教化功能来衡量单篇诗作的经典价值，而是把他的诗歌当作一个完整的整体，并从诗歌的发展与变化中发掘其成为经典的理由。这种遴选的方法既可吸纳符合经典审定标准的诗作，又可以让那些与经典尺度相龃龉和冲突诗歌以一种巧妙的方式加入经典阵营。这不仅反映了新中国成立初期经典审定的主持者在经典标尺把握上的相对灵活性，同时也表明在经典遴选时依循特定的标准处理有着复杂思想和艺术成分诗歌的复杂与艰难。当然，在一个文学经典示范效应之于文学新秩序建构意义被极力强化的年代，《闻一多选集》的编者还是比较严格遵循当代经典审定原则的，比如选集对具有唯美主义成分或现实性不强的诗歌就有所筛选和过滤，像《雨夜》《雪》《黄昏》等诗歌皆未收录选集。有时即便选了这部分诗歌、也通过阐释方式转移了文本价值重心。比如《忆菊》一诗即为显例，该诗不仅仔细描绘了现实或记忆中不同菊花绽放的姿态："插在长颈的虾青瓷的瓶里／六方的水晶瓶里的菊花／攒在紫藤仙姑篮里的菊花／守着酒壶的菊花／陪着螯盏的菊花／未放，将放，半放，盛放的菊花"，而且还细细摹写菊花的颜色："镶着金边的绛紫色的鸡爪菊／粉红色的碎瓣的绣球菊"，"丝丝的疏雨洗着的菊花／金底黄，玉底白，春酿的绿，秋的紫，……"应该说，诗歌采用了唯美主义的艺术手法，呈现菊花的"姿态美"和"色彩美"，传达诗人对象征着希望、逸雅、高超的"菊花"——进一步说是"自然之美"——的向往与忆念。有趣的是，在编选者李广田看来，这首诗歌的核心价值在于其间洋溢着诗人强烈的爱国主义情怀，因而，诸如"啊！自然美的总收成啊！我们祖国之秋的杰作啊！"，"我要赞美我祖国底花！／我要赞美我如花的祖国！"这些诗句是"唯美主义与爱国主义结合"的佳句[①]，是诗人思想转型的重要体现。这里，"唯美主义／爱国主义"在进化思维逻辑的观照下形成一种价值等级，后者是对前者的超越，或者说，后者才是诗歌真正的价值所在。这显然是一种转移诗歌价值重心的方法，来强化和凸显闻一多诗歌的伦理教化功能。不过，总体而言，编选者对那些入选的唯美主义成分强烈的诗歌整体评价不高，认为他早期的诗歌形式

---

① 李广田：《序》，载《闻一多选集》，开明书店1951年版，第11页。

试验虽说具有一定历史意义，但终究不如其创作"道路的终点"时期作品的价值。在诗歌价值随时间的推移呈"螺旋式"增长的价值逻辑中，闻一多那些与"革命现实主义"标准相去甚远的早期诗歌自然处在经典等级序列的末端。

此外，在这种标准的观照下，郭沫若在自己编选《郭沫若选集》的自序中对诗歌能否合乎革命伦理这一经典标准进行解释，认为自己"自信是热爱祖国的"，"搞文学是想鼓动起热情来改革社会"，在他的逻辑叙述中，"五四"时期的诗歌是"朦胧地反对旧社会，想建立起一个新社会"①，饱含强烈的爱国主义思想，因此，他自认为他所选入的诗歌能继续发挥革命伦理教化的功能，具备入选诗歌经典资格②。然而，他也意识到了自己"五四"时期的诗歌虽然具有很强的革命性，但那更多的是一种"自我"或"个体"的革命而非"无产阶级革命"，为此，他不得不对此进行烦琐的解释，认为"由于耳朵有毛病的关系，于听取客观的声音不大方便，便爱驰骋空想而局限在自己的生活里面，因而在文学的活动中，也使我生出了偏向——爱写历史的东西和爱写自己"③。郭沫若试图从个体身体疾病的角度，为那些不太合乎经典审定标准的诗歌偏向寻找原因的做法，可以看到编选者在现代诗歌经典重评过程中，一方面不得不选择一些与当下经典准则不太吻合的诗歌④；另一方面又必须对这些诗歌的生产语境做出交代并进行必要的批判。由于革命伦理极其重视革命者对革命的"忠诚品

---

① 郭沫若：《自序》，载《郭沫若选集》，开明书店 1951 年版，第 8 页。
② 当然，作为健在作家他表述得相当委婉，认为自己的诗歌只有"史料"的价值，编选的目的是"供研究历史和社会发展者的参考"，但在这相当低调的叙述背后，依然可以感受到他在为自己诗歌的经典价值进行必要的阐释和辩护。参见郭沫若《自序》，载《郭沫若选集》，开明书店 1951 年版，第 7 页。
③ 郭沫若：《自序》，载《郭沫若选集》，开明书店 1951 年版，第 8 页。
④ 比如郭沫若选了 1921 年写的《静夜》《南风》《新月》《白云》《雨后》《天上街市》等诗歌，其中《静夜》这样写道："月光淡淡/笼罩着村外的松林/白云团团/漏出了几点疏星//天河何处？/远远的海雾模糊/怕有鲛人在岸/对月流珠？"，这首诗通过"月光""松林""白云""疏星""海雾"等意象，营造了一个清幽、冷寂和凄清的意境，抒发诗人内心的苦闷心情。可以说，包括《静夜》在内的诗歌不论从现实性，还是从革命性的维度上都很难在"十七年"时代语境中被认定为现代新诗的经典。郭沫若认为这些诗歌具有史料的价值，"以供研究历史和社会发展者的参考"。其实，他对文学经典的革命伦理功能和示范效应并非不清楚，但即便"没有一篇是能够使自己满意的"诗歌，他还是很难从中做出取舍。

质"，因而诗歌塑造的人物形象也应具备或者至少不能有悖于这种高尚品质。有鉴于此，艾青在延安时期所写的《吴满有》未被选入《艾青选集》，这意味着这曾经在延安轰动一时的叙事长诗，在新的时代语境和新的经典审定原则的观照下已经失去了"经典"的资格。艾青在选集的自序中这样交代：在延安时期，"我的创作风格起了很大的变化"，"学习采用民歌体写诗，但因为这些作品多半是学习性质的，也因为有的作品所歌颂的人物已有变化，这个时期的作品就不选了"①。按照常理，比之于艾青20世纪30年代的诗歌，这些作品是他进行思想和艺术转型的重要收获，更加符合当代诗歌的经典遴选标准，更具有入选经典的资格。由此看来，他之所以不选以《吴满有》为代表的这时期的作品，最为关键的原因在于"作品所歌颂的人物已有变化"，也就是《吴满有》一诗中所塑造和歌颂的完满的农民形象在现实中已经变节，在被俘后已向国民党表明要"痛改前非"的真实的"吴满有"，他这一违反革命伦理的行为，显然极大地消解《吴满有》的成为现代诗歌经典价值，这首诗歌被拒之经典家族的大门之外也就势在必然了。

其次，就创作方法而言，"革命现实主义"是评定现代诗歌经典的另一重要指标。《新文学选集》的《编辑凡例》这样写道："如果作一个历史的分析，可以说，现实主义是'五四'以来新文学的主流"，"新文学的历史就是从批判的现实主义到革命的现实主义的发展过程"②。而作为创作方法的"革命现实主义"（或曰"社会主义现实主义"）具有这些倾向，即强调文学反映现实的"真实性"③，也就是文学要以马克思列宁主义世界观为指导，用发展的眼光描绘社会主义的壮丽远景，揭示历史发展的必然规律，凸显"未来的真实"。《郭沫若选集》正是依循这种真实原则来遴选诗歌经典的。从该选集的编目来看，郭沫若在1923年出版的诗集《星空》

---

① 艾青：《自序》，载《艾青选集》（乙种本），开明书店1951年版，第8页。
② 茅盾：《编辑凡例》，载《新文学选集》，开明书店1951年版，第5页。
③ 有人认为，"在真实性的程度上，社会主义现实主义却是大大地超过了过去的现实主义"，因为"旧现实主义""大多是抱着或多或少的客观主义态度，来静止地反映现实，而"新现实主义"则从"发展的观点来描写现实"，参见蒋孔阳《关于社会主义现实主义》，载新文艺出版社编辑部编《社会主义现实主义论文集》（第一集），新文艺出版社1958年版，第69页。

里有许多带有"深沉的苦闷"情绪的诗歌未被选入选集中，比如，《星空》《献诗》《黄海中的哀歌》等。究其原因，很大程度上就在于这些诗歌并非采用"革命现实主义"的创作方法，因为它们属于诗人苦闷期的诗歌生产，传达的是创作主体内心的迷惘与彷徨，所以没有揭示革命发展的"本质规律"，未能展示革命胜利的远景，更为重要的是，这时期诗人的世界观也不属于马克思主义世界观①，而世界观的"正确性"又是"革命现实主义"创作方法的重要表现，为此这些诗歌很难算是"革命现实主义"文学的经典，被拒之经典的门外也在情理之中②。又如，李广田在编选《闻一多选集》时，虽然选择了一些具有"唯美主义"色彩诗歌③，但他必须对这种选择做出必要的说明④，更重要的是，还必须对这些具有"唯美主义"成分的诗歌进行批判。李广田用极为形象的语言来评价闻一多几个阶段的文学创作的价值：他的诗歌"正如长江大河，不奔流于平原阔野，而是在千沟万壑中横冲直撞，到了最后，形成了壮阔波澜，一泻千里，扑向真理的大海"⑤。这里，"千沟万壑"与"壮阔波澜"实际上是对闻一多诗歌的价值修辞，前期属曲折期，这时期诗作价值自然不如后期高，这显然是对闻一多前期诗歌的一种委婉批评，批评的背后显然有经典遴选的标准——"革命现实主义"——作为内在依据。同样地，艾青编选选集的过程中显然意识到自己许多诗歌皆深受"十九世纪俄罗斯旧现实主义"⑥——"批

---

① 郭沫若曾说，他 1924 年通过《社会组织与社会革命》来研究马克思主义，使其"思想分了质，而且定型化了"，"自此以后便成了一个马克思主义者"，因此，他对 1924 年之前的诗作选择显得比较谨慎，参见郭沫若《自序》，载《郭沫若选集》，开明书店 1951 年版，第 9 页。

② 郭沫若"五四"时期的诗歌带有很强的浪漫主义色彩，而"革命现实主义"（或曰"社会主义现实主义"）其实包含很浓厚的浪漫主义元素，因而郭沫若 20 世纪 20 年代的诗歌也合乎"革命现实主义"这一经典甄别准则。

③ 在"十七年"时期"唯美主义属于资产阶级没落期的艺术，是一种反动的艺术"是有悖于"革命现实主义"的艺术，因此选择此类诗作作为经典可能面临许多不可预见的风险，事实上李广田选入闻一多的这类诗作并不是将之奉为经典，而是把其视作走向经典所必须超越的一个基点。参见陈改玲《重建新文学史秩序》，人民文学出版社 2006 年版，第 129 页。

④ 李广田认为，促使闻一多成为"唯美主义"者的社会根源，在于"受了美国化的清华学校的教育，到了美国后又是专学美术绘画"，参见李广田《序》，载《闻一多选集》，开明书店 1951 年版，第 8 页。

⑤ 李广田：《序》，载《闻一多选集》，开明书店 1951 年版，第 8 页。

⑥ 艾青：《自序》，载《艾青选集》（乙种本），开明书店 1951 年版，第 9 页。

判现实主义"的影响，这种创作手法不仅与新的经典审定标准相悖逆，而且也是"革命现实主义"要超越的对象。那么，艾青为什么还把这些诗歌选入自己的选集中呢？为什么选入这些诗歌还能得到当代文艺界主持者的认可呢？这是因为在艾青看来，这些在特定时代语境中创作的具有广泛影响的诗歌，即便与新的经典遴选标准不吻合，但它们能够代表自己过去诗歌创作的真正实绩，是自身诗歌创作中的经典诗作。同时，这些诗歌把批判的矛头并未指向当下现实，而是指向黑暗的旧社会和底层人们的悲惨生活，因而能有效确证新的民族国家的合法性，这自然能得到当代诗歌经典审定者的允许与同意。不过，艾青在选集《序言》中表示极愿意接受读者的批评，他说："在这里，我诚恳地希望读者能对我过去的作品多多提出意见和批评，这不但对我个人是一种幸福，我想就是对于中国新诗的发展也是会有益处的。"① 在这些字里行间我们似乎可以感觉到艾青在新的经典标准的压力下内心的忐忑不安。

最后，从题材选择上，"工农兵"题材是遴选现代诗歌的另一尺度。在当代题材的重要性是不言而喻的，自《讲话》以降，"工农兵"题材在当代题材等级结构中自然居于首要位置。新华书店 1948—1949 年版的《中国人民文艺丛书》所选的《王贵与李香香》《圈套》《赶车传》《佃户林》等皆属"工农"题材诗作自然不必说，开明书店版的《新文学选集》也相当重视"工农兵"题材的诗歌。《殷夫选集》中选录的诗歌基本上书写的是工人阶级（或无产阶级）对充满剥削与压迫的黑暗社会的反抗呼声。丁玲说："他是一个十足的诗人，同时又是一个勇敢的战士"②，事实上，他的许多诗歌都和工人运动相互关联，如《一九二九年的五月一日》《我们》《静默的烟囱》等。郭沫若在选集《自序》中这样说："虽然接触了毛主席一九四二年《在延安文艺座谈会上的讲话》，知道文章应该以工农兵为对象，但我们根本就无法接近对象"③，这番话说明郭沫若已经深刻意识到了"工农兵"题材的重要意义，并为自己这方面的诗作较少的原因进行

---

① 艾青：《自序》，载《艾青选集》（乙种本），开明书店 1951 年版，第 10 页。
② 丁玲：《序——读了殷夫同志的诗》，载《殷夫选集》，开明书店 1951 年版，第 17 页。
③ 郭沫若：《自序》，载《郭沫若选集》，开明书店 1951 年版，第 10 页。

解释。可见，作为经典审定的标准之一——"工农兵"题材对编选者形成的压力。艾青也说："在我的诗里，有时也写到士兵和农民，但所出现的人物常常是有些知识分子气质的，意念化了的"①，看来他也对"工农"题材的诗歌相当在意，而且还为自己不能写好这类题材而表现出不满情绪。不过，艾青还是尽可能在《艾青选集》中选了较多描写底层农民、战士的诗歌，如《大堰河——我的保姆》《乞丐》《吹号者》《老人》等。

当然，当代"政治——文化"语境中审定现代诗歌经典的标准远不止以上三个方面，诸如诗人的身份、诗歌的基调、诗体特征、语言风格和价值指向等都是遴选经典以及形成经典等级的必要或参考指标，这些经典指标一方面重构了现代诗歌传统和现代诗学理念；另一方面也为"新的人民的诗歌"实现超越梦想开辟一条新的发展理论，建构一种有利于新文学茁壮成长的新秩序。

二　经典的"炼成"法则："现代诗歌选集"与经典的艰难"指认"

（一）《中国新诗选》（1919—1949）与现代诗歌的价值重估

《中国新诗选》（1919—1949）是臧克家1956年编选的现代诗歌选集，在诗集的编选说明中指出，这部选集"主要介绍一九一九到一九四九中国新诗创作中一些比较具有代表性的诗人和作品"②，这里的"代表性作品"其实就是新诗发展30年中的经典诗作，因此，这一选集可看成在政治与文化"一体化"语境中，当代诗坛主持者根据"当代"诗学理念，对现代诗歌经典重新进行的遴选与指认。该选本共选出26位诗人的92篇作品③，从总体分布来看，里边既有代表革命的、进步的诗人，又有一些当时被认为是

---

① 艾青：《自序》，载《艾青选集》（乙种本），开明书店1951年版，第9页。
② 臧克家：《关于编选工作的几点说明》，载臧克家编选《中国新诗选》（1919—1949），中国青年出版社1956年版，第312页。
③ 这些诗人有：郭沫若（九首）、康白情（四首）、冰心（二首）、闻一多（五首）、刘大白（四首）、朱自清（三首）、蒋光慈（四首）、刘复（三首）、冯至（二首）、柯仲平（四首）、戴望舒（二首）、殷夫（五首）、卞之琳（二首）、臧克家（四首）、蒲风（四首）、萧三（三首）、田间（五首）、何其芳（四首）、艾青（七首）、力扬（一首）、袁水拍（四首）、严阵（三首）、李季（三首）、王希坚（二首）、阮章竞（二首）、张志民（一首），计26位诗人92首诗歌。

"逆流"的"新月派"和"现代派"诗人。臧克家曾说,"这样一份意义重大而又繁难的工作,对我的能力和见识是一个严重的考验",在编选的过程中,他"始终在惴惴的心情下慎重地工作着"①,这是因为在毛泽东时代,"文学经典在社会生活、政治伦理等方面的意义,对现存制度和意识形态维护或危害的作用,被强调到极端的高度"②,文学经典遴选不仅关乎"共和国"文学新秩序建构,同时还关系到文艺意识形态安全的重大问题。对于编选者而言,准确把握好经典入选的尺度至关重要,否则如果稍有不慎很可能被卷入"争鸣"的旋涡当中③。

在这种特定的经典生成语境中,臧克家在重新选定现代诗歌经典时表现出鲜明的投合"官方趣味"的倾向,当然在1956年相对宽松的文化语境中,也出现了极少数稍微偏移经典遴选严格成规的诗作。总体而言,臧克家始终依循思想和阶级立场的"正确性"第一的原则,来重新估定现代诗歌经典的价值。首先,诗歌思想的"人民性"是选择诗歌经典的一种尺度。在"十七年"时期,"人民性"思想是判定文学作品是否具有价值的重要指标,因此在这种价值理念的观照下,康白情的《草儿在前》《朝气》;刘大白的《卖布谣》《田主来》《成虎不死》;郭沫若的《炉中煤》;朱自清的《小舱中的现代》;蒋光慈的《写给母亲》《乡情》;刘复的《饿》;臧克家的《老马》等都被认定为是现代诗歌的经典诗作,这些诗歌要么以同情的笔调抒写了阶级压迫下,底层劳动人民的悲惨生活,要么积极讴歌黑暗势力统治下工农阶级(无产阶级)的叛逆和反抗精神。也正是基于这样的经典评价标准,那些远离人民大众,带有知识分子(诗人)趣味和"个人主义"思想的诗歌,被拒绝进入经典的行列,比如编者认为"新月派"的徐志摩和朱湘的诗歌"宣露资产阶级的个人主义的思想感情","象征派"诗人李金发的诗歌则"以消

---

① 臧克家:《关于编选工作的几点说明》,载臧克家编选《中国新诗选》(1919—1949),中国青年出版社1956年版,第313页。

② 洪子诚:《经典的解构与重建——中国当代的"文学经典"问题》,《中国比较文学》2003年第3期。

③ 不过,即便臧克家在编选时恪守"政治标准第一,艺术标准第二"的原则,在选集出版后还是产生了一些"异议",如有人认为"在内容编选上还有很大的缺点,人们从这本书里恐怕很难了解到'五四'以来中国新诗发展及其成就的概况"。这其实是对过于僵硬的经典遴选标准的质疑和批评。参见《光明日报》1956年10月20日。

极颓废的思想去毒害读者","现代派诗"表现出"逃避现实脱离群众的颓废的哀鸣"①,诗歌的格调低沉,因此,这些诗派(诗人)的诗歌也就不可能入选《中国现代新诗选》②。其次,诗歌的"阶级性"是审定经典的另一把标尺。臧克家把诗歌承载"无产阶级思想"③,作为进入现代诗歌经典之门的一把"密钥"。于是,我们看到胡适的《尝试集》因有"亲美的买办资产阶级思想"而遭到冷遇,"新月派""现代诗派""象征诗派""九叶诗派"等诗派的绝大多数诗歌,被认为淡化了文学的阶级属性或染上小资产阶级色彩而与经典无缘,蒋光慈、殷夫、蒲风、田间、柯仲平、萧三等诗人的许多诗歌,因其与不同时代中人民的革命(现实)斗争保持血肉联系,为身处革命洪流中的人们提供了无产阶级革命的理想,发挥无产阶级("左翼")诗歌的战斗功能而荣登经典的宝座。由于在经典的重评中,诗歌与社会现实和政治斗争的关联度被置于首要位置,因而诗歌形式是否有助于充分唤醒生活在社会底层且文化程度不高的"广大民众"的阶级意识和战斗激情,也是判断诗歌能否成为经典的一种标杆。"诗怪"李金发那种"晦涩朦胧"的诗歌,以及卞之琳那些"只剩一个'美丽'形式"④的诗篇自然不受欢迎,而刘大白的"歌谣式"、田间的"鼓点式"、袁水拍的

---

① 臧克家:《"五四"以来新诗发展的一个轮廓(代序)》,载臧克家编选《中国新诗选》(1919—1949),中国青年出版社 1956 年版,第 14—15 页。

② 臧克家在遴选"现代派"诗人戴望舒的诗歌时和力扬之间产生了观点上的分歧,力扬认为"应该选他前期的几首有名的诗篇,如《我的记忆》《雨巷》等",因为这些诗歌"艺术上比较成功",而臧克家则认为"应该选他在抗战时期的一些诗,如《灾难的岁月》集子里的《狱中题壁》《我用残损的手掌》等",因为"这些作品的思想内容是健康的,我们不能脱离政治单纯强调艺术,对一些单从艺术上看上去虽然还可以,但内容却是萎靡颓废的诗,是不能给以肯定的评价的"。可见,在当代经典审定中政治标准明显高于艺术标准,"健康"诗风是现代新诗获得经典品格的首要指标,同时,在许多时候当代诗人对现代诗歌经典遴选的标准看法也不那么一致,只是当代诗坛的主持者掌握了经典审定的话语霸权,许多声音因很难得到主流意识形态的认同而消失在历史的长河之中。不过,尽管如此,我们依然可从中听到现代新诗经典重构过程中的多重历史声响。参见《沸腾的生活和诗》,《文艺报》1956 年第 3 期。

③ 在一篇署名为"大尹"的文章《有关〈中国新诗选〉的几件事》里提及了选集的遴选原则:"这本选集,主要是给青年读的,是为了帮助青年认识'五四'以来诗歌的发展的基本概况,学习它的革命传统,因而主要着眼于有进步影响的诗人,着眼于思想性较强的诗",可见思想的进步性是经典审定的基本原则之一。参见《读书月报》1956 年第 10 期。

④ 臧克家:《"五四"以来新诗发展的一个轮廓》,载臧克家编选《中国新诗选》(1919—1949),中国青年出版社 1956 年版,第 21 页。

"山歌式"、李季的"民歌式"诗歌则备受编选者的青睐。相较于受域外资源影响的"自由诗",那些具有"民族形式"的诗歌地位在当代得到大幅提升。

对于编选者来说,他除了把握好经典遴选的标准之外,还必须处理一些成分比较复杂的诗作。比如,冰心"五四"时期的诗歌不但包含浓厚的"资产阶级思想",而且几乎没有触及具有"社会意义的主题"①,理应被排除在经典系列之外,奇怪的是,编者居然选了冰心的《繁星》(一、二、三、四)与《春水》(一、二、三)。又如冯至的《蚕马》也被选入《中国新诗选》,该诗由《搜神记》的《蚕马》改编,以爱情故事为依托,传达自我精神的困境,不论诗歌的题材,还是诗歌的题旨与前述的标准并不太吻合。之所以出现这种现象,与1956年提倡"百花齐放、百家争鸣"的文化语境有关,由于当时文学生产和评价的自由空间略有拓宽,编者自然也略微放宽了经典评定的标准,因此,这些不太符合成规但又未出现"走火"的诗歌也被悄悄地放行。不过,作为编者臧克家为了慎重起见,不得不在选集"序言"中对这些"成分复杂"的诗歌通过阐释进行"干预"或"修正":

> 冰心的那些歌颂大自然的诗篇,是经过了比较细密的具体的观察,所以写得比较细致、朴素,这和那些滥调的旧诗把"春花""秋月""枯树""寒鸦"作为死人身上的葬衣一般的装点品的情况已经不同;但这仍然是知识分子的个人趣味的吟弄,在"五四"那样一个轰轰烈烈的反帝反封建的伟大斗争中对于一般青年没有起到鼓舞作用,正相反,所起的作用是消极的。②

很显然,这些阐述一方面把冰心的诗作和"旧体诗"区别开来,凸显其超越"旧体诗"的独特价值,以及与"当代"诗歌审美理念相通之处:

① 臧克家:《"五四"以来新诗发展的一个轮廓(代序)》,载臧克家编选《中国新诗选》(1919—1949),中国青年出版社1956年版,第7页。
② 同上。

"细致"与"朴素",也就是进入经典的理由;另一方面也指出冰心诗歌的历史局限性,以降低她的诗歌入选后可能遭受批评的风险。诚然,这也从一个侧面反映了经典文本的选择与文化语境和编选者的审美旨趣之间存在的微妙关联,以及经典遴选标准的不确定性和不稳定性。至于为何选冯至的《蚕马》,臧克家在"序言"和"编选说明"中未置一词,不过这种以"沉默"的方式,通过现实题材的掩护,让神话题材的爱情叙事诗现身的做法,可否看成突破经典评定成规的一种策略?

在"十七年"文学经典的审定过程中,文学权力主体往往通过选集中文学文本的排列顺序来建立经典的等级秩序,重新估定文本的价值。有趣的是,《中国新诗选》不是依据价值等级而是根据时间的先后排列诗歌经典,臧克家说:"这本诗选的编排次序,基本上是按照每个诗人第一本诗集出版年月的先后顺序为准的①。"之所以选择这种以时间先后结构诗歌选集的方式,与编选《中国新诗选》所面临的压力密切相关。这是因为文学经典的秩序排列关系到"新的人民的诗歌"秩序重建的重大问题,国家权力主体对文学经典选择又极为敏感,因而要在同一价值范畴中厘定诗歌价值的大小,避免因"错误和偏差"②而引发不必要的争议是一件很棘手的事情。与此同时,选集所关涉的对象中有不少诗人(如郭沫若、袁水拍等)是当代文坛的权威,如何处理他们的诗作和《讲话》影响下创作的诗歌经典(如《漳河水》《死不着》等)之间的等级关系,做到既维护他们的权威地位,又凸显当代诗歌的本质方向,对于编选者来说也并不简单。在这种情势中,通过诗人第一本诗集发表时间的前后安置不同时代和流派的诗人诗作,就能够在一定程度上绕开上述提及的难题,从而缓释编选者在经典遴选过程中内心的不安与焦虑。由此可见,现代诗歌经典的重选与价值重估是一项系统而复杂的工程,因为经典重评必须在复杂的关系网络中进行,权威的话语、意识形态化的批评、"工农兵"读者的文化诉求等都可能影响经典的生成。可以说,

---

①　臧克家:《关于编选工作的几点说明》,载臧克家编选《中国新诗选》(1919—1949),中国青年出版社1956年版,第312页。
②　同上。

《中国新诗选》对经典的指认，不仅重新寻找当代诗歌发展的传统脉络，确立了其自身存在的历史合法性，同时还树立了"新的人民的诗歌"超越目标。

（二）"现代诗歌选集"与现代诗歌经典认定标准的变迁及其复杂性

在 20 世纪 50—60 年代，由于不少在现代诗坛中已有相当影响力的诗人，进入当代后成为诗歌创作的中坚力量或文艺界的主持者，他们对全盘否定"五四"以来新诗的做法自然持批评态度。加之，虽然当代诗人内心不断滋生一种超越现代文学传统的冲动，但是批判地继承现代文学尤其是延安解放区文学遗产的呼声依然持续不断，因此，那种具有革命精神和"大众化"形式现代诗歌依然受到当代诗歌界重视。比如，一些出版社（如人民文学出版社等）开始编选和出版现代诗人的诗歌选集，这些诗选编选者为了凸显现代诗歌中的"左翼"传统，有意识地以一种新的经典理念重新指认现代诗歌经典，为此透过这些诗选篇目，我们可以观察到当代诗歌经典理念的变迁。下面我们以人民文学出版社 1955 年版的《艾青诗选》和 1957 年出版的《戴望舒诗选》为例，探究诗选篇目的选定与当代诗歌经典理念变迁之间的内在复杂关联。《艾青诗选》共选入艾青 1932 年至 1945 年的七十二首诗作，选集中的"内容说明"这样写道："在这些诗篇里，作者歌唱了中国人民英勇的斗争和勇敢勤劳的崇高品质，抒写出中国人民对旧世界的愤怒、诅咒、反抗和对美好生活的热烈追求。这是一部描绘中国与世界人民生活与斗争风貌的图景。"[①] 这里面包含了审定与指认现代诗歌经典所遵循的基本准则，从诗歌的价值指向看，要求诗歌具有较高的政治伦理价值；从诗歌的功能来看，强调诗歌能激发民众与反动势力和黑暗世界进行斗争，以及对美好生活或"乌托邦"世界的向往和追求。这样的遴选标准旨在消弭现代诗歌传统与当代诗学理念之间的差异所产生的张力，通过"增与删"和价值阐释等方式确立现代诗歌经典。基于此，在《艾青诗选》中反映底层民众崇高精神品质的诗篇优先入选（如《大堰河——我的保姆》《补衣妇》《船夫与船》等），那些充满反抗和斗争精神

---

① 《内容说明》，载《艾青诗选》，人民文学出版社 1955 年版。

的诗歌成功进入经典行列（如《巴黎》《他起来了》《土伦的反抗》等），而一些能够为人们提供理想与希望的诗歌自然被视为经典诗作（如《太阳》《黎明》《笑》《黎明的通知》等）。和 1994 年由花山文艺出版社出版的《艾青全集》相比较，有几类诗歌被剔除出经典的序列：一是抒写诗人在狱中凄苦与寂寞的诗歌。（如《ADIEU—送我的 R 远行》《监房的夜》《病监》《铁窗里》等）。二是描写诗人的思念与幻想的诗歌（如《窗》《雨的街》《泡影》等）。三是带有一定"暴力"色彩和恐怖氛围的诗歌。（如《人皮》《江上浮婴尸》等）。这些诗歌要么与当代诗歌所宣扬的革命乐观主义精神相背离，要么诗歌洋溢着小资产阶级情调，要么诗歌描绘令人恐惧的场面，较为露骨地暴露底层民众的苦难和悲惨命运，不符合当代诗歌的经典标尺，因而无法实施现代诗歌经典的指认。当然，"十七年"时期诗歌经典的审定也比较复杂，比如艾青的诗歌以忧郁的诗情著称，这种忧郁的诗歌基调与当代诗歌乐观、明朗的主调显然相矛盾。不过，由于艾青的诗歌是为多灾多难的民族国家而忧郁，而非为"个人"生存或情感而忧郁，因而可以在爱国主义的合法外衣的庇护下获得进入经典的门槛。从被选入和删汰出《艾青诗选》的诗歌中，我们可以发现，经典重构背后所关涉的是诗歌审美理念的博弈、更替与改写，新的政党意识形态所产生的权力话语，改变了过去人们侧重于从审美（或文学性）角度评定诗歌经典的传统惯例。在日益激进化的社会主义现实主义文学思潮的推动下，形成了一系列文学运行机制和逼仄的文学生存空间，它促使当代诗人自觉从诗歌之于建设新的民族国家和"新的人民的诗歌"所发挥的作用维度，来解构与重构现代诗歌经典。

诚如洪子诚所言："在政治、文学形势发生变化、文学权力阶层认为需要调整知识前景和文学取向时，'经典'的标准和构成的空间和自由度，也会发生或加大或紧缩的张弛的运动。"① 在 1956 年文化语境相对宽松的时期，曾经被看成诗歌发展的逆流中"现代诗派"诗人戴望舒的诗作也走向诗歌经典前台。国家级专业文学出版社——人民文学出版社，曾组织艾

① 洪子诚：《经典的解构与重建——中国当代的"文学经典"问题》，《中国比较文学》2003 年第 3 期。

青、冯至、冯亦代等专家对戴望舒的诗歌选集《望舒诗稿》和《灾难的岁月》进行审定，编选和出版了《戴望舒诗选》。《戴望舒诗选》从《望舒诗稿》（六十三首）中选了二十三首诗歌，占百分之三十七，从《灾难的岁月》（二十五首）中选了二十首，占百分之八十。同时还选录了《望舒诗稿》中《诗论零札》（十七则）里边的十六则诗论。《望舒诗稿》中四十首未被选入《戴望舒诗选》的诗歌来看，它们属于以下两类诗歌：一是洋溢着较强烈的颓废色彩和感伤情绪诗歌。如《可知》《生涯》《我的素描》《秋天的梦》等。二是明显有悖于社会主义时代爱情伦理的诗歌。如《百合子》《三顶礼》《微辞》等。三是那些具有虚无主义思想的诗歌。如《赠克木》《灯》《小曲》等。奇怪的是，《古意答客问》也具有虚无主义思想，但却被选入《戴望舒诗选》，这表明1956年"百家争鸣"的政治文化语境中，经典遴选的标准有时也并不那么严格与统一。不过，艾青在诗选的"序言"（《望舒的诗》）中进行了必要的批评，认为他的这类诗歌"对自己的才能作了无益的损耗"，这不过是"徒劳的思索"。"序言"中受批评的诗歌居然在诗选篇目中出现，这种裂缝足可以表明经典审定者之间的矛盾与冲突。至于戴望舒的诗论《诗论零札》则删去了第四则①，删去部分的话语修辞与社会主义的新伦理道德相龃龉和冲突。可以说，尽管在1956年前后经典标尺有所放宽，但是它还是带有很深的时代烙印，《我的记忆》《秋》《祭日》因采用了"现代人的日常口语"而有资格进入经典行列；《断指》写怀念为革命而牺牲的朋友，被认为是"抗战前所写的诗中最具现实意义的一首诗"；《村姑》因"描出一张动人的风俗画"② 自然具有入选经典的资格；由于戴望舒抗战后的诗歌走出了个人狭小的天地而走向了广阔的社会现实，诗歌的现实成分极大地增强，语言相对"精练而又纯朴"，因而《灾难的岁月》中的绝大多数诗篇被选入《戴望舒诗选》。综观上述的经典审定标准，即便它有一定程度的松动或调整，

---

① 被删去的内容是："象征派的人们说'大自然是被淫过一千次的娼妇'。但是新的娼妇安知不会被淫过一万次。被淫的次数是没有关系的，我们要有新的淫具，新的淫法。"论者通过带有"情色"成分的形象比喻意在说明新诗必须在创作形式和方法上有所革新。
② 艾青：《望舒的诗》，载《戴望舒诗选》，人民文学出版社1957年版，第4页。

但还是表现出鲜明的倾向性，即诗歌是否具有现实意义是判断诗歌能否成为经典或经典程度高低的首要条件。因为现代新诗经典的解构与重构，本身是为了确立和维护（而不是削弱）"新的人民的诗歌"合法性，经典阐释与认定旨在使原本相对驳杂的诗歌文本通过经典的重构，形成一个具有内在一致性的诗歌传统，为当代诗歌发展提供历史合法性依据、示范的平台和超越的目标。不过，戴望舒的诗歌在当年的生产环境、诗歌观念和题材与主题等方面，与当代诗歌存在不同程度的错位与偏移，编选者内部以及编选者和文艺界权力阶层之间对于经典标准的把握都有可能产生不可避免的歧见，因此，虽然编选者依据当时人们对文学经典的理解，对他的诗歌进行了大胆的"删削"，但也存在可见或不可见的内在的矛盾与紧张，这生动地呈现了 20 世纪 50—60 年代现代诗歌经典重构的复杂性。

三 文学史的权力：现代诗歌经典的重组与诗歌新秩序的建立

文学史是文学经典认定和确立的重要场域，文学史家通过特定文学史观和文学史体例，遴选出具有典范意义的文学文本，形成一种脉络清晰的经典谱系。1949 年新的民族国家诞生之后，建设一个有利于当代文学成长的新秩序，成为国家权力主体赋予"共和国"文艺工作者的时代使命。文学史作为"新的人民的文学"秩序重建的重要发力点，自然面临重新编撰、修订或重写的境遇。在文学史的编撰与重写过程中，渗透了新国家主流意识形态的文学史观将重新审核与确认文学经典，借此确立文学发展的价值规范和等级秩序。从这个意义上说，在 20 世纪 50—60 年代，现代文学史中诗歌经典的重选是文学界权力阶层借助文学史权力，构筑一个有别于现代文学的文学新空间，搭建和夯实当代文学发展的传统平台。这里，我们试图以《中国新文学史稿》和《新诗发展概况》为例，观察文学史权力"介入"现代诗歌经典重建的复杂性和可能性。

（一）《中国新文学史稿》：现代诗歌经典秩序的艰难重建

王瑶的《中国新文学史稿》（简称《史稿》，下同）被认为是"50 年代最具代表性的一部现代文学史著作，通常已被看作现代文学学科的奠基之作"①，因此，深入分析《史稿》中编者对现代诗歌经典秩序的处理方式及其由此所产生的问题，有助于我们探察当代诗歌经典排列与"当代"文学（诗歌）新秩序建构之间的复杂关系。

就诗歌这一文类而言，《史稿》将现代诗歌置于现代文学史的四个大板块之中："伟大的开始及发展（1919—1927）""左联十年（1928—1937）""在民族解放的旗帜下（1937—1942）"和"文学的工农兵方向（1942—1949）"，"采用了'以时代为经，文体发展为纬，先总论后分论'的结构方式"②，分别以"觉醒了的歌""前夜的歌""为祖国而歌"和"人民翻身的歌唱"作为不同时期诗歌时代特质的概括和基本架构，在此基础上，论者试图以"新民主主义"为文学史编纂的指导思想，来认定现代文学的基本性质——"无产阶级领导的人民大众反帝反封建的新民主主义文艺"③，并借此作为诗歌经典指认和经典排列的依据。按理说，这种指导思想和文学史体例基本符合当时"运用新观点新方法，讲述自'五四'时代到现在中国新文学的发展史"的编纂要求④，应该不会有太大的问题，然而，现实情形是，《史稿》的上册在1951年出版后，《文艺报》1952年第20期发表了《新文学史稿（上册）座谈会记录》，与会者对《史稿》进行一定程度的肯定之后，重点对这部著作中出现的错误提出了相当严厉的批评⑤，其中，文学史叙述中文学经典的"无序化"被认为是最为"严重的缺点"，以《史稿》第二章"觉醒了的歌"为例，该章分别设有"正视人生""反抗与憧憬"和"形式的追求"三小节。在"正视人生"这一小节中，李大钊、刘半农、王统照诗歌与周作人、冰心和"湖畔派诗人"的诗歌放在同一个范畴和同一个层面进行评述，在"反抗的憧憬"一节里，蒋光慈的《哀中国》《五卅》等和郭沫若的《女神》几乎花了同等笔

---

① 温儒敏等：《中国现代文学学科概要》，北京大学出版社2005年版，第74页。
② 同上书，第84页。
③ 《绪论》，载《中国新文学史稿》（上册），开明书店1951年版，第6页。
④ 《自序》，载《中国新文学史稿》（上册），开明书店1951年版，第4页。
⑤ 王瑶面对这些批评曾感慨道："搞新文学史'风险很大'"，的确，在"政治—文化""一体化"的年代，文学史承担着建构文学新秩序的任务，不论著者所持有的文学史观及采取的编撰体例，还是文学经典勘定和排序，都会因文学思潮的急剧变动而发生滞后、落伍甚至错误的现象，参见北京大学中文系三年级鲁迅文学社集体写作《王瑶先生的伪科学》，《文学研究》1958年第3期。

墨，在"形式的追求"一节里，徐志摩、朱湘、李金发诗歌和闻一多诗歌也并排在一起，在对诗歌形式探索方面具有相同的贡献，更有甚者，论者介绍"新月诗派"的篇幅和力度明显超过了对郭沫若和蒋光慈诗集的评价。可以说，不论章节的安排，还是对"性质"和"风格"殊异的诗作的价值估定，都很难建构起一种理想的文学新秩序。吴组缃曾在座谈会上批评《史稿》"对代表资产阶级、小资产阶级和无产阶级的思想的社团与作家，一律等量齐观，不加区别，作者甚至以为凡是新体的文学就同样加以罗列进来"，认为这种现象是著者对诗歌经典地位"主从混淆，判别失当"引起的①。臧克家也指出《史稿》错误："在作家的论列方面，有些人不应该提的，他提了，有些人不必提的，他提了，弄得杂乱纷纭，轻重不分。"② 这里，人们对《史稿》"主从混淆"与"轻重不分"的批评，表明当代文艺界权力阶层试图通过文学史中文学（诗歌）经典等级的划分，构建一个主流/支流（逆流）、主/次、进步/反动、革命/反革命"泾渭分明"且"秩序井然"的文学发展空间。蔡仪认为："当作新文学史来说，应该有史的发展分析，要明白哪是革命的、进步的和反动的，哪是主流、支流和逆流，要明白主导倾向、主要流派的发展脉络，代表作家、代表作品的思想根源，更要明白这些和社会基础、革命运动的关系。"③ 其实，蔡仪的观点不仅表达了当时人们对理想的文学史体例的期待，同时也指出了当代新文学史处理文学经典秩序时应遵循的原则和方法。《史稿》不但在"谋篇布局"方面难以体现现代诗歌经典的秩序，而且文本的阐释也无助于厘定经典价值大小。一般而言，文学史中关于文学文本的叙述与阐释是文学史家估定文学经典程度高低，以及确立、巩固和维护文学经典地位的重要方式，换言之，文学史编撰者往往通过话语修辞策略来传达自身对文学经典的认知与定位。王瑶采取引述作家或他人对文学（诗歌）文本的评价使文学史的叙述产生客观效果，虽然论者在叙述中大量地援引"作家自述"和"批评家的评论"可以"证实或强化自己的论述"或和自己的

---

① 《〈中国新文学史稿〉（上册）座谈会记录》，《文艺报》1952 年第 20 期。
② 同上。
③ 同上。

观点形成"对话关系"①，但是它也造成编撰主体有时过于关注文本的复杂性，使得《史稿》"在思想内容上失去严明的立场和公正的判断"②，不仅无法让读者从文学史的叙述中窥探论者关于文学（诗歌）经典价值高低的正确辨识，更看不到从诗歌意识形态属性维度厘定文学（诗歌）经典的鲜明立场。《史稿》试图努力重返文学（诗歌）发生与发展的腹地，在历史多重声音和复杂的关系网络中呈现文学（诗歌）文本价值的可能性，这种通过对话来阐释经典的方式力求悬置单一的价值评判标准和"一刀切"的经典裁定方法，而是让材料中的事实说话，这无疑造成经典价值尺度的多元化，给人们带来经典标准的混乱，也使文学史出现"思想性低"③ 的问题，这既冲击国家权力主体所认同的主流价值观，又可能使思想和阶级立场错误的诗歌经典，因缺乏必要的批判性的阐释作为引导，而产生不利于当代诗歌健康成长的负面效应。

这次座谈会上措辞激烈的批评促使王瑶在《史稿》（下册）的撰写过程中，调整文学（诗歌）经典的遴选标准、排序方法和阐释策略。我们不妨从第十七章"人民翻身的歌唱"中诗歌经典的认定和排序方式，观察其与上册之间所发生的新变化。1942 年《讲话》发表之后，包括诗歌在内的文学发生的巨大变革，《讲话》所确定的文艺为"工农兵"服务的方向成为诗歌经典遴选和排序的指南。于是，《史稿》设置了"工农兵群众诗"整整一节予以重点阐述，"诉苦词""快板诗""说书""枪杆诗""顺口溜""民间歌谣"被认为是"工农兵""文化翻身"——"以主人公的资格用诗歌的形式来表现自己"④ 的重要方式。由于"工农兵"所创作的诗歌践行了毛泽东在《讲话》提出的文艺为"工农兵"服务的号召，因而其价值被有效放大，在文学史中的地位也迅速提升。与当下文学史把"工农兵"创作仅作为一种创作现象加以简略描述不同，《史稿》按"工农兵群众诗——长篇叙事诗——政治讽刺诗"这样的顺序安排"节"，不仅把

---

① 温儒敏等：《中国现代文学学科概要》，北京大学出版社 2005 年版，第 86 页。
② 《〈中国新文学史稿〉（上册）座谈会记录》，《文艺报》1952 年第 20 期。
③ 同上。
④ 王瑶：《中国新文学史稿》（下册），上海文艺出版社 1953 年版，第 268 页。

"工农兵群众诗"放在首要位置，同时还对各种类型的"工农兵"诗歌进行"深描"。这样一来，"工农兵"自己创作的诗歌和知识分子笔下的诗歌之间就建立了一种等级关系，诗歌的经典秩序就在节与节的先后排列得以显现出来。与此同时，李季的《王贵与李香香》，田间的《赶车传》，阮章竞的《圈套》《送别》《喜报》，张志民的《王九诉苦》和严阵的《新婚》等解放区出现的长篇叙事诗，安排在国统区的"政治讽刺诗"之前予以专节介绍，这表明代表文艺大众化方向的解放区诗歌，比带有"革命性"的国统区的"政治讽刺诗"，更具有作为"当代"诗歌发展典范的资格。可以说，通过《史稿》第十七章里边的"节"的设置，可以看出在王瑶的文学史观中，已经逐步建立一种能够引导当代诗歌发展并为其提供参照的经典秩序。

尽管如此，随着文学思潮的变迁，《史稿》（下册）不论在诗歌经典指认与定位还是出现了"蚂蚁与大象并列"的重大失误。甘惜分曾批评《史稿》"不仅没有避免大家所指出的上册中所存在的那些错误，反而更加发展了那些错误"[1]，尤其是在对"胡风集团"的作家（诗人）思想和作品的处理方面"犯了不可原谅的原则性的错误"[2]。在《史稿》的第十二章"为祖国而歌"的"诗的主流"一节中，鲁藜的诗歌和艾青、田间、柯仲平的诗歌并排在一起，而且对鲁藜的诗做出了肯定性的评价，认为诗歌"使读者们明了解放区和八路军的许多动人故事，发生了很好的宣传和教育作用"[3]，更为重要的是，《史稿》还专门设置"'七月诗丛'及其他"一节，从诗学理念、形式技巧和思想特质方面重点评述后来被称为"胡风集团"诗人的诗作。在1955年批判"胡风反革命集团案"中，《史稿》不仅把"胡风集团"诗人的诗歌认定为经典，并且和其他革命性诗人"排排坐"，这显然违背了权力阶层强调的文学研究所应恪守的"党性原则"。王瑶为这些错误做了深刻的检讨，表示自己将"认真地学习马列主义，坚决

---

① 甘惜分：《清除胡风反动思想在文学史研究工作中的影响——评〈中国新文学史稿〉（下册）》，《文艺报》1955年第19期。

② 王瑶：《从错误中汲取教训》，《文艺报》1955年第20期。

③ 王瑶：《中国新文学史稿》（下册），上海文艺出版社1953年版，第60页。

贯彻文学的党性原则，彻底清除资产阶级思想的影响"① 并对文学史进行重新修改。由此可见，文学经典的认定与排序是在一种复杂的关系网络中形成的，它会随着时代文化语境的嬗变而发生变化。不过，从《史稿》中诗歌经典勘测所遭遇的问题来看，当代文学（诗歌）试图建构的是一个更加健康与规范的文学新秩序。文学界的权力阶层不断通过文学史之于文学经典的权力，将新的经典理念渗透进文学史编撰之中。

（二）《新诗发展概况》：新的现代诗歌经典秩序的生成

如果说王瑶的《史稿》不仅在文学史观和具体的书写中存在明显的裂痕，同时也在文学经典秩序的建构方面，与当代文学主潮之间存在不同程度的矛盾与冲突，那么《新诗发展概况》（以下简称《概况》）则是试图超越《史稿》中出现的弊端，以"正确的观点"② 来统摄诗歌史，从而建立一种革命性强、主线突出、等级分明的新诗经典传统。如前所述，《史稿》（上册）最为致命的问题是文学经典甄别的无"党性"原则和经典排列的无序状态，《概况》正是要纠正这种错误，"写出一本观点和方法都正确的、有异于前人的、崭新的新诗史"③。从当时参与撰写者的回忆来看，除了受整个社会的主导思想影响外，茅盾的《夜读偶记》把文学史简化为"现实主义与反现实主义"的斗争史的做法，周扬的《文艺战线上的一场大辩论》提出的"文艺是时代的风雨表"观点，臧克家的《"五四"以来新诗发展的一个轮廓》以"革命性""现实性"作为新诗发展主线的尝试，以及邵荃麟的《门外谈诗》把"人民大众的进步的诗风"（主流）和"资产阶级的反动的诗风"（逆流）的"互相斗争"作为新诗史基本框架的设计，都不同程度地影响了《概况》撰写者的"诗歌史观"和诗歌史的编撰体例。应该说，这些产生较大影响的文章，内在地规约了这批当时还是学生身份的新诗撰写者对诗歌经典的指认和顺序的编排。

---

① 王瑶：《从错误中汲取教训》，《文艺报》1955 年第 20 期。

② 谢冕等：《回顾一次写作——〈新诗发展概况〉的前前后后》，北京大学出版社 2007 年版，第 6 页。

③ 同上书，第 9 页。

我们不妨比较《概况》（之一、之二）与《史稿》第二章"觉醒了的歌唱"在诗歌经典秩序建构方面的差异，观察前者如何超越后者，实现质的蜕变的。首先，一些诗歌由《史稿》肯定到《概况》的部分（或全盘）否定，其经典地位急剧滑落。在《概况》中胡适《尝试集》被认为缺少反帝反封建思想，诗歌的语言、形象、意境皆"陈腐"不堪；湖畔派诗人的爱情诗被指虽具有反封建的精神，但大部分"还缺乏深厚的生活基础"；冰心的小诗则被视为"题材狭隘"、内容空虚；李金发的象征诗则被看成"否定现实、在幻觉中逃避现实"的表征[①]；徐志摩、朱湘等"新月派"诗人的诗歌背负着"对革命的仇恨以及他们绝望、悲哀的心理"的罪名并大受批判。其次，一些在《史稿》中简要评述的诗人及其诗作，在《概况》中设置专节予以详述。如《概况》给予"现实主义"诗人刘半农《相隔一层纸》《学徒苦》和《瓦釜集》很高的评价，郭沫若的《前茅》《恢复》以及蒋光慈的《新梦》受到极大的赞许与肯定，闻一多也不是归入"新月派"展开论述，而是与王统照、朱自清和冯至并列在一起，作为"现实主义诗人"加以评述，戴望舒20世纪20年代的创作被置于20世纪30年代极为简明扼要地提及，而郭沫若的《女神》和殷夫的诗歌都以"专节"方式给予详尽的阐述。相较于《史稿》的第二章，《概况》（之一、之二）中这些诗歌评价的褒贬变化，占有篇幅的扩张与紧缩，旨在突出进步的、与革命斗争现实关联紧密的、具有"人民性"或"民间文学"色彩诗作的经典地位，可以说，整个《概况》基本上都是"根据作家的政治表现，和他们的作品对民众疾苦的关切程度，去安排座次，分配字数"[②]，于是，郭沫若的《女神》，殷夫的《别了，哥哥》，蒲风的《六月流火》，臧克家的《烙印》《泥土的歌》，力扬的《射虎者及其家属》，柯仲平的《边区自卫军》，田间的《给战斗者》《赶车传》，李季的《王贵与李香香》，袁水拍的《马凡陀山歌》等代表"人民大众的进步的诗风"的诗歌而位于现代新诗经典的榜首，而代表新诗"逆流"的"象征派""新

① 谢冕等：《回顾一次写作——〈新诗发展概况〉的前前后后》，北京大学出版社2007年版，第96页。
② 同上书，第36页。

月派""现代派"和"中国新诗派"的诗歌，要么被作为批判的"靶子"，要么采取被边缘化，要么干脆被遗忘，自然不可能进入经典的行列之中。这种健康规范、界限清晰、等级分明的经典秩序，可以为当代诗歌发展提供样板与范例，因此，国家权力主体通过夺取经典的认定权力，来构建一种全新的诗歌成长的理想空间。

按理说，《概况》已经基本做到以新的"正确的观点"来选择和排列现代诗歌经典，理应能引起权力阶层的重视和诗坛的轰动效应。然而，现实情形是，《诗刊》在刊登了《概况》的第一部分至第四部分之后，第五部分和第六部分不再刊出，使得这两部分"胎死腹中"，而且准备在百花文艺出版社出版单行本的计划也最终流产。《概况》的命运走向从一个侧面反映了"十七年"时期诗歌经典秩序重建的复杂性。一方面，经典认定与文学思潮之间呈现"胶着"状态。据当年那些参与者推测与判断，《概况》之所以"未登完"与当时整个"政治—文化"语境的变迁有关①。1959年声势浩大的"反右倾运动"，给整个知识界带来一种相当紧张的气氛，《概况》第五、六部分叙述的主要是新政权领导下的文学（诗歌），所关涉的许多问题都异常敏感，《诗刊》作为国家权威期刊自然担心诗歌经典处理失当而被置于"风口浪尖"上，使刊物陷入被动状态。可见，在当代复杂多变的文化语境中，即便是极力迎合主流意识形态的经典选择路线，也是充满未知风险的，它都可能因文学语境的"紧缩"或"放宽"而被指责和批评。《概况》虽然设计的是和"新的人民的诗歌"发展相适应的较为理想的新诗秩序，但仍面临停止刊发的境遇就是明证。另一方面，人们对如何处理当代文学经典的方式上也充满歧见和纷争。《概况》的单行本之所以没有出版，与百花文艺出版社编辑部对《概况》不满意有关。

---

① 洪子诚认为，"最大的可能是文艺界、学术界对1958年的那种路线斗争的文学史观，批评和矫正的力量已经占据了优势"；孙玉石则认为，"虽然《新诗发展概况》书写历史的整个倾向，已经够'左'了，但是毕竟涉及了过去历史的纷纭评价，特别是后面几章，还要涉及1942年至新中国成立后以及'大跃进'民歌运动的新诗发展，谁知道会被挑出什么问题来呢？当时《诗刊》的徐迟和其他编辑们，凭他们的政治嗅觉，大概已经敏锐感觉到。这种情况下，停止刊登，也就是自然的事"。可见，在"政治——文化"的语境变动不居的年代，当代文学（诗歌）"经典"秩序重建面临诸多不确定的因素。参见谢冕等《回顾一次写作——〈新诗发展概况〉的前前后后》，北京大学出版社2007年版，第52—56页。

编辑部的退稿信这样写道:"这部稿子就目前的水平还达不到出版的要求,从内容看似有草率的缺点,而资料的掌握、科学分析等方面似乎也嫌不够。与常见的几种中国新文学史资料相比,不管深度和广度,似乎没有更多的东西。"① 这里,"内容看似有草率的缺点",其实是对《概况》采取"两条路线斗争"这种过于整齐划一的方法来处理现代诗歌经典的委婉批评。从中我们不难发现,在"一体化"的当代文学内部,仍有一种潜在的力量在有意牵制不断走向"纯粹"与"单一"的诗歌生态。的确如此,从史料的丰富性程度来看,《概况》很难和《史稿》相媲美,就文学史观而言,《概况》也未必比臧克家的《"五四"以来新诗发展的一个轮廓》、邵荃麟的《门外谈诗》等能提供更为新鲜的东西。尤为重要的是,《概况》处理现代诗歌经典过于草率,出版社不给予出版支持似乎也在情理之中。透过这一现象,我们可以看到,同样是国家监管的出版机构或文学期刊,他们之间在"文学史观"和处理经典的方法也存在一定程度的分歧,经典的认定和排序是一个牵动创作主体、批评家和出版机构负责人等敏感神经的颇为棘手的问题。

不过,虽然《概况》未完全在《诗刊》上登完,在20世纪60年代至"文化大革命"期间也没有出版的机会,但是它却是"当代"诗歌发展历程中争夺经典认定权的一次努力尝试。在"十七年"时期,文学(诗歌)经典不仅发挥着政治教育、伦理教化和示范宣传的作用,同时还具有规范民众的思想、净化大众的情感与灵魂,维护意识形态的安全和历史合法性和正当性,引导当代诗歌健康发展的功用。为此,掌握文学(诗歌)经典的认定和阐释的话语权是国家权力主体确立其文化领导权的重要途径之一。由于文学史能够有效地筛选、删汰和固化经典,是经典成长和扎根的肥沃的土壤,国家权力往往通过干预文学史经典的甄别和鉴定的来赢取话语权。因此,《概况》中诗歌经典的"祛魅"和"赋魅"背后交织着一系列复杂的权力之争。《概况》的写作是时代"新人"向"资产阶级"或"小资产阶级"专家争夺话语权的文艺练兵。

那么,《概况》是如何夺取经典认定的话语权呢?首先,文学史书写

---

① 谢冕等:《回顾一次写作——〈新诗发展概况〉的前前后后》,北京大学出版社2007年版,第51页。

主体置换。1958 年"大跃进新民歌运动"提出要破"除迷信、敢想敢干",表现在文学史书写领域,就是要破除只有文学史"专家"才能写史的迷信,让那些有激情、思想上"与时俱进"且"敢想、敢干、没有思想负担"① 的北大青年学生来写新诗史。在 20 世纪 50 年代末期,学术界掀起一场"学术批判"运动,旨在批判文学史权威专家的文学史观出现的错误②。在当时,人们普遍认为,为了能让文学史面貌迅速出现彻底的"革新"局面——"把颠倒的文学史重新颠倒过来"③,不能单靠专家修修补补来完成,而应通过书写主体的置换来实现,也就是,把文学史专家从权威的舞台上拉下来,让那些由"正确观点"武装头脑的时代青年占据文学史阵地。从某种角度上说,置换文学史书写主体就是对文学史专家权威资格的怀疑与挑战,为新的书写主体提供出场亮相的机会和解构权威的话语空间。与此同时,主体置换还为文学史注入新鲜的血液,由于这批"学术新秀"不像那些造诣深厚的史学专家能在讲求政治的"正确性"和学术的"独立性"之间寻求一种有利于学术增长的"平衡点",他们没有"老一辈"文学史家的各种担忧和顾虑,"大破大立"的激进文化潮流恰好能满足他们追新逐变的文化诉求,他们的文学史观和国家意识形态的主流价值观能较为快速地保持同步状态。因此,参与《概况》编写的北大学生们自然而然地完全认同当时学界流行的以"二元对立"的思维处理历史的方法,并根据这一方法来遴选诗歌经典和叙述新诗历史。这种以新的方法切入文学史无疑开创了过去文学史专家们未打开的文学史新局面。可以说,主体置换意味着赢取了"学术新秀"写史资格,为夺取权威文学史家话语权,实现文学史全面革新迈出了第一步。其次,经典的解构与重建。有论者指出"经典的下面掩饰着权力关系"④,如前所述,《概况》基本上颠覆

① 谢冕等:《回顾一次写作——〈新诗发展概况〉的前前后后》,北京大学出版社 2007 年版,第 19 页。
② 如朱寨的《王瑶的〈中国新文学史稿〉批判》;北京大学中文系三年级鲁迅文学社集体写作《王瑶先生是怎样否认党的领导》和《王瑶先生的伪科学》,参见《文学研究》1958 年第 3 期。
③ 谢冕等:《回顾一次写作——〈新诗发展概况〉的前前后后》,北京大学出版社 2007 年版,第 19 页。
④ 季广茂:《经典的由来与命运》,载童庆炳、陶东风《文学经典的建构、解构和重构》,北京大学出版社 2007 年版,第 129 页。

了《史稿》中"新月派""现代派"和"中国新诗派"的经典地位，构筑了一批合乎主流意识形态刚性要求的新的诗歌经典，经典的解构意味着对"不合时宜"的经典尺度的否定，意味着对"资产阶级"文学史专家识见的无言批判，意味着对权威专家话语权的蔑视。同时，《概况》中新经典形成表明"共和国"的时代"新人"向"资产阶级"专家发起了挑战，他们正以新的视界和眼光，加入经典的筛选和经典秩序的审定之中，开始实施话语权力的争夺。总之，现代新诗经典的解构与建构动摇了"资产阶级"专家话语霸权地位，为当代诗歌新的诗学理念的生成与确立开辟了道路。这种通过"共和国"新生力量来"打倒资产阶级学术权威"的风潮一直持续到"文化大革命"。最后，借助传媒实现话语权力的确立与扩张。在 20 世纪 50 年代，整个社会、政治、经济和文化经历着一系列重大的转折，报纸和期刊等传媒成为新的国家政权，倡扬自身建设现代化民族国家的理念，颠覆旧社会遗留的"不合时宜"传统的重要工具，同时也是国家权力阶层实现话语权力扩张的渠道。《概况》第一部分至第四部分在国家权威期刊《诗刊》上发表，这些带有"新诗发展简史"性质的系列文章中包含的新的文学史观和诗歌经典理念，自然经由《诗刊》这一具有广泛影响力的媒介得到传播，这样一来，这些新生力量的学术话语权得到有效确立和扩张，逐渐瓦解"资产阶级"专家的话语霸权。不过，值得深思的是，他们的这种话语权不是在学术的相互对话中赢取的，而是国家权力主体赋予和在传媒的支持下形成的，他们持有的正确观点也并非是学术研究中的创见，而是主流文艺观某种复制与回应，因之，一旦文学形势发生新的变化，他们拥有的虚拟话语权也可能面临被消解的危险。

## 第二节　艰难的建构：当代诗歌经典的打造

如果说现代诗歌经典的解构与重构是为了革除"资产阶级化"的经典标尺，摧毁根据这一标尺所建立起来的经典传统，同时确立一种健康、规范且能为当代诗歌成长提供示范效应的经典秩序，那么当代诗歌经典打造是为了更好展示"新的人民的诗歌"超越于现代诗歌方面所取得的实绩，为之后的诗歌发展提供可资借鉴的范本和诗学理念的引导。和现代诗歌经典的审定一样，当代诗歌经典的打造也是在一个多维且复杂的关系网络中进行的，诗学理念的导向、权力的影响、意识形态的褒扬、版本的修改和意识形态的助推等因素，都可能影响"当代"诗歌经典的生成。深入考察当代诗歌经典建构的复杂关系网络，既有助于厘清"新的人民的诗歌"经典成长的内在肌理，又有利于观察当代诗歌彰显自我的经典路线。

一　阐释的"干预"——以《诗选》（1953—1958）"序言"为例

在当代诗歌选集中，往往附上"编选说明"以及由诗歌界权威所作的《序言》。一般而言，"编选说明"主要交代编选的目的、范围、标准和方式等，而《序言》则是对所编选诗作的价值、意义及存在问题进行较为详尽的分析。值得注意的是，在"十七年"文学中，选集的"序言"已不单单是对编选内容的介绍，更重要的是，通过对诗歌入选理由的解释以及对诗作的评价，让创作主体与读者知晓诗歌经典"炼成"的标准、途径和方法，从而引导和干预当代诗歌经典的生成向度。这里，我们试图以新中国成立之后中国作协和《诗刊》编辑部编选的四部《诗选》①中的"序言"为例，考察"序言"从哪些维度影响了当代诗歌经典的打造。

《诗选》（1953—1955）中的《序言》由时任《人民日报社》文艺部主任的袁水拍负责撰写。《序言》分析了评价了这三年内入选《诗选》的诗歌的基本内容及取得的实绩，以及三年来诗歌发展存在的问题。《诗选》（1956、1957）由《诗刊》主编臧克家写《序言》，《诗选》（1958）

---

① 1956年中国作协编选了1953年9月—1955年12月的《诗选》，并且准备每年编选一次，但作协只负责了1955年、1956年两本选本，之后由作家出版社委托《诗刊》编辑部来完成，不过，他们也只编选1957年和1958年两种选本，1960年后这项编选工作已中断，具体原因可能和整个经济形势恶化，纸张供应紧张有关，这点可以从1961年《诗刊》由月刊改为双月刊找到一些迹象。

《序言》则由《诗刊》副主编徐迟所作。综观这四篇《序言》，它们主要从以下几个维度来阐释入选诗歌的价值亮点：一是政治与道德伦理维度。袁水拍认为所选入的诗歌的共同点是诗人有"先进的世界观和文艺观"作指导，诗歌所呈现的政治理想具有一致性。是否具有崇高的政治伦理是诗歌能否成功入选的首要条件，据此那些爱国主义主题的时代颂歌首先入编选者的"法眼"，这些诗歌要么直接歌颂新生的祖国、中国共产党及其领袖毛泽东，要么"歌颂目前幸福的生活以及未来美丽的远景"①，要么歌颂"新中国"的"国家制度、党和政府的政策"，要么"歌颂社会主义工业化、歌颂从事于忘我劳动的人"②。这些颂歌里所包含的政治伦理，强调诗歌有助于确证"共和国"的历史合法性，有助于提高新的民族国家的向心力和凝聚力，有助于各项现行政治制度（政策）的顺利展开。与此相对应的是"政治讽刺诗"，由于这类诗歌很容易偏离应有的"政治伦理"③，故编选者常以"质量不高"为托辞而很少让其有"入围"的机会。此外，袁水拍同时还提出，优秀的诗歌"不能够伪造诗人自己的形象"，而应传达自身"真实"的形象，这种形象"只能是一个革命者，一个共产主义战士，一个毛泽东同志所说的'毫无自私自利之心'的人，'一个高尚的人，一个有道德的人，一个脱离了低级趣味的人，一个有益于人民的人'"④。这其实指出了崇高的道德品质在诗歌价值生成中的重要意义，也就是说，是否发挥道德教化的功能是判断诗歌是否具备"经典"资格的重要条件之一。可以说，《序言》中论者对相关诗人和诗作的评述和阐释其实是对经典理念实施"干预"的一种方式。二是诗歌的现实性维度。在《序言》中论者指出，优秀的

---

① 臧克家：《序言》，载中国作家协会编《诗选》（1956），人民文学出版社1957年版，第2页。

② 袁水拍：《序言》，载中国作家协会编《诗选》（1953—1955），人民文学出版社1956年版，第3页。

③ 臧克家说，"讽刺诗，是一柄利器，诗人不大敢轻易地运用它。把不准，怕伤害到自己"，的确如此，讽刺诗时常引起诗歌争鸣，这一点在第三章中已有论及。参见臧克家《序言》，载中国作家协会编《诗选》（1956），人民文学出版社1958年版，第3页。

④ 袁水拍：《序言》，载中国作家协会编《诗选》（1953—1955），人民文学出版社1956年版，第12页。

诗作是"能够、也应该迅速地反映现实中的重大事件，及时地发挥战斗的作用"①。诗歌与国内外正在发生的"重大事件"关联的紧密性，或者说诗歌之于当下现实的巨大"战斗功能"成为当代诗歌极为重要的价值要素。一个相当有趣的现象是，《序言》在对所选诗歌进行评价之前，一般都要事先简要交代这一年里国内外发生的重大的事件，然后再论述诗歌是如何以诗的形式反映时代现实的，更有甚者，像臧克家1957年《诗选》《序言》几乎用三分之一强的篇幅来回顾当年发生的"国内外政治事件"。于是，许多诗歌涉及玉门油田开采，康藏公路建设，农业合作化运动，胡风"反革命"事件、抗美援朝、埃及和匈牙利事件、长江大桥落成、苏联卫星升天、"反右"运动、"大跃进"运动、人民公社化运动、中东人民民族独立运动等，因现实意义重大而获得了较高的评价。袁水拍说，"看了这些比较优秀的诗作后"，觉得"好些作品是饱含政治热情的，是和人民群众的感情一致的，是从群众生活的激流中产生的"，它们"反映群众的生活和斗争，抒发真正从生活中来的真实的思想感情，群众的思想感情"②。这里的"生活"显然不是普通民众的庸常或琐碎的"私人化"生活，而是与时代政治密切相关的"集体化"的生活，因为在毛泽东时代，只有个体与革命事业发生积极关系的那部分"生活"才是具有价值的、有意义的现实"生活"。这一词语反复强调和频繁使用，意在凸显诗歌内容的现实性与诗歌价值之间的内在联系。臧克家在1956年《诗选》的"序言"谈及"农业合作化运动"诗歌时这样写道：

> "把合作社的'规划'再三朗诵"，"像吟诵"着"宏伟的诗句"，凡是到过合作社，听解说员拿一支魔杖似的小条子指点着一张"规划图"在讲解时，总会发生同样的情感吧？有比这更动听的声音吗？有

---

① 袁水拍：《序言》，载中国作家协会编《诗选》（1953—1955），人民文学出版社1956年版，第5页。

② 同上书，第10页。

比这更富想象力更富现实意义的诗情吗？①

　　这里，论者用极其诗意化的文字放大了以"农业合作化"为主题的诗歌的魅力与价值。在他看来正是因为这些诗句不仅与火热的现实生活紧贴在一起，而且还能激发他们对未来的想象——一种更高的未来的现实（"真实"），从而更好地激励人们投入这场运动的洪流中去。在论者的阐释过程中，这种既具有教育民众的当下现实意义，又能唤醒民众对未来"现实"想象的诗歌被认为是"当代"诗歌的佳作。总之，在《诗选》的《序言》中，强大的现实性成为"当代"诗歌价值的"闪光点"。三是诗歌形态的"大众化"维度。有趣的是，在这几篇《序言》里，除毛泽东的诗词之外，几乎没有一首诗歌因形式独特的创新而受到论者的赞许与肯定。当然，这可能与20世纪50—60年代，单纯谈论诗歌的形式问题容易陷入"形式主义"泥淖的危险有关，因此，当代诗歌的内容比形式要素具有更大的价值，形式只是在诗歌内容价值生成基础上的必要补充。《序言》中诗歌的形式问题常在论及诗歌缺点时被提及。袁水拍认为，"作为中国的诗，希望多数中国人欣赏的诗，就不能不采用或建立为中国人所喜闻乐见和易于接受的、若干主要的和稳定的形式"，"诗人必须努力使自己的作品更多地、更密切地联系读者群众"②。这里实际上指出了"当代"诗歌的一个价值基点，那就是为"工农"群众所青睐的大众化的诗歌形式。臧克家则指出，"诗歌应该是群众性最大的一种文艺作品，一篇好诗出来马上传遍全国。诗歌的群众性问题，里边包括形式、语言问题"③。这里，在论者的阐释中，诗歌佳作应该是为全国"群众"传诵的诗，要实现这一点就要求诗歌形式、语言群众化或大众化。徐迟在1958年《诗选》《序言》中指出，"新民歌"使"一种从内容到形式普遍被承认的，喜闻乐见的诗风

---

　　① 臧克家：《序言》，载中国作家协会编《诗选》（1956），人民文学出版社1957年版，第4页。
　　② 袁水拍：《序言》，载中国作家协会编《诗选》（1953—1955），人民文学出版社1956年版，第13页。
　　③ 臧克家：《序言》，载《诗刊》编辑部编《诗选》（1957），作家出版社1958年版，第7页。

已经出现了"①，论者也从诗歌形式的"大众化"——"喜闻乐见的诗风"维度高度评价"新民歌"的价值。质言之，在《诗选》《序言》里，论者不约而同地把诗歌形式的大众化作为评判诗歌价值的一个指标，作为经典诗歌一个重要的价值要素。

《诗选》是中国作家协会和《诗刊》编辑部编选的大型年度诗歌选集，1955年和1956年两个选本由人民文学出版社出版，1957年和1958年两个选本由作家出版社出版。不论从编选机构还是从出版机构来看，它的权威性和影响力都是不言而喻的。从某种角度上说，《诗选》担负着打造"当代"诗歌经典的重要的任务，它是当时"文艺工作者"尤其是文学史专家研究当代诗歌的重要的参考资料，也是当代诗歌走向"经典化"之路的一条有效的途径。因此，对于从事当代诗歌写作者来说，自己的诗歌能够被《诗选》选中不仅是对自身创作能力的一种肯定，同时还是扩大自身的影响力的一个重要的平台。为此，《诗选》的编选原则、《序言》对诗歌评价的价值取向，内在地影响和规约了当代诗人的诗歌理念和创作实践，尤其是《序言》对入选诗作的阐释，对当代诗歌经典的打造起到引导和规范的作用，它在无形中改变了当代诗人对诗歌经典标准的认知，推动了一种新的"当代"诗歌经典形态的生成与发展。

二　权力的影响——以毛泽东诗词"经典化"历程为例②

当代诗歌经典的生成是在一个复杂的关系网络中进行的，除了选集《序言》阐释干预当代诗歌经典的生成之外，权力的影响也构成经典生成的

---

① 徐迟：《序言》，载《诗刊》编辑部编《诗选》（1958），作家出版社1959年版，第8页。
② 在20世纪50—60年代，毛泽东诗词的"经典化"是一个很值得深入研究的问题。应该说，某种文学文本之所以成为"经典"，既与文本独特的艺术结构和深层意蕴有关，同时又和缠绕在文学文本周边的诸多因素密不可分。实际上，在"十七年"期间，毛泽东诗词被奉为"当代"诗歌"经典"的历史成因比较复杂，除了他作为"共和国"最高领袖的特殊政治身份，使其旧体诗词成为一种"经典化"的表征"威权"和"神圣"的符号之外，至少有以下几个方面的因素推动了毛泽东的旧体诗词的"经典化"进程：一是独特的艺术价值。毛泽东诗词境界"阔大"、形象瑰丽、想象超拔、气势恢宏，他在继承宋代"豪放派"词的基本格调的同时，又适度超越古代"婉约派"词风和现代新诗中的"纤弱"诗风，他的诗词风格在现代、当代诗人所写的旧体诗词中可谓独树一帜，表现出一种"现代性"追求，具有较高的艺术价值，具备建构"文学经典"的基本要素，因而成为当代诗歌"政治性"与"艺术性"相结合的典范。二是社会"进化（转下页）

一个重要的因素，换言之，当代诗歌是否具备经典资格还与文艺界权力阶层的权力话语交织在一起。"十七年"时期文学（诗歌）的书写、出版、传播和阅读等各个环节通常都是在一定的选择、控制和组织中进行的，权力话语已全面渗透到文学的肌理之中，"写什么"和"怎么写"都有显在或潜在规则，诸如一部作品能否发表，作品出现问题之后性质如何判定，是否有资格作为文学的典范，作品阅读范围的大小等背后都隐藏着复杂的权力关系。那么，话语权力究竟如何影响当代诗歌经典的生成呢？这里我们试图以毛泽东诗词在 20 世纪 50—60 年代的经典化过程，考察诗歌经典生成与话语权力之间的复杂纠葛。

新中国成立前，毛泽东既是为谋求中国人民解放而"南征北战"的杰出政治家与军事家，同时又是"旧体诗词"园地辛勤而又成绩斐然的耕耘者。新中国成立后，他作为"新中国"的最高领袖，基本上掌握了新的民族国家政治、经济和文化方面的最高领导权。20 世纪 50 年代所发生的数次大规模的文艺批判运动，一方面极大地树立和巩固了他在文艺界的领导地位；另一方面也让知识分子深刻认识到自身原本掌握的话语权力已经基本被消解，文艺界领导者所拥有的权力可以极大地左右文学的发展。文学或创作主体如何借助领导阶层的权力获得更安全和更广阔的发展空间，成为当时知识分子不得不认真思考和面对的问题。正是在这一特定的文化语境中，毛泽东的"旧体诗词"走上了"经典化"的道路。虽然我们不否认毛泽东的"旧体诗词"本身具有的高超艺术价值是其成为诗歌经典重要因素，但是把它打造成当代新体诗的典范其中一个不可忽略的要素是对权力

---

（接上页）论"思想。在毛泽东的诗词中始终贯穿着一种社会"进化论"思想，不论"虎踞龙盘今胜昔，天翻地覆慨而慷"，还是"俱往矣，数风流人物，还看今朝"，都强烈渗透着"今胜昔"的不断进步理念。而在"十七年"时期，受激进的社会文化思潮影响，人们的精神世界里包含着浓厚社会"进化论"的思想因子，毛泽东诗词里的这种思想倾向极大地满足了当代读者的精神期待和文化诉求，从而为其走上"经典"之路提供了必要的条件。三是富有弹性的文本阐释空间。毛泽东的诗词既使用了大量的历史典故，又和当下的现实紧密地结合，这些融汇了历史与现实、古与今、传统与现代等诸多元素的诗词文本，极大地提升了文本本身的诗性内涵，增加了文本的厚度，这不仅为读者（批评家）提供了一个富有弹性的阐释空间，同时也使其诗词文本获得了较为旺盛和持久的生命力，这些文本在不断地阐释中获得新的价值和可能，从而加速文本的"经典化"进程。除此之外，国家主流意识形态的嬗变、传媒的导向、批评家的引导等都是促使毛泽东诗词成为当代诗歌经典的重要因素，因篇幅关系，在此不予详述。

的尊重、敬畏和依附。换言之，在打造毛泽东的"旧体诗词"的过程中交织着太多的权力因素，权力不断以一种隐蔽的方式在推动、促进和加速毛泽东诗词的经典化进程。

首先，从人们打造经典的深层次动机来看，很大程度上是为了寻求"权力"的支撑与"庇护"。1957年《诗刊》创刊号发表了毛泽东诗词十八首，这应该是新中国成立后他的诗作首次通过纸质传媒公开发表。这些诗词的面世与《诗刊》创刊需要毛泽东的支持有密切关系。或者说，编辑们之所以费尽心机地策划方案，赢取毛泽东诗词的发表权，很关键的一点是想借助他的这些象征着"威权"符号的诗作，增强《诗刊》的权威性，同时通过媒介将诗词打造成"当代"诗歌经典，在引起国家领袖的关注和肯定的同时，获得他的更多支持。当时冯至"建议在创刊号就登毛主席的诗词，以它正面展示思想与艺术的完美结合的一个范例"①，这一建议一方面是想为"当代"诗歌树立一种典范，但更为重要的是试图通过向毛泽东约稿，采取"投石问路"的方式了解他对《诗刊》办刊的意见和态度，获得他的"允诺"，正如沙鸥所言："筹备创刊号的工作中，最重大的一件事，是向毛主席要一个允诺"②，此言可谓切中肯綮，揭示了约稿背后人们不太愿意谈及的"真相"。可以说，《诗刊》编辑们在隆重推出毛泽东的诗词的过程中收获颇丰，具体表现为：其一，《诗刊》办刊得到了毛泽东的"允诺"和支持，尤其是在纸张供应方面获得了毛泽东的格外"关照"。在新中国成立初期纸张供应十分紧张，臧克家和徐迟为了《诗刊》的纸张问题和时任文化部部长助理的黄洛峰交涉，但"争来争去，双方面红耳赤，不欢而散"③。《诗刊》编辑们通过向毛泽东约稿一方面建立了与国家最高权力主体的沟通桥梁，同时高层与"属下"之间也培养了一定的感情。果然毛泽东得知此事后爽快答应给"五万份"的纸张，问题便迎刃而解。毛泽东对《诗刊》的"恩惠"自然让编辑们深切感受到"权力"的魅力。其二，公开发表毛泽东的诗词也

---

① 周良沛：《又是飞雪兆丰年》，载周明、向前编《难忘徐迟》，上海书店出版社1997年版，第224页。

② 沙鸥：《宝马雕车香满路》，《诗刊》1994年第7期。

③ 臧克家：《老〈诗刊〉琐忆》，《诗刊》1994年第7期。

让《诗刊》抢尽了风头。周良沛说，《诗刊》创刊号刊出后，"全国大小报刊及时转载了主席的诗词以及谈诗的信，《诗刊》也就成了各界关注的焦点"，"这确实是借主席的诗词为诗扬了威，为《诗刊》振了名"①。可以说，人们在很大程度上不是从"当代"诗歌的典范角度来看待《诗刊》创刊号上的毛泽东诗词，而是把它当作一种"圣化"的符号或"图腾"来膜拜。毫无疑问，那些打造经典的策划者们对这种收获显然超出预期，这是否可看作一种"明修栈道，暗度陈仓"的经典打造策略？《诗刊》"名利双收"的结果让文学界的主持者意识到，获得毛泽东诗词的发表权并将其打造成经典的重大意义，经典与权力之间就这样发生着隐蔽而缠杂的关系。

其次，从经典的阐释角度来看，人们对毛泽东诗词在"当代"诗歌中经典地位与价值的判定存在内在的紧张，这种紧张的背后透露了人们对权力的屈从和敬畏。虽然从表面看来，毛泽东诗词在当代诗歌中享有极高的地位，其"经典性"和"权威性"似乎不容置疑，但是诚如洪子诚所言，由于毛泽东的诗词"已成为现实政治的组成部分"，因而对其"经典地位的判定，在一个时期里处于紧张的状态"②。毛泽东在寄给《诗刊》十八首诗词的校样稿同时，附上了一封信，信中提道："这些东西（指十八首诗词——引者注），我历来不愿意正式发表，因为是旧体，怕谬种流传，贻误青年。""诗当然应以新诗为主体，旧诗可以写一些，但不宜在青年中提倡，因为这种体裁束缚思想，又不易学"③。毛泽东这番话至少传达了这些信息：一方面作为深谙权力威力的他已经相当清醒地意识到自己的诗词一旦发表，就可能被奉为典范而坐上"经典"的宝座，而且将产生广泛的示范效应；另一方面如果这些"旧体诗词"被经典化后，可能掀起一股"旧体诗"创作的潮流，这股潮流容易转化为"新体诗"发展压制性的力量。为此，毛泽东附上这封信不仅是对自己"旧体诗词"的负面影响的担忧，

① 周良沛：《又是飞雪兆丰年》，载周明、向前编《难忘徐迟》，上海书店出版社1997年版，第230页。
② 洪子诚：《经典的解构与重建——中国当代的"文学经典"问题》，《中国比较文学》2003年第3期。
③ 毛泽东：《致陈毅》，载杨匡汉、刘福春编《中国现代诗论》（下编），花城出版社1986年版，第68页。

更是对那些文艺政策制定者和阐释者的有意提醒。应该说，毛泽东确实深刻洞见了当代诗歌经典与权力之间的关系。可是，对于那些文艺界的权力主体而言，毛泽东的诗词犹如"烫手的山芋"，因为他们一方面要竭尽全力将其打造成当代诗歌的经典，另一方面又要最大限度地防止经典负面效应的扩散——大批诗人模仿这些经典之作写"旧体诗词"，也就是既要确保诗词的不可动摇的典范位置，又不至于干扰当代诗歌发展的进程。于是，这就导致人们对毛泽东"旧体诗词"经典价值阐释的内在紧张。臧克家在 1957 年《诗选》《序言》中说："中国古典诗歌传统如何为社会主义时代服务的问题，由于毛主席诗词的示范作用，也得到了圆满的解决"，"十八首"旧体诗词就解决当代新诗发展中如何激活传统形式以及"新旧诗关系"的重大难题，这种话语修辞旨在凸显毛泽东诗词的经典地位，然而接下来他又说："能写新诗的，尽可能去写新诗，能对传统形式运用自如的，就用传统的形式去写"①，这句话意在说明这种"经典"不是所有诗人（尤其是青年诗人）都应模仿的样板。这里前一句突出毛泽东诗词的示范作用，后一句实际上又强调其不具备广泛的"示范"意义②，在这"扬—抑"的话语修辞之间我们可明显察觉到论者阐释过程中的内在紧张。由此可见，在毛泽东诗词的经典价值的阐释过程中，阐释者一方面力求极力放大其经典的价值；另一方面又担心违背毛泽东原本的初衷而不断限定经典的适用范围，这种"谨小慎微"的阐释背后表现了人们对最高权力主体的敬畏和屈从。

此外，阐释者一方面要将毛泽东"旧体诗词"完美化和典范化；另一方面又必须谨慎处理他的诗词中一些与"新的人民的诗歌"理想形态相龃龉和矛盾的元素。比如正如第三章所述，当代诗歌在不断批判和努力超越"象征诗派"和"现代派"所具有的晦涩难懂的诗风，试图建立的是"工

---

① 臧克家：《序言》，载《诗刊》编辑部编《诗选》（1957），作家出版社 1958 年版，第 1 页。

② 郭沫若甚至以自身的经历劝诫青年诗人勿轻易学毛泽东的"旧体诗词"，他说："那种东西（指'旧体诗词'——引者注）实在不大好搞，像我这样从五六岁搞起，搞到现在六十七岁了，有时还要脱韵的"，这实际上消解了经典的示范的功能。参见郭沫若《就当前诗歌中的主要问题答〈诗刊〉社问》，载《诗刊》编辑部编《新诗歌的发展问题》（第二集），作家出版社 1959 年版，第 3 页。

农大众"所易于接受的通俗易懂的大众化诗歌形态。可是毛泽东的诗词中包含很多"象征"的成分，臧克家说：

> 旧体诗词就是因为不易懂，因而每个人有一个人的解释。诗这个东西本来就是很难解释的，特别是象征派的诗，那是最难解释的。主席的诗词当然不是象征派，但主席的诗词里是有象征的东西，每个词后面都可能有它的世界，所以解释可以有各种各样的不同，我们在解释时应该求得最接近作者的原意，这样才比较心安理得一些。①

这里，臧克家触及了毛泽东诗词与"象征派"之间的相当敏感的话题。虽然他极力划清两者之间的界限，但也不得不承认毛泽东诗词里含有很强的象征元素。确实是如此，正是因为毛泽东旧体诗词大量运用了象征手法和典故，以致一些专家对有些诗词的解释人言言殊②，那些文化程度不高的"工农大众"更是很难读懂③。在 20 世纪 50 年代，卞之琳、穆旦、孙静轩、蔡其矫的不少诗歌都因不易懂而受到"猜谜""不知所云""绕来绕去""云里雾里"等讥评。因此，如果以同样的标准和尺度衡量毛泽东的诗词，那它肯定不可能作为当代诗歌的经典。很显然作为国家最高权力的拥有者，毛泽东的诗词自然受到特殊的待遇。一是实施区隔。把毛泽东诗词中的"象征"元素和"象征派"中的象征手法区别开来。人们认为"象征诗派"中的"象征手法"是为了隐藏"恍惚迷离、神秘过敏的颓废的感觉和情调"④，掉入"形式主义"深渊不能自拔，是新诗的"逆流"

---

① 郭沫若：《就当前诗歌中的主要问题答〈诗刊〉社问》，载《诗刊》编辑部编《新诗歌的发展问题》（第二集），作家出版社 1959 年版，第 10—11 页。

② 这也催生了一批诸如郭沫若、周振甫、臧克家等之类的毛泽东诗词解释专家，也出版了一些关于毛泽东诗词注释、讲解的著作，如版本繁多、流传盛广的臧克家讲解、周振甫注释的《毛泽东诗词讲解》就是显例。

③ 奇怪的是，在"工人谈诗"中，有不少人把毛泽东的诗词列为自己最喜欢的诗，其实毛泽东的诗词和他们对诗歌"朴素、易懂、短小、通俗、浅显"的要求相去甚远，出现这种现象的原因有几种可能，要么编辑制造了读者的需求，要么读者确实出于对毛泽东诗词崇拜的需要。

④ 臧克家：《"五四"以来新诗发展的一个轮廓》，载《在文艺学习的路上》，上海文艺出版社 1962 年版，第 16 页。

理应打入另册，而毛泽东的诗词里的"象征"元素则被认为是超越诗歌"公式化""概念化"，使诗含蓄而富有"诗意"的"秘密武器"。二是避重就轻。阐释者告诫人们"形式不在乎新旧，主要是内容问题"①，"诗歌的基本问题，不是形式问题"②。这其实是转移人们对毛泽东诗词关注的目光，回避他的诗词形式中一些与"新的人民的诗歌"相冲突的问题。三是不予提及。在当时绝大多数阐释者的文章里，对这一敏感的话题不仅不予提及，更不加深究。从上述的这些情形，不难发现，由于人们希望得到来自权力阶层的"恩惠"和"庇护"，因而竭力把毛泽东诗词打造成当代诗歌的典范，同时，出于对"权力"的尊重与敬畏，阐释家们不得不采取一定的策略，处理毛泽东诗词里含纳的与当代诗歌理想形态相矛盾复杂元素。说白了，在毛泽东旧体诗词经典化过程中"权力"的影子无处不在！

三　文学思潮的裹挟——激进文学思潮与《红旗歌谣》中诗歌"经典"的遴选

如所周知，文学经典的"升降沉浮"与文学思潮的嬗变有着密切关系，其实新经典的成长也和文学思潮的影响紧密相关。当一种新的文学思潮以锐不可当之势向文学的各个领域蔓延与扩展时，那些试图引领文学新潮的创作主体将被卷入潮流的旋涡之中，他们不断创作出一些带有"实验性"或"先锋意味"文学作品，推动某种新的创作潮流的崛起与壮大。与此同时，一些文学批评家或文学机构开始从一些在文本的价值取向、创作手法、文本风格等方面与文学思潮内在本质相契合，曾经引起轰动效应或代表创作潮流"高峰"的文学作品中遴选文学经典，从而使文学思潮向纵深发展。在文学思潮的裹挟下，不仅创作主体难以逃离文学思潮强大的辐射力和向心力所形成的文学场，同时文学经典遴选主体的视角也受文学思潮的影响和制约，不论经典的标准还是对经典的阐释都与文学思潮涌动有着内在的关联。

---

①　郭沫若：《就当前诗歌中的主要问题答〈诗刊〉社问》，载《诗刊》编辑部编《新诗歌的发展问题》（第二集），作家出版社1959年版，第7页。

②　臧克家：《序言》，载《诗刊》编辑部编《诗选》（1957），作家出版社1958年版，第1页。

正因如此，作为 20 世纪 50 年代激进的社会和文学思潮的"产物"——《红旗歌谣》，是编选者从成千上万首"新民歌"中挑选出来的经典之作。我们不妨从《红旗歌谣》诗歌经典价值取向、遴选标准等方面，考察文学思潮与经典生成之关系。

首先，经典的价值取向与文化激进主义思潮。在 20 世纪的中国文学演进进程中，每逢社会、政治和文化面临着新的大转折，激进主义思想始终是推动社会和文化变革的主导思想，"五四"时期是如此，20 世纪 50 年代更是这样。应当说，发生在 1958 年的"大跃进新民歌运动"就是文化激进主义思潮催生的一场全民诗歌创作运动，而《红旗歌谣》是对这场诗歌实验运动所取得"硕果"的"精华"部分的浓缩与提炼。在"十七年"时期，文化激进主义思潮主要表现为"民粹主义"和"反智"倾向，崇尚"唯意志主义"，强调断裂与超越。编选者正是受这种文化激进主义思潮的影响，形成了他们对入选《红旗歌谣》的"经典"诗歌的价值的判断。在"编者的话"中这样写道：

> "新民歌是劳动群众的自由创作，他们的真实感情的抒写"……"这些新民歌正是表达了我国劳动人民要与天公比高，要向地球开战的壮志雄心，他们唾弃一切妨碍他们前进的旧传统、旧习惯。诗歌与劳动在社会主义、共产主义新思想的基础上重新结合起来，正是在这个意义上，新民歌可以说是群众共产主义文艺的新萌芽。"……"这种新民歌同旧时代的民歌比较，具有迥然不同的新内容和新风格，在它们面前，连'唐诗三百首'也要显得逊色了。"①

这里，我们可以看到编者对《红旗歌谣》里的"新民歌"经典价值估定和择取向度：一是以"工农兵"为诗歌创作主体基本构成②。有意思的

---

① 《编者的话》，载郭沫若、周扬编《红旗歌谣》，红旗杂志社 1959 年版，第 1—2 页。
② 实际上，《红旗歌谣》里的不少诗歌出自文人之手，或者经过知识分子的修改，选集之所以未注明作者可能与作者无法查证有关，更重要的是为了突出"工农兵"作为"新民歌"创作主体的地位。

是，选入《红旗歌谣》里的诗歌全部未署名，只有注明诗歌的"生产地"，其实"无名"的背后指向一个"共名"——"工农兵"，也就是说，选集里选入的基本上属于"工农兵"创作的歌谣，它关闭了知识分子（诗人）诗歌入侵空间。在编者看来，相较于知识精英（或小资产阶级知识分子）笔下的诗歌，"新民歌"真正实现了让底层民众参与文化建设的新文化构想，"工农兵"由过去处在文化的边缘到现在走上了文艺创作的前台，成为当代诗歌革新的中坚力量和"新民歌"生产的主人，他们不仅实现了"自由创作"，而且传达自身"真实的感情"，其诗作具有更高的价值。这种把"新民歌"创作主体进行整体置换，极力褒扬"工农兵"这一新的创作群体之于诗歌革新的意义，显然具有"民粹主义"的倾向。二是极力突出"劳动人民"的意志。《红旗歌谣》所遴选的诗歌有一部将人的"意志"渲染到极致，如《干劲真是大》如此写道："干劲真是大，/碰天天要破，/踩地地要塌；/海洋能驯服，/大山能搬家"；又如《大山被搬走》："山歌一声吼，/万人齐动手。/两铲几锄头，/大山能搬走"。这些诗歌以夸张的修辞手法凸显人战胜自然的意志和毅力。诚如编者所言："今天在社会主义建设总路线的光辉照耀下，劳动人民这样昂扬的意志，跃进歌谣这样高度的热情，必然会在文艺创作上引起反应"①，其实作为身处这种激进的社会、文化思潮的编选者，他们的经典理念也被思潮所裹挟和同化，那些包含了浓厚"唯意志主义"成分的诗歌自然被大量选入诗选。三是着力凸显人们超越过去的勇气和魄力。20世纪50年代激进主义文学思潮不断催生着人们超越传统（过去）和时间流程的愿望。什么"社会主义时代的新国风""迥然不同""连唐诗三百篇也要显得逊色""开一代诗风"等，这些话语修辞在深层次上透露了在"大跃进"激进文化潮流的鼓动下，包括编选者在内的当代知识分子（诗人）思想和精神世界里普遍存在一种超越既往文学存在的冲动，以及开创一个全新文学风貌的惊人魄力。

其次，经典标准与文化激进主义思潮。《红旗歌谣》的编选标准是："既要有新颖的思想内容，又要有优美的艺术形式"，所谓的"新颖的思想

---

① 《编者的话》，载郭沫若、周扬编《红旗歌谣》，红旗杂志社1959年版，第3页。

内容"中的"新"是和"旧民歌"比较而言的，是指"歌颂祖国""歌颂自己的党和领袖""歌唱新生活""歌唱劳动和斗争中的英雄主义""歌唱对于更美好的、未来的向往"①。从内容的标准来看，选集要求"新民歌"必须借用传统歌谣的形式熔铸"祖国""党""新生活"等时代新内容，"歌颂"与"歌唱"是"新民歌"与现实的基本关联方式。由此可见，在内容方面选入《红旗歌谣》的"新民歌"应能最为有效地确证、维护和说明新的国家政权的合法性和现行政策正当性、合理性。"大跃进"时期，文化激进主义思潮使得"新民歌"成为"工人、农民在车间或田头的政治鼓动诗"，以及"生产斗争的武器"②，内容的意识形态属性鲜明与否是判断"新民歌"价值高低的一项重要指标，那些直接书写生产运动的诗歌大量选入自然在情理之中。尤其值得一提的是，选集里"儿歌"遴选遵循上述的标准。比如《今年梅花开》这样写道："往年梅花红，爸爸陪烘笼；今年梅花红，爸爸送粪到田中。//往年梅花香，妈妈缝衣裳；今年梅花香，妈妈天天修堰塘。//往年梅花落，姐姐家中坐；今年梅花落，姐姐积极打麻雀。"诗中"送粪""修堰塘""打麻雀"都与当时兴起的"广积肥""兴修水利"和"除四害"等运动密切相关。这里，"儿歌"的内容不以是否传达儿童的生活情趣或生活常识等为主要标准，而是以是否承载政治教化内容为基准，这也是激进文化思潮激荡下，社会主义现实主义创作方法中"用社会主义精神从思想上改造和教育劳动人民的任务结合起来"向文学各种领域强势渗透的重要表现。而所谓"优美的艺术形式"是指"形象鲜明，语言生动，音调和谐，形式活泼"③。由于20世纪50—60年代文化激进主义思潮促使文学彻底摆脱娱乐和消遣的不良倾向，而鼓动民众的功能被极力强化，这样一来，文学的形式也必须有助于文学充分发挥这一功能④。从某种意义上说，"新民歌"的"优美的艺术形式"其实

---

① 《编者的话》，载郭沫若、周扬编《红旗歌谣》，红旗杂志社1959年版，第2页。

② 周扬：《新民歌开拓了诗歌的新道路》，载《诗刊》编辑部编《新诗歌的发展问题》（第一集），作家出版社1959年版，第2页。

③ 《编者的话》，载郭沫若、周扬编《红旗歌谣》，红旗杂志社1959年版，第1页。

④ 《红旗歌谣》出版后，有些地方还从中选一些民歌印在日历上，以多样化的形式鼓舞和教育"工人"，参见李学鳌《〈红旗歌谣〉在工人中间》，《人民文学》1960年第3期。

就是一种"顺口""入耳"的民间歌谣形式，这种形式能够较为迅速有效地将诗歌中含纳的意识形态观念转化为民众的自我意识，使他们认同这些观念的同时付诸实际行动。此外，文化激进主义思潮也使编者在遴选"新民歌"经典时，更多选择那些带有浪漫主义色彩的诗歌，因而体现对美好未来的超拔（或奇特）想象，采取夸张的修辞手法的"新民歌"自然成为经典。

最后，经典的阐释与文化激进主义思潮。《红旗歌谣》出版后引起了较大的反响，于是在报纸杂志上出现了一系列对该选集进行报道与评析的文章①。在这些文章中，论者试图通过对《红旗歌谣》中诗歌文本的阐释，以及选集时代意义和价值的估定，确立和巩固《红旗歌谣》的经典地位。翻检这些深深烙上时代印记的文章，不难发现，不管是阐释视域还是阐释方法皆受文化激进主义思潮的深刻影响和制约。这里我们不妨以《文艺报》和《人民文学》有关《红旗歌谣》的评论文章为例反观这一现象。就经典阐释视域而言，"新与旧"是人们进行《红旗歌谣》经典价值评估的重要阐释视域。由于在当代文学的演变进程中，"追新逐变"的文学革新浪潮呈现越来越激烈与凶猛的态势，在这种时代主潮的驱使下，人们心理已然存在的对旧文学形态的厌恶感和反叛情绪被不断强化，而对新的文学形态则生发一种焦灼的期待感。在这样的文化语境里，人们一般不是以理性的眼光将新的文学形态，置于复杂的关系网络中加以客观地评价，而是以激进的心态把新生事物安放在"新与旧"的逻辑框架中，看取新的文学形态所实现的"质"的裂变和超越。比如，未央认为，《红旗歌谣》是书

---

① 这些文章有：紫晨：《〈红旗歌谣〉好》，《文汇报》1959 年 10 月 24 日；天鹰：《大跃进的"红旗"——〈祝红旗歌谣〉出版》，《解放日报》1959 年 11 月 16 日；张晓富：《从〈红旗歌谣〉看群众创作》，《吉林日报》1959 年 12 月 20 日；井岩盾：《略论"新一代诗风"——初读〈红旗歌谣〉》，《新港》1959 年第 12 期；邹荻帆：《大跃进的号角，新诗歌的红旗——读〈红旗歌谣〉》，《文艺报》1959 年第 19 期；柯仲平：《祝贺〈红旗歌谣〉的出版》，《诗刊》1960 年第 1 期；姚文元：《响彻云霄的赞歌——读〈红旗歌谣〉》，《安徽文学》1960 年第 1 期；田间：《欢呼〈红旗歌谣〉》，《蜜蜂》1960 年第 1 期；李学鳌：《〈红旗歌谣〉在工人中间》，《人民文学》1960 年 3 月号；未央：《共产主义的诗情画意》，《人民文学》1960 年 3 月号；张志民：《〈红旗歌谣〉红旗飘》，《人民文学》1960 年 3 月号；顾工：《昂扬的战歌，跃进的乐曲》，《人民文学》1960 年 3 月号；《共产主义文艺的开端——读〈红旗歌谣〉》，《羊城晚报》1960 年 6 月 13 日，等等。

写"建设社会主义、共产主义的昂扬斗志"，以及"对毛主席对党、对今天和明天无限热爱和向往"的"这些新腔的精品"①。张志民则指出，《红旗歌谣》是"文艺胜利道路上的一块新的里程碑。它以崭新的姿态，以共产主义的风格，以史无前例的气概站在我们面前"。选集里的"群众诗人"的创作，"不是为写诗而写诗"，而是"为革命为社会主义建设，是为配合当前的生产、斗争而写诗，是出于他们的新生活的激情而写诗"②。贾芝这样评价道："《红旗歌谣》不同于过去任何时代的旧民歌，它们是社会主义时代的新国风"，它"比古代的第一部诗歌《诗经》来，更具有丰富的开创意义"③。从这些援引来看，旧腔—新腔、旧文艺（知识分子文艺）—新文艺（群众文艺）、旧民歌—"新国风"成为论者阐释和厘定《红旗歌谣》的经典价值的基本框架，这种阐释理路旨在展现"新民歌"超越既往存在诗歌的风采、气概与魄力，提升《红旗歌谣》的经典的价值，凸显其在中国"当代"诗歌发展史中经典地位。与这种阐释框架相关联的是，文化激进主义思潮激发了人们内心涌动的激情，人们对《红旗歌谣》经典的价值采取"激情化"的阐释方式。所谓"激情化"阐释是相对"学理化"评述方式而言的，论者不是以辩证、客观、冷静的方式面对自身所关涉的对象，而是以充满感性的、激情的文字完全融入评述的对象之中。例如贾芝的《共产主义文艺的开端》这样评价《红旗歌谣》的作用和意义："这些诗篇生动地记录了我国高速的、宏伟的社会主义建设，表现了全民大跃进的冲天干劲和劳动热情，并且是促进人民更向前飞跃的、嘹亮的号角。能读到《红旗歌谣》里的这些新民歌，是一种幸福。因为只有在我们这个时代，在我们这样的社会主义国家，才能听到这样一些描绘劳动人们豪迈精神的欢乐之歌，勇敢之歌。"④ 这里的评述多为激情式的溢美之词，我们可以感受到论者对《红旗歌谣》的赞美背后的一种幸福的陶醉。这种激情四溢、文采飞扬的文字意在通过话语修辞使《红旗歌谣》的经典形象完美

---

① 未央：《共产主义的诗情画意》，《人民文学》1960 年第 3 期。
② 张志民：《〈红旗歌谣〉红旗飘》，《人民文学》1960 年第 3 期。
③ 贾芝：《共产主义文艺的开端——读〈红旗歌谣〉》，《人民文学》1960 年第 4 期。
④ 同上。

化，从而激起人们对《红旗歌谣》这一当代诗歌经典选集的阅读兴趣和热情，并将选集中激进的精神转化为现实行动，借此在确立《红旗歌谣》经典地位的同时，推动激进文化思潮的快速发展与壮大。质言之，从《红旗歌谣》的个案中，不难发现，不论是经典的阐释视域还是经典的阐释方式都与激进文化思潮有着紧密的关联。

正是由于《红旗歌谣》是当代激进文学（社会）思潮的裹挟下所生成的诗歌经典，因此随着思潮起伏变化，经典的地位也会发生变化。当"大跃进"激进的社会思潮给整个社会经济带来极大的破坏作用，国家权力主体开始有意控制这种思潮的蔓延和扩张时，《红旗歌谣》中的激进精神和浪漫化想象失去了现实支撑，加之发动"新民歌运动"的毛泽东对《红旗歌谣》做出"水分太多""选得不精""没有诗意乱放卫星"的批评之后①，其经典的地位便开始滑落。1961 年至"文化大革命"爆发，几乎少有人再为维护《红旗歌谣》的经典地位而殚精竭虑地撰文详述了。由此可见，文学思潮的消长与当代诗歌经典生成之间存在动态的内在关联性。

四　版本的修改——叙事诗《阿诗玛》曲折的经典成长之路

新中国诞生之后，新的国家政权开始实施一系列的民族政策，其中"帮助少数民族继承和发扬其优秀的文学遗产"，"共同创造社会主义内容民族形式的新文学"②，是落实民族文化政策的重要方面。于是，一批少数民族民间文学得到发掘和整理，这里边就包括广泛流传于撒尼族人民中的口头长篇叙事诗《阿诗玛》。它被认为是"一部动人的美丽的富于民族色彩的诗篇"③，同时它是 20 世纪 50 年代一批民间文学文艺工作者历时三个月，在收集少数民族口头流传的《阿诗玛》相关的二十份"异文"和三百多首民歌基础上，经过不断的修改和加工而转变为一部合乎国家主流意识形态的诗歌经典。有鉴于此，人们可以从不同版本《阿诗玛》的比较中窥

---

① 陈晋：《文人毛泽东》，上海人民出版社 2005 年版，第 455 页。

② 李广田：《〈阿诗玛〉序》，载云南人民文工团收集、整理《阿诗玛》，人民文学出版社 1960 年版。

③ 《编者的话》，《人民文学》1954 年第 5 期。

探"当代"诗歌经典成长的曲折之路。下面我们选择《阿诗玛》1953年原始版（下称"原始版"）、1954年整理版（下称"整理版"）和1960年的修订版（下称"修订版"）为例，从诗歌题旨、情节的设计、形象建构和故事结局等几个角度，探察20世纪50—60年代人们打造当代诗歌经典的"成规"与"策略"。

　　诗歌题旨包含着诗人对时代文化语境的认知与理解，以及自我对诗歌价值指向的把握和定位。在"政治——文化""一体化"的年代，国家权力主体和文艺监管者对一些引起广泛影响的文学文本的题旨保持一种高度的敏感与警惕，一旦某部作品被认定为存在危及国家主流意识形态安全的可能，轻则进行点名批评，重则发动大规模的文艺批判运动。对于"当代"诗人而言，他们必须学会敏锐感知和适时捕捉文艺发展和变化的动向，使自己的诗歌题旨与时代主潮形成良性的互动关系。在这种时代文化语境里，曾经口头流传的《阿诗玛》颇为"驳杂"题旨在整理的过程中经历了相当显著的变更。当时的整理者认为在流传的《阿诗玛》二十种版本中主要包括有以下六个方面的"主题思想"①：

　　　　一　控诉媳妇被公婆和丈夫虐待的痛苦②；二　反抗统治阶级的婚姻掠夺，追求幸福自由③；三　维护传统的习俗④；四　显示女方亲人的威力，使公婆丈夫不敢虐待⑤；五　羡慕热布巴拉家的富有，阿

---

　　①　黄铁、杨知勇、刘绮、公刘：《〈阿诗玛〉第二次整理本序言》，载广西师范学院中文系编《撒尼族叙事长诗〈阿诗玛〉专集》，广西师范学院中文系1979年版，第21页。

　　②　如《阿诗玛》（八）讲述了阿诗玛嫁到热布把拉家三年后受尽公婆哥嫂及丈夫的歧视与虐待，导致阿诗玛"不好意思活在世上"。参见李缵绪编《阿诗玛原始资料集》，中国民间文艺出版社1986年版，第84—87页。

　　③　如《阿诗玛》（十三）讲述了热布把拉抢了阿诗玛之后，阿黑实施巧计将阿支打死，导致阿诗玛在热布把拉家受尽了苦头，而后阿黑将阿诗玛救回家。参见李缵绪编《阿诗玛原始资料集》，中国民间文艺出版社1986年版，第118—127页。

　　④　如《阿诗玛》（十六）讲述阿黑救回受苦的阿诗玛，"阿诗玛兄妹睡着了，岩石倒下来。兄妹二人就被岩石压死了"，这死亡的结局可以看成对反抗习俗的阿黑和阿诗玛的一种"报应"。参见李缵绪编《阿诗玛原始资料集》，中国民间文艺出版社1986年版，第140—149页。

　　⑤　如《阿诗玛》（十五）、（十八）讲述了阿黑到热布把拉家为阿诗玛"打抱不平"，他"射箭在堂屋里"，直到热布巴拉家把阿诗玛"当人看待"，才"把箭拔下"。参见李缵绪编《阿诗玛原始资料集》，中国民间文艺出版社1986年版，第130—167页。

诗玛安心在他家生活①；六　阿诗玛变成抽牌神，群众耳鸣是因为阿诗玛作怪，责备她死后不应该变成恶神。②

综观上述的几种主题，不难发现，第一、四种主题与传统的描写"婆媳"关系文学相类似，时代感显然不够强烈；第三、六种主题则带有封建思想和迷信色彩；第五种主题中人物形象具有"攀富"心理，物质欲望高于精神道德，有悖于当代文学道德规范。唯有第二种主题可揭示阶级压迫和反抗，与"十七年"文学的阶级属性具有内在一致性。在整理者看来，人们必须用"历史唯物主义"的正确观点，寻找文本中的"人民性"元素，"从差异很大甚至完全对立的观点中分析出哪种观点在当时的历史条件下体现了人民的世界观，表达了该民族的爱和憎，并据此确定它的主题思想"③。而第二种主题既可反映农民阶级和地主阶级之间对立与斗争，又能表现撒尼族人民的对阶级压迫的憎恶和自由的祈盼。在当时对待传统文化遗产已形成了所谓"取其精华，弃其糟粕"的原则和"成规"，除第二种主题可被视为"人民性的精华"外，其余的几种都被当作"封建性的糟粕"而应坚决抛弃。这样一来，"原始版"的《阿诗玛》所包含的一些虽不"正确"却客观存在思想观念或贴近生活（人物）实际的方面被无情"遮蔽"，凸显的是在《阿诗玛》原始本中很少见的第二种主题。人们在收集《阿诗玛》的原始材料时虽然尽可能保持其"实然"形态，但在整理（或曰"经典"打造）的过程中追求的是一种"应然"形态的《阿诗玛》，即"通过争取爱情的故事反映两个阶级的对立和斗争"④——这是包括《王贵与李香香》在内的长篇叙事诗的惯常主题。从中我们可以当代诗歌

---

①　如《阿诗玛》（四）阿黑认为，"自己家无山无村，/热布把拉家有山有村/可以安定下来"，于是，阿诗玛就"在热布把拉家，/就这样在下去了"。参见李缵绪编《阿诗玛原始资料集》，中国民间文艺出版社 1986 年版，第 58—59 页。

②　如《阿诗玛》（十七）讲述者李发贵说："阿诗玛生前是个好人，死后变成'抽牌神'，会害人便不好了"，参见李缵绪编《阿诗玛原始资料集》，中国民间文艺出版社 1986 年版，第 159 页。

③　如《阿诗玛》（十三）讲述了热布把拉抢了阿诗玛之后，阿黑实施巧计将阿支打死，导致阿诗玛在热布把拉家受尽了苦头，而后阿黑将阿诗玛救回家。参见李缵绪编《阿诗玛原始资料集》，中国民间文艺出版社 1986 年版，第 118—127 页。

④　臧克家：《撒尼族人民的叙事长诗——〈阿诗玛〉》，《文艺学习》1954 年第 4 期。

经典的打造必须以原始材料"实然"形态为基础，更重要的是要以"当代"文艺经典理念为"指令"，根据经典"应然"形态的诉求进行大刀阔斧的革新和创造，使经过整理和改变后的诗歌经典既富民族特色又能满足"新的人民的诗歌"的刚性需求，使少数民族人民口头流传的诗歌穿越"区域"的边界，成为新的民族国家人民共同享有的精神财富。

情节是叙事长诗一个重要的结构要素，它也是诗歌改编的重点之所在。《阿诗玛》由"原始版"到"整理版"在"情节设计"方面发生了重大的变化。其中有关故事的结局是改编的重点。在"原始版"的《阿诗玛》中大概有十二种结局，有人将其归为三类：

（1）阿诗玛出嫁以后，不愿在丈夫家里，违反了传统的习俗，神给她惩罚，她终于逃不脱神的主宰。

（2）阿诗玛留在热布把拉家，受苦一辈子。

（3）反抗到底，在路上被害，死后变成回声。[1]

第一类结局表现了"神权"对底层民众的统治，而"神权"被毛泽东认为是束缚中国民众（尤其是农民）的"四条绳索"之一。第二类结局有强烈的宿命论色彩，"只能导致把人民引向消极悲观、丧失信心的后果"[2]，无法让人看到新的民族国家人们带来的希望。第三类结局具有很强的反叛性。"它不但符合人民的愿望，而且显示了人民的预感——对未来属于人民的预感"，"它是对旧生活的勇敢反叛，也是对新生活的乐观预言"[3]。由于"十七年"文学不仅倡扬阶级斗争精神，同时还崇尚"革命英雄主义"和"革命乐观主义"精神，阿诗玛"反抗到底"这种结局显然能更好地彰显这一精神，阿诗玛的"回声"预示着这一"可爱而又不幸的姑娘永远和他们生活在一起"[4]，这样就使带有悲剧色彩的结局因有了"希望"与

----

① 黄铁、杨知勇、刘绮、公刘：《〈阿诗玛〉第二次整理本序言》，载广西师范学院中文系编《撒尼族叙事长诗〈阿诗玛〉专集》，广西师范学院中文系1979年版，第27页。

② 公刘：《〈阿诗玛〉的整理工作》，《文艺报》1955年第1期。

③ 同上。

④ 同上。

"出路"而不再让人感到悲观。这种能够教育、激励和鼓舞民众的结局自然成为《阿诗玛》最为理想的情节。除此之外，在《阿诗玛》的"撒尼文原诗译本"（原始版本之一）中，格路日明夫妇在媒人海热的劝说下不得不同意阿诗玛嫁给热布把拉的儿子，但在"整理本"中格路日明夫妇对海热的"花言巧语"表现出极大的反感，并坚决回绝了海热的请求。虽然当时也有人提出了不同的看法，认为"格路日明夫妇显得比原材料中简单，他们在女儿婚事中的开明态度，使读者找不到生活真实的基础"①。其实，整理者要超越的正是拘泥于生活实际的"真实"，而寻求一种"本质化"的真实。经过这样的修改，作为被压迫阶级的格路日明夫妇也和阿诗玛及阿黑一样，成为反抗压迫阶级（地主阶级）最为坚实的"战斗联盟"，"阶级性"是诗歌中人物内在精神世界和外在现实行动的根本制约要素。

另外，《阿诗玛》从"原始版"到"整理版"也增加了一些情节：其一，第七节"盼望"加上了阿诗玛被抢走之后，小伙伴、放羊娃、绣花姑娘、老年人等对阿诗玛的思念的情景，从一个侧面烘托阿诗玛与"群众"之间的密切关系。其二，"马铃响来玉鸟叫"一节增加了阿诗玛和海热之间"紧张"的对话，突出阿诗玛拒绝"诱惑"并揭露地主阶级的剥削本质和深重的罪行。其三，同样在第九节"马铃响来玉鸟叫"中增加了阿诗玛被抢到热布巴拉家后，她与热布巴拉父子之间势不两立的斗争，从而彰显阿诗玛不惧"威逼利诱"的精神品性。显然，增加这些的情节旨在建构一个"完型化"的阿诗玛形象——一个能够表征新的民族国家"新人"的过去、现在与未来的形象。

如上所述，诗歌情节的变动使"阿诗玛"的形象发生了"质"的变化。"十七年"文学中人物形象的构建，是关乎新的时代理想确立和新的民族国家精神锻造的重大的意识形态命题。从《阿诗玛》的"原始版"到"整理版"，打造阿诗玛形象基本依循的准则是："把有利于阿诗玛性格特征的描述全部保留，并作适当的补充，有损于她的性格特征的部分则毫不

---

① 孙剑冰：《〈阿诗玛〉试论》，载广西师范学院中文系编《撒尼族叙事长诗〈阿诗玛〉专集》，广西师范学院中文系 1979 年版，第 118—119 页。

吝惜地全部删除"①。这里"有利于阿诗玛性格特征的描述"也就是能够建构一个代表撒尼族高贵精神品质的"完满化"阿诗玛形象的那部分情节,一个能够反映"中华民族勤劳、勇敢、爱好自由、富有青春活力与美丽的智慧的民族"的那部分情境②。于是,"原始版"中那些描写阿诗玛满足于热布巴拉富足生活的部分被淘汰,阿诗玛出逃后被热布巴拉打死的情节也不可能再保留,阿诗玛由阿黑用金钱赎身的遭遇也被"毫不吝惜地全部删除",这样一来,经过削删后的代表撒尼族人民与苦难命运抗争的阿诗玛形象,便轮廓清晰地呈现在读者的面前,她极大地丰富了"十七年"文学"英雄形象"画廊。

1960 年《阿诗玛》经李广田"略加修改",再由云南人民出版社出版。相较于"整理版","修订版"《阿诗玛》的修改幅度并不大,据修订者李广田交代,主要有以下几个方面:其一,"原整理本射箭在打虎之前,现改在打虎之后";其二,"把诗卡都勒玛的故事删掉了,把原整理者所制作出来的小河上的那个湖也取消了";其三,"在字句上,也有所变动"③。语言方面的变动这里暂且不谈,关于"射箭斗争"部分的变动其目的在于使故事的情节更加合情合理④。而删去"诗卡都勒玛的故事"是为了改变"诗卡都勒玛救阿诗玛,她们都变成回声,成为永久的伴侣"⑤ 这一情节对人物形象造成的损害。由此可见,"修订本"在诗歌主旨、人物形象塑造等方面基本沿袭"整理本"的思路,只是对部分不尽合理的情节进行了修改,使其在合乎撒尼族的风俗基础上进行大胆地创新,打造一部在情节设计和人物形象构造方面皆臻于完美的民族经典史诗,有效发挥诗歌经典示范效应以及教育、鼓舞民众的功能。

从前述的分析,不难看出,《阿诗玛》的版本变迁过程,也是其在

---

①　黄铁、杨知勇、刘绮、公刘:《〈阿诗玛〉第二次整理本序言》,载广西师范学院中文系编《撒尼族叙事长诗〈阿诗玛〉专集》,广西师范学院中文系 1979 年版,第 24 页。

②　公刘:《〈阿诗玛〉的整理工作》,《文艺报》1955 年第 1 期。

③　李广田:《〈阿诗玛〉序》,载云南人民文工团收集、整理《阿诗玛》,人民文学出版社1960 年版,第 3 页。

④　在撒尼族传统风俗中,"祖先桌是任何人不得冒犯的地方",因此"把箭射在祖先桌上,是某种意义的决斗"。

⑤　公刘:《〈阿诗玛〉的整理工作》,《文艺报》1955 年第 1 期。

"政治—文化"语境规约下不断吸纳各种时代元素走向完善化的过程，更是其经典化的过程。版本变迁与文学经典化过程之间存在内在的动态关联，"十七年"文学中许多作家为了使自身的作品跻身于经典行列，不断对自己的作品进行修改。由于时代风云、社会思潮和政治运动等复杂因素有形无形地影响文本的修改，因此，我们可以从文本的版本变迁背后，窥探文学经典化进程中创作主体（或文本整理者）追求文学文本"纯粹性"的艰难。

　　五　文学史的助推——当代诗歌史与"工农兵"诗歌经典之建构

　　文学史既是文学经典成长的摇篮，同时又是经典确立自身的重要坐标，这是因为文学史以相对远离了交织着浓厚的情绪色彩和意识形态偏见的时评，以比较客观、权威的知识谱系厘定文学文本的历史地位和价值意义。文学史从不计其数的文学作品中淘洗出精华，它通常由一系列经典文本构成血肉丰满的可感可知的"躯体"，文学文本进入文学史的门槛意味着被授予经典资格证书。文学史叙述是经典鉴定的有效方式，它以其权威性、客观性有力推动某种文学文本加入经典的阵营。这里我们以《文学十年》、《中国当代文学史稿》和《十年来的新中国文学》为例，考察当代文学史是如何成为"工农"诗歌"经典化"助推器的。

　　《文学十年》是《文艺报》编辑部所编的一本总结新中国文学十年成就的论文集。由于它采取文学思潮与运动、小说、散文、诗歌、电影文学、话剧、民间文学等编排方式，我们可以把它看作当代文学史的某种雏形或带有文学史性质的编著。同时因论文的撰写者大多属于当时文坛权威或颇有影响力的专家，为此这部论文集为后来的当代文学史写作提供了理念指导和史料参考。《文学十年》收入了袁水拍的《成长发展中的社会主义的民族新诗歌》、邹荻帆的《大跃进的号角，新诗歌的红旗》和贾芝的《民间文学十年的新发展》三篇关于诗歌方面的论文。袁水拍在论及十年来革命诗歌队伍中出现的新诗人时，特别盘点了新近出现的"工农"诗人及其作品的时代意义：

　　特别可喜的是工农出身的诗人出现了，多了起来，他有些作品被选入历年的《诗选》。工人诗人有温承训、李学鳌、韩忆萍、福庚、郑成义、黄声孝、孙友田、李青联、李志等，农民诗人有王老九、刘章、刘勇等。……新的战士不断成长，工农诗人不断增加，这是文艺上的专业和业余相结合的方针的胜利，这只有在社会主义国家才可能有。①

　　这里论者重点突出和强调了作为"业余性质"的工农诗人出现的独特的历史意义："文艺上的专业和业余相结合的方针的胜利"，以及他们的作品的价值："许多作品被选入历年的《诗选》"，而在当时诗歌被选入《诗选》是其质量和价值的一种证明和体现。在论者的叙述中，"工农"诗人被认为是"共和国"创作队伍中与"专业诗人"具有同等重要地位的新人，而且他们的出现是社会主义国家的一种创举，这种评述无疑极大地提升了"工农"创作的意义与价值。与此同时，论者还高度评价了王老九的《伟大的手》、刘勇的《跃进短歌》诗歌的价值，这些作品被认为是"歌颂党中央和毛主席英明领导"方面的杰作②。《民间文学十年的发展》一文认为"工农"诗人的作品"集中地表达了新社会劳动人民的思想情感"，"既具有饱满的政治热情，而又富有生活气息"，"不仅产量庞大，从内容到形式都有许多革新的发展"，"是真正来自人民群众的迎接新世界、反对旧世界的歌唱，是战斗和欢乐的歌唱"③。这些褒扬性的阐述把"工农"诗作价值提到一个新的高度。论者还充分肯定了黄声孝的经典诗作《我是一个搬运工》的时代价值：它"表现了工人阶级依靠双手建设人间乐园的顽强斗志和豪迈气概"④。可以说，《文学十年》中关于"工农"诗歌方面的论述，阐明了"工农"诗作在文学发展史中的独有价值空间，有力地推动了"工农"诗歌进入当代诗歌经典的行列。

---

　　① 袁水拍：《成长发展中的社会主义的民族新诗歌》，载《文艺报》编辑部编《文学十年》，作家出版社1960年版，第143—180页。

　　② 同上。

　　③ 同上。

　　④ 同上。

如果说《文学十年》还仅仅是以单篇论文的方式肯定"工农"诗歌的价值和地位，那么《中国当代文学史稿》才是真正意义上的以文学史方式树立其经典的地位，因为它"经过剪裁、分类、组织，经过划分单元、区别层次，然后描绘出一幅鲜活的""工农兵"诗人及其诗作的历史发展图景①。《中国当代文学史稿》在第二篇"社会主义改造和社会主义建设初期的文学"中的第三章第一节"群众文艺"里，分三部分——"工人的诗"、"农民的诗"和"战士的诗"——给予详细论述。而第三篇第三章的第四节"主要工农兵作家及其作品"中，著者一方面介绍了"工农兵创作的主要特色"，另一方面着重介绍了王老九、刘勇、胡完春、黄声孝等"工农"作家的作品。编者为"工农兵"作家及其作品开辟专门的文学史空间，设置专节来隆重介绍，这样较高规格待的遇足可以说明"工农兵"诗作在当代文学史中的经典地位。另外，从具体阐述来看，《中国当代文学史稿》也给"工农"诗作极高的评价，认为他们的诗歌"充满强烈的战斗精神"，"体现了革命现实主义和革命浪漫主义相结合的特色"，"具有民族风格"。② ——这些都是当时理想诗歌范式的基本要素，说明"工农"诗作具有相当的典范意义。在定位王老九的诗作时，论者这样写道："他的作品称得上是社会主义文艺园地一束鲜艳夺目的艺术花朵，散发着浓郁的芳香。他的快板诗，以扎实丰富的生活内容、真挚的思想感情、生动洗练的语言，深深吸引着广大的读者。"③ 这里论者用诸如"鲜艳夺目""浓郁芳香"如此华美、诗意化的语词来描述王的诗歌别样的审美性，可谓极尽夸张之能事。尤为重要的是，在这部文学史中，王老九的《想起了毛主席》和《伟大的手》被视为经典诗歌而展开细致的思想和艺术分析。综而观之，不论是文学史的章节设置还是相关的评述，都可看到编者试图在"坚持文艺的工农兵方向，坚持文艺与工农兵群众相结合"④ 的文学史观的引导下，以文学史特有的知识谱系建构新的知识秩序，彰显"工农"诗作的

---

① 戴燕：《文学史的权力·前言》，北京大学出版社 2002 年版，第 6 页。
② 华中师范学院中国语言文学系编著：《中国当代文学史稿》，科学出版社 1962 年版，第 9—595 页。
③ 戴燕：《文学史的权力·前言》，北京大学出版社 2002 年版，第 6 页。
④ 华中师范学院中国语言文学系编著：《中国当代文学史稿》，科学出版社 1962 年版，第 9 页。

经典地位和提高其在文学史中的示范效应。

1963 年，作家出版社出版了中国科学院文学研究所编写的《十年来的新中国文学》，这本文学史受《文学十年》影响较大。在该本著作的第三章第二节"民间诗歌创作"中，农民诗人王老九的《三户贫农》，因反映了农业合作化期间毛泽东提出的"三户贫农是五亿农民的方向"思想，而被认为是合作化歌谣中"非常出色的新的作品"之一。他将《想起毛主席》一诗由"四十句改成十六句"的做法也被作为"创作态度严肃"的范例而备受褒扬。另外，民间诗人（艺人）韩起祥的《翻身记》被认为"风格粗犷，博大宏伟，容量宽阔"，语言"富于形象，粗中有细"①。同样，黄声孝的《我是一个装卸工》也得到诸如表现"工人阶级英雄气概"的"出色作品"的高度评价。

综观上述三部当代文学史，不难发现，"工农"诗歌的典范化过程与文学史的助推有着密切关系。文学史的"助推"功能主要体现在：一是文学史知识谱系指认、阐释与定位，推动新经典的"结构化"。众所周知，文学史书写关涉文学经典的指认与阐释，一般而言进入文学史中的文本都是某个作家或某种创作潮流中极具代表性的文本，为此，"工农兵"诗歌一旦入史也就意味着它已被官方认定为"新的人民的文艺"发展史中的经典。尽管在当时"工农"诗歌受到来自"小资产阶级"知识分子"净是'顺口溜'，'没有艺术性'，'不值一读'"②的讥评，但文学史特有的经典知识谱系形成的经典标准，"树立了自己的一个经典系列，而经典是具有权威性和示范性的"③，这些诗歌经由史论家的认定、诠释与定位便很快进入文学史所构筑的经典结构之中，从而确立其在 20 世纪 50—70 年代的经典地位。二是文学史的传播与阅读，使"工农兵"诗歌再度"经典化"。在当时编写文学史的目的是"提供教学与研究的参考"④，或为"有些读者

---

① 中国科学院文学研究所编写：《十年来的新中国文学》，作家出版社 1963 年版，第 98 页。
② 华中师范学院中国语言文学系编著：《中国当代文学史稿》，科学出版社 1962 年版，第593 页。
③ 戴燕：《文学史的权力》，北京大学出版社 2002 年版，第 145 页。
④ 《出版说明》，载华中师范学院中国语言文学系编著《中国当代文学史稿》，科学出版社1962 年版。

想了解那段文学历史的情况"提供参考①。可见，文学史中文学经典接受对象既有专业的研究者，又有高校里的学生，同时还有普通的读者，这是一个覆盖范围较广的受众群体。显然，"工农兵"诗歌一旦写进文学史就意味着这些诗歌已经进入经典的序列，因而能够有效地扩大经典文本的影响范围，更为重要的是，"当文学史推出自己的经典之后，通过教育的手段，这些经典反过来也规定和制约了文学作品的阅读方式，显示着所谓'正确的阅读'"，这种"正确的阅读"方式潜在地引导和规范阅读习惯，型塑人们的审美趣味，从而培养一批具有新的审美旨趣的阅读群体，使这一群体在"对文学史的认同、接续、模仿和复制"过程中②，强化人们对"工农兵"诗歌经典地位的认同和维护。

## 第三节 "新经典"成长中的文化"摩擦"与"压力"

如前所述，当代诗歌经典（又称"新经典"）的成长是在 20 世纪 50—60 年代特殊的文化网络中进行的，各种复杂因素时常交织在一起共同完成经典的建构。其实在"新经典"的确立与巩固不仅须面临诸多的压力，同时还须解决知识分子精英文化与大众文化以及新旧经典理念之间的"摩擦"与冲突。

一 "新经典"确立中的文化压力——以闻捷诗歌经典的打造为例

（一）激进文学思潮的压力

整体而言，"十七年"社会主义现实主义文学思潮的崛起与壮大呈现日趋激进化的态势，这给当代诗歌经典的打造带来一种无形的巨大压力，具体体现在激进的文学思潮不断强化诗歌的意识形态属性，不断剥离一切不"纯粹"的因素，促使诗歌的抒情主体"大我化"，情感基调

---

① 中国科学院文学研究所编写：《十年来的新中国文学》，作家出版社 1963 年版，第 1 页。
② 戴燕：《文学史的权力》，北京大学出版社 2002 年版，第 145 页。

"明朗化"，诗歌意象"革命化"，诗歌功能"战斗化"，在这种强大的文学思潮所引发的刚性需求催迫下，有关文学经典的标准总是经常发生变动并越来越严格，有时甚至变得相当"苛刻"，这就导致正在建构的经典文本里边包含的许多指标，总是很难符合变化了的"新经典"的标尺，于是，一些创作主体（诗人）为了使自己的作品进入经典序列，不断根据新的经典尺度修改作品，而一些批评家为了维护某些文本经典地位，要么有限度地对"新经典"标尺提出"质疑"，要么根据新标准采取新的阐释策略。这里我们不妨以闻捷的诗歌为例，探察当代诗歌经典成长面临的压力。

闻捷被认为是"中国诗坛上的一颗新星，一出现就闪烁着耀眼的光芒"①。最初让他"闪烁着耀眼的光芒"的是发表在 1955 年《人民文学》上的组诗——《吐鲁番情歌》《果子沟山谣》《博斯腾湖滨》《撒在十字路口的传单》《水兵的心》。这些诗歌以较为新鲜的牧歌式的笔调，展现了哈萨克族和蒙古族人民崭新的精神风貌和别致的生活情调，引起诗坛的广泛关注，尤其是"爱情组诗"《吐鲁番情歌》《果子沟山谣》更是赢得了青年读者的青睐。与同时代其他诗人热衷于正面书写工农业生产的壮志豪情不太相同的是，他的诗歌通过对相对纯洁爱情的抒唱和少数民族（异域）风情的摹写，一定程度上拓宽了情感表达的空间。因此当这些诗歌发表之后，旋即获得了众多批评家的赞誉，加之 1956 年作家出版社以《天山牧歌》为诗集名称出版了这些诗歌，1958 年该诗集由人民文学出版社再版，闻捷的诗歌很快走上了当代诗歌的经典化道路。

现实情形是，闻捷诗歌的"经典化"之路并不平坦，激进化的文学思潮总是不断冲刷着文学经典的构筑空间。也就是说，虽然他的诗歌具备了当代诗歌经典的某些质素，但是仍遭到了来自文艺界权力阶层的批评。1956 年《文艺报》第 3 期发表了《沸腾的生活和诗》一文，该文刊载了中国作家协会创作委员会诗歌组会议上的发言，其中臧克家和郭小川的发

---

① 公木：《关于闻捷的诗》，载贾植芳等编《闻捷专集》，福建人民出版社 1982 年版，第149 页。

言中有谈及闻捷的诗歌创作，臧克家认为：

> 闻捷有一些情歌写得是很好的，令人喜欢的，但是他的诗的题材范围比较狭窄，对大时代的精神反映不够。好的诗要既能够反映时代精神，又富有很强的艺术感染力。我们不要只着重于小的地方的细腻亲切，而忽略了意义更大的、能反映时代的东西。一切在突飞猛进的新中国，我认为我们需要更多一些马雅可夫斯基。①

所谓"时代精神反映不够""着重于小的地方的细腻亲切"是指诗歌大多局限于"爱情"这一在当时被认为是狭窄的空间中，诗歌的价值指向未与整个时代主潮保持同步关联。显然，在臧克家看来，闻捷的诗歌离当代诗歌"经典"仍有一段距离，或者说它在经典秩序中处于中下位置，因为激进的文学思潮所催生的理想诗歌范式是"马雅可夫斯基"式的，能发挥"炸弹和旗帜"作用的诗，而非"细腻亲切"而意义微弱的诗歌。

郭小川则认为：

> ……但我觉得他（指闻捷——引者注）有两个缺点：第一，他的情歌表现这种新的生活、新的人的思想感情还不深刻，不够强烈，有的还显得重复，这一首和那一首差不多；第二，他描写爱情以外的生活时，也用了他描写爱情时差不多的轻柔的调子，使人感到软绵绵的……
>
> 为什么我们的诗不能充分表现时代精神？我觉得，在很大程度上是因为避开了或无视了生活中矛盾和冲突……②

和臧克家一样，郭小川也认为闻捷的诗歌缺乏"时代精神"，感情基

① 《沸腾的生活和诗——中国作家协会创作委员会诗歌组对诗歌问题的讨论》，《文艺报》1956 年第 3 期。
② 同上。

调"轻柔"而有失"强烈"。"斗争"、"矛盾"、"冲突"以及"强烈的爱憎"、"力的展示"是当代诗歌经典必备的要素，这些要素随着社会主义现实主义文学思潮的发展在诗歌里表现得尤为显豁。可以说，不管是臧克家也好，郭小川也罢，他们作为"共和国"的有机知识分子，在诗歌理念上极大地受到文学主潮的影响，他们对闻捷诗歌的批评某种程度上表明，激进的文学思潮正不断促使诗歌界的权力阶层对诗歌经典实施更加严格的认定标准，这样无疑给正在成长中的诗歌经典造成压力。于是，有不少人开始为闻捷的诗歌经典进行辩护，有人认为郭小川"采取了比较轻视的态度来对待闻捷的诗创作"，"我们不能把反映时代精神作过分狭隘的理解"，"这样的要求是脱离了诗人的才能基础和生活基础的"①。更有人愤愤不平地指出："说它（指闻捷的诗歌——引者注）缺乏时代特征，缺乏时代气息，却是不够公允的"，"在青年读者引起的良好的反应，也说明了它的政治和艺术价值"，"闻捷的爱情诗有它的积极意义，是不会被抹杀的"②。这些不太和谐声音旨在为处在激进思潮压力下，闻捷诗歌的经典成长撑起一片安全空间。不过，即便有不少"支援"闻捷诗歌的力量，来自郭小川、臧克家等诗坛权威的批评所形成压力，还是给闻捷的诗歌经典打造产生了不可低估的影响。1959年人民文学出版社关于"《天山牧歌》出版说明"中就提到了这方面的问题："（闻捷的）有些诗过于着力于诗情画意的描绘，情感显得有些柔弱，令人感到美中不足。"③ 这说明作为经典的认定机构——人民文学出版社编辑部——最终还是认同并采纳臧克家、郭小川等关于闻捷诗歌的经典价值的判断。一般而言，绝大多数的作家都具有一种创造时代经典之作的愿望和冲动，激进文学思潮所催生的日渐苛刻文学经典标准以及由此产生的压力，使作家不得不根据已经或正在发生改变的经典指标调整自身的创作路向，写就合乎新时代经典诉求的诗篇。正是在这种现实情形中，1958年之后闻捷诗歌里的所谓时代精神迅速强化，如果说

① 叶橹：《关于抒情诗》，《人民文学》1956年第5期。
② 周应瑞：《歌颂爱情的诗篇——谈闻捷的爱情诗》，载贾植芳等编《闻捷专集》，福建人民出版社1982年版，第166页。
③ 人民文学出版社编辑部：《〈天山牧歌〉出版说明》，载《天山牧歌》，人民文学出版社1958年版。

《天山牧歌》的核心意象是爱情的话，那么《祖国！光辉的十月！》的中心意象则是祖国，而报头诗集《第一声春雷》和《我们遍插红旗》更是把诗与时代"重大事件"捆绑在一起，《河西走廊行》则是"大跃进"时期"一支英雄时代英雄人民的赞歌"①。可以说，从《天山牧歌》到《河西走廊行》的转变，显示了闻捷在激进文学思潮强大辐射力和覆盖力的作用下，自觉迎合新时代经典标准的探索与努力。如前所述，由于当代诗歌经典标尺不但与国家主流意识形态和社会主义的伦理道德之间呈现"胶着"状态，而且在变化中越来越纯粹和单一，这使得闻捷努力创造所谓的诗歌经典时常因政治形势的变化而很快失去原有的光泽。在《河西走廊行》中闻捷这样写道："我总觉得：在我们的时代，文艺创作也带有极大的集体性，而我只不过是一个执笔者，最后完成了它"，这种自觉以"集体"为精神归属的创作②，可能创作轰动一时的经典，但这种集体精神"传声筒"式经典，很多时候将随着时代语境的变化而丧失持久旺盛的生命力。这似乎是一种难以逃脱的逻辑怪圈：不断变化且日渐"繁琐"的经典标准，一方面为"新经典"超越传统经典的桎梏，确立自身独有的边界提供了一个新的成长空间与起飞平台；另一方面这些变动的标准又可能孕育一种颠覆的力量，使"新经典"的确立总存在诸多不稳定的因素。或许，这种不断自我颠覆或自我否定就是 20 世纪 50—60 年代"新经典"成长的生命轨迹？或者说，不断面临新压力本身也是"新经典"永葆活力的源泉？

（二）传统经典文化遗产的压力

诚如有论者所言："文学经典代表了某种传统的东西，同时经典本身也有着突破传统的驱动力，这一双面性质体现了文学经典的复杂性。"③ 文学经典既是当下文学发展的样板，同时又是其必须超越的高峰，因此，

---

① 孙克恒、胡复旦：《从〈天山牧歌〉到〈河西走廊〉——简论闻捷的诗歌创作》，载贾植芳等编《闻捷专集》，福建人民出版社 1982 年版，第 252—254 页。

② 闻捷：《〈河西走廊行〉的后记》，载贾植芳等编《闻捷专集》，福建人民出版社 1982 年版，第 79 页。

③ 张荣翼：《两种文学经典的夹缝中——中国现当代文学的文化语境》，《清华大学学报》2007 年第 5 期。

"新经典"成长必须具有"突破传统的驱动力",或者说应具备超越传统经典的勇气和魄力。就闻捷诗歌而言,传统的诗歌经典对"新经典"的崛起构成一种潜在的压力。这方面的压力一方面源自读者的阅读期待,比如1958 年"大跃进"时期,有一首诗歌如此写道:"吐鲁番情歌人人爱,／都说诗人的情满怀;／如今一天等于二十年,／跃进情歌何时写出来?",该诗传达了普通读者对诗人(闻捷)创作出超越《吐鲁番情歌》优秀诗篇的深层期待,这种期待的目光转化为诗人内在的焦虑:"我们深深地感到形势逼人,仿佛有人在问:'诗人!你们能跟着时代、人民和党,快步地前进吗?'"①。这种焦虑时常演变为诗人的创新压力。另一方面的压力则起源于诗人本身,对于一个企望在当代诗坛有所作为的诗人来说,他们所涉足的各个领域基本上都存在"家族相似"的文学经典,因此,唯有超越既往的经典存在方可走出传统阴影,实现再造新时代经典的梦想。闻捷在编选李季的诗集《对唱诗大丰收》谈及李季的所创作的"新民歌"时说:"自然,如果和那些流传年代较久、经过广大人民反复修改的民歌相比,在编选入这个诗集中的十多首诗里,有些段落,有些句子,还显得不够凝练、形象和生动。"② 这里,闻捷把李季的诗歌和传统民歌相比较时发现了其中存在的差距,这种差距的发现转化为闻捷诗歌创作中的压力,他说:"我们应该踏踏实实的向民歌和古典诗歌去学习,应当勤勤恳恳地向当代的民歌手和善于抒写古典诗歌的前辈诗人学习",与此同时,他又提出:"我觉得每个诗人完全有权力依据自己的创作实践,提倡这种或那种诗歌形式。"③ 这里,闻捷既意识到了学习传统的文学经典的重要性,同时又特别指出了"依据自己的创作实践"超越传统的必要性和迫切性。虽然他听任时代的召唤,在诗歌的政治思想水平上突破现代"爱情诗"以及《天山牧歌》中的"劳动＋爱情"的模式,但有时也不得不承认,比之于传统诗歌"我们(指李季和闻捷——引者注)的作品,情绪还不够饱满,艺术上还

---

① 李季、闻捷:《诗的时代　时代的诗》,载贾植芳等编《闻捷专集》,福建人民出版社1982 年版,第88—89 页。

② 李季、闻捷:《〈第一声春雷〉编后记》,载贾植芳等编《闻捷专集》,福建人民出版社1982 年版,第71—74 页。

③ 闻捷:《诗苑漫谈》,载贾植芳等编《闻捷专集》,福建人民出版社1982 年版,第107 页。

显得粗糙"①。在《〈第一声春雷〉编后记》也同样认为，"我们觉得有些诗写得太长，有些诗写得粗糙"②。应该说，思想上虽然超越既往诗歌，但艺术上却粗糙无比，这使得"新经典"的成长总难获得广阔的前景和稳定的空间。

为了缓释传统经典文本给"新经典"成长造成的压力，诗人或评论家时常回避与传统诗歌文本的比较，而把目光转向"当代"诗歌文本提供的新元素上。于是，"赶任务"的"报头诗"《第一声春雷》强调其价值是"诗歌同党的工作，同工农群众结合"一个新的重要方式③，《河西走廊行》凸显的是"歌唱大跃进中河西走廊的新气象、新面貌、新事物、新人物"④。何其芳在指出《复仇的火焰》（第一部）"有些部分诗意不多，写得不够精练"的缺点之后，这样肯定诗歌的"独特性"："这样广阔的背景，这样复杂的斗争，这样有色彩的人民生活的描绘，好像是新诗的历史上还不曾出现过的作品"⑤。这些"新方式""新题材""新人物""新结构"等被认为不仅是当代诗歌超越传统之所在，同时也是新经典成长确立自身的新"尺度"。也即是，闻捷通过反复陈述诗歌创作与时代政治紧密结合程度，借此标明诗歌符合新的经典认定标准，从而积极抵抗诗歌传统给新的诗歌实践造成的压力。另外，美化新诗歌的"缺点"也是为当代诗歌经典成长开辟新的空间的有效办法。比如闻捷的《河西走廊行》艺术上的"粗糙"是显而易见的，不过胡采在他的诗选《生活的赞歌》序言中却这样写道："在《河西走廊行》时期，他的诗，就以粗狂和豪迈的气势在冲击着读者了。精致深情和粗犷豪迈，都是一种美，都是一种高尚的诗风。它们相互之间，并不矛盾，而且经常

① 李季、闻捷：《诗的时代　时代的诗》，载贾植芳等编《闻捷专集》，福建人民出版社1982年版，第89页。
② 李季、闻捷：《〈第一声春雷〉编后记》，载贾植芳等编《闻捷专集》，福建人民出版社1982年版，第74页。
③ 李季、闻捷：《诗的时代　时代的诗》，载贾植芳等编《闻捷专集》，福建人民出版社1982年版，第89页。
④ 闻捷：《〈河西走廊行〉的后记》，载贾植芳等编《闻捷专集》，福建人民出版社1982年版，第79页。
⑤ 何其芳：《论闻捷的诗》，载贾植芳等编《闻捷专集》，福建人民出版社1982年版，第172页。

互为滋补润色。"① 其实这本诗集是"一个月内"完成的"速写式"或"报道式"的"急就章"，这里艺术上的"粗糙"被描述为风格上的"粗犷"，而且"粗犷"被认为是一种祛除了小资产阶级知识分子趣味的"高尚的诗风"。经过这种阐释原本属于诗艺上的缺陷便转变为诗歌独特性的表征，这显然是为了维护闻捷诗歌在当代诗界中的经典位置，而将其置于新的审美范畴中加以阐释和辩护。不过，这种辩护并不是非常有力，而且总是难以长期掩盖其贫弱之处，一旦文学语境发生剧烈的震荡并出现不可逆转的更替之后，他的一些内容上与时代政治关联过于紧密和形式上缺少"打磨"的诗歌，便从诗歌经典的位置上迅速滑落，甚至有些完全沉入历史的长河之中，或几乎淡出普通读者的阅读视野。

## 二 "新经典"建构中的深层"摩擦"

### （一）"精英化"与"大众化"：经典路线的摩擦

尽管在20世纪50—60年代诗歌经典的甄别、认定机构和评定机制已逐步建立并不断完善，但在不同评估主体间关于"新经典"的估价，却存在不同程度的"分歧"与"摩擦"。在当时至少存在"精英化"和"大众化"两条诗歌经典化的路线，"精英化"路线即在经典估定时比较看重诗歌中"唯审美"的成分，"大众化"路线是指强调经典的之于大众的革命教化功能。由于许多当代文学主持者的审美理念，在现代文学时空里业已成熟和稳定，即便进入当代之后发生了巨大的转变，但他们身上的知识精英的"审美趣味"在语境相对宽松时，仍悄然和顽强地表现出来。这自然与文学"大众化"的守卫者们在经典理念方面发生"摩擦"和"冲突"。比如关于田间的诗歌能否进入"新的人民的诗歌"经典序列就存在分歧。1956年田间在《中国青年》第7期上发表了"街头诗"组诗《唱吧，青年人》，诗歌刊出之后引发了一系列的批评文章，这些论者集中探讨了田间创作的危机及其根源，实际上牵出了"对田间近年来整个诗作的估价问

① 胡采：《序闻捷诗选〈生活的赞歌〉》，载贾植芳等编《闻捷专集》，福建人民出版社1982年版，第281页。

题"①，也即是，田间诗歌是否具有经典资格的问题。在讨论过程中，有两种观点：一种观点是以茅盾为代表的"精英化"经典视角。1956 年《人民日报》刊载了一篇署名玄珠（"茅盾"的化名）的《关于田间的诗》文章，其中直言不讳地指出："就田间而言，我以为他近年来经历着一种创作上的'危机'，没找到（或者是在苦心的求索）得心应手的表现方式，因而常若格格不能畅吐，有时又有点像是直着脖子拼命地叫"，他"后来丢掉了这件曾经使他雄赳赳地跳上台来的外套（指马雅可夫斯基式的诗歌形式——引者注），但不幸的是他屡次试新裁装，却没有找到最称身的"②。这里，茅盾认为诗歌形式问题不仅是田间诗创作陷入危机的致命"症结"，同时也是其诗歌很难且不应进入当代诗歌经典的根本问题。他强调与内容相契合的诗美诗形是当代优秀诗歌一个极为重要的指标。显然在论者看来，决定一首诗歌成功与否，"怎么写"比"写什么"更为重要也相当关键，这种勘定诗歌价值重心由诗的内容所含纳的"实际生活、斗争"转移到"诗的形式的创造"的方法，已经深深地渗透了知识精英的审美趣味。易言之，像茅盾这样艺术储备比较丰厚的知识分子，在他的内心深处并非和那些激进派那样，单纯从诗歌是否具有"火热的政治激情""深刻的现实生活与斗争""明快的节奏"等角度，而是更偏向于从诗歌的含蓄美、形式的独创性维度来审定诗歌的价值③，从化名为玄珠的言论中我们可以看到一个更接近内心真实的具有知识分子审美趣味的茅盾。由此可以推断，就茅盾的个人真实想法而言，他其实并不认同田间的诗歌是"新的人民的诗歌"的经典，不过他作为"共和国"文艺界主持人之一，他的特殊身份使得这一见解只能化名为"玄珠"方可实现隐蔽传达。与此相对应的

① 沙鸥：《从田间的诗集〈汽笛〉谈起》，《光明日报》1956 年 8 月 4 日。

② 玄珠：《关于田间的诗》，《人民日报》1956 年 7 月 1 日。

③ 茅盾在 1957 年编辑工作座谈会上也对诗歌的时代感问题提出了自己的看法，他说："有人写文章提出诗要有时代感，并以毛主席的诗为例，说明没有时代感的是不好的。我觉得是以最高的标准来要求大家，诗可以有时代感，也可以没有时代感，如果强求时代感，又可能陷入到公式化、概念化中去，古时候有一种'应制诗'，这种诗的时代感强得很，但这种诗又实在不好，我看我们对时代感不必强求。"这里，茅盾不仅否定了"时代感"作为"当代"诗歌经典必要指标，也是微讽"时代感"强的当代"应制诗"。参见茅盾《在编辑工作座谈会上的发言》，《作家通讯》1957 年第 1 期。

另一种观点是文艺激进派们的"大众化"经典视角。虽然他们也承认田间的诗歌也确实存在"失败之作",但认为失败的原因主要不在于诗歌的形式问题。比如方殷以田间的诗集《汽笛》为例,认为他的诗歌"政治热情"依然高涨,"很多诗,首先应该肯定"①。之所以出现"令人不满意的诗"就在于以损害内容的方式去追求形式,诗歌形式主义倾向明显。沙鸥发表在1956年《文艺报》上的《与田间谈"马头琴歌集"》一文中也认为诗集中的诗歌抒写了"新的生活,创作新的生活的人们"②,许多诗歌具有"革命浪漫主义"色彩,为此,田间的诗歌具有不可否认的时代价值。在当时《文艺报》的观点往往代表官方的意见和态度,具有较高的权威性。显然,包括毛泽东在内的国家权力主体支持"大众化"的文化战略,受此影响人们常常从"大众化"的角度来判定诗歌经典程度。基于此,许多批评家认为田间的诗在文学"大众化"方面取得一定的实绩,发挥了团结、鼓舞和教育民众的功能,基本符合当代诗歌经典遴选的条件,同时论者也认为他的诗歌"危机"也并不是"形式与内容的不和谐",而是过于追求诗歌形式,"政治热情较弱""没有置身于火热的斗争中区,而是做了旁观者"③。这无非也是从文学是否实现文学"大众化"功能方面寻找原因。可以说,这种"大众化"的"经典路线"得到国家权力主体的支持,也是当时一种流行和主导的经典评估方法。1959年8月人民文学出版社出版了田间的"十年短诗选"《田间诗抄》④,由于人民文学出版社试图通过出版作家"十年选集"来打造一批当代诗歌经典,因此,《田间诗抄》的出版显然是对田间诗歌当代价值的极大肯定,也是其诗歌走上经典之路的重要一步。从田间的创作危机所引发的人们对其诗歌的不同估价,不难发现,在建构当代文学经典时存在"精英化"和"大众化"两种不同的路线,前者相对比较隐蔽,在语境相对宽松时有比较明显的表现,后者始终

---

① 方殷:《略谈田间的〈汽笛〉及其他》,《光明日报》1956年12月1日。
② 沙鸥:《与田间谈〈马头琴歌集〉》,《文艺报》1956年第23期。
③ 王主玉:《读〈关于田间的〉》,《光明日报》1956年7月14日。
④ 一般而言,在"十七年"时期,人民文学出版社出版的是"经典化"程度比较高文学选集,《田间诗抄》经由人民文学出版社出版,至少说明在20世纪50年代田间的诗歌已进入"新的人民的诗歌"经典序列。

处于主导地位，并呈现强劲的扩张态势，它们之间时常会出现不同程度的摩擦和冲突。

（二）"新"与"旧"：经典理念的摩擦

在20世纪50—60年代，虽说"新的人民的诗歌"经典理念在逐步生成与确立，但有时候一些"陈旧"的经典理念会以比较隐蔽的方式"死灰复燃"并顽强地表现在对"新经典"的指认与诠释之中。这里，我们不妨从人们对李季新中国成立后诗歌的经典评估与认定方面所产生的分歧，观察在"新经典"成长过程中新旧经典理念的微妙摩擦。1959年《文学评论》刊载了卓如的《试谈李季的诗歌创作》一文，该文对因《王贵与李香香》一诗而暴得大名的李季，在1949—1959年的诗歌探索和实践得失进行较为客观的评述，论者在肯定其创作取得卓越的成就同时，更重要的是比较"尖锐"地指出了他在诗歌"新的尝试"中出现了不容忽视的缺失，由于卓如的批评其实关涉到李季新中国成立后新作是否具备经典资格的重大问题，因而引发了诗界争鸣。卓如认为，民歌体叙事长诗《菊花石》"并不怎样成功"，因为"作品的主题思想是有很多模糊地地方"，尤为致命的"弱点"是诗人"把盆菊和革命生硬地拉在一起，不仅很勉强，而且也是很难使人理解"，以至于人们会产生这样的疑问："老工匠究竟是为了革命还是为了盆菊献出生命呢？荷花的艰苦斗争到底是忠于革命还是忠于艺术呢？"① 也就是，在卓如看来，《菊花石》中书写老工匠饱受艰辛雕刻盆菊，甚至献出生命保全盆菊的行为和展现他的革命斗争精神之间存在太多牵强附会之处，这种内容上出现"硬伤"的《菊花石》很难称得上是和《王贵与李香香》一样的经典诗作。况且，《菊花石》中的老工匠形象"只有一个空架子"，荷花形象也没"独特的个性，只有一个模糊的影子"，诗歌艺术上又不"那样单纯、和谐和完整"②，因此，加上这些"缺点"的《菊花石》不可能也不应该算是当代诗歌经典。同样，论者也认为长篇叙事诗《杨高传》"还有些不足的地方"，主要问题有两个方面：一是情节发

---

① 卓如：《试谈李季的诗歌创作》，载张器友、王宗法编《李季研究专集》，海峡文艺出版社1985年版，第220—221页。

② 同上。

展"缓慢"、"冗长"和"拖沓"；二是许多章节"没有诗意或诗意不浓"①。这些问题的存在显然影响了诗歌经典生成的可能性。事实上，卓如以发现问题的方式来表达自我的经典理念，她更多的是从传统的经典理念出发来审定李季诗歌的经典程度，比如强调人物形象独特"个性"、"丰富性"和"复杂性"，倡扬诗歌的"诗意"浓厚性，追求艺术虚构的真实性和合理性，等等。不过，在激进派看来这些显然都是一些"不合时宜"的陈旧经典理念。比如冯牧指出，卓如对李季诗歌的批评是"根据一些过时的陈腐的资产阶级艺术教条，来对一些正在前进的事物进行一种苛刻的、泼冷水式的评判和分析"②，认为李季的诗歌"所抒发的、所表现的思想大都是借以体现作品主题的健康的思想，这些思想，即使是诗意不浓，它们比起某些外国资产阶级阶级作家所写的叙事诗当中的插话所散发出来的个人主题、感伤主义或是悲观主义的思想，总是高尚得无可比拟"的③。安旗则认为卓如批评实际上牵涉到"文艺批评的标准问题"——"对一个文艺作品的成败得失，是主要从它的艺术形象所体现出来的思想倾向性来估计呢，还是仅仅个别艺术问题？就是说，是政治标准第一呢？还是艺术第一？"④这里，安旗倒相当直接地道破了问题的实质，在"激进派"看来，对"新经典"的审定应遵循"政治标准第一、艺术标准第二"的原则，也就是，他们认为诗歌思想的正确性、情感基调的健康化、人物形象的纯洁性和形式的大众化，比之于诗歌的诗意性、人物形象的"复杂性"以及情节的"真实性"更为重要，前者才是估定"新经典"的合法指标，因而李季的诗歌即便存在一些缺陷，也"只是一些前进中的缺陷，而且是无损于诗人的主要成就和主要特点的缺陷"⑤。换言之，他们认为卓如在文章中所提及的

---

① 卓如：《试谈李季的诗歌创作》，载张器友、王宗法编《李季研究专集》，海峡文艺出版社1985年版，第220—221页。

② 冯牧：《一个违背事实的论断——评卓如的〈试谈李季的诗歌创作〉》，载张器友、王宗法编《李季研究专集》，海峡文艺出版社1985年版，第240—241页。

③ 同上。

④ 安旗：《沿着和劳动人民结合的道路探索前进——略谈李季的诗歌创作》，载张器友、王宗法编《李季研究专集》，海峡文艺出版社1985年版，第250页。

⑤ 卓如：《试谈李季的诗歌创作》，载张器友、王宗法编《李季研究专集》，海峡文艺出版社1985年版，第221页。

"问题"都是"次要问题"或"问题的次要方面",都不可能消解或撼动李季诗歌的经典地位。可以说,卓如与冯牧、安旗之间关于李季诗歌评价方面的分歧实际上反映了"激进派"和"稳健派"所持有的新旧经典理念之间的微妙摩擦,这些摩擦在政治文化语境相对比较宽松的时期表现得尤为明显。

# 第五章　当代诗人的主体转型现象

在 20 世纪四五十年代，随着民族国家政权的更替，整个社会经历着重大的转型，时代文化语境也发生了巨大的变迁，包括诗人在内的一大批现代作家都面临着主体转型的问题。所谓主体转型是指作家主动或被动接受意识形态的召唤，改变主体的创作姿态、创作风格，更新自身创作理念，使自己成为国家权力主体所期待的理想的创作"主体"。本章拟选择穆旦、艾青和郭小川为个案①，深入探察在 20 世纪 40—60 年代，当代诗人如何以自身独有的方式回应不断嬗变的文化语境和加诸他们身上的各种压力，借此揭示"当代"诗歌在大胆超越传统诗歌，构筑新的诗歌形态和构建新的民族文化进程中，作为诗歌生产主体知识分子（诗人）的思想、精神、情感和心态所发生复杂而隐秘的变化，从而展现"新的人民的诗歌"成长的曲折之路和诗人主体转型背后艰难的心路历程。

## 第一节　穆旦：主体转型与别样抗争

穆旦不仅是 20 世纪 40 年代"中国新诗派"具有较大影响力的诗人，

---

① 这一章之所以选择穆旦、艾青和郭小川为考察对象，就在于他们在转折年代身份的特殊性。穆旦是在 20 世纪 40 年代受西方诗学理念影响甚深的"非左翼"诗人，艾青是有着较为丰富的革命文艺运动经验的左翼诗人，而郭小川则是经过延安革命文艺洗礼且在"十七年"时期成长起来的"共和国"诗人。文章试图通过以"点"带"面"的方式，将穆旦、艾青和郭小川作为剖析的个案，从不同的维度切入研究对象，既探究他们之间主体转型的"共通性"，又辨析其"差异性"，从而揭示"十七年"时期这三类诗人所遭遇的主体转型的复杂性和艰难性。

同时也是 20 世纪四五十年代时代文化转折和激进文学思潮演进过程中，在艺术与政治、理想与现实、记忆与遗忘、传统与现代之间不断挣扎的颇具代表性的知识分子（诗人）。本节试图考察穆旦在当代文学规范与机制的压力下所遭遇的主体"整形"，以及他应对这种"整形"所采取别样的"抗争"方式，进而观察进入当代语境中的现代知识分子（诗人）所遭遇的困境，以及他们为突围困境所做的种种努力。

一 "被遗忘"与对"遗忘"的抗争

（一）"缺席"的穆旦："被遗忘"的历史命运

在 20 世纪 40—60 年代，穆旦及其所归属的"中国新诗派"整体处于被遗忘的境地。人们不但很难看到他们有新作发表，而且也少有对他们的创作进行批评与研究的文章见诸报端。可以说，"被遗忘"成为"中国新诗派"诗人不得不面对的现实。这里，我们不妨采用"症候式"文本分析方法考察穆旦"被遗忘"的历史遭际。阿尔都塞认为，"在文本的意味深长的'沉默'和省略中，最能清楚地看到意识形态的存在"，所谓"症候式"文本分析就是"从不完全的和充满省略的文本中读出'症状'来"①，即从文本的"症状"——"空隙""省略""沉默"——中获得意识形态"知识"，并发现意识形态理论框架背后隐蔽的意图、成规和矛盾。我们试图以王瑶的《中国新文学史稿》、臧克家的《"五四"以来新诗发展的一个轮廓》、邵荃麟的《门外谈诗》以及谢冕等的《新诗发展概况》为文本剖析对象，探究 50 年代有关现代诗歌史文本叙述如何采用遗忘的方式，处理以穆旦为代表的"中国新诗派"对当代诗坛所造成的负面影响。王瑶1953 年出版的《中国新文学史稿》（下册）的第三篇"在民族解放的旗帜"（一九三七——一九四二）中的诗歌部分是"为祖国而歌"（第十二章），这章下设五个小节，其中"战声的传播"一节评述抗战引发的"诗歌朗诵"运动；"诗的主流"一节主要叙述艾青、田间、臧克家、柯仲平、鲁藜、何其芳在这一时期的代表作及其成就；"《七月诗丛》及其他"一节

① 徐贲：《走向后现代与后殖民》，中国社会科学出版社 1996 年版，第 109 页。

则介绍"七月诗派"及诗人;"抒情与叙事"一节评介力扬、王亚平、沙鸥、袁水拍的叙事诗;"诗的艺术"一节介绍了老舍、方敬、卞之琳、冯至的诗歌在艺术形式上的创新。而文学史的第四篇"文学的工农兵方向"(一九四二——一九四九)的(第十七章)(人民翻身歌唱),分三个部分:一是工农兵群众诗;二是长篇叙事诗;三是政治讽刺诗。这一章着重介绍解放区和国统区的诗歌及其在文学史中的地位。从这部具有广泛影响力的文学史来看,穆旦以及"中国新诗派"的其他诗人几乎被排除在文学史关注的视野之外,这个曾经活跃于 20 世纪 40 年代诗坛,对日后的诗歌发展产生深远影响的"校园诗人"成为文学史叙述中的"空白"①。臧克家的《"五四"以来新诗发展的一个轮廓》(1954)是当代一篇带有诗歌简史性质的重要文章,其观点代表着当代诗歌界的权力阶层对现代诗人及其诗作的定位,具有浓厚的官方色彩。该文所持的史学理念和王瑶的《中国新文学史稿》(下册)基本相同。现代诗歌第三个十年(1937—1949)所论及的有八位代表诗人及诗作,他们是田间、艾青、柯仲平、何其芳、卞之琳、袁水拍、李季和阮章竟。穆旦同样成为论者有意"遗忘"的对象,其"待遇"还不如具有"颓废感觉和情调"李金发②,因为他虽在文章里以受批判的面目出现,但批判也是"记忆"的特殊方式,它至少说明其诗作曾经发生重要的影响。该文对穆旦未置一词,背后包含论者对其是否具有"入史"资格的深刻怀疑。邵荃麟发表在《诗刊》1958 年 4 月号上的《门外谈诗》也是一篇当时引起较大反响的关于现代诗歌发展史的文章,其中所提出的"'五四'以来的每个时期中,都有两种不同的诗风在互相斗争着。一种是属于人民大众的进步的诗风,是主流;另一种是属于资产阶级的反动诗风,是逆流"③。这种把诗歌发展切割为"主流"和"逆流",描述成"两种诗风"斗争史的做法,成为当时流行的文学史观。在该文中被纳入"逆流"的现代诗人及诗歌流派有胡适、"新月派""现代

---

① 王瑶:《中国新文学史稿》(下册),新文艺出版社 1953 年版,第 268—298 页。

② 臧克家:《"五四"以来新诗发展的一个轮廓》,载《文艺学习的路上》,上海文艺出版社 1962 年版,第 16 页。

③ 邵荃麟:《门外谈诗》,《诗刊》1958 年 4 月号。

派""七月派",穆旦的诗作在现代新诗史上的地位及价值未做任何评价①。谢冕等所编写的《新诗发展概况》(简称《概况》)也是当时有代表性的新诗发展史,其中有孙玉石和孙绍振分别撰写的"民族抗战的号角"和"唱响新中国",这两部分叙述的是抗战时期解放区和国统区的诗歌发展脉络,所论及的诗人大体上和王瑶的《史稿》基本相同,其增加并进行着重论述的诗人只有郭沫若、邹荻帆、萧三、张志民。有趣的是,《概况》也只字未提穆旦现代新诗的创作及其活动,整个"中国新诗派"仍然处于"缺席"状态。从1953—1958年有关现代新诗发展史的经典文本,我们不难发现,穆旦始终是诸多文本叙述的盲点,或者说是文本的"沉默"和"省略"之处。事实上,在这些文本的"空白"与"缺失"区域,意识形态话语正在积极地发生作用。换言之,穆旦在上述文本叙述中的"缺失"是叙述者依据新的国家主流意识形态而采取的一种叙述策略。当代文艺界权力主体为了建构一种"新的人民的诗歌",必须谨慎处理与当代诗歌质的规定性相悖逆的诗歌传统,"批判"、"改造"和"遗忘"是三种最为重要的方式。"批判"即通过发起形式多样的批判运动,旨在肃清其负面影响,改造就是对负面因素进行新的阐释,使之转化为当代诗歌建构的有利因素。"遗忘"则采取不予评述的冷却方式,使传统消极元素逐渐淡出人们的视野和记忆。由此可见,穆旦("中国新诗派")在现代诗歌发展史的"缺席",表明在20世纪50年代国家主流意识形态正采取遗忘的方式,消解这一受西方现代派影响甚深的诗人及其诗作的影响。可以说,新中国成立后至1956年,不论是现代诗歌发展史,还是报纸期刊等媒介对穆旦的现代诗作基本上不予评述,被遗忘成为新中国成立后"中国新诗派"无可逆转的历史命运和必须面对的现实。

(二)对"遗忘"的抗争

对于一个希望在诗歌领域有所建树的诗人来说,被遗忘是一件令人颇为苦恼的事情,因为它意味着诗歌生命进入了"黑障区",诗歌阅读群的

① 当然,该文批判穆旦1957年的《我的叔父死了》和《"也许"和"一定"》,认为这些诗歌"不但工农听不懂,就是知识分子听了也要皱眉头",不过这里评述的是穆旦当代诗歌的创作,而对穆旦现代诗作只字未提。

消失、批评声音的消逝，都可能造成使诗歌影响力萎缩和诗人艺术生命的中断乃至终结。因此，反抗"遗忘"是穆旦在当代特殊政治文化语境里一种"自我拯救"方式，他必须发出自身独特且能被主流意识形态所"同意"的声音，方能有效抵抗这股汹涌而来的遗忘潮流——尽管这种"抵抗"带有很强的挣扎意味。

1949 年 8 月—1952 年底，穆旦在美国芝加哥大学留学。也就是说，在国内发生改朝换代和翻天覆地变化的年代，他却身处大洋彼岸。事实上，他虽在国外，对国内时代潮流却并不闭目塞听，他"时刻关心着新中国的情况，早在撰写学位论文的紧张阶段，他就一次次地阅读毛泽东的《新民主主义论》等著作"①。毛泽东在《新民主主义论》中提出的文化、政治与经济之间的关系，使穆旦明显意识到"新中国"文化（文学）鲜明的意识形态属性，也预感到国内文化建设的方向即将发生巨大变化。在留学期间，"他选修了俄国文学的课程"，并"背下一部俄文字典"，这一方面是为了"向中国读者介绍俄国文学"②，更重要的是，为了顺应当时国内"向苏联老大哥学习"的时代潮流，以便在回国后能获得更大的生存和发展空间。一旦诗歌创作前途受阻，他不仅能通过"翻译"作为必要的谋生手段，同时还可继续自己所钟爱的文化事业，更重要的是能在"译诗"中获得精神慰藉。可以说，穆旦不仅在翻译的技能上，同时也在诗歌艺术上做好了融入新时代的准备。他在异国他乡已经察觉到自身过去所持的诗歌理念和实践，在国内新的时代文化语境中已明显"不合时宜"，他开始更新诗歌理念并积极探索艺术转型之路。1951 年他创作了《美国怎样教育下一代》和《感恩节——可耻的债》③，从这两首诗中我们可以看到其诗歌艺术转型的踪迹。首先，从诗歌介入现实的角度来看，诗歌由过去惯常的"人性"、"生命"与"爱"的视角切入现实，转变为从阶级视角出发观照社会人生。《美国怎样教育下一代》书写资本主义国家的社会环境对青少年的毒害："小彼得，和他的邻居没有两样，/腰里怀着枪，走路摇摇摆摆，/

---

① 陈伯良：《穆旦传》，世界知识出版社 2006 年版，第 117—120 页。
② 同上。
③ 这里所引述的穆旦的诗歌均参见《穆旦诗文集》（一），人民文学出版社 2005 年版。

每天在街上以杀人当游戏，/说话讲究狠，动手讲究快"，这个充满"罪恶"环境犹如一口黑色的"大染缸"："起初你还是个敏感的孩子，/为什么学得这么麻木、这么冷酷？/可是电影，无线电，连环图画，/指引了你做人的第一步？"诗歌还揭露了资产阶级意识形态充斥着使人性"异化"的元素："报纸每天宣传堕落与奸诈，/商业的广告极力地耻笑贫穷"；"自私的欲望不得不增长，/你终于是满意还是绝望"，"夸张的色情到处在表演，/使你年青的心更加不平衡"。可以说，该诗从阶级视角出发，描绘资产阶级的罪恶、堕落、贪婪的本质，以及这一本质对青少年造成的可怕消极影响。《感恩节——可耻的债》则以讽刺的笔调抨击"无耻"、"恶毒"、"野蛮"和"腐臭"的资产阶级，在嬉笑怒骂的字里行间剥开资产阶级的"真面目"。虽然作为过渡期的诗歌创作，里边仍然包含着一定的人性因素，但是这里的人性包含很明显的阶级属性。很显然，这两首诗都是用阶级的"解剖刀"剖开资产阶级腐朽与丑陋的阴暗面。对于穆旦而言，这种从阶级维度切入现实的方法，表明他在国外已经意识到了革新自身诗歌艺术的重要性和必要性，以及为了不被新的诗歌潮流抛弃所作的积极努力。从更深层次说，是为了积极应对国内文学意识形态属性骤然强化的现实，在转型与蜕变中实现"自我救赎"。其次，从诗歌的修辞行为来看，穆旦这时期的诗歌出现了修辞行为的"伦理化"和"大众化"的变化。这里的伦理系"政治伦理"，修辞伦理化是指诗歌的话语修辞具有浓烈的政治教化意味。比如在《美国怎样教育下一代》一诗中，诗人扮演着"政治演说家"的角色，采取各种方式唤起人们对资本主义制度的憎恶和资产阶级的仇恨：这里有尖锐的嘲讽："呵，成功！学校里的教科书，/可不也说成功是多么光荣！"；这里有谆谆的劝诫："疯人院？或者青少年改造所？/别让他为你打开黑色的大门！"；这里有无情的控诉："即使你闯过了这么多关，/最后一只手要抓住你不放，/那只手呀，正在描绘战争的蓝图，/那图上就要涂满你的血肉！"；这里还有绝望的呼喊："彼得啊，无怪你的母亲愁眉不展，/她忧闷的日子还很长很长。"这种渗透了鲜明意识形态色彩的话语修辞，从某种角度上实现了诗歌确证新的民族国家合法性的功能，完成了诗歌"政治伦理"教化的职能——它显然有别于穆旦过去诗歌里存在的"生命化"的伦理修辞。在穆旦20世纪40年代的诗歌世界里，"生命化"的伦理修辞比比皆是，譬如《森林之歌》（1945年）这样写道："静静的，在那被遗忘的山坡上，/还下着密雨，还吹着细风，/没有人知道历史曾在此走进，/留下了英灵化入树干而滋生。"诗里没有激情的控诉和绝望的呼喊，唯有对生命消失的喟叹，对生命价值耗尽的感慨，以及历史遗忘生命苦难的深层无奈。虽说诗人使用的也是一种"伦理修辞"，但这明显是一种"生命伦理"而非"政治伦理"。可以说，穆旦诗歌的修辞行为由生命伦理向政治伦理的转变，是其诗歌转型的重要表征。另外，"大众化"的修辞策略是穆旦诗歌转向的又一表现。穆旦这两首诗歌基本采用了"大众化"的话语修辞方式，诗歌里少有"中国新诗派"诗歌共有的特征——欧化的语言、多重声音和矛盾的修辞，取而代之的是"口语化"的语言："小彼得，不念书，不吃饭，/每天跟着首领在街头转"（《美国怎样教育下一代》），"感谢什么？抢吃了一年好口粮；/感谢什么？希望再做一年好生意；/明抢暗夺全要向上帝谢恩，/无耻地，快乐地一家坐下吃火鸡"（《感恩节》）；清晰明了的陈述："感谢呀，呸！这一笔债怎么还？/肥头肥脑的家伙在家吃火鸡；/有多少人饿瘦，在你们的椅子下死亡？/快感谢你们腐臭的玩具——上帝！"（《感恩节》）；单一化的声音："美国怎样教育下一代？/专家的笑脸会有一套解答；/我只遇见过母亲，愁眉不展，/问我对她的孩子有什么办法？"，《美国怎样教育下一代》以这几句开头后并未继续呈现"专家"与"母亲"的声音，而是直接痛斥资本主义对青少年的毒害。可以说，文本"口语化"的语言、清晰的陈述、单一的声音，是诗歌修辞"大众化"的重要表征。正如有学者所言："修辞更多地依附于权力话语，这是修辞征服读者的目的所决定的"，"修辞介入了各种话语系统的纷杂网络，成为它们之间协调或者冲突、淹没或者崛起的特殊晴雨表"①，穆旦诗歌向"大众化"的修辞方式转变，喻示着社会政治文化正发生重大的转型，新的话语系统（大众话语）在"崛起"，意味着知识分子话语修辞方式对"新中国"国家主流意识形态"权力话

---

① 南帆：《修辞：话语系统与权力》，《上海文学》1996年第12期。

语"的认同与屈从，同时，穆旦诗歌修辞方式嬗变的背后折射了诗人试图在新的"政治—文化"语境中重新赢取话语权的热望和获得身份认同的渴念，以及不被文化（文学）潮流"弃置"而实施的一种"自我重塑"和"自我抗争"。

有趣的是，这一时期，穆旦诗歌艺术转型并非时代语境的重压下的迫不得已的行为，而是一种追求艺术自我革新的自觉自愿尝试，他非但没有对"新中国"文学的政治属性深感忧虑，反而对毛泽东所描绘的中华民族新文化的发展前景报以极大的期待。他坚信回国后"很可以施展自己的抱负，大干一番"①，可以在"新中国"这片沃土上耕耘自己的诗歌，因为"在异国他乡，是写不好诗，不可能有成就的"②。这显然是新中国成立初期一大批知识分子回国前夕共有的理想和期待。在归国之前，穆旦未亲身感受到也不曾预料到，新的意识形态正施展着"屏蔽"的法术，将自己连同整个"中国新诗派"诗人置于历史遗忘角落，而且摧毁了他们的诗歌艺术在当代继续生长的合法空间。

果然，穆旦回国后发现"形势变了，他已'深切地感到自己过去的诗同他们（按：指群众和学生）距离太远了'"③。如前所述，在20世纪50年代编（撰）写的现代诗歌史中，穆旦在现代新诗发展中无法找到其应有席位，历史的"空白"意味着当代文化语境里的"中国新诗派"诗歌传统价值已被消解，意味着这一诗派的诗歌理念不可能获得当代诗坛主持者的认可，也不可能拥有自由生存的空间。穆旦在诗歌历史的叙述中看到了自身诗歌创作危机和阻力，在历史中看到了并不令人乐观的未来。当然，更让穆旦"震惊"的是诗歌接受群体美学趣味的变迁，周良沛回忆道：

> 他拿着自己过去的诗，请他在"南开"的学生看，这些学生和他写这些诗时的年龄不相上下，也是学外语，且喜爱文学，爱读诗的，

---

① 陈伯良：《穆旦传》，世界知识出版社2006年版，第119—125页。
② 同上。
③ 同上。

都坦率地可爱地对他讲：他们读得头疼，读不懂，不知所云。他们表示自己喜爱的，恰恰是现在有的评家用以和穆旦相比而看作不入流的作品。这对穆旦的震动太大了①。

学生的"坦诚直言"让他充分认识到新时代的受众美学趣味已发生巨大的变化，"读得头疼，读不懂，不知所云"——或曰"晦涩难懂"——是自身诗歌创作面临的问题。这种"震动"远比新时代对他的冷落更为强烈与持久。他虽然在1951年开始尝试实施诗歌创作的转轨，但要完全迎合和接纳所谓"不入流的作品"的标准，并以此规约自身的诗歌生产，对于一个诗歌艺术业已成熟的诗人来说，委实比较艰难，或者说至少需要较为漫长的接受和转变过程，因而面对这些读者的"异常"反应，穆旦对自己日后的诗作能否继续满足他们的需求依然信心不足，在他看来现阶段要通过诗歌创作在短时间内赢得他人的认同并非一件易事，为此穆旦在他人"议论诗时，静心地听，很少开腔"②，把熟悉当代诗歌诗学理念作为自身努力的方向，真正的诗歌实践仍需假以时日或等待时机。由此看来，穆旦试图以诗歌创作实现自身的文学理想，进行"自我证明"的梦想基本破灭。但他并未因此而消沉，相反，"无情"的现实反倒激发了他"绝不认输"的精神，据杨苡回忆："穆旦回国之初，和周与良都有很多雄心壮志，实际工作也相当积极，他想证明，给没回来的人看，回来是多么好。"③ 于是，穆旦重新选择一种更有利于施展自身才华的方式和实现"自我证明"的途径——文学翻译。

翻检《穆旦诗文集》我们可以发现，穆旦在1953—1955年，诗歌创作基本空白，而文学翻译则收获颇丰。有人认为，穆旦这时期停止诗歌活动的主要原因在于"教学工作和译诗、学习太忙"④，其实这可能只是其中部分原因。更重要的是，他发现与其在一个陌生而又充满未知风险的诗歌

---

① 周良沛：《穆旦漫议》，《文艺理论与批评》2001年第1期。
② 同上。
③ 陈伯良：《穆旦传》，世界知识出版社2006年版，第123—135页。
④ 周良沛：《穆旦漫议》，《文艺理论与批评》2001年第1期。

领域进行艰难的跋涉，还不如把主要精力投入"翻译"这一既安全又能快速见成效的工作之中。

1953—1954 年穆旦翻译了季摩菲耶夫的《文学概论》、《怎样分析文学作品》（1953）和《文学发展过程》（1954）。季摩菲耶夫的这几部著作是苏联权威的文学理论教材。这三部著作分别讨论文学的"本质论"、"作品论"和"创作、发展论"。其中，季氏在《文学概论》中阐述了文学的本质属性——人民性、党性、阶级性、真实性和意识形态性。那么，穆旦为什么选择翻译季氏的理论著作呢？除了"解放后各方面都在学习苏联"①，文艺界迫切需要此类教材的现实需求的因素之外，更为重要的是，穆旦力图在翻译的过程中系统学习苏联文艺理论知识，更新自身的诗学理念和诗歌生产方向，从而使自身更快地融入当代诗歌创作潮流中。不可否认的是，当原有的诗学理念构筑的艺术大厦经由文化大转轨而彻底崩塌后，穆旦不得不寻找新的诗学理路和精神出路，翻译季氏无疑可为他建构一种新的文学理论体系，实现精神引渡。另外，穆旦在留学期间苦读俄文，这是一次难得的可施展才华的契机，通过这些翻译实践不仅可以发挥自身的优势，在诗歌创作道路前景尚未明朗之时，为自己打开了另外一条艺术（生存）通道，同时更能够充分展示自身的实力②，引发人们的关注并赢得国家主流意识形态的认同，从而与"中国新诗派"诗人集体隐失和被人遗忘的现实进行不懈"抗争"。

二 "异化"的现实生存和对"异化"的"诗性"抗争

穆旦 1953 年回国后开始了教学和译诗同时并举的紧张而又相对宁静的生活，但这种状况并未持续多长时间。从穆旦年表可以看到，1954—1955 年间他屡次因言获罪：1954 年"对系领导的专断和不民主作风联名提出意见和建议，不料竟被认为是'反党反革命'的'小集团'"③，之后又因

---

① 周良沛：《穆旦漫议》，《文艺理论与批评》2001 年第 1 期。
② 1954 年 6 月穆旦给萧珊的信中曾提道："好在我们并不是没有工作的能力，也有些表现，总算比别人沾了些光，就在这样的基础上走下去，也是走得通的，并不是没有路"，参见《穆旦诗文集》（二），人民文学出版社 2005 年版，第 132 页。
③ 陈伯良：《穆旦传》，世界知识出版社 2006 年版，第 241—242 页。

"《红楼梦》研究中的错误"批判会上的简短发言而被"罗织进所谓'反党小集团'中"。1955年的"肃反运动"中，"穆旦在抗战期间参加中国远征军、入缅抗日的'问题'被重新提出，作为'伪军官'和'肃反对象'加以审查"①。可以说，新中国成立以来接二连三的政治文化批判运动，很大程度上加快了知识分子的改造进程，提高了思想改造的彻底性，为"当代"文学发展培养一批合格的文艺大军，但在一些运动的具体展开过程中夹杂着许多宗派因素，公报私仇的现象时有发生。更为重要的是，这些政治文化批判运动要求知识分子"洗心革面"，知识分子为了过"社会主义"的"关"，有些进行深刻而真诚的检讨，有些采取精神"自虐"方式获得人们的谅解与同情，而有些则通过相互揭发来减轻自身罪责，如此种种，不一而足。在一些重大的政治运动（如"肃反运动"和"反右"运动）中，知识分子时常卷入复杂的人事纠葛和政治旋涡之中，人与人之间的信任感有时降至低谷。发生在1954—1955年的"外文系事件"，给穆旦精神上造成极大的痛苦，他曾给萧珊的信中写道："同学乱提意见，开会又要检讨个人主义，一个礼拜要开三四个下午的会"，"心在想：人生如此，快快结束算了"②。这里，希望"快快结束"人生自然是激愤之辞，但人与人之间缺乏沟通和交流，缺少相互信任给其带来的苦闷可见一斑。更让穆旦感到苦恼的是，在"肃反运动中他没什么可交代的，而又被逼要他交代"，而"有些人不断对他施加压力"③，这些"事件"不仅让穆旦深切感受到了被革命权力"异化"的所谓"革命者"的可怕，同时也认识到了政治文化批判运动中所形成的一些革命机制，是如何催生权力"异化者"的。令穆旦感到不安的是，权力的异化状态下生存的人们常出现人格分裂、人性的变异和道德的"沦丧"，这对于追求经济、社会和文化现代化，力求建立一个民主、平等的新的民族国家来说，无疑是一种无形障碍。在这些政治文化运动中，那些掌握了话语霸权的权力主体，几乎剥夺了知识分子进行申辩或自由言说的权利，穆旦的"痛苦"只有化为无尽的"沉

---

① 陈伯良：《穆旦传》，世界知识出版社2006年版，第241—242页。
② 穆旦：《穆旦诗文集》（二），人民文学出版社2005年版，第132页。
③ 陈伯良：《穆旦传》，世界知识出版社2006年版，第138页。

默"，并以"沉默"来表示无言的抗争。

1956年4月毛泽东提出文学艺术上实行"双百"方针之后，整个社会文化（文学）语境随之逐渐"宽松"起来，"共和国"文艺工作者们开始突破和涉足一些创作"禁区"，文学界出现了有限度地"复活'五四'新文学，重新唤起'五四'作家的'启蒙'责任和'文人'意识，以及重建那种重视文学自身价值的立场"的现象①。在时代文化潮流的激荡下，面对徐迟希望其重新振作起来并恢复创作的再三劝说，穆旦逐渐改变了原来沉默抗争的方式，试图以自我为书写对象，揭露现实生存语境和人的精神世界里出现的未被察觉却令人"惊悚"的"异化"现象，让自我与世人警醒。

写于1956年的《妖女的歌》② 是一首以"妖女"的歌声为意象，反思人们在歌声的"蛊惑"下所出现的精神迷失和自由丧失的现象：

### 妖女的歌

一个妖女在山后向我们歌唱，
"谁爱我，快奉献出你的一切。"
因此我们就攀登高山去找她，
要把已知未知的险峻都翻越。

这个妖女索要自由、安宁、财富，
我们就一把又一把地献出，
丧失的越多，她的歌声越婉转，
终至"丧失"变成了我们的幸福。

我们的脚步留下了一片野火，

---

① 洪子诚：《1956：百花时代》，北京大学出版社2010年版，第11页。
② 该诗创作时间仍存在争议，李方编的《穆旦诗全集》将《妖女的歌》归入1957年的作品，而人民文学出版社2005年版的《穆旦诗文集》（一）则把这首诗歌视为1975年的作品，笔者比较认同前一种观点。

　　山下的居民仰望而感到心悸；

　　那是爱情和梦想在荆棘中闪烁，

　　而妖女的歌已在山后沉寂。

　　这首诗给我们呈现了一个"索要自由、安宁、财富"的"妖女"形象，她婉转的歌声里边包含无尽的诱惑，让追逐"爱情和梦想"的人们为之"攀登高山"、"翻越""已知未知的险峻"，为之"一把又一把地献出""自由、安宁、财富"。于是，我们看到了这样一个让人深思而又颇具"悖谬"意味的现实：播撒的是"爱和梦想"，收获的却是令人心悸的奉献！这里，"妖女"的歌声喻示着现实中充满蛊惑色彩的言辞，它在激发人们为理想而奉献的同时也使自身被理想异化——"终至'丧失'变成了我们的幸福"——这是一种异化了的幸福观，因为以丧失"自由、安宁、财富"为代价换取的不是更大的"自由、安宁、财富"，而是虚妄的"爱情和梦想"，这无疑是一种莫大的不幸，追梦者却对这样的不幸毫无察觉，甚至把不幸看成新的幸福。正是"妖女"的婉转歌声——"异化"的生存空间——悄悄地改变了人们的幸福观，使人们在走向理想之路的同时也进入了一个无法抵达幸福之所的迷宫。尽管这首诗歌未正式发表，但作为"潜在写作"中的诗歌文本浸透了自我真实的记忆与深切的体验，它既是诗人回国后遭受批判与审查之后的严肃反思，更是对当时文艺界权力阶层所提出的一些观念与口号的深刻怀疑。

　　《葬歌》（1957）是一首具有很强"自反"色彩的诗歌。诗歌文本中的主体分裂成"我"（希望）和"你"（回忆）双重主体，它们之间进行对话与辩驳，"你"（旧我）最终被"我"（新我）劝服，"新我"告别"旧我"走向了新生。在"新我"迈向新时代的步伐过程中，"旧我"声音（或曰理性的声音）不断设下假定盘问"旧我"，商讨与质疑"埋葬""旧我"的合理性和危险性。其中这些自我盘问的声音，传达出诗人对知识分子思想改造产生的"异化"现象忧虑。比如"但'回忆'拉住我的手，/她是'希望'底仇敌；/她有数不清的女儿，/其中'骄矜'最为美丽；/'骄矜'本是我的眼睛，/我真能把她舍弃？"这里"骄矜"可作自负解，但加引号属戏拟"仇敌"—"希望"的口吻，其真正含义应为自信。这是拥有广博知识的知识分子，洞悉人类历史发展规律之后拥有理性的自信。在 20 世纪 50—60 年代，知识分子思想改造运动的重要目标之一，就是摧毁知识分子那种自视为现代文明缔造者、传播者的自信精神，让他们在自信丧失之后养成一种向"工农兵"学习的谦卑品格，洗心革面、重新做人。"'骄矜'本是我的眼睛，/我真能把她舍弃？"的含义是："自信"本应该是知识分子的精神脊梁，我（"新我"）不能（应）将她"舍弃。"也就是说，在穆旦看来，知识分子改造固然有其历史的必然性，但这种改造使知识分子失去自信后，在精神上被异化为一群唯唯诺诺的庸众。与此同时，诗歌还表达了对知识分子个性丧失的担忧："但这回，我却害怕：/'希望'是不是骗我？/我怎能把一切抛下？/要是把'我'也失掉了，/哪儿去找温暖的家？"这里，"把'我'也失掉了"中的"我"是指诗人的个性。在诗人看来，人们期待知识分子思想改造能"把一切抛下"，实现脱胎换骨式的新生，但这却使知识分子被异化为满足"社会订货"需求的面目模糊的文艺生产者，知识分子个性一旦丧失，就无法找到"温暖的家"——精神归宿和价值归宿，他们就不再是真正意义上的知识分子，而是被"异化"了的以知识为技能的文艺工作者。

同样，《我的叔父死了》书写了诗人对"人性"异化现象的冷静反思。诗歌开头这样写道："我的叔父死了，我不敢哭，/我害怕封建主义的复辟；/我的心想笑，但我不敢笑/：是不是这里有一杯毒剂？"诗歌里的"我"是一个"不敢哭"亦"不敢笑"的受各种思想禁锢而情感备受压抑的生命个体。"我不敢哭"是因为逝者哭泣被视为封建行为，"我想笑"即想嘲笑把正常情感表达看作封建行为的荒谬观念，但"不敢笑"是因为嘲笑这种荒谬的思想可能遭受来自"正统"观念"守卫者"们巨大的舆论围攻。不论是自我思想的形成，还是对这种思想的理性反思都被各种"禁忌"所包围。林林总总的思想"禁忌"犹如"一杯毒剂"使普通人的正常情感不能获得有效疏通、释放和宣泄的渠道，使个体生命因失去了鲜活情感而渐趋"僵化"。在一个被认为是"行行有禁忌，事事得罪人"的年代，名目繁多的"禁忌"给原本健康的"人性"不断捆绑，于是，"人性"开始扭曲、变形甚至呈现异化状态。诚如弗洛姆所言，人性的"异化"带来的结果是"人不是以自己是自己力量和自身丰富性的积极承担者来体验自己，而是自己依赖于自己之外的力量这种无力的物"①。也就是说，当"我"的叔父死后，"我"不能仰赖内心真实的情感体验自由地"哭"或"笑"，只能依靠外在的力量——各种"禁忌"——来控制自己的情绪，我已不是我自己，而是"无力的物"——这种人性的"异化"现象着实令人触目惊心！

由上述的三首诗歌的分析，不难发现，穆旦这一时期的诗歌揭露了人的观念"异化"、知识分子"异化"和人性"异化"等方面的问题，他把这些曾经长期困扰在心中以及带来精神苦痛的问题，以诗歌的方式呈现出来，并将自身的疑惑和矛盾潜藏于字里行间，和读者一道探究并反思这些相当敏感的问题。可以说，穆旦重返当代"诗坛"就开始反观自我身上附着和现实世界里滋长的"异化"元素，并进行自我反思、批判与自我"抗争"。问题是，反思"异化"现象必然会论及其产生的根源，也就容易关涉到产生这种根源的社会和文化制度中不尽合理的方面，也就容易把矛头指向制定和设计这种制度的国家权力主体，对其设计的权威性和合理性提出质疑与挑战。在20世纪50年代社会转型期，新的民族国家在社会、政治、经济和文化等方面都面临着一系列的重建问题，掌握文化领导权的文艺界权力阶层必须大胆设计一种全新的文化秩序和文学样式，并且这种"设计"方案必须保证其具有权威性才能得到有效实施。于是，当代文学设计者不可能不对质疑权威的挑战者予以反击，使新文学的构想能全面付诸实践，最终实现构建"新的人民的文学"梦想。在这种情势中，穆旦的这些诗作虽然在"百花时代"成功地发表出来，但其中所包含的异质元素正转化为一种潜在的危险要素。随着政治和文学语境由宽松向紧张逆转，穆旦那些暴露"异化"现象的诗歌自然成为饱受批判的对象。

果然，距离《葬歌》（1957）发表后还不到半年，"反右运动"就如火如荼地展开。如果说1953—1954年穆旦因过激言论和历史问题受到批判

① E. 弗洛姆：《资本主义下的异化问题》，《哲学译丛》1981年第4期。

和审查，那么，在这次运动中穆旦却因为数不多的诗歌而"闯祸"。原本自己诗歌生长的园地——《诗刊》和《人民文学》，这时反倒成为问题诗歌的"审判庭"。我们以发表在《诗刊》1958 年 8 月号的《穆旦"葬歌"埋葬了什么?》一文为例，考察批评者如何"重绘"穆旦的形象，达到意识形态的规训与惩戒的目的。在该文中，论者认为穆旦是一个用诗歌来"麻醉自己又麻醉别人"的资产阶级，他"想把思想改造说成是'恐惧'的，借以号召人们不要把'我'失掉，因为这样会'失掉温暖的家'，并且暗示人们要改造也不要彻底，只消'讲和'、'忏悔'就够了"，"不仅不去批判他的资产阶级个人主义思想，反而以埋葬为名，来宣扬资产阶级个人主义思想"①。在这里，穆旦被描述成思想阴暗、动机险恶、抱守残缺、愚顽不化和狂热追求"个人主义"的资产阶级形象。在当时人们将"个人主义"视为避之唯恐不及的"洪水猛兽"。因此，当穆旦因诗作而被重绘成"个人主义"思想浓厚的知识分子时，他便成为意识形态镜像中制造出来亟待医治的"病人"，一个需要重塑"异类"分子。可以说，在众多的批评文章中，文艺监管者和权力主体正是通过重构、放大知识分子丑陋形象，让受批判者在被漫画化或严重涂抹的形象中重新发现、审视自我，在精神"受虐"和"自虐"中完成自我蜕变与新生。

面对着这些突如其来的批判文章，穆旦并没有（也不可能）一一做出回应，因为在他看来，有时沉默反倒有利于事实的澄清和真相的呈现，只有当他发表在《人民日报》（1957 年 5 月 7 日）的讽刺诗《九十九家争鸣记》，被有人认为是"歪曲污蔑现实生活，攻击新社会"，"对得到领导支持的同志加以攻击和谩骂"的批评之后②，他才明显意识到问题的严重性。于是，他企望通过检讨的方式，努力还原那被扭曲的形象。1958 年 1 月 4号，穆旦在《人民日报》上发表了一篇检讨文章《我上了一课》，针对自己创作的"坏诗篇"《九十九家争鸣记》进行检查。他这样陈述自己的创作动机：当时把"大鸣大放"期间"有几种'怀有顾虑'的情况"，"凑

---

① 李树尔：《穆旦"葬歌"埋葬了什么?》，《诗刊》1958 年第 8 期。
② 戴伯健：《一首歪曲"百家争鸣"的诗——对〈九十九家争鸣记〉的批评》，《人民日报》1957 年 12 月 25 日第 8 版。

在一起编造成一个故事"，借此讽刺"个别不敢鸣放"的落后现象，"可是，想不到，因此就成一幅图画，显得整个是阴暗的了"①。这种解释旨在说明自己的诗歌不是"攻击新社会"，更不是对同志的"谩骂"，而是对"个别现象"的批评。进而，他认为诗歌出现问题不是自己险恶的动机，而是诗歌的叙述和结构方式："采用一个虚构而夸张的故事，作者把他所要批评的几点溶化在虚构的故事中"，"这比较曲折、生动，但也可能被'误解'"②。这是因为这种结构原本"批评的是个别现象"，容易被"误以为是一般"或普遍现象，"夸张地描写缺点"却常被理解成"现实描绘"。也就是说，在穆旦看来，除了艺术结构的原因外，读者把"虚构"与"现实"、"个别"与"普遍"等同起来进行穿凿附会的解读，也是造成对诗歌意义误读的重要原因之一。可以说，穆旦在整篇检讨中虽说也承认自己"思想水平不高""模糊了立场""要好好检查自己"③，但其实是在向批评者和读者澄清事实的真相：诗人的主观思想（动机）不存在"向党进攻"的严重问题，诗歌的艺术结构和批评者的"解读"方式才是问题之所在。这样一来，穆旦与其说是在对自己的"坏诗篇"进行检讨，不如说是对批评者"混淆是非"的反驳。他采取一种"避重就轻"的检讨方式，不把矛头集中指向自己的思想、阶级立场、世界观和人生观等问题要害方面，反而将问题引向进行诗歌文本的解读主体。穆旦表面上在深刻检讨，深层次上是进行巧妙地辩解，借此有效转移问题（矛盾）的焦点，竭力还原了不断被"妖魔化"的形象，与那些深文周纳的批评者们展开一种隐蔽的抗争。

### 三　"仄逼"的生存空间和"以退为进"的抗争策略

1957年"反右运动"中，穆旦虽然没有被划为"右派"，但在1958年底他却被天津市中级人民法院定罪为"历史反革命"，并在原单位接受劳动改造，"待遇由高级六级降为行政18级"④。这个"罪名"以及相关

---

① 穆旦：《我上了一课》，《人民日报》1958年1月4日第8版。
② 戴伯健：《一首歪曲"百家争鸣"的诗——对〈九十九家争鸣记〉的批评》，《人民日报》1957年12月25日第8版。
③ 同上。
④ 陈伯良：《穆旦传》，世界知识出版社2006年版，第242页。

的监督和惩罚措施对穆旦的打击委实太大了。在之后的三年中，他不但停止了刚恢复不久的诗歌创作，而且连翻译活动也基本终止了。更令人感到恐惧的是，这一"罪名"带来的是探亲权的剥夺，周围投射过来的异样眼光，亲朋好友的疏离，儿女幼小心灵的伤害等，这使他陷入了可怕的精神危机。

翻检穆旦这一时期的《日记手稿》（1959—1960），我们可以看到他在受到处分之后出现了精神"自虐"与"享虐"的现象。具体表现为以下几个方面：一是放弃"自我"，接受"训诫"。在日记中他这样表态："决心做一个普通的勤劳无私的劳动者"，"把自己整个交给人民去处理，不再抱有个人的野心及愿望"，这种将主体和盘托出真心诚意接受来自"他者"的力量的"整形"，借此获得生命"重生"希望，明显带有"自虐"色彩。二是自我"折磨"，自我"享虐"。穆旦获罪之后，作为对其惩罚措施之一是到图书馆打扫卫生。令人不解的是，他非但没有因此表现出精神的痛苦，而且还把这种惩罚当作一件"乐事"，认为"劳动反而对自己的身体好"，于是他不仅"主动打扫图书馆甬道及厕所"，而且"曾要求增加工作时间"①。三是自我"规训"，自我监控。穆旦在 1959 年 2 月的日记中写道："过春节，放了八天假，至十二号止。这些天我读读红色书，作了思想检查。"② 他连春节放假的时间也不忘读"红色书"，而且不断写思想检查。可见，他已养成了对思想时刻进行自我反思和监视的习惯，这种习惯使他在不断自我怀疑和批判过程中，实现思想净化。在日记中类似这样的句子屡见不鲜："为什么自己的思想长期以来未变？"，"如何作党的'训顺'工具？"，"作党的训顺工具，是否就不用思想？"，"是否不自由？"，等等③，这些充斥于日记的诸多疑问显露出穆旦在日常生活中进行不断地自我质询，这种自我质询其实就是自我省察和自我管控。

在 1959—1961 年的"三年管制"对穆旦产生了极大的影响，残酷的

---

① 穆旦：《日记手稿》（1959—1960），载《穆旦诗文集》（二），人民文学出版社 2005 年版，第 256—257 页。

② 陈伯良：《穆旦传》，世界知识出版社 2006 年版，第 242 页。

③ 同上。

现实和痛苦的心路历程促使他决心彻底转变自身的角色。1962 年之后，他逐渐由"思想型"知识分子向"技能型"知识分子转变。也就是说，他由"诗人"兼"翻译家"双重角色向职业"翻译家"单一角色变化，作为诗人的穆旦角色消失在当代诗坛中，直至 1975 年才重新恢复得以复现。角色的转变带来的是一个"思想淡出而知识凸显"的新的穆旦形象。1962—1965 年，他利用业余时间潜心翻译拜伦的《唐璜》和《丘切特夫诗选》，对于译诗之外的话题基本不涉及。应该说，穆旦对自我角色的选择，与他对新中国成立后"思想型"和"技能型"两类知识分子的不同命运观察有关。所谓"思想性"知识分子是指以思想的创新和独立为己任及终极追求目标，以批判方式"介入"社会现实的知识分子，而"技能型"的知识分子是指通过自身掌握的知识技能，为统治阶级的政权或社会机构服务的知识分子。远在 1942 年的《讲话》中，毛泽东就以他独有的言说方式预示了这两类知识分子的前途。他曾说，"拿未曾改造的知识分子与工人农民比较，就觉得知识分子不干净了，最干净的还是工人农民，尽管他们手是黑的，脚上有牛屎，还是比资产阶级和小资产阶级知识分子都干净"①。这里，"未曾改造的知识分子"实际上就是"思想型"知识分子，他们之所以比工人农民"不干净"，就是因为他们有太多的独立和新异的思想。"延安整风运动"中受批判的王实味、丁玲、罗烽、萧军和艾青等就属于这类知识分子，新中国成立后的胡风、梁漱溟、张东荪、章乃器等也是这类知识分子的典型代表。从他们命运遭际来看，基本上受到激烈的批判，最后成为意识形态规训的对象，有些甚至遭受牢狱之灾。同时，《讲话》还提出文艺为"工农兵"服务，"革命文艺是革命事业的一部分，是齿轮和螺丝钉"②。这就要求当代文艺工作者是以自身的知识和技能为"工农兵"服务的知识分子，也即是"技能型"知识分子。这类知识分子既在某个领域具有较丰厚的专业理论知识储备，又有较高的实践操作能力。他们不以犀利的思想见长，而以精湛的技能彰显自身的价值。他们一般处在特定的科

---

① 毛泽东：《在延安文艺座谈会上的讲话》，《毛泽东选集》（第三卷），人民出版社 1991 年版，第 851—866 页。

② 同上。

层制之中，以某个领域"专家"或"知识精英"的面目出现，而不是以"公共知识分子"的身份现身。应该说，工农业、医学、军事等领域的知识精英多属这类知识分子。而文史领域的许多"有机知识分子"也是以技能获得意识形态的认可和嘉奖。在 20 世纪 50—60 年代，由于这类知识分子不仅能为社会主义现代化建设服务，而且较少有异端思想，他们也就容易得到统治阶级的青睐。穆旦也从自身实际经验认识到这点：他的"翻译家"角色行为几乎很少受到批评，而作为诗人的角色行为却屡遭批判。可见，比之于"思想型"的知识分子，"技能型"的知识分子不论在生存空间还是在精神安全方面都比较有保障。由于"思想淡出，知识凸显"不仅能较为有效规避各种不可预见的风险，同时还能在翻译中获得一种精神寄托，于是 1962 年之后他基本放弃诗歌创作，别求突围于译著。

穆旦在这时期主要致力于《丘特切夫诗选》和《唐璜》的翻译，这是他经受精神创伤之后所选择的一种精神出路，在翻译中他不但可以避免"不合时宜"的诗歌创作行走在意识形态的"风口浪尖"，而且为主体与翻译对象之间架起一座沟通的桥梁。1963 年 3 月穆旦为《丘特切夫诗选》写了一篇一万五千多字的《译后记》。虽说这篇《译后记》主要介绍的是丘特切夫的生平及诗歌创作的发展阶段，以及在艺术上所取得的实绩，但也融入了"个人的一些见解和体会"①，它是穆旦诗歌生命被迫或主动中断后的一种独特的延续方式。由于《译后记》里包含了译者对诗人及其诗歌理念和实践的理解与评判，因而它成为我们进入这一时期穆旦内心世界的"钥匙"。换言之，《丘特切夫诗选》的《译后记》与其说穆旦在评述丘特切夫的诗作，不如说在陈述自我对某种诗学理念的见解。丘特切夫的许多诗学理念和穆旦所持有的诗学理念不谋而合，穆旦的《译后记》有很强的"夫子自道"意味。我们试图从穆旦对丘特切夫的思想个性及艺术创作评价的几个"关键词"反观这一现象。其一，"双重性"。穆旦认为丘特切夫在思想上具有"双重性"：一方面政治上主张"以宗法社会的道德和基督教的自我牺牲及忍让精神，来排斥资本主义社会的自私自利的个人主

---

① 穆旦：《译后记》，《丘特切夫诗选》，外国文学出版社 1985 年版，第 169—83 页。

义"①；另一方面在"抒情诗"里"摆脱了一切顾虑、一切束缚，走出狭小的牢笼，和广大的世界共生活，同呼吸"②，也即是，他在政治上强调"隐忍"，艺术上则崇尚"自由"，这是其思想上的"一体两面"。在穆旦的思想观念中也存在类似的双重性，或者说我们可以看到两个"穆旦"：一个是以思想独特、个性张扬的享誉诗坛的诗人穆旦；另一个是毫不张扬且默默耕耘的翻译家"查良铮"③。这两种"命名"（角色）背后折射出不同的艺术领域中，穆旦思想观念的差异性。正是这种"差异性"使穆旦形象变得真实而饱满。当然，穆旦的"双重性"还表现在许多诗歌文本中的纠结的矛盾。以《葬歌》为例，诗歌中的"我"和"你"之间相互诘问，在很大程度上是一个实施自我蜕变的创作主体，思想和性格"矛盾性"与"双重性"的真实写照。其二，"戏剧化"。穆旦在评述丘特切夫的诗作时，"戏剧"或"戏剧化"是使用频率很高的词汇。他认为诗人笔下的大自然"都各自具有不同的性格、历史、遭遇和心情"④，它们犹如戏剧中的人物，彼此之间存在紧张的"戏剧性"的冲突，这些冲突使诗歌"以惊人的丰富内容激荡着人的心灵"⑤。事实上，穆旦是从自身所持的诗的"戏剧化"理念出发，发现丘氏诗歌中的"戏剧化"元素，因为包括穆旦在内的"中国新诗派"正是追求"新诗的戏剧化"的。可见，穆旦采用"六经注我"的方式阐发自己的诗学理念，深度挖掘并高度倡扬与其诗歌观念相吻合之处。其三，"混沌"。穆旦这样评价丘氏诗歌里的"混沌"："他认为社会、自然和心灵，都是出自一个'深渊'——'混沌'；在'混沌'中，由'元素'构成有条理的世界，这就是我们所习见的秩序，所喜爱的光影声色，所享受的文明。"⑥ 在论者看来，"混沌"是诗歌产生原始的、神秘的力量的根源，也是丘氏诗歌的价值亮点。其实在穆旦的诗歌里也存在"混沌"元素，比

---

① 穆旦：《译后记》，《丘特切夫诗选》，外国文学出版社1985年版，第169—183页。

② 同上。

③ 穆旦很少谈论诗歌翻译方面的问题，仅有一篇论文《翻译问题——并回答金一英先生》发表在《郑州大学学报》1963年第1期，以学术研究和探讨方式阐明自身的翻译理念。与其译著相比，这方面的著述甚少。

④ 穆旦：《译后记》，《丘特切夫诗选》，外国文学出版社1985年版，第169—183页。

⑤ 同上。

⑥ 同上书，第179页。

如早期的诗作《神秘》："你要说，这世界太奇怪，/人们为什么要这样子的安排？/我只好沉默，和微笑，/等世界完全毁灭的一天，那才是一个结果，/暂时谁也不会想得开"，这里，人们被来自宇宙或世界之中的神秘力量所安排。又如《冬夜》一诗："夜，不知在什么时候现出了死静，/风沙在院子里卷起来了；/脑中模糊地映过一片阴暗的往事，/远处，有凄恻而尖锐的叫卖声"，"死静"的夜、卷起的"风沙"、"阴暗的往事"和"凄恻而尖锐的叫卖声"构成了一幅令人惊悚而又神秘的动态画面。此外，诸如《更夫》里的"幽灵"和《野兽》中受伤的"野兽"等意象都折射了"社会、自然和心灵"中的混沌、神奇的力量。在穆旦看来正是这种不可明辨的"混沌"元素，构成了一个心灵化的真实世界。

由穆旦对丘特切夫的诗学观念评述的"关键词"中，不难发现，穆旦将自身所信奉的现代新诗的诗学观念深深地烙在《译后记》的文本深处。在一个激进文学思潮不断壮大的年代，当他基本上被剥夺了诗歌创作权力的时候，他在丘特切夫的诗歌里发现了一个可以延续自身诗歌生命的"新天地"。不论是"翻译"丘特切夫的诗歌，还是对其生平及诗作进行述评，实际上是特殊年代知识分子（诗人）坚守自身的诗歌理念而采取的一种"明修栈道，暗度陈仓"的生存策略，也是一定程度上重新赢回话语权的别样的抗争策略。穆旦诗歌创作经历了长时间"辍笔"，能在"文革"结束后再次达到一个新的高峰，也和他这段时间所进行的诗歌翻译密切相关，从某种程度上说，"翻译"是他获取诗歌资源和保持鲜活的诗歌理念，永葆艺术青春的一种行之有效的秘籍。

值得一提的是，在"政治—文化"日渐趋于"一体化"的时代语境里，知识分子（诗人）的抗争并非是剑拔弩张式地正面交锋，而是采用迂回战术，根据时代语境的张弛程度适时调整自身的抗争策略。基于此，穆旦的抗争是在一定的限度内进行的，这些限度体现为：一是这种抗争是一种有限度的挣扎。抗争主体（诗人）肯定无法抵挡强大文学思潮的裹挟，他只是根据文学语境变化，在不危及国家主流意识形态安全的前提下，一定的范围内坚守自身的诗歌理念，有时这些守卫的防线相当脆弱，因而在很大程度上与其说是抗争，不如说是挣扎。二是抗争并不是彻底背叛某种既定的制度（观念）并与之决裂而是完善（修正）这种制度（观念），而且很多时候这种抗争具有很强的"独善其身"的意味，因而它难以生成一股较有广泛影响力和辐射作用的文学力量，确实有效影响新文学秩序重建的向度和进程。

## 第二节　艾青:想象的"他者"与主体建构

艾青是 20 世纪 30 年代业已成名，进入解放区后遭受"挫折"，新中国成立后又饱受批评（"争议"）的诗人。深入考察一个具有成熟诗歌理念，在现代诗坛颇具影响力的诗人，以何种姿态应对政权的更替和文学规范的嬗变，以什么样的方式参与到 20 世纪 40—50 年代新政权主体对新文学理想蓝图的构想和实践之中，既有助于我们明辨社会文化转轨与文学生产主体转型之间的复杂关系，又有助于我们观察多重压力对诗人转型发挥效用的各种有形无形的方式。在 20 世纪 40—50 年代之交，艾青时常被新文学权力拥有者认为是难以驯服的"他者"，或者是很难被新文学体制接纳的想象的"他者"，正是这种弥散在他周围的"他者意识"有力地推动了创作主体的转型。这里所谓"他者意识"指的是把创作主体视为某一群体中的"异类"，或者是一种危险的、陌生的以及异己的存在，在"他者意识"的作用下生成一种"他者眼光"。那么，艾青如何成为当代诗人眼中的"他者"的？当代诗人"他者意识"又是如何生成与强化的？这种"他者意识"是怎样转化为主体意识影响艾青的主体建构的？这些都是我们进入新中国成立前后艾青诗歌领地和生命世界后企图解开的"疑团"。

一　"他者眼光"的生成与主体的"锻造"：从《了解作家，尊重作家》到《吴满有》

1942 年艾青在丁玲主编的《解放日报》"文艺"副刊上发表了《了解作家，尊重作家——为〈文艺〉百期纪念而写》一文，该文曾引起毛泽东高度重视和不满，1958 年还被当作"以革命者的姿态写反革命"之"奇文"受到再批判①。艾青在文中大声疾呼："作家不是百灵鸟，也不是专门歌唱娱人的歌妓"，"他的竭尽心血的作品，是通过它的心的脉动而完成的"，"在他创作的时候，他只求忠实于他的情感，因为不这样，他的作品就成为虚伪，就没有生命"②。这里，艾青试图以激烈的言辞传递这样的信息：人们应当尊重作家的特殊身份，而作家应忠实于自身情感。这其实是在高调主张一种完全遵从于作家内心和自我意识的主体意识。在艾青看来，"自由独立的精神"才是值得作家用生命去守卫的"主体精神"，这显然是一种"五四"式的知识分子所倡扬的理想主体。正是当时知识分子中普遍存在不断膨胀的"自由独立"的主体意识，使毛泽东感到问题的严重性。虽然艾青这篇批评文章着重提出了作家作为"自由独立"的主体建构问题，但敏感的问题是，他把批判的矛头指向了妨碍这种主体建构的文艺体制和领导者的话语霸权，因而也就引起新政权权力主体的不满。虽说毛泽东看到这篇文章之后约请艾青讨论延安文艺出现的问题，但包括他在内的新政权领导者，在内心深处已经将艾青以及那些思想具有"异端"色彩的作家视为危险的、异己的"他者"。尽管艾青在与毛泽东的多次交谈中逐渐意识到了自己提倡"自由独立"主体的偏颇，在《我对于目前文艺上几个问题的意见》文章中修正这些"错误"③，但他对创作主体自由和独立的建构依然情有独钟。他认为作品"所包含的思想和作者的情感结合在一起——这是一切艺术的生命"，"文艺不只是从每个突发事件中，用直接的方法去刺激群众心理的东西"，"希望关心作家和作品成为领导者的友谊行为。希望从情感上和生活上关心作家"④，可见，艾青仍然强调创作主体的情感之于文学作品的重要性，强调文学作品和作家的非依附性和非从属

---

① 《文艺报》编者按语：《再批判》，《文艺报》1958 年第 2 期。

② 艾青：《了解作家，尊重作家——为〈文艺〉百期纪念而写》，载《文艺报》编辑部编《再批判》，作家出版社 1958 年版，第 181 页。

③ 比如他不再提"作家不是百灵鸟"，而是认为"文艺应该（有时甚至必须）服从政治"，参见艾青《我对于目前文艺上几个问题的意见》，载《艾青全集》（第五卷），花山文艺出版社 1991 年版，第 385 页。

④ 艾青：《我对于目前文艺上几个问题的意见》，载《艾青全集》（第五卷），花山文艺出版社 1991 年版，第 397 页。

性，而要实现这些目标又必须以作家独立的主体精神作为依托，说白了，艾青的内心深处对独立主体精神仍怀有深深的眷恋之情。很显然，艾青所阐述的主体观念与毛泽东所期待的理想主体仍存在比较大的"裂缝"。为此，艾青的这篇文章发表后，"毛泽东也就没有给艾青主动写过信了"①，这至少可以说明艾青正逐渐成为毛泽东眼中的"他者"。为了建构一种与无产阶级新文学相适应的"理想主体"，毛泽东在收集延安文艺界的各种反面意见之后，在1942年《讲话》中提出了新形势下"理想主体"的构想。他认为，"一切共产党员，一切革命家，一切革命的文艺工作者，都应该学习鲁迅的榜样，做无产阶级和人民大众的'牛'，鞠躬尽瘁，死而后已"②，与艾青所仰赖的"独立自由"的主体不同，毛泽东在《讲话》中设计了一个"甘为孺子牛"的"理想主体"，也就是在思想和精神上服务于外在需求的"屈从"主体。在毛泽东看来，作为创作主体知识分子不属于一个独立的阶级，而是依附一定的阶级，所以他们具有很强的依附性，所谓"自由独立"的主体其实并不存在。这种从阶级的视角审视主体的特性，旨在强化主体的阶级属性。由于知识分子的阶级属性由其所依附的阶级来判断，主体服务的对象就至关重要了。可以说，毛泽东所设想的理想的主体必须同时具备两方面要素：一是主体依附于无产阶级；二是主体的"屈从性"。在延安时期，艾青对毛泽东极为景仰，加之《讲话》的权威性，使得毛泽东这种"理想的主体"设计对艾青产生了很大的触动作用，他曾写信要求到前线去，因毛泽东的建议而留下来参加文艺整风运动。这些现实的行动（包括后来去"三边"和"三五九旅"）表明艾青正努力践行文艺为"工农兵"服务的理念，实现主体的艰难转型。与此同时，他也开始以相当激进的姿态投入文艺整风运动中，扮演意识形态"守卫者"角色，以相当尖锐的言辞批判王实味，改变人们将其视为知识分子中"他者"的成见，从而避免成为文艺整风运动中的规训对象。再者，艾青一方面学习马列主义，"阅读了马克思的《路易·波拿巴政变记》、《法

---

① 杨建民：《诗人艾青与毛泽东》，《党史博采》2008年第8期。
② 毛泽东：《在延安文艺座谈会上的讲话》，载《毛泽东选集》（第三卷），人民出版社1991年版，第877页。

兰西内战》等原著"①，这些理论不仅为他观察和分析社会现实提供了一种新的视角，同时也为其更新主体观念提供了理论武器；另一方面，他也及时阐明自己对毛泽东所提倡的"理想主体"的观念认同与拥护。比如在《开展街头诗运动——为〈街头诗〉创刊而写》中提到："让老百姓在墙报上看到他们所了解的话，看见他们所知道的事情，让老百姓喜欢诗"②，艾青在此强调创作主体应满足"老百姓"的需求而非知识分子的独立精神诉求，唯有为"老百姓"服务的"屈从体"才能成为"街头诗"创作的合格主体。另外，他还提出："把政治和诗密切结合起来，把诗贡献给新的主题和题材：团结抗战建国，保卫边区，军民合作，缴公粮，选举，救济灾民……使人们在诗里能清楚地感到今天大众生活的脉搏。"③ 这种观点显然和艾青过去反对把诗人看成是"新闻记者"，"非传达某个号召或某个事件的始末不可"④ 的观念大相径庭。此外，艾青这一时期的诗歌因"主体"观念转变而出现新的变化，比如《向世界宣布吧》其实是一首对延安政权、生产生活和生存环境进行讴歌的诗作，其中有些诗作片段这样写道："工人们的腰包里'塞满'了钞票，/他们成了食堂里的重要主顾/士兵不再遇到批颊与辱骂/操演完了，是球类比赛/晚上就在俱乐部里举行晚会"⑤，在诗人笔下延安是一个充满"光明"、人们物质富裕、人与人之间和谐相处的，其乐融融的美好世界。这种赞美诗里少有"他自己深层的审视"的复杂的思绪⑥，更多的是一个真诚的歌者单纯而又略显单薄的感情。由此可见，《讲话》发表之后艾青因自己曾经写过一些思想较为"出格"的文章，而始终担心被新政权权力主体看成异己的、危险的或陌生的"他者"，他力图以现实行动消除来自周围的异样的"他者"眼光，获得精神上的"安全感"和身份上的"归属感"。

① 杨建民：《诗人艾青与毛泽东》，载《党史博采》2008 年第 8 期。

② 艾青：《开展街头诗运动——为〈街头诗〉创刊而写》，载《艾青全集》（第三卷），花山文艺出版社 1991 年版，第 198—397 页。

③ 同上。

④ 同上。

⑤ 这节所引用的艾青的诗歌均参见《艾青全集》（第一、二卷），花山文艺出版社 1991 年版。

⑥ 艾青：《了解作家，尊重作家——为〈文艺〉百期纪念而写》，载《文艺报》编辑部编《再批判》，作家出版社 1958 年版，第 180 页。

　　《吴满有》是艾青经历主体转型后的一次新尝试。从这首诗歌里我们可以观察到诗人新的"主体意识"。首先，诗人转变成一个"服务型"主体。艾青曾把写好的诗作《吴满有》念给吴满有听，他说："我坐在他身边，慢慢的，一句一句，向着他的耳朵念下去，一边从他的表情来观察他的接受程度，以便随时记下来加以修改。吴满有的感受力，是超过一般普通的农民的，他随时给我补充和改正。"① 可见，在《吴满有》的诗歌生产过程中，创作主体不再是高高在上的，具有很强优越感的知识分子（诗人），而是以自身的知识和技能为"工农兵"服务的谦卑的诗歌生产主体。诗人以仰视的姿态，诚心地接受"工农兵"的意见和建议②，并根据他们的意见对诗歌进行"补充和改正"，这显然是一种毫不张扬自我个性的，自觉以创作对象"接受程度"来规约生产诗歌的创作主体。同时，艾青还以满足"工农兵"的审美趣味作为自身的审美追求，他认为"一般地说，农民欢喜具体，欢喜与他直接相关的事，欢喜明快简短的句子，欢喜实实在在的内容"③，从某种意义上说，诗歌《吴满有》就是践行他的这种审美理念的经典之作。如果说过去是"'某人看了某作品不高兴了'，我的心就非常高兴"④，那么，现在则是"工农兵"看了他的作品高兴了，他心里才高兴。艾青正依照《讲话》所设想的"理想主体"来建构自身的主体理念，并以现实的诗歌生产实践完成这一理念。其次，创作主体对新政权产生强烈的精神归属感。艾青在《了解作家，尊重作家》中说，"他不能欺瞒他的情感，去写一篇东西，他只知道根据自己的世界观去看事物，去描写事物，去批判事物"⑤，而在《吴满有》的创作中，诗人持有的是无产阶级世界观，他的世界观和主体情感皆向无产阶级归依。由于世界观的不尽

---

　　① 艾青：《吴满有·附记》，载《艾青全集》（第一卷），花山文艺出版社1991年版，第658—659页。

　　② 比如吴满有不喜欢这样的诗句"人家叫你老来红"，艾青随即将"那句涂掉"，参见《吴满有·附记》，载《艾青全集》（第一卷），花山文艺出版社1991年版，第659页。

　　③ 同上。

　　④ 艾青：《了解作家，尊重作家——为〈文艺〉百期纪念而写》，载《文艺报》编辑部编《再批判》，作家出版社1958年版，第181页。

　　⑤ 比如吴满有不喜欢这样的诗句"人家叫你老来红"，艾青随即将"那句涂掉"，参见《吴满有·附记》，载《艾青全集》（第一卷），花山文艺出版社1991年版，第659页。

相同，《吴满有》在人物形象和诗歌基调上出现了新的风貌。就农民形象而言，艾青20世纪30年代诗歌笔下的农民淳朴、善良、任劳任怨却饱受着战争的苦难，在生存的边缘痛苦挣扎，而《吴满有》中的主人公吴满有则是"正在萌长着新的农民典型"，是一个新时代的劳动英雄，他一心为公、勤劳俭省、知恩图报、积极生产、支援革命，在物质和精神上已充分实现"翻身"。如果说艾青过去诗歌里的农民是生活在底层世界的具有顽强生命力的凡人，那么《吴满有》中的农民变成了走向集体和新生活的"劳动英雄"。这种变化在很大程度上得益于创作主体世界观的转变，诗人已经学会用无产阶级世界观建构完满的"农民英雄"形象。此外，就诗歌的基调而言，诗人基本改变了过去诗歌"忧郁"的调子，《吴满有》一诗的基调明显呈现昂扬乐观的色彩，诗歌中这类轻快而情绪高扬的诗句大量出现："延安真是个大花园，/里面天天是春天——，/你串来串去，/看见样样都新鲜。/个个人脸上是笑容，/个个场子都有锣鼓声……"这种明朗的诗歌基调与创作主体获得精神（情感）归属密不可分。当诗歌生产主体以批判的方式"介入"现实时，他的思想和精神上能获得一定程度上的"独立自由"，可以"自由"选择自身最为得心应手艺术样式，而一旦创作主体成为某一阶级（集团）的"代言人"并寻找到精神归属后，他的思想言行甚至各种选择必将受到来自这一阶级（集团）约束，自由选择的空间将大幅萎缩。艾青显然在新政权中获得了思想精神和情感上的归属感，他已意识到了过去那种以"忧郁"基调书写新生活的路子明显走不通，因而在《吴满有》中他选择了解放区诗歌普遍明朗乐观的基调，避免墨守成规而再度被异样的"他者"眼光所包围。然而，令艾青感到苦恼的是，《吴满有》虽然发表后被一些报刊转载，也"受到了表扬"，但这首类似于新闻人物速写式诗歌还是难以获得持久的生命力和广泛的影响力，在时过境迁后的20世纪80年代，他曾感慨道："我发现自己的诗里凡是照事实叙述的，往往写失败了"[①]，《吴满有》就属失败之作。即便如此，艾青这种诗歌实验，以及后来积极入党，参加秧歌队活动，和在华北联合大学主讲

① 艾青：《与青年人谈诗》，载《艾青全集》（第三卷），花山文艺出版社1991年版，第460页。

"毛泽东文艺思想","一直讲到中华人民共和国成立"①,都向诗歌界传递了自己积极主动转型的信息。

不可否认的是,新中国成立前夕,虽说艾青的主体意识在诸多方面与新意识形态嬗变保持同步,但他对"理想主体"的构想还是比较复杂。比如他在一九四八年华北大学文学研究室的发言《创作上的几个问题》中指出:"我们对中国社会的复杂性了解很不够","所看到的常常是呈露在外部的一些现象,在背后的、社会内部的更复杂的、更秘密的东西却知道得很少。"② 在艾青看来,"理想主体"不能仅仅是思想单纯(或"简单")的"屈从体",而应是能看到社会复杂性的,成为具有较为复杂思想的文学生产者。同时他还认为,"我们不能像公鸡一样,从古到今唱一个调子的歌,这真叫'老调重弹'。我们究竟是写作的人,不是公鸡"③。艾青极力强调主体的创造性,即要"经常不断的与惰性、与习惯、与成见,与僵死的观念作斗争"④,这就要求主体要常有独特的新见,这些观点很大程度上是《了解作家,尊重作家》的一种呼应和延续。由于艾青思想观念中仍然储存着如此不纯粹的思想,进入当代之后不仅很容易与国家主流意识形态发生碰撞与冲突,同时也很难摆脱被主流诗界视为陌生的"他者"的境遇。

二　"他者眼光"的扩张和主体的分裂:艾青"国际题材"诗歌中的诗性"张力"

新中国成立初期,艾青的诗歌创作并不活跃,1949 年才创作三首颂歌。诗歌创作的低产,一定程度上说明他虽然在延安时期主动实施主体的自我"蜕变",但《吴满有》的失败在他心头笼罩上了一层"迷雾",在新中国成立前后他尚未找到一条既合乎主流意识形态刚性需求,又令

---

① 艾青:《文艺座谈会前后》,载《艾青全集》(第五卷),花山文艺出版社 1991 年版,第 608 页。

② 艾青:《创作上的几个问题》,载《新文艺论集》,群众出版社 1951 年版,第 33—46 页。

③ 艾青:《文艺座谈会前后》,载《艾青全集》(第五卷),花山文艺出版社 1991 年版,第 608 页。

④ 同上。

自己满意的诗歌创作道路。这一现象直至 1950 年才有所改观。在 20 世纪 50 年代艾青有两次出国：一次是 1950 年 7 月他随中共中央代表团访问苏联；另一次是 1954 年到智利为聂鲁达祝寿，在这两次出访期间写成了一组"国际题材"诗歌。翻检这些诗歌，我们可发现在艾青身上出现了主体分裂现象。所谓主体分裂是指创作主体分裂成"意识主体"和"经验主体"。前者依从于外在的时代文化语境和文学思潮，以国家主流意识形态影响下所形成的各种成规来控制自身的主体意识，后者主要凭借自身在长期诗歌创作中累积的经验，以及由此形成的诗歌理念来建构自身的主体意识。这种分裂的主体意识存在于艾青的"国际题材"诗歌中，使这类诗歌呈现出一种诗性紧张。应该说，在 1950 年访苏期间部分诗作中主体分裂现象开始产生。综观这些歌颂苏联秀丽的风光、快乐而又幸福的人民以及苏联人民兄弟般情谊的诗作，不难发现，诗歌里存在两个主体：一个是受颂歌潮流影响的引吭高歌的时代歌手；另一个是不时流露出略带忧郁和感伤情怀的知识分子。比如《宝石的红星》就是典型的颂歌，在诗歌里诸如"敬礼啊／人类的导师——／亲爱的斯大林／敬礼啊／真理的使者——／宝石的红星"诗句比比皆是，此外诸如《十月的红场》《克里姆林》等都属这类诗歌，在这些诗歌中诗人以赤子之心和仰望的姿态真诚地歌颂社会主义国家和领袖，当代强劲的颂歌潮流及其生成的抒情范式深深地制约着创作主体。而在《我想念我的祖国》一诗里，艾青又流露出了 20 世纪 30—40 年代诗歌里常见的"忧郁"与"感伤"："我常想念我的祖国，／她是我们大家的母亲，／离她的日子愈久，／对她的思念愈深沉"，"她用辛酸的乳汁哺育我，／我从小就感染了他的忧伤！／当我还是一个儿童，／我已有了严肃的心情，／我用阴郁的眼睛，／看着数不清的苦难"。读着这些诗句，我们似乎能真切感受到，曾经在艾青诗歌里流淌与荡漾的知识分子式的忧郁和感伤正在潜滋暗长。同时，在这首诗歌里诗人还极力呈现祖国的苦难："在城市的街道上，／耀武扬威的是异邦人！／劳动者被无止境地榨取，／连血液和骨髓都被吸尽；／无边的黑暗笼罩着大地，／到处都是呻吟和叹息……"艾青在异国他乡尽情地抒写着自我对"祖国"苦难的印象与记忆，这种对苦难的描摹和揭示是诗人重返诗歌"故地"的一次秘密探访。由此，我们看到了如此耐人寻味的主体分裂现象：一个是跨入新时代的真诚地接受精神洗礼，积极融入当代诗歌潮流的"意识主体"；另一个是对知识分子审美趣味和癖性频频眷顾，在暗中固守自身艺术领地的"经验主体"①。1954年艾青途经莫斯科、布拉格等地到达智利，在这途中他写下了二十余首诗歌，在这组诗歌里，我们同样可以发现一个分裂的主体。比如写在大西洋上空的《这是一个晴朗的早晨》："这是一个晴朗的早晨/天空在高空中飞翔/一朵朵白云像在微笑/我的心是阳光满照的海洋/我写过无数痛苦的诗/一边写，一边悲伤/如今灾难总算过去了/我要为新的日子歌唱"，诗歌所诉说的是诗人告别过去的"痛苦"、"悲伤"和"灾难"，迎接"新的日子"的欢欣与愉悦，这是一个决心拥抱新生活、歌唱新时代的知识分子，一个欲与旧时代和旧的诗歌理念决裂的创作主体。可是，在他的另外一些诗歌中，我们却看到了创作主体的另一个侧面。比如《礁石》："一个浪，一个浪/无休止地扑过来/每一个浪都在他脚下/被打成碎末……//它的脸上和身上像刀砍过的一样/但它依然站在那里/含着微笑，看着海洋……"这首诗歌中的"礁石"意象具有多重的象征意义，它既可以象征屹立于世界民族之林的"新中国"，又可以象征不畏惧任何打击或侵犯的"自我"。正因诗歌意象的多义性，使得诗歌表面上是对新生的祖国的讴歌，深层上却意图彰显知识分子的高傲精神。又如《海带》一诗如此写道："寄生在大海/随水流摇摆/怨海潮把它卷带/抛撒在沙滩上/从此和水属分开/任风吹太阳晒/心里焦渴地等待/能像往日一样/在水里自由自在/但命运不给它较好的安排/它就这样一天天枯干、碎断/慢慢变成尘埃……""海带"无法抵挡汹涌潮水的"卷带"以及被抛弃在沙滩而"枯干、碎断"的命运，某种程度上是诗人自我命运的象征与写照。诗歌传达了诗人对自由的渴念和对不幸命运的慨叹。在20世纪50—60年代，随着激进文学思潮的不断发展与壮大，许多知识分子

---

①　艾青也承认，"在我的诗里，有时也写到士兵和农民，但所出现的人物常常是有些知识分子气质的，意念化了的"，参见《〈艾青选集〉自序》，载《艾青全集》（第三卷），花山文艺出版社1991年版，第279页。

（诗人）都有一种无法赶上时代步伐的焦虑感①，那些仍旧在新与旧之间徘徊的知识分子更有被时代遗弃之感。因此，这首诗歌在哀叹自我命运的同时，不也是对主宰自我命运的"潮水"——激进文学（社会）思潮的批判吗？！创作主体这种自由思想和批判姿态显然又在重寻"旧梦"。另外《在智利的纸烟盒上》认为"自由神只是一盒纸烟"，"被扔在路边"，"我用脚踩，你来吐痰"；《"自由"——在美元上有一个字叫"自由"》批判资本主义国家"谁的钱越多，谁的自由也就越多"，揭露其"自由"的真相和本质。可以说，艾青在远离国土和迥异的文化语境中，触景生情、敞开心扉，释放现实生存中种种的苦闷与压抑，力图呈现一个渴望"自由"、不惧打击的知识分子的另一精神侧面。于是，我们看到了这样一个分裂的创作主体，他一方面尽情地沐浴在新时代的阳光之中，用真诚与热情歌唱新生活；另一方面却对激进的文化思潮和束缚精神自由的体制进行理性的反思与批判。总之，这一时期艾青的诗歌虽然因夹杂着新与旧、传统与现代、理想与现实、情感与理智等重重矛盾而充满着"诗性"的张力，但也使创作主体分裂而遭遇许多不可预知的风险和危机。

果然，在"反右"斗争展开之后，艾青访苏期间写成的"国际题材"诗被认为与"党"的关系不正常，因为"除了1950年写的《我想念我的祖国》中提到毛主席之外，没有一篇提到党"，这表明他不热爱新生活和党所领导的"伟大的社会主义事业"，因为"如果我们对生活充满热爱，就自然地流露对党的歌颂"②。诗歌《礁石》中的"礁石"意象被指认为是艾青"那种受'打击'又是继续顽抗"的形象，"说明艾青对党内斗争的极端错误的看法，这种看法是从个人的得失出发，是以个人主义为基础的"③。而《在智利的海岬上》被认为"存在使人不易读懂的毛病"④。在

---

① 艾青曾感慨道："社会的变革太快了，用旧的步伐是赶不上的"，参见《艾青的发言》，载中国作家协会编《中国作家协会第二次理事会会议（扩大）报告、发言集》，人民文学出版社1956年版，第335页。

② 沙鸥：《艾青近作批判》，《诗刊》1957年第10期。

③ 同上。

④ 同上。

批判者的笔下，艾青就成了一个对党不满、情绪"阴暗"、固守知识分子趣味而远离"人民群众"的知识分子。创作主体的分裂被描述成是因"阴暗情绪"和"对生活态度"的空虚造成的"主观世界与客观世界"的"分离或是对立"，以及"近来的创作"与"所生活的现实的尖锐的分裂"①。同样地，冯至在《论艾青的诗》一文中也针对艾青的这类问题提出了批评，认为《在智利的海岬上》"对于小摆设感兴趣，而伟大的政治斗争被安放在点缀的位置上了"，诗歌"形式主义"现象比较严重。同时也认为《礁石》存在"甘心与大家为敌并引以自傲的态度"，《海带》则存在"自己感到被命运摆布、得不到好的安排、怨天尤人的态度"②，可以说，围绕着艾青的"国际诗"批评之声不绝于耳③。在批判者的叙述中，艾青因其主体分裂以及由此引发的诗歌创作问题而被主流诗界视为危险的、异己的"他者"。艾青新中国成立后的诗作也因这些问题基本上被全盘否定，包围在他的周围显然是一种扩大了的且不断蔓延的"他者眼光"。这种"他者眼光"使他深感恐惧，有时甚至对他人的信任深表怀疑。当徐迟等人叫他一起筹办《诗刊》时，他抱怨道："我这写了一辈子诗的人他们都是这样对待我，我怀疑，他们要繁荣创作，发展新诗之类的话，有哪句是真的——"④ 正是布满在艾青周围的这种无处不在的"他者眼光"使创作主体产生精神危机并陷入新一重困境之中。

　　三　"他者眼光"的"威权化"与主体的危机——以《藏枪记》与《双尖山》为例

　　解放区以李季的《王贵与李香香》为代表的民歌体叙事诗，被作为当代诗歌的典范，产生了广泛的影响。艾青为了努力跟上时代的步伐，抵挡来自"他者"的"异样"的眼光，他也开始尝试民歌体叙事诗的写作，借

---

① 沙鸥：《艾青近作批判》，《诗刊》1957年第10期。
② 冯至：《论艾青的诗》，《文学研究》1958年第1期。
③ 比如有人认为艾青的"国际诗"充满"毒素"，在"贩卖资产阶级思想的毒素"。参见陈残云《艾青的"国际诗"宣扬了什么?》，《作品》1958年第3期。
④ 周良沛：《又是飞雪兆丰年》，载周明、向前编《难忘徐迟》，上海书店出版社1997年版，第225页。

此克服"前进道路上存在的危机"①，《藏枪记》就是在这样的文化语境中孕育而生的。诗歌采用通俗的民歌体讲述江南抗日游击战争中以杨大妈为代表的英勇事迹。这种民歌体叙事诗确实做到"通俗易懂""朗朗上口"，比如《诗歌》的开头这样写道："杨家有个杨大妈，/她的年纪五十八。/身材长的长得很高大，/浓眉长眼大嘴巴。"这种风格和艾青所擅长的现代自由体诗相去甚远。这首诗歌发表之后人们发现了不少问题，其中主要包括：一是诗歌感情的平淡；二是矛盾冲突不尖锐；三是人物形象塑造不成功。冯至在《论艾青的诗》中批评道："他在一九五三年写的《藏枪记》，把一个本来可以写得紧张动人的故事写得平铺直叙，没有任何感人力量"，"对于劳动人民"，"艾青在他的诗里没有成功创造过感人的正面的形象"②。这里，艾青遭遇的是诗歌叙事危机，他后来说，"叙事诗和小说应该有区别，不能把小说分行加上韵律就成为诗。我的《藏枪记》，就多少犯了这个毛病"③。其实，他并不是不知道叙事诗和小说的区别，关键的问题在于他对于民歌体叙事诗仍然比较陌生，也就是说，艾青所熟稔的是现代自由诗，而对民歌体叙事诗有一种严重的"不适应感"，他的这种艺术样式的尝试几乎是屡试屡败，《吴满有》"失败"的阴影犹在，《藏枪记》的批评又不绝于耳。不过，艾青在回顾《藏枪记》创作起因时说的一番话更耐人寻味："一九五三年，当我要下乡的时候，乔木同志问我到哪儿去，我说想到家乡去，对家乡比较熟悉。乔木同志说：'你所熟悉的，不一定是最先进的。'结果我只能写一些抗日游击战争时候的故事。"④ 这里，艾青指出了《藏枪记》的另一个问题，就是诗歌所书写的内容虽然"先进"，但他却不"熟悉"。因此，艾青对《藏枪记》存在双重"陌生感"：一是诗歌内容的"陌生"；二是创作手法的"陌生"。应该说，新中国成立后，在他身上始终存在诗歌题材（内容）"熟悉"与"不先进"和"先进"与"不熟

---

① 艾青：《艾青的发言》，载中国作家协会编《中国作家协会第二次理事会会议（扩大）报告、发言集》，人民文学出版社 1956 年版，第 335 页。

② 冯至：《论艾青的诗》，《文学研究》1958 年第 1 期。

③ 艾青：《艾青的发言》，载中国作家协会编《中国作家协会第二次理事会会议（扩大）报告、发言集》，人民文学出版社 1956 年版，第 335—337 页。

④ 同上。

悉"的难以克服的矛盾。比如《双尖山》以艾青所熟悉的家乡的"双尖山"为中心意象，由于他不仅对"双尖山"非常熟悉，而且还浸润了深厚的情感，因而，这一创作对象有力唤醒了诗人对美好童年的记忆和对家乡未来的真诚祈望，充分激发其不驯服精神，它让诗人重拾自身熟悉的"自由诗"，尽情地抒发内心的欢欣与愉悦。可见，当艾青面对熟悉的对象和诗歌体式时，他就能避免《藏枪记》中存在的情感平淡的问题。问题是，对于当代诗人来说，艾青在《双尖山》洋溢的是让人感到"陌生"的知识分子的个人情感，或曰知识分子个人的一己之悲欢，几乎看不到无产阶级或新的民族国家人民的集体情感。于是，《双尖山》受到了尖锐的批评：什么"思想感情是陈旧"呀，"政治热情不饱满"呀，"旧腔调"呀[1]，如此种种不一而足。这些批评使艾青在震惊之余倍感苦恼，因为摆在他面前的只有一条路可走，那就是选择一条既熟悉又先进的诗歌创作道路，但对于他来说这种选择却是如此艰难。他不得不以自我批评来赢得他人的宽宥："作为一个诗人，我已经感到惭愧，作为一个新中国的诗人，我更惭愧。我没有写了什么令人满意的作品。"[2] 让艾青深感不安的是，这些自我批评并未实现自我解围，臧克家告诫他："'大堰河'的时代已经一去不复返了"，并质问道："艾青同志为什么不给'大堰河'儿子的时代创造一个令人难忘的典型形象呢？"[3]，周扬则以质疑的口吻说道："能不能为社会主义歌唱？"[4] 综观这些权威批评，不难发现，当代诗坛的主持者始终怀疑艾青在接受改造的真诚与诗歌转型所付出的努力，始终把他看成与主流诗界格格不入的危险的存在，这无疑给艾青带来相当大的精神压力。艾青不得不一面自我激励的同时向那些视其为"异己"者宣誓："没有理由可以怀疑，我能为社会主义歌唱"，一面则开始自我检讨和自我期许："就我自己来说，我是带着

---

① 程光炜：《艾青在 1956 年前后》，《天涯》1998 年第 2 期。

② 艾青：《艾青的发言》，载中国作家协会编《中国作家协会第二次理事会会议（扩大）报告、发言集》，人民文学出版社 1956 年版，第 186—337 页。

③ 臧克家：《臧克家的发言》，载中国作家协会编《中国作家协会第二次理事会会议（扩大）报告、发言集》，人民文学出版社 1956 年版，第 186 页。

④ 艾青：《艾青的发言》，载中国作家协会编《中国作家协会第二次理事会会议（扩大）报告、发言集》，人民文学出版社 1956 年版，第 186—337 页。

一些旧的思想感情的人"，"今后我要努力地，是继续改造自己，是在实际的斗争中，培养新的思想感情，是逐渐地代替旧的思想感情"①。可以说，正是这些文坛权威者心中强烈的"他者意识"，造成了艾青的主体危机，他不断在多重"眼光"的包围下努力进行主体重铸。

四 "他者眼光"的泛化与主体的重铸

1956 年"百花齐放，百家争鸣"方针的出台和实施，一定程度上减缓了艾青进行主体转型的进程。他身上的知识分子式的审美趣味和批判意识在这一时期诗歌里又开始潜滋暗长。众所周知，艾青在 1956 年主要创作分为两类：一类是"风景诗"；另一类是"寓言诗"。"讽刺"与"批判"不仅是这两类诗歌重要的艺术手法，而且也是艾青重新激活"五四"以来作家的"启蒙"意识和启动批判立场的重要方式，同时还是艾青恢复知识分子"经验主体"的集中努力。就"风景诗"而言，诗歌大多寄情/理于景，比如《启明星》这样写道："属于你的是/光明与黑暗交替/黑夜逃遁/白日追踪而至的时刻//群星已经退隐/你依然站在那儿/期待着太阳上升//被最初的阳光照射/投身在光明的行列/直到谁也不再看见你。""启明星"在"光明与黑暗交替"时刻给人"光明"的方向，而当太阳升起阳光普照时它却"投身在光明的行列"隐而不见。"启明星"存在价值的"短暂性"和"崇高性"是否可以看成创作主体的一种自喻？"启明星"为什么"光明与黑暗交替""站在那儿"，而光明来临却"谁也看不见你"？这一意象是不是包含了诗人对自我遭遇与命运的冷静反思？其他的风景诗如《泉》《西湖》《小河》等所抒发的或欢快或感伤的情调都染上很强的知识分子趣味。就"寓言诗"而言，有的讽刺那些获得权力后只会挤兑他人的霸权者以及那些趋炎附势的"小人"（《黄鸟》）；有的讽刺世态炎凉和人生的悲剧（《景山怀古》）；有的则讽刺不被理解和欣赏的悲哀（《哨鸽》）等。这些讽刺诗很大程度上把锋芒指向社会制度以及设计这些制度的权力者们，这些"讽刺诗"和几组"寓言诗"在当时文坛很"扎眼"。虽说在这段时间艾青

① 艾青：《艾青的发言》，载中国作家协会编《中国作家协会第二次理事会会议（扩大）报告、发言集》，人民文学出版社 1956 年版，第 335—337 页。

也写了一些歌颂投身于现代化建设的"工农兵"诗歌（如《早晨三点钟》、《官厅水库》、《女司机》和《欢送》等），但这些诗歌大多因情感冷淡或空乏而反响平平。倒是他的倾注了浓厚知识分子个性和趣味的"风景诗"和"讽刺诗"，给习惯于生产和阅读颂歌和战歌的诗人和当代文艺界主持者很大的刺激，也为后来人们批判艾青留下了"罪证"。

1957年"反右"斗争，艾青被指是"丁陈反党集团"的联络员，从而卷入复杂的政治斗争旋涡之中。在这场"政治运动"中，他不仅不得不面对他人无情指责和对其"清算历史旧账"，而且"更叫他惊骇不已的是，原先一帮'朋友'，居然在大庭广众面前，揭他个人生活的'隐私'"①，他深切感受到了政治斗争如何扭曲了人性中原本善良与温情的一面。当然，让他更加深感意外和震惊的是，那些原本"双百"方针催生下的带有"干预生活"色彩、暴露人性弱点和制度弊端的诗作，居然在"反右"斗争中突然转化为他人批判的"靶子"！尤其让他深感不解和难以释怀的是，这些言辞锋芒毕露的批判者中，有些人在"反右"斗争之前还曾对他的诗作大加肯定，有些人还与其有过较为深厚的友谊。但在无情的政治运动中，许多人只能以激进方式展示自己的立场，避免成为运动的对象，当然其中亦有乘人之危而落井下石者。这些批判文章绝大多数都把艾青1956年所写的"风景诗"和"讽刺诗"作为罪证，并且对诗歌里所包含的"启蒙"思想和知识分子的批判精神大加挞伐。仅以《黄鸟》一诗为例，沙鸥的《艾青近作批判》一文中认为该诗意图展现知识分子的"孤傲"情绪和"生不逢时的空虚感和没落之感"②。臧克家的《艾青近作表现了些什么?》则认为"诗里充满着对领导同志的敌意和个人感伤、不平和孤傲的情感"③。这里，"孤傲"成为批评者批判艾青时常用的"魔咒"，在他们看来，艾青一些较为"出格"的言行④及其诗歌实践，皆表明他的灵魂深处

---

① 程光炜：《艾青在1956年前后》，《天涯》1998年第2期。
② 沙鸥：《艾青近作批判》，《诗刊》1957年第10期。
③ 臧克家：《艾青近作表现了些什么?》，《文艺学习》1957年第10期。
④ 比如在诗歌组会上，有人对他的诗歌提出批评意见，"他在会上大骂说：'该坐牢就坐牢，该开除就开除'"，当他因私人生活受到党内处分时，他对吴组光夫妇说："党也要考虑，我有国际影响。"参见刘鉴《"无行文人"及其根底》，《文艺报》1957年第22期。

仍然存在"小资产阶级知识分子"王国，存在一股不驯服的精神，这种精神主张张扬个性、反抗精神奴役并与各种虚伪的现实构成紧张关系，这显然违背了当时国家主流意识形态要求创作主体（知识分子）做党的"驯服的工具"的政治诉求。在这种情势中，艾青自然被推向舆论批评的风口浪尖，批评者力图通过文艺批评力量重构创作主体的形象。于是，在这些批评文章中艾青的负面形象被放大描摹：首先，在思想上，他被描述成具有"根深蒂固的反党思想"，要求"反党'自由'和'淫乱'自由"，"是混进党中的可笑的人物"①；其次，在诗风上，他的诗作被视为"不易懂得，或者根本不懂"② 小资产阶级诗风的典型代表；最后，在生活道德上，他被认为是"一个残忍成性的人。他一而再、再而三地在孤儿弃妇的眼泪和痛苦上，建立他个人可耻的幸福"③。在批判者的笔下，艾青俨然成为思想"反党"，诗风"反动"和道德"腐化"的小资产阶级知识分子，这显然是一种符号化了的"右派"分子的形象。

当艾青被划为"右派"之后，他不仅成为革命文学道路上的"他者"或"异类"分子，而且也成为社会主义继续革命道路上的需要彻底改造的对象。在一个泛政治化和泛道德化的年代，创作主体与既定的文学成规相偏离文学实践，都可能上升到政治和道德层面加以评判，艾青在这种时代语境中几乎很难获得申辩和自我澄清的权利或机会，他唯有默默忍受来自外界的批判、指责甚至辱骂，背负着他人加诸其身上的种种罪名。一向不懂政治的艾青这次更加深切体会到了，在政治与文学相互胶着状态下的个体无力感与恐惧感。于是，艾青开始进行自我检查，"据高瑛回忆，当时已是初秋，北京早有凉意了，然而，经常见艾青大汗淋漓地坐在桌子旁边，伏案写所谓'交代'，有时着实无话可写，但又不愿违背良心说假话，写检查骂自己，只有在桌前枯坐，久久无话"④。不断地写"检查"而又时常无话可写，这对于创作主体来说无疑是沉重的精神和心理负担，它极大

---

① 李季、阮章竞：《诗人乎？蛙虫乎？》，《文艺报》1957 年第 22 期。
② 沙鸥：《艾青近作批判》，《诗刊》1957 年第 10 期。
③ 刘鉴：《"无行文人"及其根底》，《文艺报》1957 年第 22 期。
④ 程光炜：《艾青在 1956 年前后》，《天涯》1998 年第 2 期。

地击碎了艾青试图恢复启蒙精神和诗歌以批判方式介入现实人生的梦想，更重要的是，几乎全然摧毁了富有个性的知识分子（诗人）的孤傲心态和自信心，使其在严重的精神危机中进行脱胎换骨式的主体重铸。

五　"他者眼光"的弱化与新主体的诞生

1958 年，卷入"反右"斗争的旋涡中早已身心疲惫的艾青，对当代文艺界包围在自身周围的"他者眼光"充满了难以言说的痛苦与苦闷。为了远离政治文化运动产生的巨大"冲击波"和冲出"他者眼光"的重重包围圈，在王震将军的劝说下，艾青开始了近似于"自我放逐"的"北大荒"生活。

应该说，艾青正是试图通过"生存放逐"实现精神自我拯救和主体重建的。自从到了边疆之后，艾青及其家人生活虽然比较艰苦，但毕竟远离了文艺斗争风起云涌的北京文艺界。1958 年至"文革"爆发前他非但没有遭受和"反右"期间那样人格和尊严被践踏的批斗，反而还赢得领导的信任和他人的尊重。比如在黑龙江省密山县他曾担任"八二五农场"的副场长，在石河子期间，他不仅在工资上享受师级待遇，而且经常在一些首长级的社交场合以贵宾的身份出现，这样的职位和待遇显然和"反右"期间的境遇有着天壤之别，这为艾青摆脱精神危机提供了一条救赎之路，尤为重要的是，在这里即便他已带上"右派"的帽子，但也较少像原来一样受到他人投射来的异样眼光，换言之，有了领导的信任，加上在"北大荒"那样相对独特的生存语境中，人们对艾青逐渐远离了"他者眼光"的包围。正因如此他对那些救其于危难之中的朋友表现出强烈的感恩之情，对养育他的那片贫瘠而又充满希望的土地给予真诚地歌颂。综观艾青在"北大荒"为数不多的诗作，不难发现，诗歌的主题、价值指向和情感基调都发生了重要的变化。首先，就诗歌主题而言，主要以"北大荒"的生产生活为题材。比如《垦荒者之歌》书写军垦战士以荒原为战场，改造自然、开辟粮仓的远大理想；《烧荒》描写人们烧荒的壮观景象和垦荒者的壮志豪情；《帐篷》讴歌荒原上把帐篷作为"流动的家"进行生产建设的人们，等等。可以说，过去在他的诗歌中经常出现的，描写底层民众苦难和知识分子个性的题材已不再出现，取而代之的是"北大荒"的工农业生产题材。题材变化不仅意味着艾青关注的视域发生了转移，而且也说明经过"反右"斗争之后他已充分认识到了题材的重要性。从某种角度上说，把创作重心转向"工农业"生产题材，是艾青跟上文学的时代步伐和寻求精神安全的一种策略性选择，更是创作主体重新融入"革命作家"队伍，实现主体精神归位的一种方式。其次，就诗歌的价值指向而言，这些诗歌不再以呈现文人的启蒙意识和批判精神为价值旨归，而是把讴歌"北大荒"的新面貌和人们生产斗争精神作为诗歌的价值亮点。此外，诗歌还以满足"工农兵"的审美诉求为价值立足点，向"工农兵"的审美旨趣靠拢。因而不论是诗歌的话语修辞方式，还是诗歌的想象方式皆很少染上知识分子的审美趣味。比如《帐篷》这样写道："哪儿需要我们／就在哪儿住下／一个个帐篷／是我们流动的家"，"换一个工地／就搬一次家／带走的是荒凉／留下的是繁华。"这些"顺口溜"式的诗句，颂歌式的诗歌体式以及单纯的题旨已经褪尽了知识分子的色彩，和当代诗歌理想范式并无二致。最后，就诗歌的基调方面而言，这一时期的诗歌基调明显呈现乐观明朗趋向。具体表现在诗歌节奏轻快："空气是这样清新／闻到田野的芳香／微风轻轻吹拂／掀起绿色的波浪"（《城市的新》）；诗歌的格调清新明朗："火花在飞舞着、旋转着／火柱直冲到九霄云外！／／火焰像金色的鹿／奔跑得比风还快／／腾起的烟在阳光里／像层层绚烂的云彩"（《烧荒》）。这些变化有力地说明艾青经历了"反右"和下放"北大荒"之后，其诗歌中的忧郁情绪已荡然无存，诗歌的风貌发生了质的变化和飞跃。这不但与他在"北大荒"期间"右派"身份，使其不得不改变知识分子"感时伤怀"的习性有关①，而且和他内心中不断滋生的感恩心理密不可分。因为在"北大荒"这片远离政治和文化中心的空间里，他享受了相对安宁的时光，只有明朗的诗歌基调才能催人奋进给人希望，从而不辜负"施恩者"对他的殷切期望。诚

---

① 在当时艾青写了一些歌颂开拓"北大荒"的诗歌，如《蛤蟆通河畔的朝阳》《踏破沃野千里雪》等，此外还有劳动期间所作的《风物诗》，"连同其他诗稿一起送上审查。上级一位负责人批道：'此诗看不懂，原稿退回。'"艾青感慨道："不是我的诗看不懂，而是我头上这顶帽子，压得我的诗也叫人不敢'问津'。"可见在被摘掉"右派"帽子之前，艾青诗稿问世之前还必须经过严格的审查。参见赵国春《诗人艾青在北大荒》，《炎黄春秋》2003年第7期。

然，这些变化也还表明艾青经历了"反右"斗争的"精神炼狱"以及下放边疆的"生存放逐"之后，开始"洗心革面"和"重新做人"——做一个以自身所掌握的知识、技能为社会现实服务的"有机知识分子"，从此，一个新时代的新"主体"就孕育而生了。

## 第三节　郭小川：多维焦虑与主体重塑

在"十七年"及"文革"时期的诗歌演变历程中，无论是诗人精神世界，还是诗歌文本创作都出现了一系列独异现象，透过这些已然历史化现象，我们不仅可以看到当代诗歌发展的曲折与艰难，还能更加深入了解"当代"诗歌的问题与症结。在这些现象中，"郭小川现象"吸引了不少当代研究者的目光。综观郭小川的研究，人们主要侧重于现象描述而忽视问题的探究，这也就无法从研究对象中提取重要的命题，深入而有效地揭示"现象"复杂性。在郭小川的生命世界里，"焦虑"是他在特定历史文化语境中的基本心态要素，同时也是新中国成立后许多当代知识分子重要精神症候。那么，究竟是何种语境催生了时代知识分子的精神焦虑？这种精神焦虑有哪些维度？不同维度的焦虑与创作主体诗歌理念变迁及思想转换之间有何内在关联？简言之，郭小川新中国成立前后焦虑心态的意义何在？我们试图以"焦虑"为核心命题，探察20世纪40—60年代诗人在特定"政治—文化"语境中，其心态构成变迁与诗歌理念转变之间的复杂关系。

### 一　延安语境的变迁与诗人心态的嬗变

郭小川在《小传》中说，1937—1939"从事政治工作，就很少写作了"，"一九四一年到马列学习院学习，又很少写作"，"从一九四四年到一九五一年几乎没有写过文学作品"[1]。由此可见，郭小川在延安时期主要从

---

[1]　郭小川：《小传》，载《郭小川全集》（第12卷），广西师范大学出版社2000年版，第3页。

事行政工作，其文学创作仍处在不断学习与积累的阶段①，因此，人们很难从他延安时期的诗歌文本中有效观察其心态构成及嬗变的情况。近些年来，不少研究者从他的 20 世纪 50 年代部分诗作来反观延安时期郭小川精神异动的状况，这的确是一条颇有启发性的研究思路②，关于这一点，目前学界讨论最多的是他的长篇叙事《一个与八个》，而对《深深的山谷》研究甚少。事实上，《深深的山谷》既是一篇有着深层意蕴的复杂文本，同时又是创作主体（诗人）回顾自身在延安时期心路历程的经典文本。为此，我们试图通过深入解读《深深的山谷》来考察 20 世纪 40 年代郭小川心态构成及变动的状况。

长期以来，人们习惯于根据郭小川关于《深深的山谷》的创作动机的相关描述，来阐释这首诗歌的内涵，而忽视了从诗歌创作动机和实际效果之间的相悖现象入手，来解读诗歌深层的蕴藉。应该说，这是一首知识分子爱情悲歌，相爱的青年男女因革命的歧见感情破裂，男主人公在"革命"的失望中自绝于革命。不过，在"中国文化中存在一种倾向，将情爱和情爱的书写——浪漫的情爱与知识分子的人生历程联系起来，并从知识分子的角度来叙述情爱"③。郭小川在这浪漫而又苦涩的爱情故事中，巧妙地展现了延安时期知识分子与革命之间的复杂关系，以及知识分子走向革命的心路历程。换言之，《深深的山谷》之所以会出现创作动机与实际效果之间有趣的相悖现象，就在于诗歌文本的复杂性——诗歌表层上讲述的是从"合"到"分"的爱情故事，而在深层上则以爱情故事为依托，反观与思索知识分子与革命之间"融合——冲突——缝合"动态过程；表层上讲述的是"他者"的悲欢离合，深层上叙说的却是自我历史记忆中的欢乐与痛苦，呈现的是自我心态的隐秘变迁。

---

① 郭小川"在延安四年半的时间里写诗《一个声音》、《草鞋》、《老雇工》等 4 首、歌词 1 首"，在丰宁县两年多的时间里才写《会师》等 3 首。这不足十首诗歌大部分属"习作"。

② 郭晓惠的《长诗〈一个和八个〉：郭小川的心灵重创》一文认为这首诗歌可以看到延安"审干"中"一个在革命和爱情的夹缝之间苦苦挣扎的年轻人"内心的巨大痛苦，亦可窥见他在这一时期的心态嬗变历程。参见《南方文坛》2006 年第 1 期。

③ 方维保：《红色意义的生成——20 世纪中国左翼文学研究》，安徽教育出版社 2004 年版，第 134 页。

　　在 20 世纪 30—40 年代，延安的空气中荡漾着一缕缕"自由"的气息，让身在其中的人兴奋不已，也使意欲进入期间的人们满怀憧憬与幻想。在这期间，毛泽东出于政权建设和巩固需要，力求充分展现延安体制的优越性，采取"来则欢迎，去则欢送，再来再欢迎"的"来去自由"的政策，给予进入延安知识分子现实行动方面的"自由"；另外，为了应对内外形势的变化，他也无暇顾及知识分子"五四"情结可能对延安意识形态构成的威胁，在新的思想文化秩序尚未形成之前，这里的思想空间因相对"无序"而获得短暂"自由"。对于追求独立人格和思想自由的知识分子来说，他们在这里似乎找到了家的感觉，找到了精神归属。尤其是那些在国统区饱受痛苦的知识分子，这里无异于是一个远离黑暗世界的另一个光明世界。虽然延安的物质生活比较艰苦，但是精神文化生活却相当丰富，许多著名的知识分子纷纷慕名而来，他们对这片"自由"之地充满想象和期待：有些希望通过自由的文学创作"介入"现实生活；有些则想要在这里获得一片相对宁静的空间，从事学术和理论研究；有些则期盼直接参与政权，实现自己的政治理想，凡此种种不一而足。《深深的山谷》描绘了包括郭小川在内的知识分子抵达延安时的情景："当汽车驰进了陕甘宁的边境，/车厢里立刻响起快乐的歌声，/女伴们因喜悦而涌出了眼泪，/男伴们的脸因激奋而涨得绯红"；"当我仰望着那北方的晴朗的天空/环视着那边区的广阔而自由的土地/我感到，我是置身于美好的世界中了"；"延安，宝塔，曲折的延河，/成排的窑洞，中央组织部招待所，/新的阳光，新的画面，新的语言，/引起了我多大的惊奇和快乐！"在这"美好世界"里有"快乐的歌声"，"喜悦"的泪水，"绯红"的脸庞，"晴朗的天空"，"自由的土地"和"新的阳光，新的画面，新的语言"。面对这一全新的世界，人们没有理由不为之振奋。在这新鲜而幸福的时空中，一对青年男女深情相恋："我只能顺从地等待着、承受着/他那表白爱情的火一般的语言/他那强有力的拥抱和热烈的吻，/呵，我的心真是又幸福、又狂乱！"；"延安的三个月的生活，/我们过得充实而且快乐，/延河边上每个迷人的夜晚，/都有我俩的狂吻和高歌。"女主人公在恋人的"火一般的语言"以及"有力的拥抱和热烈的吻"中"投入了他的怀抱"。这里，男主人公热辣辣的蜜语甜言和"有力的拥抱"，不仅给女主人公精神上的极大满足，还给她建构了一片安全的空间。这里，无论是主体（男女主人公）与客体（延安政治—文化语境），还是主体（男主人公）与主体（女主人公）之间都形成一种相对"自由"的关系。的确，在1937—1938年，延安的男女恋人之间曾出现"打游击"现象，也就是恋爱对象的变换犹如"游击战"一样，而且这种现象成为一种流行和时尚。这种"自由"现实不但激发了延安青年对理想、"自由"延安的想象、追慕、建构和守护，而且也为加速知识分子融入革命起到沟通和润滑作用，因为他们从爱情的"自由"中感受到了新的革命政权的优越性。从某种意义上说，诗歌里所呈现的男女青年恋爱的"自由"在深层次上象征着知识分子心灵的"自由"。因为"恋爱自由"可折射出特定时代人们精神自由的宽度，因为爱情的本质是精神的和谐与自由。在远离战争的边区，青年男女因志同道合沉浸于爱的迷狂之中，这既是青年男女的爱情神话，又是一种关乎"自由""民主"的政治神话。在进入延安的知识分子中，许多人心中都有比较深的"五四"情结，他们追求恋爱的自由和个性解放，"一切与'人'有关的个性、自由、权力、爱、尊重等观念，是他们进入根据地时所具有的基本心态要素"①。知识分子所秉持的"五四"时期业已形成的"自由""民主"等观念在这样的"乐园"中可得到较充分地实现，他们恋爱的自由和个性解放的理想在延安这片肥沃的土地上潜滋暗长。在知识分子的想象中延安已经被理想化，成为有为青年实现理想的一个精神符号。有人这样回忆道："那时候的延安，到处洋溢着一种自由、活泼、生动、欢乐的气氛，真是生龙活虎，劲头十足。自由的空气，和平民主的精神，也许是我们这些青年学子到延安后的最重要的感受"②，有许多青年为实现理想不远千里奔赴这一"圣地"，在现实中，一些知识分子也能深切感到"这里自由而平静，/至少不会受到嘲弄"。与"自由"相关的是延安初期革命政权的"包容性"。《深深的山谷》展现了新政权的权力主体对一些动机并不那么单纯的知识分子的容纳："你也许要问：我为什么来革命呢？/那是因

---

① 席扬：《20世纪中国文学思潮史论》，时代文艺出版社2001年版，第146页。
② 何方：《整风前的延安生活面面观》，《新文学史料》2006年第2期。

为反动统治压得我直不起腰，/在那黑暗的社会里我也毫无出路，/所以才向革命索取对于我的酬劳。/我当然也可以支付我的一切，/但那仅仅是为了我个人的需要，/只有先给我的欲望以满足，/我才肯去把英雄的业绩创造。"在男主人公的眼中延安的魅力在于自我的需要、欲望、个性和理想等与个体相关方面的满足或实现。但在特殊的时代语境中，延安居然能接纳了这样动机"不纯"的知识分子，足可以体现其体制的包容性，这种包容性亦是"自由性"的重要表现。此种充分尊重和保护的人的尊严、价值、自由乃至"欲望"的生存空间，培育了知识分子的"自由"心态和思想。郭小川在这时期的诗歌中表现出对冲破传统观念束缚、寻求自由的呼喊以及对坚守自我个性的张扬。比如《女性的豪歌》这样写道："女人怎么样？/性别有啥错?"，"我们要呐喊/我们要诉说，/我们要战斗/我们要改革/我们要把女性的牢笼砸碎/我们要把男女的界线打破/我们不是女性/我们是强者/我们不是女性/我们是烈火"。诗歌有力地控诉了那种把女性当作赏玩和奴役对象的"偏见"，为冲破女性是弱者观念的桎梏而摇旗呐喊，同时诗人借助火山喷发式抒情方式展现女性的强烈的反叛姿态和崇尚独立的精神。这首诗歌传达的与其说是受压迫女性的呼声，不如说是知识分子对挣脱束缚和追寻"自由"的热望。可以说，"自由"不仅是进入延安知识分子的浪漫想象，同时也是延安前期包括郭小川在内的知识分子的基本心态构成。

　　问题是，知识分子"自由"的心态，使他们对那些存在弊端的不利于实现"自由"理念的制度表现出"零容忍"的态度，他们对新政权中出现的不良现象予以异常尖锐的揭露和批判。"批判"成为他们参与新政权和实施文化担当的重要方式。然而，虽然"批判"是为了守卫和扩大新政权或新的文化体制"自由"空间，但文学（诗歌）这种介入现实的方式，在加速重构时代文化进程的同时，也将削弱延安意识形态的权威性。正如《深深的山谷》中青年男女的爱情在走向战争、不断革命中破裂一样，知识分子的文化"乌托邦"梦想在延安"政治—文化"新秩序的建构中破灭。

　　1942年毛泽东发表了《整顿学风、党风、文风》的报告，这一报告让延安知识分子兴奋不已，他们以为延安已然存在的诸多矛盾和问题能够在这场运动中得到解决,一个更加民主、自由的时代即将到来。之后,毛泽东又发表了《发扬民主作风》的社论,要求中共党员要"虚怀若谷","倾听各种不同意见"。在这样的情势下,知识分子"不安分"的心开始活跃起来。于是,在丁玲任主编、陈企霞任副主编的《解放日报》文艺栏发表了王实味的《野百合花》、萧军的《论同志之"爱"与"耐"》,以及艾青的《了解作家,尊重作家》、罗烽的《还是杂文时代》,这些文章在延安产生了轰动影响,虽然他们写作的初衷是让延安体制更加完善,但是他们选择了暴露与讽刺的方式,尖锐地批评了延安中存在的问题:如干部之间的等级问题、民主问题、妇女问题,等等。尤其值得注意的是王实味的一系列具有锋芒的文章,他把批判的矛头指向了等级制度,认为这是旧中国的"污秽"。他以激愤的方式揭露这些黑暗,这无疑使敏感的青年知识分子看到某些真相,并深感革命的无意义,从而陷入一种沮丧和失望的情绪场中。知识分子形成了这样一种习性:喜欢把精神领域的"平等"观念不断泛化于现实生活中,并借此评判现实世界中复杂因素导致的"不平等"现象。于是,在《深深的山谷》中男主人公对这种"不平等"惊愕不已:当男主人公看到女主人公入党之后,"他的感应真是锐敏极了,/眼睛大睁着,额头上皱起深纹"。延安出现的新的"不平等"的现实必然与知识分子信奉的"民主""自由""平等"的理念发生冲突:"我激动了:'不要以为自己了不起,/想想你到底为人民立了什么功!'/他反而显得心平气和了,闪一闪他那锐利的大眼睛:/'第一,那要首先给我立功的条件,/第二,也要看我自己高兴不高兴'。"这里,女主人公以功绩论英雄,而男主人公则以自我"高兴不高兴"即内心的"自由"作为最高的标准。这一冲突还表现在"大刘"与"他"(男主人公)关于爱情观的分歧。在"大刘"看来,爱情必须与革命相结合,在革命中改变自己,而在"他"的眼中,"爱情"是纯洁的,必须远离复杂的革命。这种观念的分歧,从一个侧面展现了知识分子对革命的浪漫想象以及现实革命非浪漫化之间的矛盾。正如贺桂梅所言:"革命的号召力在其对于现实批判的有效性,并提出一种关于生存状况的更完满的想象;但革命政权本身却是制度化的,与革命想象之间存在出入,这种理想/现实、精神/体制之间的冲突,成为革命政权必然面临的悖论，也是 1949 年后体制化的中国革命面临的内在矛盾。"① 这些冲突与分歧使男主人公一方面流露出了某种虚无感和荒谬感："我本来是一匹沙漠上的马，/偏偏想到海洋的波浪上驰驱"；另一方面也流露出了对战争（革命）的失望："那里没有知识分子的荣耀，/会冲锋陷阵的，才是顶天立地的英雄。"从诗中我们不仅可以发现男主人公已对革命显露出怀疑和失望的情绪，同时可观察到他因梦想碎裂却又找不到出路而产生的失落心态。

在 1942 年 5 月毛泽东发表《讲话》中，小资产阶级知识分子被认为"最无知和最肮脏"的群体之一，他们所倡导的"个性解放"和"自由"属于资产阶级的"腐朽"观念。《讲话》不但指出了知识分子"脱胎换骨"式的必要性和必然性，而且还为改造指明了方向。对于那些具有"自由"思想的知识分子而言，思想改造无疑是一场"凤凰涅槃"式的重生，一种持久而又痛苦的新生。令人深思的是，《深深的山谷》不是以男主人公的思想全面改造和彻底转变融入革命，而是以他的"跳崖"这一悲剧结局来"缝合"知识分子与革命之间产生的冲突："忽然，山谷里发出一声低沉的回响，/仿佛大海上落了一块岩石。/我不自觉地向左右望了一望，/呵，他那熟悉的身影已经消逝。"显然，这种不是全面服从而是拒绝认同的"缝合"存在极大的不稳定性。男主人公这种"自绝于革命"的人生选择，显示了知识分子在强旺的革命潮流面前，力求保持思想和精神独立的一种努力，以及这种努力在实现中不得不失败的失望与无奈。虽然知识分子个体生命的消失在某种程度上消弭了冲突，但是知识分子与革命之间的沟壑依然存在："这是多么深、多么深的一道山谷，/上面，蒙了一层灰色的轻纱似的烟雾，/下面，在惨淡而清冷的月光中，/露出了团团黑云般的高树"，这里"深深的山谷"，"灰色的轻纱似的烟雾"，"惨淡而清冷的月光"，"黑云般的高树"，既暗示了革命的某种神秘性，也折射了知识个体面对着疾风暴雨式的思想改造时呈现的"灰色"心境以及恐惧心态。

应当说，《深深的山谷》中男主人公由"自由"心态向"失落"心态

①　贺桂梅：《知识分子、女性与革命——从丁玲个案看延安另类实践中的身份政治》，《当代作家评论》2004 年第 3 期。

再向恐惧心态的嬗变过程，实际上折射了郭小川在延安时期心态变动的轨迹。众所周知，"延安整风运动"之后，新政权的权力主体发动了一系列相关的政治运动，诸如"审干"、"反奸"和"抢救"运动等。郭小川显然受到这些运动的深刻影响，比如在整风运动中他"也和大家一样，学习了文件，进行了自我批评"，在"坦白运动"中他则向党坦白自己"闲谈"时说的一些假话。而在"审干运动"阶段，他在别人的误导下坦白自己是反动组织"红旗团体"的会员①。尤其是"抢救运动"让郭小川感到无比震惊："开始抢救运动后，王（指王实味——引者注）被整肃给郭小川巨大的震动。郭写检讨十一次，并稀里糊涂地一度给自己戴上'特务'的帽子。最为恐惧的是，刚刚结婚一个月的新婚妻子被关进社会部监狱，长达两年四个月"，在等待妻子出狱的时间里，他"对冤屈、恐怖和无望体会尤深"，认为"政治斗争真可怕！"②郭小川在这些"政治运动"中的生存境遇和情绪体验，使其产生一种挥之不去的精神焦虑。郭小川在一九四五年的日记中记述了其妻杜惠入狱后的不安与焦虑："每天我都想到你（想到你也许因病死去），想到你因为'破坏'党而处死，想到我们将不可能再见面——这许多都是荒诞的，甚至是违反事实的，但坦白地说出来吧，这不正确的一刹那的回旋，也是常有的呢"，"你不像是特务——人类最阴毒的，动物中的最污浊的——假如，你是真的，那对于我，就犹如丢掉一个黑色的茧子丢掉你，可是，你不会是的，你受了别人的牵连可能居多一些，正确些，你可能是受了冤枉，然而不能把这看作冤枉，那是不对的，因为确有无数的敌人"③。这里郭小川采用了大量的让步和转折句式展现了他在爱妻蒙受"牢狱之灾"后表现出担忧、猜度与疑虑，以及在忠于革命与忠于爱情之间的矛盾和犹豫。他一方面相信杜惠的无辜与清白；但另一方面又对这些清理革命"污垢"的政治运动深表理解和支持，在政治伦理

①　郭小川：《我在359旅工作和在延安学习时的一些情况》，载《郭小川全集》（第12卷），广西师范大学出版社2000年版，第145—147页。

②　陈徒手：《人有病　天知否：一九四九年后中国文坛纪实》，人民文学出版社2000年版，第117页。

③　郭小川：《一个愿望》，载《郭小川全集》（第8卷），广西师范大学出版社2000年版，第7—8页。

和爱情伦理之间进行艰难选择。换言之，郭小川的精神焦虑表现为对妻子安危显露出异样不安，以及既希望革命能清除革命内部的敌人，又害怕革命冤枉了好人的恐惧。这种精神焦虑极大地推进了郭小川的主体思想转型，"他屡屡表示，从延安整风运动中得出至死不忘的教训，就是相信群众，相信党绝对正确"①。很显然，这时候他已经由一个向往和崇尚精神"自由"的小资产阶级知识分子，转变为放弃独立精神而"相信群众，相信党绝对正确"的"有机知识分子"。这种转变具体表现为两个方面：一是这时期的诗歌理念与延安时期的"大众化"诗歌理念趋于一致，比如提出"'把劳动诗化'我们写农民仍是不能丢开的"，"没有斗争，基本群众就发动不起来，写一个人的积极必先写从斗争中解脱了封建的枷锁，因在旧势力当道的时候，他们是动也不敢动的。另一方面，他们认识到只有斗争才有出路，他们才会积极起来"②。其实，这种"把劳动诗化"以及强调（阶级）斗争之于诗歌表现重要性的诗歌理念，皆表明郭小川的诗歌观念已经发生了重大的转变③。二是郭小川在经历这些运动之后，在1945—1948年间把主要精力放在基层的行政工作和机关报的编辑上，他试图通过"到群众中去，到基层中去，到战斗的岗位上去"的锻炼方式改造自身的思想，通过参与到新政权和新文化构想的建设中，进入新的权力结构内部，借此寻求心理安全并缓释精神焦虑。此外，郭小川在报社工作写了十几篇的社论以及"解释政策问题的文章"，而诗歌创作几乎空白，究其原因除了精力的转移到行政工作上之外，还和他对延安时期王实味们"因文闯祸"的历史记忆有密切关系，他深切体会到了文学卷入政治旋涡中所面临的风险。在"政治——文化"语境相对紧张的时期，"沉默"有时是规避风险的一种有效方式。事实上，在郭小川的心中深藏着一种"能写出作

① 陈徒手：《人有病　天知否：一九四九年后中国文坛纪实》，人民文学出版社2000年版，第169页。

② 郭小川：《一个愿望》，载《郭小川全集》（第8卷），广西师范大学出版社2000年版，第4—5页。

③ 不过，事情也有复杂的一面，郭小川一方面在更新自身诗歌理念，另一方面又在阅读《安娜·卡列尼娜》《被开垦的处女地》《欧根·欧尼金》等被认为是包含"资产阶级文艺思想"的作品。这意味着虽然他的思想观念发生了变化，但对苏联的"批判现实主义"作品仍情有独钟。

品来，做出大的贡献，自己也可以出人头地"① 的强烈愿望，但这一愿望终因"风险意识"的骤然强化而化为泡影。由此可见，在延安整风运动之后至新中国成立初期，郭小川不论在诗歌理念方面，还是在主体的政治/文化行为（实践）方面，都和延安前期相比发生了重要的变化，这些变化是中国共产党人在构想新的民族文化并付诸实践的过程中，重塑新的文化生产主体所带来的必然结果。因为通过政治文化运动重塑主体精神的方法，容易引发创作主体精神焦虑和精神危机，从而使他们为了从焦虑状态中解脱出来而进行"脱胎换骨"式的蜕变与新生。

综上所述，《深深的山谷》中男主人公的心态演变过程，和郭小川在延安至解放初期的生存遭遇及精神嬗变轨迹之间存在极大的相似性。这首诗歌表面上书写的是知识分子与"革命政权"之间"融合——冲突——缝合"的过程，深层次上则呈现了郭小川自身主体心态的"自由——失落——焦虑"的变迁史。诗人把自我的心路历程悄悄地移到《深深的山谷》的"男主人公"身上，以艺术虚构的方式展现自我心态的演变轨迹。

二　作协里的"是与非"和"身份焦虑"的生成

郭小川曾在《小传》中说："我的写作差不多是从'一二·九'运动开始的。因为家庭贫困稿费成为必须的收入的一部分"②，这也就表明经济拮据是郭小川从事写作的最初动机，也成为其获得更好生存条件的一种手段。虽然在东大时，他受李雷的影响开始诗歌创作，但在1935—1950年，他把主要精力投入"政治工作"中，"很少写作"。这是由于他不但不把创作当作唯一的谋生手段，而且仅仅把它看成一种施展自己才华的业余爱好。当然，这期间，他在政治仕途上的腾达，某种程度上也弱化了他对诗歌创作的愿望和以"诗"安身立命的期盼。这样一来，在进入作协之前，与其说他是一位作家，不如说是一位行政官员，他的作家或诗人身份始终是模糊的。

---

① 郭小川：《我在359旅工作和在延安学习时的一些情况》，载《郭小川全集》（第12卷），广西师范大学出版社2000年版，第148页。

② 郭小川：《小传》，载《郭小川全集》（第12卷），广西师范大学出版社2000年版，第3页。

郭小川的"诗人身份"问题直至他调入"作协"之后才凸显出来。杨匡满回忆说："郭小川是属于那种在群众中人缘极好却有部分老干部说他是'天真'、'不安分'的人"①，的确，他同意调入作协是有自身的想法的，除了服从组织的决定，想"跟党组和白羽同志把作协整顿一下"，更为重要的是，他想借助"这创作团体的环境，把个人的创作恢复起来"②。尤其是进入作协不久以后，他就"在作家面前有自卑感"，感到某些作家"看不起"自己，因为他有听到"作家协会的工作，让非作家来领导，简直是笑话"之类的非议③。无疑这些非议，一方面让他感到这是一种刺激，觉得非作家在"作协"很难开展工作；另一方面也激发了他从事文学创作的热情。在作协这样的文学团体中，郭小川第一次深切感受到了"作家身份"的重要性。尤其是作为"作协秘书长"，他处理的大多是日常繁杂的事务，他如果想要让他人信服，获得更多的尊重，就必须在文学创作上有所建树。在这方面，郭小川是相当自信的：他坚信"只要有机会写作，我的才能也不见得比你差"④。"我相信，我的才能是很高的，只要我去钻，用不了多久，我就可以在创作上干出一番事业来，成为大作家。"⑤ 显然，郭小川不仅有确定的目标和饱满的激情，还有坚定执着的探索与实践。然而在"诗人"身份确立过程中，他陷入了一种持续的情绪焦虑的旋涡之中。那么，郭小川的"焦虑"来自哪些方面呢？

其实，他的"焦虑"主要源自作协繁杂的"事务性"的工作。郭小川作为作协"秘书长"必须处理日常工作中相当多的"杂"事："这个秘书长工作，头绪纷繁，党内党外，会内会外，国内国外，又是组织工作，又是思想工作，又是编辑工作。"⑥ 在单位上班时是如此，有时在家里也"不

---

① 杨匡满：《郭小川的最后岁月》，《鸭绿江》2006 年第 1 期。
② 郭小川：《在作协总支党员大会上的检查》，载《郭小川全集》（第 12 卷），广西师范大学出版社 2000 年版，第 25 页。
③ 同上。
④ 同上书，第 26 页。
⑤ 郭小川：《在中国作家协会检查、受批判、再检查》，载《郭小川全集》（第 12 卷），广西师范大学出版社 2000 年版，第 166 页。
⑥ 郭小川：《在作协总支党员大会上的检查》，载《郭小川全集》（第 12 卷），广西师范大学出版社 2000 年版，第 26 页。

断有人来"找他，谈的还是工作上的事情。这使他非常苦恼，因为工作挤兑了他创作的时间，为此，他只好充分利用工作之余的时间拼命写作。写诗没有时间的保证，加上又患有"精神衰弱症"，有时为此诗写不成，心情也变得异常郁闷。不仅如此，他作为"作协"的"秘书长"不得不应对许多相当棘手的事情，这严重影响了他的创作心境。比如1957年为了写丁玲和陈企霞的结论，他的精神紧张到崩溃的边缘，心情坏到了极点："一种厌烦和不安的情绪占有了我，情绪有时就像气流一样，是这样压人。"①；"心中郁郁……工作又压得很多……我原订写诗的计划只好放下了"②。在这样的压力和心境中，他说"如果能够摆脱这个工作，我也许会完全沉浸在写作中的。现在却不行，有时心中非常之不安"③。可以说，他所期盼的相对独立、自主的创作空间被这些棘手之事无情摧毁，于是，他的心里不禁产生一种"空间"焦虑。由此可见，理想与现实的矛盾、冲突使得郭小川在确立诗人身份过程中，始终伴随着极度不安的情绪，这种悲观绝望的情绪也深深融入诗歌文本中，如《深深的山谷》一诗所书写的男主人公对革命工作逃避的现象，某种程度上折射了郭小川对"作协"工作的厌烦与恐惧。

很显然，不论是时间焦虑，还是空间焦虑，无形中都透露了郭小川"不安分"的心——确立作家（诗人）身份。这里，我们可以看到一个有趣的现象：持续的精神焦虑不但没有使郭小川创作出现滑坡，反而给他的创作带来新的刺激，而且还为其诗歌探索和实践的自觉提供了重要的心理动力。在这种"焦虑"的驱动下，郭小川发表了一系列诗歌：《投入火热的斗争》（1955）；《向困难进军》《人民万岁》《闪耀吧，青春的火光》《致大海》（1956）；《深深的山谷》《白雪的赞歌》《一个和八个》《射出我的第一枪》（1957）等。这些诗歌在诗坛引起了强烈的反响，他的诗人身份因之得到确立。那么在确立诗人身份过程中产生的焦虑之于郭小川究竟

---

① 郭小川：《郭小川1957年日记》，河南人民出版社2007年版，第9—85页。
② 郭小川：《在作协总支党员大会上的检查》，载《郭小川全集》（第12卷），广西师范大学出版社2000年版，第26页。
③ 同上。

有何意义呢？诚然，紧张、压抑、惊恐等会形成一种焦虑的"情绪场"，郭小川在这种"情绪场"中的痛苦是可想而知的。可是，焦虑不是只有负面消极作用，它也可以成为主体实现转变的动力源。人们通过正面处理焦虑，不但可以锻炼心智，而且还可以获得一种精神自觉，同时还能提高生命存在所必需的张力。郭小川的"身份焦虑"引发了文学自觉：他把"身份焦虑"的压力转化为对诗歌探索的动力，主要表现为他对诗歌"写什么""怎么写"进行紧张的思考与求索。比如，他在许多诗集"后记"中，经常谈到自己在诗歌理论思考与创作实践过程中的困惑和"焦虑"："我时常想：我怎样才能把这种时代精神和时代情感表现出来；我在探索着和它相应的形式，我在寻找着合适的语言。"[①]；诗歌"所谓'楼梯式'的排列方法"，"我常常想，反正是一种摸索，还是摸索摸索看吧。等摸索出一点头绪再说吧。"[②]；"几年来，在业余时间写的这些东西，都是'急就章'，说不上有什么可取之处"，"自己称意的诗作，至今还一篇也没有"[③]。"这期间，我写的诗大部分实在不成样子"，"想到这里，我往往非常不安。我能够总是让这淡而无味的东西去败坏读者的胃口吗？这些粗制滥造的产品，会不会损害我们社会主义文学的荣誉呢？"[④] 正是在自身的诗歌创作困境与出路的探求中，郭小川提出了关于当代新诗独特的见解："我越来越懂得，仅仅有了这个出发点还是远远地不足，文学毕竟是文学，这里需要很多很多新颖而独特的东西"；诗歌必须有思想才能"触动读者的深心"，"引起长久的深思"，"而这所谓思想，不是现成的流行的政治语言的翻版，而应当是作者的创见！"，"是作者自己的，是新颖而独特的，是经过作者的提炼和加工的，是通过一种巧妙而奇异的构思自然而然表现出来的"[⑤]。不难看出，郭小川确立"诗人身份"（或"成名"）的焦虑引发了他对当

---

① 郭小川：《〈投入火热的斗争〉后记》，载《郭小川全集》（第5卷），广西师范大学出版社 2000 年版，第 380 页。

② 郭小川：《〈致青年公民〉的几点说明》，载《郭小川全集》（第5卷），广西师范大学出版社 2000 年版，第 384—395 页。

③ 同上。

④ 同上。

⑤ 同上。

代诗学的探索，让他认识到诗歌不仅要顺应时代的主潮，更重要的是以独特的思想和风格"介入"主潮。《致大海》、《深深的山谷》、《白雪的赞歌》和《一个和八个》等诗作都是他这方面的探求之作。简言之，在特定的时代文化语境和个体的生存语境中，精神焦虑可以激活文化主体创作潜能和点燃其生命激情，进而促成主体的精神自觉。

如果说郭小川确立诗人身份的焦虑带来了精神自觉，那么来自双重身份（诗人和文化官员）的矛盾冲突而产生的焦虑，却造成了主体的精神危机。在这里，"身份"冲突主要体现为"角色"冲突。作家角色由三部分组成：一是"角色期待"，即"社会他人对身份的期望和要求"；二是"角色认知"，即"自己对自己应该做什么、怎样做才符合自己的身份的理解；三是"角色行为"，即"个人按照角色期待的要求和期望，按照自己对角色的认知和理解去实现角色的行为方式"①。可以说，郭小川的角色期待和角色认知之间出现"错位"。周扬、刘白羽把郭小川调到作协当秘书长，一则希望他"担负起斗争的任务"②；二则希望他能安心地做"党的驯服工具"，"叫做什么就做什么，而且鼓足干劲去做，绝不说一句违反团结的话、做一点违反团结的事"③。这些都可以看作文坛领导对"作协秘书长"的角色期待。就前者而言，郭小川确实表现出很强的斗争勇气，比如对丁、陈的斗争，他一开始的态度是坚决的，但当党内发生分歧之后就变得犹豫起来，对丁、陈的结论采取"折中主义"的态度，更为严重的是，他"不仅把陈企霞的反党罪行说成是宗派主义、自由主义，而且在末尾还要求组织上向他们道歉"④。同时，他在"反右"斗争时，政治上表现"软弱"，"有不敢得罪人"的倾向，甚至有传闻说，"文艺界党员中只有四个人跟党外没有墙，其中一个就是郭小川"。这些表现与周扬、刘白羽对他的期待相去甚远。这不但使周、刘大感失望，而且埋下了怨恨的种子。就

---

① 王本朝：《中国当代文学制度研究（1949—1976）》，新星出版社 2007 年版，第 82 页。

② 郭小川：《我的思想检查——在作协十二级以上党员扩大会议上》，载《郭小川全集》（第 12 卷），广西师范大学出版社 2000 年版，第 31—46 页。

③ 同上书，第 45—46 页。

④ 郭小川：《在作协总支党员大会上的检查》，载《郭小川全集》（第 12 卷），广西师范大学出版社 2000 年版，第 23 页。

后者而言，郭小川是相当"不安分"的，他觉得作协不仅"事情繁杂"、难以应付，同时还"容易犯错误"，"常常想做个比较单纯的工作，能够腾出手来，研究一些问题"①。更为明显的是，他在情绪激动中写信给刘白羽，表示自己在作协"身心都快要崩溃"了，甚至提出要离开"作协"，并且还和王任重联系调动的事宜，后因陆定一和周扬不同意才作罢。郭小川向刘抱怨"作协"工作，提出离开作协的要求，被认为不做"党的驯服工具"遭到批判。由于郭小川身上依然保留着现代知识分子的率真、反抗奴役压迫等性情，因此，当他以诗人（或现代知识分子）的"理想眼光"而不是以文化官员应有的"政治眼光"处理复杂的人和事时，必然会产生时代所不容许的"角色行为"。他为此进退维谷，内心始终处于一种紧张、忧虑和恐惧的情绪状态之中。

他在诗歌创作方面也出现了不见容于时代的"角色错位"。如《一个和八个》主要以"肃反"和"审干"时，出现一些"冤枉好同志"和"斗错人"的现象为故事原型，试图展现八路军指导员王金的"人格魅力"。郭小川从"诗人"而不是"政治家"的角度来选择这一敏感且歧义丛生的题材，因为在他看来诗歌必须有新颖独特的东西，才能"引起人长久的深思"。虽然他对"这样的题材也没有把握"②，但是他还是被王金的形象深深吸引，于是在"反右"斗争结束后对初稿进行反复修改，在作品正式面世之前曾送给臧克家、徐迟、巴人、陈白尘、靳以和周扬等人"审阅"。臧、徐、巴"赞口不绝"，陈白尘则"犹豫不决"，靳以则"尖锐批评"，周扬则"没有看"——不同反应成为郭小川诗歌探索陷入焦虑的重要诱因。这首诗歌虽未发表，但该诗却在 1959 年 11 月被当作了"内部批判"的材料印了出来，作协党组内部开始无休无止地开谈心会、批判会。显然，这一诗歌事件说明，郭小川的"角色认知"和"角色期待"之间出现了"错位"：一是郭小川认为自己从"诗美"角度选择题材并无大错，

---

① 郭小川：《我的思想检查——在作协十二级以上党员扩大会议上》，载《郭小川全集》（第 12 卷），广西师范大学出版社 2000 年版，第 31—46 页。

② 郭小川：《在作协总支党员大会上的检查》，载《郭小川全集》（第 12 卷），广西师范大学出版社 2000 年版，第 30—33 页。

而当时文坛权威者则认为他的诗歌缺少"政治"眼光，问题很大；二是在郭小川心目中"诗人"身份高于"文化官员"身份，而周扬们眼中他的"文化官员"身份比"诗人"身份更重要。郭小川许多行为体现了双重的"不安分"：不安心做"党的驯服工具"的"作协秘书长"，不安心做一个主流意识形态需要的诗人。这样一来，《一个和八个》遭到批判成为时代必然，它成为郭小川身份归位和诗歌理念转变的重要事件。当党组谈心会上，有人提起这首诗时，他说："对我简直是晴天霹雳！"，这可能是由于他没想到这首诗问题会这么严重，更重要的是，他没想到诗歌没有发表居然也可以成为别人批判的把柄!? 为此，在1959年"反右"斗争中，他不得不对自我的"角色行为"进行反复的思想检查，例如《在作协总支党员大会上的检查》、《我的思想检查》、《再检查》和《第二次补充检查》，等等。三番五次的检查使郭小川在艺术创作上越来越不自信，对自我原有的诗歌理念也渐渐产生了怀疑，甚至出现了精神危机。他不断地责备和贬低自己，认为自己作风"散漫"，思想动机"险恶"，"自我扩张"严重，丧失革命立场，"向党伸手"，斗争"态度妥协"，"理论水平低，逻辑能力差"，内心空虚，情绪低落，等等。同时，他也为自己定了具体的奋斗目标：一是"努力学习、辨别风向"；二是"好好安排工作和创作"，创作纳入"国家计划的轨道"；三是"努力学习马克思列宁主义、毛主席著作"；四是"戒骄戒躁、谦虚谨慎"；五是"安心，不管做什么，要安心"①。从这里可以看到，无论是在诗歌理念上还是在个体思想精神方面，郭小川都出现了新的变化，他说："我两个月来的检查即使还不能说深刻地认识错误，也已经至少发觉了自己的严重错误，心中充满了向党赎罪的愿望，无论叫我做什么工作，都将积极以赴，这是不成问题的。"②

郭小川身份冲突引发的精神危机，使他离开作协的愿望变得相当迫切。在他看来，辞去作协的职务也许是消除内心焦虑的出路之一。1961年

---

① 郭小川：《在作协总支党员大会上的检查》，载《郭小川全集》（第12卷），广西师范大学出版社2000年版，第32—33页。

② 郭小川：《致邵荃麟、刘白羽、严文井》，载《郭小川全集》（第7卷），广西师范大学出版社2000年版，第206页。

6 月，他接连两次致信党组，强烈要求调离作协，向刘白羽、邵荃麟表示他"梦想着离开作协到下面工作"，"合法地（而不是提心吊胆地）写点东西"①。经过多次努力，他终于有机会到上海、福州、厦门、广州等地了解作家创作和生活情况。1961 年 9 月 19 日，他在致杜惠的信中说："下午，与周扬同志谈了话，谈得相当愉快。他最后同意我下去一年——这也是一件好事。但为了这事，我几乎一夜没睡觉。"② 从中可以看到当他获准创作假一年时内心是何等地激动与兴奋。这样，他实际上已经脱离了"文化官员"的身份，仅仅保留了"诗人"身份。之后，他即赴上海、福州、厦门、广州等地参观考察，这期间除了接客访友之外，常常陶醉于当地的名胜古迹、民俗文化和优美的自然风光之中，心情"兴奋得很，愉快得很"。1962 年他调任《人民日报》特约记者，"曾决心不搞文艺创作，不进作协的门，不与周扬、刘白羽、张光年等发生任何往来，甚至决心不写文艺作品"，只写"通讯，把写通讯当成终生的事业"③。事实上，他也正是这样在努力实践着。这里，郭小川想放弃诗人身份，只当一个通讯报道员，足可以看出他对那段精神"焦虑史"的恐惧与逃避。他希望尽快消除内心的紧张、焦虑和惶恐，回归愉悦与平静。于是，我们看到这样独特的现象：在身份确立和身份矛盾的焦虑中，郭小川把这种"焦虑"的情思投射到诗歌所营构故事或意境中（如《深深的山谷》《一个与八个》《白雪的赞歌》《望星空》等），使生命个体存在意义与历史现实之间形成内在的紧张，并且让诗歌在多重声音的交织中充满诗意的张力；而当他的内心远离焦虑，走向愉悦时，他的诗歌则变得单纯、明朗和透明，激情有余而回味不足。比如诗集《甘蔗林——青纱帐》《昆仑行》等诗歌，开始主要以"颂歌"形式歌颂创业时代的建设者和保卫者，表现战胜困难的信心和勇气，此时的郭小川已逐渐转变为主流意识形态的"歌者"和"鼓手"。

---

① 郭小川：《致邵荃麟、刘白羽、严文井》，载《郭小川全集》（第 7 卷），广西师范大学出版社 2000 年版，第 200—231 页。

② 同上书，第 231 页。

③ 郭小川：《为恢复党的组织生活进行斗私批修》，载《郭小川全集》（第 12 卷），广西师范大学出版社 2000 年版，第 259 页。

三 "文革"中的"检讨"与"道德焦虑"的蔓延

郭小川度拥有的精神愉悦时光是相当短暂的。1966年12月，他开始在人民日报社受到群众的批争。1967年"被作协群众组织揪回作协批斗"，并写检查材料。1968年被隔离审查三个月之后又不断写思想检查材料。1969年几乎整年在写检查、思想汇报和接受批斗。在此期间，郭小川又陷入了新一轮的焦虑——道德焦虑之中。在"十七年"和"文革"的政治——文化语境中，文学呈现泛政治化倾向，也就是政治权力毫无限制地全面入侵并控制文学的各个领域，使文学成为国家主流意识形态释义的政治符码。有趣的是，对创作主体的"政治化"规训常常通过政治的道德化来实现，即主流意识形态将政治立场和理念的正确与错误指认为道德行为的高尚与低下，从而使创作主体产生一种道德焦虑，进而检视自我既往的思想观念和文化实践，从道德层面进行深刻忏悔。

这里不妨以郭小川1969年《在中国作家协会检查、受批判、再检查》为例给予说明。在这篇检查中，他把自己过去的思想行为置于革命者"道德"的显微镜下，加以对照并放大，于是出现了种种的"道德问题"。这些问题包括：一是"不忠诚"。在中国传统儒家伦理道德中，"忠"是一个重要的道德范畴。而在中国的现代革命伦理中，对"革命忠诚"也是一种极为崇高的道德精神。在"文革"期间，"革命"的忠诚已演化为对"领袖"及其思想的忠诚或崇拜。郭小川在检查中写道："我自己有千条罪行、百条错误，最根本的是我在一个相当长的时期，怀疑甚至抗拒了毛主席和毛泽东思想。这是我的问题的关键中的关键、核心中的核心、大节中的大节、要害中的要害"①；对毛主席和毛泽东思想，"从来也没有达到'三忠于'、'四无限'的地步"；"人民群众从心里唱出祝毛主席万寿无疆的声音，而我却想不到祝毛主席万寿无疆，想到写道：'星空，只有你称得起万寿无疆'，这不是态度问题吗？"②。从他的话语修辞中，话语主体把"问

---

① 郭小川：《在作协总支党员大会上的检查》，载《郭小川全集》（第12卷），广西师范大学出版社2000年版，第162—180页。

② 同上。

题"放大借此进行道德自责。二是"私欲膨胀"。在现代的革命伦理中，集体和人民的利益至高无上，个人的利益是微不足道的，这才是革命者的真正道德，至于个人欲望那更是革命者所不齿。郭小川认为"私欲"的根源是，由于"家庭生活困难"，只好通过"个人奋斗""向上爬"，同时在学校培养了"姿势特殊""出人头地"的思想。他甚至夸张地说："我到旧作协，是怀着强烈的个人目的，甚至是个人野心的。"从事创作，是想"当大作家，名利双收"，不愿当作协秘书长，是认为"要当秘书长，还不如到省委去当个秘书长呢?"①。这种力求通过夸大乃至歪曲自我欲望的动机，目的是以自虐的方式给道德焦虑减负，获得精神解脱。三是"动机险恶"。理想革命者应当是光明磊落、胸怀坦荡。在这一理想的道德比照下，他感到自己思想阴暗、动机险恶。此类"罪行"包括"围攻鲁迅"、试图创办"同人刊物"、写了一个特大的毒草作品——《一个与八个》。四是"趣味低级"。毛泽东曾号召人们做一个"有道德""脱离低级趣味"的人。"低级趣味"无疑是革命者身上的道德污点。郭小川居然在自己的身上也发现了这种"污点"。他认为《白雪的赞歌》中，表现出"浓厚的对战争的感伤主义的态度，可以说是一部反战作品，美化一个没有改造好的知识分子，谈情说爱，低级趣味"②。为了解决灵魂深处的"道德问题"从而"第二次获得政治生命"③，1968 年起，他开始背诵"毛主席语录"和"老三篇"，并因不能完整背诵而焦虑不安。知识分子在检查和背诵双重夹击中"洗心革面""重新做人"，有效地实现了新旧思想的置换与植入过程。

很显然，意识形态的泛政治化与泛道德化倾向，使与文学相互关涉的各个方面都染上道德的色彩，由此培养了一批自觉产生道德焦虑、学会自我监督自我反省的主体，使他们不断追求崇高革命道德情操，同时也自觉自愿俯仰于意识形态之召唤。可以说，在 1969—1971 年，郭小川几乎都是

---

①　郭小川:《在作协总支党员大会上的检查》，载《郭小川全集》（第 12 卷），广西师范大学出版社 2000 年版，第 162—180 页。

②　同上。

③　郭小川:《在中国作家协会检查、受批判、再检查》，载《郭小川全集》（第 12 卷），广西师范大学出版社 2000 年版，第 161—173 页。

在这种自虐式的道德焦虑中度过的。在这种情势下，他也只能通过书写歌颂领袖和解放军的诗歌及歌词，来缓释心中的"罪恶感"和焦虑感，并借此表明自我对领袖和新政权的无限认同及其自我转变的彻底性。诗歌不再是诗人主体精神、复杂内心的感性显现，而是展示自己革命的忠诚与纯粹的另一种深情表白。

四 "五七干校"的"非人"生活和"存在焦虑"的滋长

人的存在的焦虑，不仅表现为人在物质世界中求生存的困境与挣扎，更重要还体现为人在精神世界里追问生存意义的紧张与恐慌。前者关乎"如何生存"的问题，后者则关系到"为何生存"的问题。对于一个处在动荡、残酷和异化的生存语境中的生命个体来说，这些问题显得尤为突出，也相当棘手。为了探索和解决这些挥之不去的问题，人们常常陷入一种焦虑的情绪场中，轻则苦不堪言，重则悲观绝望。当然，对知识分子而言，这种焦虑也强化了他们摆脱外在环境与精神桎梏的渴念，以及以艺术为"武器"找回自我、重新定位自我的热望。

1970 年，郭小川带着兴奋和期待的心情赴湖北咸宁五七干校。可是，在这里"气候条件之差，劳动强度之大，军宣队管教之严，思想整肃之深，都使干校的人们不堪精神重负"[1]，郭小川概莫能外。他必须适应恶劣的自然环境和简陋的生活条件。这里"地势卑湿，沼泽密布，水恶山穷，气候恶劣"[2]，住的是"简易的土房"，吃的是"发霉的粗米"，虽然郭小川"能吃苦"，以自己的体力挑战生存的艰辛，但是他还抱怨说："这里的气候，对我实在是极不适应的"，而且一个月内犯病八次，"一犯病，就喘息不止，其势凶猛"。他感慨道："我已五十五岁，再有三年五载，我这个人就报废了"[3]，这种慨叹既有身体之"痛"，更有时间之"伤"，个中滋味难以言尽。这样的生存条件，加上干校高强度的劳动，使他觉得这里的

---

① 郭小川：《在中国作家协会检查、受批判、再检查》，载《郭小川全集》（第 12 卷），广西师范大学出版社 2000 年版，第 173 页。

② 同上。

③ 陈徒手：《团泊洼秋天的思索》（三），《社会科学论坛》2000 年第 5 期。

生活"比战争时代还要艰辛"。为此，他"曾上书干校领导"，认为"生产任务太重"，干校应"半天劳动，半天学习"，结果"干校的 L 政委一见到郭小川就要批评，把他当成典型"。然而，有些事实却是不能不正视的：1971 年，侯金镜在"'双抢'时累死，相当多的同志得了肝病、肺病、胃病、肾病"①。这些都让他深切体会到了生存的艰难与抗争的无力。1974 年12 月，当他转移到天津团泊洼文化部静海干校时，"身体虚弱，走一段路就得在路边歇一会儿"②。而此时他又成为"中央专案组""专案审查"的对象，在那里他的行为受到极大的约束，甚至他提出回京治牙的要求都遭到拒绝。面对审查问题长时间悬而未决，他身上有"异常的压力和无奈的感叹"，并且情绪极度低落，精神"焦灼、烦躁"。在压力面前，他一面喊出："我要革命，革命!"③，一面却常常靠抽烟喝酒、吃安眠药来刺激和麻醉自己。而在团泊洼干校的晚期，面对着逐渐离去的人群，郭小川在遥遥无期的等待"结论"中，心里笼罩着一团不安的迷雾。

实际上，郭小川更为关切的是"如何生存"的问题。在干校，军宣队"非人性化"管教和"专案组"非人道的审查，使得人处在一种"异化"环境中如履薄冰，甚至尊严也时常被践踏。在这一特殊的语境中，为了守护生命的尊严，他常常在政治与现实的缝隙之间进行艰难言说，并试图通过诗歌重建生存意义。

无疑，在言论管制极为森严的年代，知识分子的"另类"言说带有极大的风险，有时他们在"说"与"不说"间不得不做出痛苦的选择。比如，当时在清查"五一六分子"运动的过程中，"专案组"经常采用刑讯逼供的方式进行审讯，当这一局面愈演愈烈时，郭小川"决定向干校最高一级的军宣队写信，对军宣队的工作提出全面的批评和建议"④。但是，他的这番举动非但没有起到正面的效果，反而使"自己处于更大的困境之中"，挨训、写检讨似乎是唯一的收获! 又如，郭小川在受"专案组"第二次审查

---

① 郭小林：《我拯救了我的灵魂——郭小川在五七干校时期的思想历程》，《神州》2004 年第 7 期。

② 陈徒手：《团泊洼秋天的思索》（五），《社会科学论坛》2000 年第 5 期。

③ 雷奔：《郭小川两次上书》，《报告文学》2006 年第 1 期。

④ 陈徒手：《团泊洼秋天的思索》（六），《社会科学论坛》2000 年第 8 期。

的时候，产生了严重的抵触情绪，因为他觉得自己的错误不至于这么大。于是，他给胡乔木写了一份"万言书"，控诉"四人帮"的文艺方针，反对文化专制。为了赢得一种生存的尊严，郭小川选择了"说"，即使"说"收效甚微甚至遭到打击报复也在所不惜。虽然他也曾抱怨："我在家养病什么事也没有，工作就不知道出什么事，落个什么下场"，并且"尽量做到'祸'不从口出"，但他在致王榕树的信中又说："我多年来都有矛盾，有时就不想写诗了，有时连文学也不想搞了。但是这都不过是想想、说说而已；至今不能忘怀的原因，实在是因为它们是一种战斗的武器，为'革命'难免要发言，所以诗之类都是'发言集'。"① 这里的"革命"既可看作意识形态领域的革命，也可看成内心的革命。郭小川《团泊洼的秋天》一诗正是他向"非人现实"的"发言集"。他把个体的生存境遇置于"团泊洼"这一特定的历史时空中："蝉声消退了，多嘴的麻雀已不在房顶上吱喳；蛙声停息了，野性的独流减河也不再喧哗。"这里，蝉、麻雀、蛙的嘈杂声音都消失了，也就意味着时代"多重声音"已消退，"野性的河流"不再"喧哗"，意在表明知识分子身上的"野性"已被驯服，这无疑是单调死寂的"团泊洼"。"这里没有第三次世界大战，但人人都在枪炮齐发"；"这里没有刀光剑影的火阵，但日夜都在攻打厮杀"，这又是充满斗争、攻击和暴力的"团泊洼"。知识分子的"自由言说"空间萎缩了，个性变得模糊不清，而暴力的声音却如利剑直指心胸，他们的生存意义遭到严肃的拷问。虽然沉默成为时代知识分子的现实选择，但他预感到了沉默的力量："团泊洼是静静的，但那里时刻都会轰轰爆炸！"；"听听人们的胸口吧，其中也和闹市一样嘈杂"；"谁的心灵深处——没有奔腾咆哮的千军万马！"——这是一个当代知识分子为挣脱精神桎梏和重塑自我发出的呼喊，也是对人的生存意义的泣血叩问！他深信"战士的歌声，可以休止一时，却永远不会沙哑；战士的明眼，可以关闭一时，却永远不会昏瞎"；"且把这矛盾重重的诗篇埋在坝下，它也许不合你秋天的季节，但到明春准会生根发芽"。这不仅是他历经精神磨难后"重振士气"的宣言，更是对诗歌"介入"现实和重建生存意义的精神。

---

① 陈徒手：《团泊洼秋天的思索》（六），《社会科学论坛》2000 年第 8 期。

# 主要参考文献

## 一 刊物

《大众诗歌》1950 年（第 1—12 期）

《人民日报》（1949—1964）

《人民文学》（1949—1964）

《诗刊》（1957—1964）

《文艺报》（1949—1964）

《文艺学习》（1954—1957）

《星星》（1957—1960）

## 二 著作

［英］阿兰·德波顿：《身份的焦虑》，陈广兴、南治国译，上海译文出版
　　社 2007 年版。

艾青：《艾青全集》，花山文艺出版社 1994 年版。

艾青：《诗论》，人民文学出版社 1980 年版。

艾青：《新文艺论集》，群众出版社 1951 年版。

安徽大学中文系编：《贺敬之专集》，安徽大学中文系 1979 年版。

安徽人民出版社编：《民歌作者谈写作》，安徽人民出版社 1960 年版。

曹长盛、张捷、樊建新：《苏联演变进程中的意识形态研究》，人民出版社
　　2004 年版。

查明建、谢天振：《中国 20 世纪外国文学翻译史》（下卷），湖北教育出版社 2007 年版。

陈伯良：《穆旦传》，世界知识出版社 2006 年版。

陈东林：《毛泽东诗史》，中共中央党校出版社 1997 年版。

陈改玲：《重建新文学史秩序》，人民文学出版社 2006 年版。

陈国球：《文学史书写形态与文化政治》，北京大学出版社 2004 年版。

陈晋：《文人毛泽东》，上海人民出版社 2005 年版。

陈守成、张铁夫：《马雅可夫斯基》，辽宁人民文学出版社 1983 年版。

陈顺馨：《1962：夹缝中的生存》，山东教育出版社 2002 年版。

陈徒手：《人有病 天知否——一九四九年后中国文坛纪实》，人民文学出版社 2000 年版。

晨枫：《中国当代歌词史》，漓江出版社 2002 年版。

程光炜：《艾青传》，北京十月文艺出版社 1999 年版。

程光炜：《文学想象与文学国家：中国当代文学研究（1949—1976）》，河南大学出版社 2005 年版。

程光炜：《中国当代诗歌史》，中国人民大学出版社 2003 年版。

戴燕：《文学史的权力》，北京大学出版社 2002 年版。

[美] 丹尼斯·K. 姆贝：《组织中的传播和权力：话语、意识形态和统治》，陈德民等译，中国社会科学出版社 2000 年版。

丁玲：《到群众中去落户》，作家出版社 1954 年版。

杜运燮：《丰富和丰富的痛苦——穆旦逝世 20 周年纪念文集》，北京师范大学出版社 1997 年版。

范玉洁：《审美趣味的变迁》，北京大学出版社 2006 年版。

方维保：《红色意义的生成——20 世纪中国左翼文学研究》，安徽教育出版社 2004 年版。

冯至：《诗与遗产》，作家出版社 1963 年版。

高兰编：《诗的朗诵与朗诵的诗》，山东大学出版社 1987 年版。

高秀芹、徐立钱：《穆旦：苦难与忧思铸就的诗魂》，天津出版社 2006 年版。

广西师范学院中文系编：《撒尼族叙事长诗〈阿诗玛〉专集》，广西师范学院中文系 1979 年版。

郭沫若、周扬编：《红旗歌谣》，红旗杂志社 1959 年版。

郭沫若、周扬编：《全国文学艺术工作者第三次代表大会文件》，人民文学出版社 1960 年版。

郭小川著，郭小惠、郭小林整理：《郭小川 1957 年日记》，河南人民出版社 2000 年版。

郭晓惠等编：《检讨书：诗人郭小川在政治运动中的另类文字》，中国工人出版社 2001 年版。

［美］哈罗德·布鲁姆：《西方正典：伟大作家和不朽作品》，江宁康译，译林出版社 2005 年版。

［美］哈罗德·布鲁姆：《影响的焦虑》，徐文博译，生活·读书·新知三联书店 1989 年版。

何其芳：《关于现实主义》，新文艺出版社 1957 年版。

何其芳：《何其芳文集》（第 4—6 卷），人民文学出版社 1983 年版。

何其芳：《文学艺术的春天》，作家出版社 1964 年版。

河北人民出版社编辑部：《开一代诗风》，河北人民出版社 1958 年版。

河北师大中文系编：《田间专集》，河北师大中文系 1979 年版。

贺桂梅：《转折的时代——40—50 年代作家研究》，山东教育出版社 2000 年版。

洪子诚、刘登翰：《中国当代新诗史》（修订版），北京大学出版社 2005 年版。

洪子诚：《1956：百花时代》，北京大学出版社 2010 年版。

洪子诚：《问题与方法：中国当代文学史研究讲稿》，生活·读书·新知三联书店 2002 年版。

洪子诚：《中国当代文学史》，北京大学出版社 1999 年版。

洪子诚主编：《中国当代文学史·史料选（1945—1999）》（上、下），长江文艺出版社 2002 年版。

湖北人民出版社编：《诗歌问题讨论集》，湖北人民出版社 1959 年版。

华中师范学院中国语言文学系编：《中国当代文学史稿》，科学出版社 1962

年版。

荒煤编：《论工人文艺》，上海杂志公司出版社 1949 年版。

贾植芳等编：《闻捷专集》，福建人民出版社 1982 年版。

姜涛：《"新诗集"与中国新诗的发生》，北京大学出版社 2005 年版。

卡尔·曼海姆：《意识形态与乌托邦》，黎鸣译，商务印书馆 2000 年版。

柯仲平：《柯仲平诗文集》（第 4 卷），文化艺术出版社 1984 年版。

蓝爱国：《解构十七年》，华东师范大学出版社 2003 年版。

黎之：《文坛风云录》，河南人民出版社 1999 年版。

李方编：《穆旦诗全集》，中国人民文学出版社 1996 年版。

李季：《李季文集》（第四卷），上海文艺出版社 1986 年版。

李今：《三四十年代苏俄汉译文学论》，人民文学出版社 2006 年版。

刘福春：《新诗纪事》，学苑出版社 2004 年版。

刘福春：《中国新诗编年史》，人民文学出版社 2013 年版。

刘禾：《跨语际时间》，宋伟杰译，生活·读书·新知三联书店 2008 年版。

刘继业：《新诗的大众化与纯诗化》，北京大学出版社 2008 年版。

刘绶松：《中国新文学史初稿》，作家出版社 1956 年版。

龙泉明：《诗歌研究史料》，四川教育出版社 1989 年版。

龙泉明：《中国新诗流变论》（修订版），人民文学出版社 1999 年版。

［法］吕特·阿莫西：《俗套与套语——语言、语用及社会的理论研究》，
　　丁小会译，天津人民出版社 2003 年版。

马海良：《文化政治美学——伊格尔顿批评理论研究》，中国社会科学出版
　　社 2004 年版。

毛泽东：《毛泽东选集》（第 3—4 卷），人民出版社 1991 年版。

茅盾：《茅盾文艺评论集》（上、下），文化艺术出版社 1981 年版。

茅盾：《夜读偶记》，百花文艺出版社 1958 年版。

孟登迎：《意识形态与主体建构：阿尔都塞意识形态理论》，中国社会科学
　　出版社 2002 年版。

孟繁华：《传媒与文化领导权》，山东教育出版社 2003 年版。

［法］米歇尔·福柯：《规训与惩罚》，刘北成、杨远婴译，生活·读书·

新知三联书店 1999 年版。

穆旦：《穆旦诗文集》，人民文学出版社 2007 年版。

南帆：《文本生产与意识形态》，暨南大学出版社 2002 年版。

南帆：《隐蔽的成规》，福建教育出版社 1999 年版。

南帆主编：《二十世纪中国文学批评 99 个词》，浙江文艺出版社 2003 年版。

彭金山、郭国昌、季成家、张明廉：《1949—2000 年中国诗歌研究》，敦煌
    文艺出版社 2008 年版。

皮埃尔·布迪厄：《艺术的法则——文学场的生成和结构》，刘晖译，中央
    编译出版社 2001 年版。

"热风"编缉部编：《诗选》（1949—1959），福建人民出版社 1960 年版。

《人民文学》编辑部编：《现实主义还是修正主义?》，作家出版社 1959 年版。

人民文学出版社编辑部编：《文艺工作者为什么要改造思想》，人民文学出
    版社 1952 年版。

邵荃麟：《邵荃麟评论选集》（上、下），人民文学出版社 1981 年版。

沈阳师范学院中文系编：《臧克家专集》，沈阳师范学院中文系 1979 年版。

孙玉石：《中国现代主义思潮史论》，北京大学出版社 1999 年版。

《诗刊》编辑部编：《新诗歌的发展问题》（第 1—4 集），作家出版社
    1959 年版。

覃召文、刘晟：《中国文学的政治情结》，广东人民出版社 2006 年版。

谭桂林：《本土语境与西方资源——现代中西诗学关系研究》，人民文学出
    版社 2008 年版。

谭好哲：《文艺与意识形态》，山东大学出版社 1997 年版。

唐小兵：《再解读——大众文艺与意识形态》（增订版），北京大学出版社
    2007 年版。

［英］特里·伊格尔顿：《历史中的政治、哲学、爱欲》，马海良译，中国
    社会科学出版社 1999 年版。

［英］特里·伊格尔顿：《马克思主义与文学批评》，文宝译，人民文学出
    版社 1981 年版。

天鹰：《1958 年中国民歌运动》，上海文艺出版社 1959 年版。

田间：《新国风赞》，百花文艺出版社 1959 年版。

童庆炳、陶东风主编：《文学经典的建构、解构和重构》，北京大学出版社 2007 年版。

汪介之：《回望与沉思——俄苏文论在 20 世纪中国文坛》，北京大学出版社 2005 年版。

王本朝：《中国当代文学制度研究》，新星出版社 2007 年版。

王光明：《现代汉诗的百年演变》，河北人民出版社 2003 年版。

王珂：《新诗诗体生成史论》，九州出版社 2007 年版。

王瑶：《中国诗歌发展讲话》，中国青年出版社 1956 年版。

王瑶：《中国新文学史稿》（上、下册），新文艺出版社 1953 年版。

韦君宜：《思痛录》，北京十月文艺出版社 1998 年版。

韦勒克·沃伦：《文学理论》，刘象愚译，生活·读书·新知三联书店 1984 年版。

《文艺报》编辑部编：《文学十年》，作家出版社 1960 年版。

《文艺报》编辑部编：《论革命的现实主义和革命的浪漫主义相结合》，作家出版社 1958 年版。

席扬：《文学思潮：理论　方法　视野》，上海三联书店出版社 2009 年版。

席扬等：《20 世纪中国文学思潮史论》，时代文艺出版社 2001 年版。

谢冕、孙绍振等：《回顾一次写作——〈新诗发展概况〉的前前后后》，北京大学出版社 2007 年版。

谢冕：《浪漫星云——中国当代诗歌札记》，广东人民出版社 1999 年版。

新文艺出版社编：《社会主义现实主义论文集》（第一、二集），新文艺出版社 1958 年版。

徐迟：《诗与生活》，北京出版社 1959 年版。

杨守森：《20 世纪中国作家心态史》，中央编译出版社 1998 年版。

杨四平：《中国新诗理论批评史论》，安徽教育出版社 2008 年版。

於可训：《当代诗学》，湖南人民出版社 2000 年版。

臧克家、周振甫：《毛泽东诗词十八首讲解》，中国青年出版社 1957 年版。

臧克家：《在文艺学习的路上》，上海文艺出版社 1962 年版。

张器友、王宗法：《李季研究专集》，海峡文艺出版社 1985 年版。

张清民：《话语与秩序》，中国社会科学出版社 2005 年版。

张桃洲：《现代汉语的诗性空间——新诗话语研究》，北京大学出版社 2005
年版。

张学正等主编：《文学争鸣档案：中国当代文学作品争鸣实录（1949—1999）》，
南开大学出版社 2002 年版。

中国科学院文学研究所编：《十年来的新中国文学》，中国作家出版社 1963
年版。

中国民间文艺研究会编：《大规模地收集全国民歌》，作家出版社 1958 年版。

中国民间文艺研究会编：《向民歌学习》，作家出版社 1958 年版。

中国民间文艺研究会研究部编：《民歌作者谈民歌创作》，作家出版社 1960
年版。

中国青年出版社编：《全国青年文学创作者会议报告、发言集》，中国青年
出版社 1956 年版。

中国作家协会编：《诗选》（1953—1955），人民文学出版社 1956 年版。

中国作家协会编：《诗选》（1958），作家出版社 1959 年版。

中华全国文学艺术工作者代表大会宣传处编：《中华全国文学艺术工作者
代表大会纪念文集》，新华书店 1950 年版。

仲呈祥编：《新中国文学纪事和重要著作年表》，四川省社会科学院出版社
1984 年版。

周扬：《文艺战线上的一场大辩论》，作家出版社 1959 年版。

周扬：《周扬文集》（第 1—4 卷），人民文学出版社 1984 年版。

朱国华：《权力的文化逻辑》，上海三联书店 2004 年版。

朱寨主编：《中国当代文学思潮史》，人民文学出版社 1987 年版。

朱自清：《论雅俗共赏》，生活·读书·新知三联书店 1983 年版。

### 三 论文

方涛：《论当代诗歌泛政治化抒情模式的形成与消解》，《文艺争鸣》2008
年第 12 期。

洪子诚：《当代诗歌的"边缘化"问题》，《文艺研究》2007 年第 5 期。

李运转：《中国当代诗歌五十年文化思考》，《暨南学报》2000 年第 3 期。

连敏：《〈诗刊〉（1957—1964）研究》，博士学位论文，首都师范大学，
　　2007 年。

宋炳辉：《新中国的穆旦：翻译与创作》，《当代作家评论》2000 年第 2 期。

王光明：《"锁定"历史，还是开放问题？——关于当代文学的历史叙述》，
　　《文艺研究》2003 年第 1 期。

王光明：《论中国当代诗歌观念的转变》，《广东社会科学》2004 年第 1 期。

谢保杰：《1958 年新民歌运动的历史描述》，《中国现代文学研究丛刊》2005
　　年第 1 期。

易彬：《"穆旦"与"查良铮"在 1950 年代的沉浮》，《中国现代文学研究
　　丛刊》2008 年第 2 期。

张立群：《论"十七年诗歌"与政治文化》，《江汉大学学报》（人文科学
　　版）2007 年第 1 期。

张桃洲：《论"新民歌运动"的现代来源——关于新诗发展的一个症结性
　　难题》，《社会科学研究》2001 年第 1 期。

赵金钟：《论十七年诗对结构的放逐——中国当代诗歌检讨之一》，《贵州
　　社会科学》2003 年第 3 期。

赵金钟：《缪斯的畸变与复位的努力——中国当代诗歌检讨之二》，《信阳
　　师范学院学报》2004 年第 6 期。

赵思运：《十七年时期何其芳诗性人格的呈现》，《齐鲁学刊》2006 年第 4 期。

# 后　记

依稀记得我为这篇博士论文敲上最后一个句号是在 2011 年的春天，那时窗外正下着绵绵细雨，透过那并不十分透明的玻璃窗向外望去，整个城市多彩的身姿已然笼罩在朦胧的雾色之中。我那颗被囚禁三年之久的心真想破窗飞去，即刻消融在那亦真亦幻的"圣境"之中，自由地拥抱那无边的夜色，接受如丝般春雨的滋润和洗礼。而如今，五年的时光已悄然流逝，"自由"似乎还是"草色遥看近却无"，曾经融入了诸多甘苦的论文虽屡经修改，但依旧遗憾甚多。

2008 年初秋，我从一个小山城独自背上行囊再度以学生的身份来到福建师范大学长安山下师从席扬先生攻读博士学位。而立之年能获此机缘，让我倍感欣喜的同时也格外珍惜。在此期间，我激情满怀地投入紧张地阅读、思考与写作之中。为了查找第一手资料，我有近一年的时间成天泡在图书馆，面对那尘封已久的期刊和几乎无人惊扰的沉睡的诗集，轻轻拂去她们身上的尘埃，不断地摘抄、复印和拍照，许多影像资料在不经意间留下了阳光的足迹。在那段寂寞而充实的光阴里，我既时常因发现新史料和新问题而兴奋不已，也屡次因粉尘引发过敏性鼻炎而折磨地苦不堪言。此后两年多的时间里，我在被成堆复印资料包围的狭小空间里，走上了漫长的史料"消化"、论文框架搭建和初稿写作的艰难旅程，其间几多叹息、感慨与喜悦如今都已渐渐随风远去，而驻留并持续涌动在心间是深深的感激之情。

博士学业伊始，导师席扬先生鼓励我在硕士学位论文的基础上继续深入研究"十七年"诗歌，并为我指明该课题研究的学术增长点和"探险"方向。先生之言让我怦然心动，可是，当我真正进入"十七年"诗歌生长的历史腹地时，却迷失在一个相当庞杂的史料"迷阵"之中。带着满脸的茫然，我再次敲响先生的家门，盼其赐予我雾里看花的"慧眼"。先生耐心倾听了我的困惑之后，先让师母烧上几个好菜，而后在促膝把酒和青烟缭绕之间，以极其轻松地方式为我点明了走出"迷宫"的甬道。时至今日，先生敏锐的学术洞察力、谨严的思辨力、出色的语言驾驭能力和风趣幽默的谈吐，依旧让我感佩不已。随着时光的流转，先生鲜明的个性在我的印象中愈加深刻。

令人非常悲痛的是，2014年初冬的一个早晨，无情的病魔突然夺走了导师席扬先生"年轻"的生命！就在他倏然离世前的一个多月，还欣然应允为本书写序，如今这一"愿望"成为永远的遗憾。这里，我抄录先生为我的博士毕业论文所写的评语，谨此告慰与纪念天堂里的恩师：

自20世纪90年代中后期以来，"十七年"文学的价值被学术界日渐重视起来，并不断有新的研究成果面世。但就"十七年"文学的整体研究而言，"十七年"诗歌存在价值的讨论依然属于薄弱环节。由于各种观念的影响，对"十七年"诗歌的认识不仅存在分歧，而且在20世纪80年代产生的认知偏见依然很有市场。如何认识"十七年"诗歌的价值？它与"五四"以来现代新诗关系如何？它的实践是否构成了新诗发展的一个阶段？对这些问题的深入讨论，不但有助于完善中国当代文学史的价值叙述，而且有助于认识中国新诗发展道路的复杂性。

论文的第一个特点是鲜明的问题意识。讨论"十七年"诗歌有两种方式可以选择：一是注重于发展历程的梳理，论文将呈现为"史论"状态；二是在整体观照的基础上抓住主要问题。论者采用了能够使讨论深入的第二种方式。这在思考方式与架构上，为论文获取价值奠定了基础。其二，讨论的问题的独特性。"十七年"诗歌与现代新诗在民国时空中的发展相比，其特性表现为诗歌资源的重新选择、诗歌生产方式的组织化，诗歌观念的单一性收缩以及诗歌经典性与诗人精神型塑等方面的复杂性。可以说论文正是从这几方面入手，分析了只属于"十七年"诗歌的问题及其独特性，展开了相当深入的研究，提供了若干有价值的结论。其三，该论文在对"十七年"诗歌的价值探讨中，既注意它与现代新诗发展整体性的关联，又适时而审慎地加以剥离，着眼于搜寻"十七年"诗歌在审美上的超越性与创新性，初步厘清了它的价值所在。

本书出版之际，我要特别感谢福建师范大学文学院中国现当代文学专业的汪文顶先生、郑家建先生、辜也平先生、袁勇麟先生、王珂先生等，感谢北京师范大学的刘勇先生、首都师范大学王光明先生、上海师范大学的杨剑龙先生、南京大学的黄发有先生，他们的博学与睿智极大地拓宽了我的学术视野，尤其是在我论文开题和答辩中他们提出了许多中肯的意见，使我深受启发且受益良多。

这里还要感谢《文艺理论与批评》、《当代文坛》、《扬子江评论》、《海南大学学报》、《现代中文学刊》、《青海社会科学》、《广州大学学报》、《徐州师范大学学报》和《中国现代、当代文学研究》等期刊的编辑和主编们，他们的无私提携让我这样一名高校"青椒"，在艰难的学术之路上收获了许多温暖与感动。另外，我要感谢国家社科和教育部人文社科项目的匿名评审专家，他们对我的课题研究价值的认可与学术研究能力的信任，为我日后继续深入研究20世纪中国当代诗歌现象增添了信心和力量。

我衷心感谢中国社会科学出版社的曲弘梅女士和本书的责任编辑陈肖静女士，由于她们真诚的帮助和辛劳的付出，才使本书得以面世。

当然，应该感谢我的父母和妻子，家人的支持和理解是我按时完成学业的强大精神支柱和后勤保障，更是我一直默默前行的动力。谨以本书献给关心我成长的前辈、兄长和亲友们，愿他们永远生活在春天里！

巫洪亮

2016 年 5 月 10 日